I0761792

# MISS DOLITTLES GEHEIMNIS

BAND 7-9

MOLLY FITZ

KATZENGEHEIMNISSE

**Übersetzung ins Deutsche:** Julia Fuchs
**Korrektorat Deutsch:** Ursula Mirwald
**Cover-Designer:** T.M. Franklin



Katzengeheimnisse
PO Box 873543
Wasilla, AK 99687

# ÜBER DIESES BUCH

Skurriler Humor? Kleinstadtverbrechen? Ein sprechender Kater? Es gibt nichts, was diese Serie nicht zu bieten hat!

Seit Angie Russo nach einem beinahe tödlichen Zusammenstoß mit einer defekten Kaffeemaschine wieder aus der Ohnmacht erwacht ist, kann sie mit einem extrem verwöhnten Kater namens Octavius sprechen – und, was noch schlimmer ist, ihn auch verstehen.

Diese Sammlung umfasst die Bände **Waschbär-Wirrwarr**, **Himalaya-Horror** und **Blutige Bescherung**. Fiebern Sie mit, wie ein geschwätziger Waschbär überraschende Familiengeheimnisse aufdeckt, an Bord eines Zuges ein Mord geschieht, der Heilige Abend der Familie zwei

Leichen und eine Entführung beschert … und wie Octocat die Liebe seines Lebens findet.

Also, los geht's mit der Detektivarbeit!

Wenn Sie Katzenkrimis und schrägen Humor lieben, sollten Sie sich diese USA-Today-Bestseller nicht entgehen lassen und die Chance ergreifen, sich die Bände sieben bis neun in dieser speziellen Sammelbox zuzulegen.

# ANMERKUNG DER AUTORIN

Hallo. Danke, dass du dieses Buch gekauft hast. Wenn du ebenfalls ein großer Fan von spannenden, schrägen Tierkrimis bist, sollten wir unbedingt Freunde werden.

Wie wäre es, wenn du direkt einmal meine Facebook-Seite besuchst, die ich speziell für meine treuen deutschen Leser eingerichtet habe? Hier der Link dazu: **Facebook.com/Katzengeheimnisse**

Oder melde dich für meinen Newsletter an und sichere dir als Abonnent gratis ein digitales Geschenkpaket, einschließlich einer exklusiven Kurzgeschichte über Octocat: **Katzengeheimnisse.com/Abonnieren**

Ich bin sicher, wir werden eine Menge Spaß miteinander haben. Also schnell umblättern …

Wir sehen uns dann auf der nächsten Seite.

MOLLY

# WASCHBÄR-WIRRWARR

**Ist dieser neugierige Waschbär ein Dieb oder ein Detektiv?**

Eigentlich schien mein Leben in letzter Zeit ziemlich perfekt zu sein – tolles Haus, toller Job als meine eigene Chefin, toller neuer Freund und die beste sprechende Katze der Welt. Aber wie sich herausstellt, hatte ich mich zu früh gefreut ...

Obwohl meine Privatdetektei brandneu ist, habe ich bereits ziemlich unangenehme Konkurrenz bekommen und zwar von dem Waschbär, der unter meiner Veranda lebt. Dieser ist jedoch ein Langfinger, und ich habe keinen Zweifel daran, dass er seine Kunden ausnimmt, denn meine bestiehlt er auch.

Anfangs fand ich es nur ärgerlich, doch die Lage spitzt sich zu, als er etwas von meinem Dachboden entwendet, das ein düsteres Geheimnis birgt und meine geliebte Großmutter in schreckliche Probleme stürzt. Ich muss der Sache auf den Grund gehen, aber das wird nicht einfach, denn die Person, um die sich alles dreht, lebt mit uns im Haus.

Kann ich diesem zwielichtigen Waschbär etwas so Wichtiges anvertrauen? Leider scheine ich keine andere Wahl zu haben.

# 1

Hey, mein Name ist Angie Russo, und ich bin Co-Inhaberin einer Privatdetektei hier im schönen Blueberry Bay an der amerikanischen Ostküste im US-Bundestaat Maine.

Mein Geschäftspartner, dem die andere Hälfte der Firma gehört, ist mein Kater Octavius – kurz Octocat genannt. Sein voller Name ist nahezu unaussprechlich lang, und er denkt sich immer wieder neue Titel aus, die er hintendran setzt. Die neueste Version lautet: Octavius Maxwell Ricardo Edmund Frederick, Freiherr von Fulton-Russo – Privatdetektiv.

Ein Zungenbrecher, ich weiß.

Und er ist obendrein auch ziemlich anstrengend und verwöhnt.

Trotzdem ist er zweifellos mein bester Freund, auch wenn er es immer wieder schafft, mir das Leben schwer zu machen.

Er wurde beispielsweise schon einmal entführt, musste vor Gericht erscheinen und hat sogar mehrfach gedroht, unseren neuen Hund zu killen.

Unglaublicherweise sind all diese Dinge innerhalb nur eines Monats passiert.

Aber so läuft das eben, wenn man mit Octocat zusammenlebt.

Ob es einem gefällt oder nicht, es lässt sich nicht leugnen, dass er eine echte Persönlichkeit ist.

Und ein wahrer Sturkopf obendrein. Doch zum Glück hat er nicht zu allen Dingen eine festgefahrene Meinung – bisweilen ändert er sie sogar.

Etwa, was den neuen Hund betrifft, den wir adoptiert haben, ein süßes Chihuahua-Mädel namens Paisley. Sie mochte ihn von Anfang an, aber Octocat brauchte deutlich länger, um mit ihr warm zu werden. Tatsächlich sind die beiden inzwischen dicke Freunde geworden, und das erfüllt mich mit Stolz und Freude. Eine der Lieblingsbeschäftigungen meines Stubentigers ist es, sich an „seinen" Hund heranzupirschen, ihn anzuspringen und zu Boden zu werfen.

Ja, sein Hund. Das Blatt hat sich in den letzten Wochen komplett gewendet.

Wir drei wohnen unter einem Dach mit meiner Großmutter. Obwohl „Grandma" diejenige ist, die mich hauptsächlich großgezogen hat, lebt sie in meinem Haus.

Und eigentlich gehört unsere Hütte meinem Kater.

Ja, das stimmt wirklich, denn Octocat besitzt einen nicht

unerheblichen Treuhandfonds, und daraus erhalte ich jeden Monat eine äußerst großzügige Summe für seine Versorgung, mit der ich auch die Hypothek für unsere exklusive Villa bezahlen kann.

Es ist schon eine etwas merkwürdige Konstellation, das gebe ich zu. Aber hey, wenn das Leben dir Zitronenlimonade schenkt, solltest du sie am besten trinken und genießen!

Apropos, ich bin jetzt seit etwa sieben Wochen mit meinem Traumtyp zusammen. Sein Name ist Charles Longfellow, und er ist aus gutem Grund der Mann meiner Träume. Nicht nur, weil er ein super Anwalt ist und mittlerweile die Kanzlei, in der ich früher gearbeitet habe, alleine führt, sondern auch, weil er unglaublich klug, nett, aufmerksam, gut aussehend und – okay, ich gebe es gerne zu – sexy ist.

Wir haben zwar noch nicht ...

Aber lassen wir das.

Übrigens kann ich mit meiner Katze sprechen. Ich schätze, das hätte ich bereits erwähnen sollen, denn es ist so ziemlich das Außergewöhnlichste an mir.

Auch mit dem Hund und mit den meisten anderen Tieren kann ich mich unterhalten.

Wie das möglich ist? Kurz gesagt: Ich wurde bei einer Testamentseröffnung durch einen Stromschlag von einer Kaffeemaschine ausgeknockt, und während ich wieder zu mir kam, hörte ich, wie Octocat sich über mich lustig machte. Als er merkte, dass ich ihn verstehen konnte, beauftragte er mich, den Mord an seiner verstorbenen Besitzerin aufzuklären, und der Rest ist Geschichte.

Nach dieser Sache wurden uns zwei Dinge klar: Erstens, dass wir ein wirklich gutes Team beim Lösen von Verbrechen sind, und zweitens, dass wir nach diesem Wink des Schicksals zusammenbleiben sollten, auf Gedeih und Verderb. In der Regel verstehen wir uns recht gut, aber gelegentlich kriegt er noch seine Wutanfälle – ich aber ebenfalls.

Und das bringt mich zum heutigen Tag.

Die offizielle Eröffnung unserer Detektei liegt nun genau zwei Monate zurück, und in dieser Zeit hatten wir genau null Kunden. Es sieht düster aus; das findet selbst meine ansonsten sehr optimistische Großmutter.

Niemand will uns beauftragen, und ich bin mir nicht sicher, warum.

Viele Leute in der Stadt kennen und mögen mich, und sie wissen nicht, dass ich tatsächlich mit Tieren sprechen kann. Sie halten die Tatsache, dass ich meinen Kater als meinen Geschäftspartner ausgebe, nur für eine Werbemasche. Und ehrlich gesagt, ist mir das auch lieber so.

Langsam fange ich jedoch an, mir Sorgen zu machen, dass unsere Firma nie ans Laufen kommt.

Wie viel Zeit sollte man sich als Unternehmensgründer geben, bis man sein Vorhaben wieder aufgibt?

Octocat scheint ziemlich glücklich damit zu sein, die meiste Zeit des Tages in der Sonne zu dösen, ich jedoch fühle mich im Moment total unausgefüllt. Ich habe kürzlich sogar meinen Job als Anwaltsgehilfin gekündigt, um genug Zeit für die ganze Ermittlungsarbeit zu haben, und war davon überzeugt, dass man mir sofort die Tür einrennen würde.

Tja, da lag ich wohl grandios daneben.

Ich muss mir etwas einfallen lassen, und zwar schnell, wenn ich meine Firma über Wasser halten will. Doch wie kann ich meinem Instinkt noch vertrauen, wenn er mich vorher so dermaßen auf die falsche Fährte gelockt hat?

Ich kann nur hoffen, dass Octocat eine gute Idee hat, die uns weiterbringt ...

Es war Mittwochmorgen, und ich hatte den größten Teil der letzten zwei Tage damit verbracht, Werbeflyer an jeden Menschen, jedes Geschäft und jedes Tier zu verteilen, die sich bereit zeigten, einen anzunehmen. Aus lauter Verzweiflung hatte ich sogar Parkplätze aufgesucht und die bunten Handzettel, die meine Dienstleistungen und Erfahrung anpriesen, unter die Scheibenwischer aller Autos gesteckt.

Trotzdem hatte sich noch niemand gemeldet, um mich mit einem Fall zu beauftragen.

Nicht ein einziger.

Grandma hatte das Haus früh verlassen, um ehrenamtlich in der Stadt Müll aufzusammeln. Obwohl auch das Tierheim Hilfe von Freiwilligen gut gebrauchen konnte, hatte sie mir zugestimmt, dass es nicht der beste Ort für sie war, um sich zu engagieren, da sie sonst womöglich fast jeden Hund und jede Katze dort adoptieren würde – sie hatte einfach ein sehr großes Herz.

Unser Haus war schon voll genug, das wussten wir beide.

Ich saß in unserem Esszimmer und nippte an einer Dose Cola Light. Kaffeemaschinen konnte ich aus Angst vor einem erneuten Stromschlag immer noch nicht anrühren, und Tee schmeckte mir ohne Grandmas Gesellschaft nicht richtig.

Paisley und Octocat hüpften durchs Haus und spielten Fangen, während ich mir darüber den Kopf zerbrach, wie wir an Kunden kommen könnten.

Die elektronische Katzenklappe surrte, und beide Tiere rannten nach draußen.

Lächelnd sah ich zu, wie sie im Zickzack durch den Garten düsten. Der Herbst hatte seinen Höhepunkt bereits überschritten, und die meisten bunten Blätter waren inzwischen von den Bäumen gefallen. Ich tat mein Bestes, um mit dem Zusammenrechen des Laubs hinterherzukommen, was sich als keine leichte Aufgabe erwies, denn mein Grundstück wurde auf zwei Seiten von einem riesigen Wald flankiert.

Ständig wehte das lose Blattwerk in unseren Garten.

Wie jetzt gerade.

Ich seufzte, als eine heftige Windböe durch die Bäume fegte und mindestens fünf Säcke Laub in unseren Vorgarten beförderte. Blätter in allen Farben bedeckten den leicht ausgeblichenen Rasen – rote, gelbe, grüne ... türkise?

„Mami! Mami!“, rief Paisley von draußen, und ich flitzte

los. Unser süßes, unschuldiges Chihuahua-Mädchen ließ sich zwar leicht aus der Ruhe bringen, aber durch ihre geringe Größe, war sie auch ein leichtes Opfer. Ihre Sicherheit war für mich das oberste Gebot, da ging ich kein Risiko ein, und Grandma und Octocat auch nicht.

Einer von uns begleitete sie immer, wenn sie die Welt draußen erkundete.

Und obwohl ich wusste, dass sich Octocat mit ihr im Garten befand, musste ich mich vergewissern, dass nichts Schlimmes passiert war, das sie erschreckt hatte.

Die beiden warteten schon auf der Veranda auf mich. Paisley trug ein türkisfarbenes Stück Papier im Maul.

„Was ist das?“, wollte ich wissen und nahm es ihr ab.

„Es ist einer deiner Zettel, Mami!“, rief die kleine Hündin stolz.

Ich blickte auf den Flyer in meinen Händen und dann im Garten umher, wo sich Dutzende, vielleicht sogar Hunderte weitere unter das herbstliche Laub gemischt hatten.

Sie hatte recht. Das war einer meiner Handzettel mit der Werbung für unsere Privatdetektei, die ich in den letzten Tagen so mühselig verteilt hatte. Jedes einzelne Exemplar, das Grandma für uns gedruckt hatte, hatte ich unter die Leute gebracht.

Und jetzt tauchten sie alle bei mir zu Hause wieder auf, als wären sie mir gefolgt.

Wie konnte das sein?

Da vernahm ich ein hohes Gekicher, das unter der Veranda hervordrang, und mir schwante Böses.

„Pringle!“, schrie ich und stampfte so fest ich konnte mit den Füßen auf, um den Waschbären aus seinem Versteck zu treiben.

Ich wusste, dass er wütend auf mich war, seit ich ihm verboten hatte, das Haus zu betreten, aber mein Geschäft zu sabotieren? Nicht zu fassen!

# 2

„Pringle! Komm raus!“, brüllte ich und trat so fest auf den Boden der Veranda, dass mir durch den Aufprall Fuß und Wade schmerzten. Eigentlich versuchte ich immer, die Tiere, die Teil meiner Welt geworden waren, fair zu behandeln und sie in ihrer Einzigartigkeit zu akzeptieren, was mir die meiste Zeit nicht schwerfiel …

Aber dieser spezielle Waschbär trieb mich geradewegs in den Wahnsinn.

Er schien sich unter der Veranda immer noch kaputtzulachen, machte jedoch keine Anstalten, sich zu zeigen. Ich war drauf und dran, das Loch, das er als Eingang benutzte, zu erweiterten, um selbst darunter zu klettern, doch schließlich kam mir Octocat gnädigerweise zu Hilfe.

„Angela, so funktioniert das nicht.“ Er stolzierte an der Kante der Veranda entlang, wobei er Nase und Schwanz gen

Himmel reckte. Was auch immer er vorschlagen wollte, er war offensichtlich sehr stolz darauf.

Ich hörte auf zu stampfen, stemmte eine Hand in die Hüfte und wartete mit fragendem Blick darauf, dass mein Kater mich aufklärte.

„Paisley, bleib", wies er den Chihuahua an, sprang die Treppe hinunter und näherte sich dem Eingang zur Waschbärbehausung. „Sir Pringle, würdest du uns freundlicherweise die besondere Ehre deiner Anwesenheit erweisen?"

Ich hörte den Waschbären, bevor ich ihn sah. „Stets zu Diensten, lieber Octavius."

Dann spähte ich über das Geländer nach unten und sah, wie er eine tiefe Verbeugung vor dem Kater vollführte. Warum auch immer, er vergötterte den Tiger. Zumindest war das seine Ausrede dafür, dass er zahlreiche Sachen von Octocat geklaut hatte. Warum der Waschbär mitunter dieses ritterliche Gehabe an den Tag legte, blieb mir ein Rätsel, aber er hatte eindeutig Spaß an diesem Mittelaltertheater.

Normalerweise würde ich mitziehen, aber heute war ich zu wütend, um mich seinen ständig wechselnden Spielregeln zu unterwerfen.

„Was ist das?", rief ich und wedelte mit dem farbigen Flugblatt in der Luft.

Pringle fletschte verärgert die Zähne. „Ich bin nicht dein Knecht, weißt du."

Daraufhin fletschte auch ich ihn an und konnte gerade noch einen gereizten Aufschrei unterdrücken. Ich würde diesem kleinen Langfinger natürlich niemals ein Haar krümmen, hoffte jedoch, dass meine Drohung Wirkung zeigen würde.

„Bitte, beantworte die Frage der holden Maid", mischte sich Octocat wieder ein. O Mann. Ich musste unbedingt den Fantasy-Fernsehsender sperren, den er sich in meiner Abwesenheit ansah. Auch wenn er mir wohl nur helfen wollte, dröhnte mir schon der Kopf von diesem ganzen Tamtam.

Der Waschbär rannte die Verandastufen hinauf, kletterte am Geländer hoch und riss mir das Papier aus den Händen. „Das ist meins", informierte er mich, klemmte es sich unter den Arm, und im nächsten Moment war er schon wieder unten an der Treppe, außerhalb meiner Reichweite.

Ich stemmte die Hände in die Hüften und starrte ihn aus zusammengekniffenen Augen an. „Eigentlich ist es meins."

„Wer's findet, dem gehört's." Ein hämisches Grinsen huschte über sein Gesicht, und das ärgerte mich noch viel mehr als die Aggro-Nummer eben.

„Was? Geht's noch?", rief ich. Auch wenn ich mir sicher war, dass Pringle mich ebenso wenig wie ich ihn körperlich angreifen würde, hatte er mich doch emotional ziemlich verletzt.

„Mami, soll ich den großen bösen Waschbären verjagen?" Paisley wedelte aufgeregt mit dem Schwanz und ließ den kleinen Gangster dabei keine Sekunde aus den Augen.

„Oh nein, Süße, das ist ..." Mir blieben die Worte im Hals

stecken, als ich sah, wie Pringle sich auf die vom Wind verstreuten Flyer stürzte und alle wieder einsammelte.

„Eigentlich“, sagte ich, „eine gute Idee. Gib Gas!“

Die kleine, dreifarbige Hündin startete durch und bellte aus vollem Halse. „He, du! Niemand legt sich mit meiner Mami an!“

Pringle ließ sich auf alle Viere sinken und schüttelte den Kopf. „Ruf deinen Fiffi zurück. Lass uns das doch auf zivilisierte Weise klären, sofern dir das überhaupt möglich ist.“

Paisley lief in einem großen Bogen übers Grundstück und kehrte dann an meine Seite zurück. „Er ist immer noch da“, jammerte sie, doch schon erhellte sich ihre Miene wieder. „Soll ich es noch einmal versuchen, Mami?“

Lächelnd beugte ich mich zu ihr hinunter, um ihr seidiges Fell zu streicheln. „Das hast du toll gemacht. Danke.“ Ich stand auf und ging direkt zu Pringle hinüber. „Okay, dann erzähl mal. Warum hast du meine ganzen Flyer mitgenommen?“

„Sie sind hübsch“, erklärte er und drückte den zerfledderten Stapel an seine Brust. „Ich mag hübsche Dinge.“

„Aber die hast du doch nicht von hier. Ich hatte sie überall in der Stadt verteilt. Wie bist du darangekommen?“

Er zuckte mit den Schultern. „Ich hatte eine Mitfahrgelegenheit. Weißt du, gelegentlich möchte ich auch ein kleines Abenteuer erleben. Es wäre schön, wenn mich mal jemand dazu einladen würde, aber da du das nicht machst …“ Er zuckte wieder mit den Schultern. Wenn ich mich nicht täuschte, standen ihm die Tränen in seinen schwarzen Kulleraugen. Seltsam, dass mir meine tierischen Freunde manchmal menschlicher vorkamen als die Menschen in meinem Leben.

„Es tut mir leid, wenn ich deine Gefühle verletzt habe." Ich ging in die Hocke und sah ihn direkt an. „Ich wusste nicht, dass du mitkommen wolltest."

„Natürlich wollte ich das!", rief er. „Stell dir vor, auch Waldtiere mögen Abenteuer."

Ich verkniff mir zu entgegnen, dass es nicht gerade ein Abenteuer ist, Flyer zu verteilen und um Arbeit zu betteln. „Pass auf, das nächste Mal frage ich dich, ob du dabei sein willst. Abgemacht?" Sofern ich mich bis dahin wieder beruhigt habe, denn wie es aussah, hatte er anderthalb Tage harter Arbeit zunichtegemacht. Dabei hätte ich ihm doch gerne farbiges Papier gegeben, hätte er nur danach gefragt.

Pringle schüttelte den Kopf und musterte mich misstrauisch. „Unter einer Voraussetzung."

Ich wartete ab, ohne auf seine Mätzchen einzugehen. Es reichte, wenn Octocat ständig Theater machte, und ehrlich gesagt mochte ich meinen Kater weitaus lieber als diesen lästigen Waschbären, der sich bislang nicht wirklich freundschaftlich verhalten hatte.

Pringle seufzte. „Ich darf das schöne Papier behalten."

„Wozu brauchst du das überhaupt?", erkundigte ich mich stöhnend.

„Ich habe mit Origami angefangen, und die hier sind sehr

gut geeignet.“ Pringle marschierte hoch erhobenen Hauptes schnurstracks zurück in seine Behausung unter der Veranda.

Woher wusste er überhaupt, was Origami war?

Und woher wusste er, wie es geht und wie man damit anfängt?

Was für ein seltsames Tier.

„Siehst du, Mami! Ich habe ihn verscheucht!“ Paisley saß stolz auf dem Rand der Veranda und zitterte so aufgeregt, dass ich es nicht übers Herz brachte, ihr zu sagen, dass Pringle uns ausgetrickst hatte und nicht andersherum.

„Dieser Kerl ...“ Octocat ließ sich neben seiner Chihuahua-Freundin nieder. „Er nimmt sich ganz schön was raus.“

*Aber so was von*, dachte ich, doch für den Moment war ich bedient und hatte keine Lust, weiter über den kleinen Quälgeist zu sprechen. Es gab Wichtigeres zu tun, und ich wollte keine Zeit verschwenden.

„Kommt schon, ihr zwei“, sagte ich seufzend. „Es sieht so aus, als müssten wir uns eine neue Werbestrategie einfallen lassen.“

Während wir zurück ins Haus gingen, packte mich die Entschlossenheit. Ich würde darum kämpfen, unsere Privatdetektei zum Erfolg zu führen, und wenn das nicht klappte, wäre es eben meine eigene Schuld. Es kam gar nicht infrage, dass sich ein egoistischer, größenwahnsinniger Waschbär derart einmischte und mir die Rolle verpfuschte, die mir zugedacht worden war in dieser Welt – oder zumindest in meinem kleinen Teil der Welt.

„Diesen Blick kenne ich", meinte Octocat grinsend, wobei seine spitzen Zähne zum Vorschein kamen. „Mein Baby gehört zu mir, ist das klar!?"

Ich schnaubte amüsiert über dieses Zitat aus der 80er-Romanze Dirty Dancing und stellte mir mich selbst an der Seite von Patrick Swayze vor. Früher hatte sich mein Stubentiger nur Law & Order angesehen, doch in den letzten Monaten hatte er seine Fernsehgewohnheiten geändert und sein Interessenspektrum deutlich erweitert. Hauptsächlich dank Großmutter.

Auch wenn ich Octocats Unterstützung zu schätzen wusste, würde ich seine Fernsehzeit in Zukunft definitiv einschränken müssen.

# 3

Wie sich herausstellte, war mein Kater nicht der einzige, der in letzter Zeit zu viel fernsah. Normalerweise verbrachte Grandma die Vormittage in der Küche und bereitete das Mittagessen sowie diverse süße Leckereien vor, die wir zu unserem täglichen Nachmittagstee genossen. Heute jedoch war die Küche blitzeblank und verwaist.

„Grandma?" Meine Stimme hallte durch die leere Villa und fühlte sich merkwürdig laut an.

Als sie nicht antwortete, rannte ich zur Garage, um nachzusehen, ob ihr kleiner, roter Sportwagen dort stand. Sie fuhr oft nach dem Mittagessen weg, um sich ehrenamtlich zu engagieren oder einen Kurs zu besuchen, aber in der Regel gab sie mir Bescheid, bevor sie ging. Außerdem hätte ich sie von der Veranda aus sehen müssen, wenn sie das Haus heute früher verlassen hätte.

Seltsam. Ihr Auto stand in der Garage, wo es hingehörte.

Und wo war dann Großmutter?

Paisley stellte sich auf ihre Hinterbeine und strich mir mit ihren winzigen Pfoten übers Bein. „Ich kann sie immer noch riechen. Soll ich dir zeigen, wo sie ist?"

Als ich nickte, stürmte der kleine Hund die Treppe hinauf und begann an der Tür zu einem der Schlafzimmer, die wir nicht benutzten, zu kratzen.

„Grandma?", rief ich vorsichtig, bevor ich die Tür aufstieß.

Paisley stürmte an mir vorbei, und Octocat schlich hinterher.

Grandma war jedoch immer noch nicht zu sehen.

„Paisley, bist du sicher, dass sie hier ist?" Ich fing an, mir ernsthaft Sorgen zu machen.

„O ja! Da oben!" Sie rannte zum Schrank hinüber und vollführte ungeschickte Seitwärtssprünge, bis ich nach oben sah und die offene Dachbodenluke bemerkte.

Ich reckte den Hals und versuchte, etwas zu erkennen. „Grandma?"

Einen Moment danach spähte sie durch die Luke nach unten, umgeben von einer Staubwolke. Um den Kopf hatte sie sich ein helles Seidentuch mit Emoji-Aufdruck gebunden, und sie trug eine Cat-Eye-Sonnenbrille, vermutlich um ihre Augen vor dem ganzen Staub zu schützen. „Oh, hallo Liebes."

„Was machst du denn da oben?" Ich war zwar erleichtert,

sie gefunden zu haben, aber immer noch besorgt, weil mir das Ganze nicht ungefährlich erschien. „Und wie bist du überhaupt da raufgekommen?“

„Ich sortiere nur ein paar Sachen aus. Zuerst habe ich mir mein Schlafzimmer vorgenommen, und dann war ich so gut im Schwung, dass ich das hier in Angriff nehmen wollte.“ Sie wandte sich ab und kroch aus dem Blickfeld.

„Was in Angriff nehmen?“, rief ich ihr hinterher.

„Ich wusste nicht, dass wir hier einen Speicher haben“, bemerkte Octocat, duckte sich zum Sprung, wackelte mit dem Popo und machte einen beeindruckenden Satz in Richtung Luke.

Seine Vorderpfoten streiften den Rahmen, aber er konnte keinen Halt finden.

„Autsch“, stöhnte er, als er unbeholfen am Boden aufkam.

„Bist du verletzt?“ Ich wollte ihn streicheln und trösten.

Er zuckte zurück und wich meiner Hand aus. „Nur mein Stolz. Welch Missgeschick“, jammerte er. „Was bin ich nur für eine Katze, die noch nicht einmal ordentlich auf den Füßen landet? Autsch.“

„Oh, du Armer. Darf ich dein Aua küssen?“ Paisley leckte sich enthusiastisch die Lippen.

„Das fehlt mir jetzt noch, …“, grummelte mein Kater.

Beide Tiere trollten sich aus dem Raum, und da stand ich nun allein, während Großmutter irgendwo auf dem Speicher rumorte.

„Grandma?“, rief ich erneut. „Was machst du da oben?“

Sie tauchte wieder auf und schüttelte lachend den Kopf, als hätte ich ihr eine völlig absurde Frage gestellt. „Mission Marie Kondo! Was denn sonst?“

„Marie Kondo? Ist das nicht die Aufräum-Lady mit dem Buch, von dem alle reden?“

Grandma verzog das Gesicht. „Hat sie auch ein Buch geschrieben? Hmm, keine Ahnung. Es ist eine Serie auf Netflix. Die erste Staffel habe ich mir neulich in einem Rutsch reingezogen; hoffentlich gibt es bald eine neue.“

Ich war mir zwar vollkommen sicher, dass es das Buch vor der Fernsehserie gegeben hatte, sagte aber nichts.

Ihre Augen leuchteten, als sie mir erklärte: „Das ist das neue Feng Shui. Jeder macht es. Wenn ein Gegenstand keine Freude in dir auslöst, dann gehört er nicht in dein Zuhause. Tolles Konzept, oder?“

„Ja … toll“, murmelte ich. Nur war unser Haus so riesig, dass wir eigentlich viel mehr Dinge unterbringen könnten. Manchmal kam es mir vor, als lebten wir in einem Museum mit all den Antiquitäten, die wir mit dem Haus übernommen hatten. Wir könnten mehr persönliche Gegenstände gebrauchen, um es mit Leben zu füllen, nicht weniger.

„Kommst du hoch oder soll ich runterkommen?“ Großmutter neigte den Kopf zur Seite, was fast so aussah wie bei ihrer kleinen Chihuahua-Freundin. „Weißt du was? Ich komme runter.“

Einen Moment später schob sie sich durch die Luke des Kriechbodens und ließ sich auf den Teppichboden darunter plumpsen. Beim Aufprall ging sie ein wenig in die Knie, und ich befürchtete schon, sie hätte sich etwas gebrochen.

Ich eilte zu ihr, um sie zu stützen. „O mein Gott! Grandma! Alles okay?"

„Natürlich ist alles okay. Wofür hältst du mich? Ich bin doch nicht invalide." Sowohl ihre Knie als auch ihre Stimme zitterten, aber schockierenderweise schien sie das gut wegzustecken, nicht wie Octocat und sein armer, verletzter Stolz.

„Wofür ich dich halte? Na ja, mit über siebzig bist du eben kein Jungspund mehr." Dabei beließ ich es jedoch, denn ihr schien nichts passiert zu sein. Ich konnte nur hoffen, dass ich eines Tages auch so gut in Form sein würde wie meine Großmutter, aber irgendwie bezweifelte ich das – wie sollte ich jemals ein halber Ninja werden?

„Du weißt, dass ich mir immer Sorgen mache", seufzte ich. „Tu mir einen Gefallen, wenn du das nächste Mal auf den Dachboden gehen willst, sag mir Bescheid oder schnapp dir zumindest unsere Trittleiter."

Sie schob meine Bedenken beiseite. „Kein Grund zur Sorge. Fürs Erste bin ich fertig."

„Hast du viele Sachen aussortiert?" fragte ich, während mein Blick auf die beiden großen Müllsäcke, die an der Seite des Schranks standen, fiel.

„Einen ordentlichen Batzen. Was hast du heute Morgen gemacht?"

Ich erzählte ihr von meinen Werbezetteln, die alle im Garten aufgetaucht waren, und der Auseinandersetzung mit

Pringle. „Und weißt du, was das Unglaublichste daran ist? Er sagt, er brauche sie, um Origami damit zu machen!", berichtete ich ihr empört.

„Oh, gut", sagte Grandma mit einem kecken Nicken. „Ich war schon besorgt, dass er kein Bastelmaterial finden würde."

„Moment mal. Hast du ihm etwa vorgeschlagen, sich damit zu befassen?" Warum überraschte mich das jetzt nicht?

Sie zuckte mit den Schultern. „Ich hatte ein altes Buch über die japanische Kunst des Papierfaltens. Es hat mir keine Freude mehr bereitet, aber unser Waschbärfreund schien Spaß daran zu haben, also habe ich es ihm geschenkt."

„Aber kann er denn lesen?" Selbst Octocat, der viel engeren Kontakt zu Menschen hatte, konnte das nicht.

Grandma gluckste. „Das musst du ihn fragen, Liebes, nicht mich."

Ich verdrehte die Augen und stieß einen übertrieben langen Seufzer aus.

„Kein Grund, gleich patzig zu werden", schimpfte Grandma und eilte zur Tür.

Ich folgte ihr die Treppe hinunter und in die Küche. „Tut mir leid. Ich wollte es nicht an dir auslassen. Es ist nur so, dass ich mich total abmühe, Kunden für die Detektei zu finden, aber nichts scheint zu funktionieren."

„Oh, du brauchst Kunden?" Grandma hob eine Augenbraue und schaute kurz in meine Richtung, während sie den Teekessel mit Wasser füllte.

„Ja natürlich. Es sind jetzt zwei Monate vergangen, und

wir haben immer noch keinen einzigen Auftrag." Das deprimierte mich wirklich.

Großmutter stellte den Kessel auf die Herdplatte und drehte sich mit einem breiten Grinsen zu mir um. „Nun, warum sagst du das nicht gleich? Ich kenne zufällig jemanden, der deine Dienste dringend benötigt."

„Was?" Ich konnte es kaum fassen. „Und du hast es mir nicht gesagt?"

Grandma versetzte mir einen sanften Schlag mit dem Küchenhandtuch. „Beruhige dich. Ich habe es erst gestern erfahren, und ich war zu der Zeit ziemlich beschäftigt."

Ja klar, mit ihrer Marie-Kondo-Mission. Ich rang mir ein versöhnliches Lächeln ab. Obwohl ich meine Großmutter über alles liebte, ging mir ihre umständliche Art und Weise manchmal ziemlich auf die Nerven.

Sie schwieg, und eine geschlagene Minute verstrich, bis ich es nicht mehr aushielt. „Also, wer ist es denn?"

Sie verschränkte die Arme vor der Brust und wandte sich ab. „Entschuldige dich zuerst. Das ist das zweite Mal, dass du mich innerhalb von fünf Minuten anschnauzt."

„Tut mir leid." Und das meinte ich auch so, denn ich schätzte alles an ihr, auch ihre Schrulligkeit, und trotz all ihrer Unzulänglichkeiten war meine Großmutter nach wie vor meine beste Freundin und mein Idol.

Kaum hatte ich meine Entschuldigung ausgesprochen, wirbelte sie wieder zu mir herum, und gespannt wartete ich auf ihre News. „Ich will noch nicht zu viel verraten, aber ich werde deine neue Klientin heute Abend zum Essen einladen, damit sie dir alle Einzelheiten erzählen kann. Ich bin mir ziemlich sicher, dass sie dich anheuern wird, um ihr zu helfen."

„Danke, Grandma!", rief ich freudig und umarmte sie fest. Letzten Endes war es egal, dass sie sich mit den Details zurückgehalten hatte. Sie hatte einen Kunden für mich aufgetan, meinen ersten, waschechten Kunden!

Endlich ging es aufwärts für Octocats und mein Geschäft.

# 4

Als unsere Türklingel – eine beschwingte Version von YMCA von den Village People – durchs Haus schallte, schossen mir zwei Dinge durch den Kopf: Meine erste Kundin stand in diesem Moment draußen vor der Tür, und Grandma hatte sich offenbar auf meine Kosten amüsiert.

Sie hatte sich geweigert, irgendwelche Details über den Fall oder die Person preiszugeben, um mich nicht vorab zu beeinflussen, wie sie sagte. Persönlich glaubte ich jedoch, dass sie dachte, es würde auf diese Weise einfach mehr Spaß machen – zumindest ihr.

Als ich die Tür öffnete und unsere Postbotin Julie dort stehen sah, war ich völlig verblüfft. „Julie, hallo! Wie geht's?", fragte ich vorsichtig, da ich nicht genau wusste, ob sie nur ein eiliges Paket zustellen wollte oder tatsächlich die Kundin war.

„Es ging mir schon mal besser, soviel steht fest." Die sonst immer fröhlich lächelnde Frau mit dem Engelsgesicht hatte heute tiefe Sorgenfalten auf der Stirn. Sie stieß einen lauten Seufzer aus.

„Nun bitte unseren Gast doch herein!", rief Grandma vom Fuß der Treppe aus. Ich hatte sie noch nicht einmal kommen hören. Sie musste wirklich ein halber Ninja sein.

„Danke, Dorothy." Julie nickte, trat ins Haus und stand dann unbeholfen in unserem Foyer. Sie war eine der wenigen Menschen in der Stadt, die Großmutters wahren Vornamen kannten und nicht ihren bevorzugten Spitznamen benutzten.

„Ich lasse euch beide mal allein, damit ihr das Geschäftliche unter vier Augen besprechen könnt." Grandma tippelte mit schwingenden Hüften davon.

Doch bevor sie in die Küche entschwand, drehte sie sich noch einmal zu uns. „Ach Angie, sei so lieb und nimm den Kater mit. Er hat in letzter Zeit die nervige Angewohnheit, mir immer in die Quere zu kommen." Sie hielt inne und zwinkerte mir auffällig zu, was auch Julie sicher nicht entging.

Octocat erklomm die unterste Treppenstufe und brummte: „Das tat weh. Nur weil sie mich nicht verstehen kann, heißt das nicht, dass ich sie nicht verstehe."

Ich wollte ihn trösten, hielt mich aber zurück, weil Julie uns beide genau beobachtete. „Lassen Sie uns in mein Büro gehen", sagte ich stattdessen.

Was bei unserem Einzug ein reines Gästezimmer gewesen war, hatte sich inzwischen zu meinem absoluten Lieblingszimmer gemausert. Brock Calhoun – der sich jetzt nur noch kurz „Cal“ nannte – hatte hervorragende Arbeit geleistet und den Raum in ein luxuriöses Büro samt Bibliothek verwandelt. Die Krönung jedoch war der zwei Meter lange Sitzplatz direkt am Fenster, mit Blick auf den hinteren Garten des Anwesens. Die riesigen gewölbten Decken und der antike Kristallkronleuchter taten ihr Übriges, ebenso wie die maßgefertigten Bücherregale, die zwei ganze Wände komplett vom Boden bis zur Decke einnahmen.

„Wow“, raunte Julie ehrfürchtig, als sie sich umsah. „Ich wette, Sie verlassen diesen Raum nur, wenn es sein muss.“

„Ja, so ungefähr“, erwiderte ich freundlich, obwohl das nicht ganz stimmte. Zwar verbrachte ich hier jede Woche ein paar Stunden mit Lesen, aber die Tatsache, dass ich bisher noch keinen konkreten Auftrag hatte, um den Raum als Büro zu nutzen, deprimierte mich mehr und mehr. Daher fiel es mir an den meisten Tagen leichter, in meinem Schlafzimmer zu lesen, denn da musste ich mich nicht so sehr mit meiner eigenen Unzulänglichkeit als Privatdetektivin auseinandersetzen.

Aber das sollte sich hier und jetzt ändern, dank unserer werten Postzustellerin.

„Meine Großmutter meinte, Sie hätten einen Fall für mich“, begann ich, als Julie sich auf der alten Ledercouch niedergelassen hatte, die gegenüber meinem großen Schreibtisch aus Nussbaumholz und dem Chefsessel stand. „Dann erzählen Sie doch mal.“

Octocat schritt durch den Raum und versuchte, sich natürlich zu verhalten, was ihm völlig missglückte. Darüber würden wir später noch sprechen müssen.

„Okay." Julie warf einen Blick in Richtung meines Katers, drehte sich dann wieder zu mir um und räusperte sich. „Also, in den letzten Wochen wurde eine Reihe Briefkästen auf meiner Route mutwillig beschädigt. Und die Post, von der ich weiß, dass ich sie zugestellt habe, ist teilweise verschwunden; es gab einige Beschwerden über nicht angekommene Sendungen. Ich weiß, dass der Fehler nicht bei mir liegt, aber bei meinen Vorgesetzten bewege ich mich auf dünnem Eis. Man gibt mir die Schuld und droht damit, mich zu beurlauben oder sogar mein Gehalt zu kürzen, um die Kosten für den Austausch der Briefkästen wieder reinzuholen."

Ich setzte mich neben sie und berührte mitfühlend ihr Knie. „Das ist ja furchtbar."

Wenn ich als Ermittlerin Erfolg haben wollte, brauchte ich nicht nur eine gute Spürnase, sondern auch einen guten Draht zu meinen Kunden. Bei Julie war das glücklicherweise einfach, denn ich hatte sie schon immer gemocht, und auch wenn sie keine richtige Freundin war, so doch eine alte Bekannte.

Sogar Octocat schien von ihrer Geschichte gerührt zu sein. Er hörte auf, im Zimmer herumzuwandern, und sprang neben sie auf die Couch. Dann rieb er seinen Kopf an ihrer Hand, um ein paar Streicheleinheiten zu bekommen.

„Was für ein süßes Kätzchen", meinte Julie, und das

reichte, um ihn im nächsten Moment wieder aufspringen zu lassen. Niemand durfte ihn „Kätzchen“ nennen – das ging für ihn einfach gar nicht. Unser Gast konnte froh sein, dass er nicht in Stimmung war, seine Krallen auszufahren.

Wir sahen beide zu, wie Octocat sich auf der Fensterbank gegenüber niederließ und uns von dort aus beobachtete.

„Sie wollen also, dass wir herausfinden, wer die Post klaut und die Briefkästen beschädigt, damit Sie nicht mehr dafür verantwortlich gemacht werden“, fasste ich zusammen.

Julie nickte energisch, dann runzelte sie die Stirn. „Ja, das wäre wunderbar. Aber wenn Sie mir nicht helfen wollen, dann verstehe ich das.“

„Warum sollten wir Ihnen nicht helfen wollen?“ Mir stockte der Atem. Der Fall lag klar auf der Hand, also was war das Problem?

Julie ließ den Kopf hängen und eine Träne kullerte in ihren Schoß. „Ich kann nichts dafür bezahlen. Seit die Kinder auf dem College sind, muss ich wirklich knapsen, und ich ertrinke immer noch in Schulden. Ich kann es mir nicht leisten, meinen Job zu verlieren, aber ich kann es mir auch nicht leisten, Sie zu bezahlen, damit Sie mir helfen, ihn zu behalten.“

„Sie erwartet von uns, dass wir umsonst arbeiten?“, zischte Octocat ungehalten. „Nein, vielen Dank, der Nächste, bitte!“

Ich warf ihm einen warnenden Blick zu und wandte mich

mit aufmunternder Miene wieder an Julie: „Wir helfen Ihnen gerne. Auch ohne Bezahlung."

Julie hob den Blick und sah mir in die Augen, wobei sich ein Lächeln auf ihren Lippen abzeichnete. „Sicher? Ich weiß, es ist viel verlangt. Ich hätte mich nicht einmal gewagt zu fragen, aber Dorothy hat darauf bestanden und ..."

Ich hob meine Hand, um sie zu unterbrechen. „Ganz sicher."

„Nein, nein, nein", maulte Octocat. „Welcher Profi arbeitet denn umsonst? Ich dachte, wir betreiben hier ein seriöses Unternehmen?"

Ich schüttelte den Kopf. Manchmal fiel es mir echt schwer, nicht mit ihm zu reden, wenn Leute dabei waren, die unser Geheimnis nicht kannten.

„Absolut sicher", betonte ich erneut, während ich meinen wütenden Kater grimmig anstarrte.

Das war also mein erster Kundentermin, der insgesamt keine fünfzehn Minuten gedauert hatte. „Ich muss gehen", sagte Julie, stand auf und schüttelte mir die Hand. „Vielen Dank, dass Sie mir helfen wollen. Ich werde mich bald irgendwie revanchieren, das verspreche ich."

„Das solltest du auch!", schimpfte Octocat.

„Nicht nötig", sagte ich lächelnd, um ihm den Wind aus den Segeln zu nehmen. „Wir betrachten das als kleines Training und freuen uns über die Gelegenheit, unsere Fähigkeiten zum Einsatz zu bringen."

Julie seufzte wehmütig. „Es ist wirklich toll, dass Sie und

Dorothy das zusammen machen. Ich hoffe, dass meine Mädels eines Tages, wenn sie keine Teenies mehr sind, zumindest halb so viel mit mir zusammen sein wollen wie Sie und Ihre Großmutter."

Lachend erwiderte ich: „Grandma gehört nicht wirklich zur Firma, aber wir verbringen gerne Zeit miteinander. Ich bin mir sicher, dass Ihre Töchter das später auch wollen."

„Gehört sie nicht? Aber Sie sprachen immer von *Wir* – wie meinen Sie das denn?"

„Oh, ähm, das ist nur so eine Angewohnheit. Ich bin die Detektivin, aber bei Bedarf ziehe ich externe Experten hinzu", stammelte ich, was mir so peinlich war, dass ich beinahe die Treppe hinuntergestolpert wäre. Hoffentlich hatte sie nichts bemerkt.

Ich musste wirklich aufhören, Octocat einzubeziehen, wenn ich mit anderen sprach. Selbst mein beiläufiges „Wir" könnte uns irgendwann verraten. Man sollte meinen, dass jemand, der seinen Lebensunterhalt damit verdiente, Geheimnisse aufzudecken – theoretisch zumindest –, besser in der Lage wäre, ebensolche auch zu verbergen.

„Nur so eine Angewohnheit, ja?", höhnte mein Kater, als er uns die Treppe hinunter folgte.

„Dorothy hat meine Handynummer", sagte Julie, die kurz vor der Haustür stehen geblieben war. „Nochmals vielen Dank für Ihre Hilfe."

„Schon fertig?" Grandma war aus der Küche erschienen

und wischte sich die Hände an ihrer rosa gepunkteten Rüschenschürze ab.

„Bei Angie ist die Sache in guten Händen. Danke, dass Sie uns zusammengebracht haben."

Großmutter strahlte sichtlich stolz. „Oh, ich bin so froh. Sie bleiben doch zum Essen, oder? Es ist fast fertig."

„Ich kann wirklich nicht, aber danke für die Einladung." Julie nickte Grandma zu und schüttelte mir ein zweites Mal die Hand. Dann hastete sie hinaus.

„Und komm nicht wieder!", rief Octocat ihr hinterher, als sie die Tür zuzog.

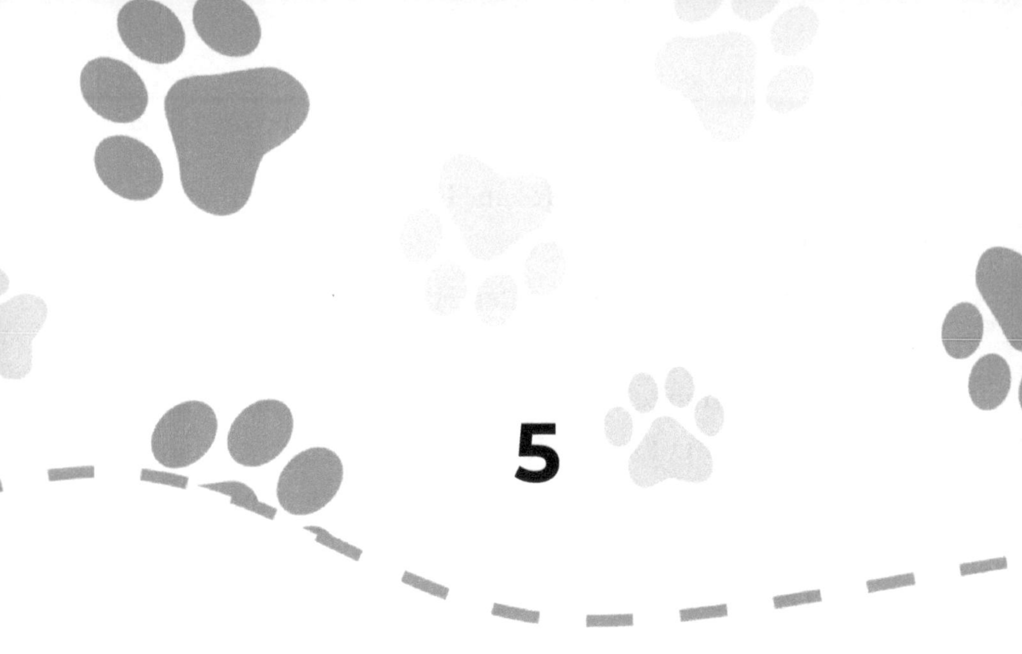

# 5

„Das ging aber schnell“, meinte Grandma erneut, als ich ihr in die Küche folgte. Selbst ich musste zugeben, dass Julie es sehr eilig hatte, hier wieder wegzukommen. Lag das nur daran, dass sie noch etwas zu erledigen hatte, oder könnte es einen anderen, möglicherweise pikanten Grund geben? Meine Güte, ich hoffte, sie hatte uns nicht engagiert, um ihren Namen reinzuwaschen, weil sie die Taten in Wirklichkeit selbst begangen hatte.

Nein, nein. Ich schüttelte den Kopf und holte tief Luft. Wie konnte ich nur so etwas über Julie denken? Sie war immer nett zu uns gewesen, immer zuverlässig und, soweit ich das beurteilen konnte, eine ehrliche Haut.

„Dir schwirrt der Kopf, nicht wahr?“ Großmutter holte verschiedenes Gemüse aus dem Kühlschrank und legte es neben ein sauberes Schneidebrett. „Erzähl mir alles, während du den Salat vorbereitest“, sagte sie und kehrte auf ihren Stammplatz am Herd zurück.

Ich wusch die Salatblätter und gab sie in die Schleuder. Ohne angeben zu wollen, aber das Grünzeug für unser Abendessen gelang mir inzwischen ziemlich gut. Das lag jedoch vor allem daran, dass Grandma mir nichts anvertraute, was mit Hitze zubereitet werden musste. Nicht nach dem Fiasko mit der verbrannten Rinderbrust im Jahr 2019.

„Da gibt es gar nicht viel zu erzählen“, antwortete ich nachdenklich. „Jemand klaut Post und demoliert Briefkästen.“

„Ja, das wusste ich doch schon.“ Grandma ging zum Kühlschrank und nahm die Butter heraus. „Deshalb hatte ich ja auch vorgeschlagen, dass ihr euch trefft. Hat sie denn sonst noch etwas erzählt?“

Ich hielt den Blick konzentriert auf das Gemüse gerichtet. „Nur, dass sie nichts zahlen kann. Ich habe ihr gesagt, dass das in Ordnung sei, aber Octocat ist sauer deswegen.“

„Klar ist er das, unser launischer Stubentiger halt.“ Sie drehte sich um und streckte ihm die Zunge heraus, während er neben seinem leeren Futternapf hockte und finster dreinblickte. Es hätte jetzt auch keinen Sinn, ihn früher zu füttern, da er sich über die Änderung seines Zeitplans garantiert noch mehr aufregen würde als über die Tatsache, dass wir bei unserem ersten Auftrag für lau arbeiten würden.

„Entschuldige bitte, dass ich gewisse Standards habe“, murrte er betont dramatisch. „Und Selbstachtung.“

Was für eine Drama Queen!

„Gut, dass sein Treuhandfonds mehr als ausreichend ist, um unsere Hälfte der Hypothek und der Ausgaben zu decken.“

„In der Tat“, stimmte sie nickend zu.

Octocat gab ein leises Knurren von sich, verkniff sich jedoch weitere Kommentare, um seinem Unmut über mich und die Situation Luft zu machen.

Grandma und ich arbeiteten einige Minuten lang schweigend und genossen die Ruhe, die sich beim Schneiden, Rühren und Anrichten einstellte. Dann fiel mir etwas ein, das neulich geschehen war und das uns in Julies Fall auf eine Spur bringen könnte.

„Hey, warte mal“, sagte ich, und meine Stimme kam mir in diesem Moment extrem laut vor. „Weißt du noch, als Octocat seine Vorladung zu dem Gerichtsverfahren wegen der Testamentsanfechtung bekam? Die wurde viel zu spät zugestellt, fast zu spät, um noch pünktlich zur Anhörung erscheinen zu können. Meinst du, dass vielleicht einer von Julies Kollegen bei der Post schuld daran sein könnte und möglicherweise auch an den aktuellen Ereignissen?“

„Möglich wäre das“, antwortete Grandma achselzuckend. „Aber beim letzten Mal stand doch die falsche Anschrift auf dem Brief und daraufhin wurde er ewig nicht nachgesandt.“

Ich kaute auf meiner Lippe herum und dachte nach. Sie hatte recht, aber das bedeutete noch lange nicht, dass es keinen Zusammenhang zu Julies Fall gab. „Weißt du was? Ich schaue mir diesen Brief jetzt noch mal an, nur sicherheitshalber. Mal sehen, ob er irgendwelche Erinnerungen oder Ideen weckt. Kann sein, dass es ein Schuss in den Ofen ist, aber es gibt uns zumindest einen Ansatzpunkt."

Ich huschte in die Bibliothek, wo ich meine wenigen wichtigen Dokumente in einem Hängeregister in der untersten Schublade meines Schreibtischs aufbewahrte, unter anderem die Unterlagen zu Octocats Treuhandfonds, meine verschiedenen Abschlusszeugnisse und der Bankvertrag für unsere Hypothek. Allerdings ...

Die Schublade war leer.

Ich zog sie komplett heraus, um zu sehen, ob etwas dahinter gefallen war, doch dort lag nicht ein einziges Blatt.

„Grandma!", rief ich aus vollem Halse und sackte in mich zusammen, weil mir der Schreck den Boden unter den Füßen wegzog. Ich kauerte panisch auf den harten Holzdielen vor dem Schreibtisch, und meine Beine fühlten sich wie Pudding an, meine Knie zitterten. Konnten meine wichtigsten Dokumente wirklich alle spurlos verschwunden sein?

Kurze Zeit später erschien Großmutter. „Ja, Liebes?"

Ich drehte mich um und sah ihr in die Augen. „Hast du auch meine Unterlagen nach dieser Marie-Kondo-Methode ausgemistet?"

Sie legte sich die Hand aufs Herz. „Natürlich nicht. Ich würde niemals deine Sachen wegwerfen, ohne dich vorher zu fragen. Das ist ein Prozess, den jeder selbst durchlaufen muss. Meine Lieblingssachen, die mir Freude bereiten, sind ja vermutlich nicht deine Lieblingssachen, sogar mit großer Wahrscheinlichkeit nicht."

Ich hob die leere Schublade in die Höhe und biss mir auf die Lippe, um nicht zu heulen.

„Oh, das sieht nach einem Problem aus." Sie durchquerte den Raum, nahm mir die Schublade ab und schüttelte sie kräftig.

„Verflixt", sagte sie, als nach wie vor nichts herausfiel. „Ich rufe Charles an."

Ich blieb mitgenommen am Boden sitzen. Obwohl mein Freund in dieser Situation nicht wirklich etwas tun konnte, gab es mir ein gutes Gefühl zu wissen, dass er bald hier sein würde.

Während meine Stärke eher darin lag, Hinweise und Beweise wie ein Puzzle zusammenzufügen, wusste er immer, was in schwierigen Situationen wie dieser zu tun war.

„Was ist los?", fragte Octocat mit zuckenden Schnurrhaaren. Ich hatte nicht einmal bemerkt, dass er den Raum betreten hatte.

„Meine ganzen wichtigen Papiere sind weg", erklärte ich ihm schniefend.

„Warum verschwinden bei dir ständig alle möglichen

Papiere?“ Er lachte, verstummte jedoch, als er bemerkte, dass ich total fertig war.

„Das mit den Flyern war ja nicht meine Schuld“, erinnerte ich ihn. „Und das hier auch nicht.“

„Nein“, meinte er und gähnte lange und lautstark. Wie schön, dass er meine Aufregung so entspannend fand. Anschließend fügte er hinzu: „Deine Werbezettel hat sich ja Pringle gekrallt. Glaubst du, das hier geht auch auf sein Konto?“

Das gab mir zu denken. „Pringle? Hmm. Aber er darf das Haus nicht betreten.“

Octocat lachte sarkastisch. „Meinst du wirklich, das hält ihn davon ab?“

„Jetzt reicht’s!“ Auf einmal hatte ich so viel Wut im Bauch, dass ich energisch aufsprang. „Ich rufe einen Schädlingsbekämpfer an.“

Wie konnte ein kleiner Waschbär so viel Schaden in meinem Geschäfts- und Privatleben anrichten? Und warum ließ er mich und meine Sachen nicht einfach in Ruhe?

„Oh, gute Idee!“, raunte Octocat und trabte hinter mir her die Treppe hinunter. „Kann ich dabei sein, wenn er abgeholt wird? Ich kann es kaum erwarten, seinen Gesichtsausdruck zu sehen, wenn …“

Er hielt abrupt inne, als ein vehementes Klopfen an unserer Haustür ertönte. Charles konnte es noch nicht sein, schließlich hatte Grandma ihn eben erst angerufen, aber wer dann?

Großmutter kam aus der Küche gerannt, wobei sie sich die Hände an einem Geschirrtuch abwischte. „Ja“, rief sie, „wer ist da?“

„Hier ist Julie“, antwortete die Postbotin mit verzweifelter Stimme. „Darf ich reinkommen?“

# 6

Julie, Grandma und ich standen im Foyer, Paisley klebte an unseren Fersen und Octocat beobachtete uns aus einer nach seinem Empfinden sicheren Entfernung – er saß auf halber Höhe der Treppe.

„Was ist los?“, erkundigte ich mich. Julie zitterte und sah verweint aus.

Grandma legte ihr den Arm um die Schultern und bot ihr ein Taschentuch an, das sie aus ihrer Schürzentasche zauberte.

„Ich war doch vorhin gerade mal zehn Minuten hier“, begann sie. „Und trotzdem hat jemand in der Zeit meinen Wagen geplündert. Ich habe es erst vor meiner Haustür bemerkt und ich kann es immer noch nicht glauben.“

„Was fehlt denn?“, fragte ich mit einer bösen Vorahnung.

„Einige Pakete, die ich nicht ausliefern konnte, weil ich

bei den Empfängern niemanden angetroffen habe.“ Ihr Gesichtsausdruck verfinsterte sich. „Ich habe wirklich schon mehr als genug Ärger auf der Arbeit und jetzt das. Und das Schlimmste ist, dass mir auch mein Glücksbringer geklaut wurde, ein kleiner Engel.“

„Sieht aus, als sei das Glück dir nicht hold“, spöttelte mein Tiger und lachte über seinen eigenen Witz, wobei er seinen Kopf von einer Seite zur anderen neigte.

„Ihr Glücksengel?“, fragte ich besorgt nach. Meine Flyer konnte ich jederzeit neu drucken und Ersatzkopien von den fehlenden Dokumenten ordern, aber ein Glücksbringer war einzigartig und vermutlich unersetzlich.

„Ja, es ist kein teures Teil, aber für mich besonders wertvoll. Es war das erste Muttertagsgeschenk, das meine Töchter von ihrem eigenen Geld für mich gekauft haben. Dieser Engel besteht hauptsächlich aus Glas und hat feine goldene Ränder. Ich bewahre ihn immer im Handschuhfach auf, damit er nicht zerbricht. Er ist immer bei mir und leistet mir tagsüber Gesellschaft.“

„Wie haben Sie bemerkt, dass er weg ist?“, fragte ich beunruhigt und musste mich zwingen, nicht auf den Fingernägeln zu kauen.

Julie schaute geistesabwesend ins Leere und schwankte leicht hin und her. „Meine Jüngste rief an, um mir vom College zu erzählen. Deshalb hatte ich es eben auch so eilig von hier wegzukommen, denn ich wusste, dass sie heute Abend nach dem

Ende der Schicht in ihrem Teilzeitjob anrufen würde. Ich halte den Engel gerne in der Hand, wenn ich mit meinen Mädchen telefoniere. Dann fühle ich mich ihnen irgendwie näher."

„Aber als Sie ihn herausholen wollten, war er nicht mehr da", beendete ich ihren Bericht mit einem Seufzer.

Sie nickte und zeigte auf mich. „Genau."

„Und Sie sind sich sicher, dass er vor dem Besuch bei uns noch im Auto war?" Ich spürte, wie sich bei mir üble Kopfschmerzen anbahnten. Es musste Pringle gewesen sein, was bedeutete, dass seine Kleptomanie alarmierende Ausmaße angenommen hatte.

„Natürlich war er noch da!", entgegnete Julie gereizt. Plötzlich fühlte es sich nicht mehr so an, als wären wir Verbündete, die versuchten, diese Sache gemeinsam aufzuklären. „Wie schon gesagt, es ist mein Glücksbringer, und deshalb habe ich die Figur vor unserem Treffen noch einmal zur Hand genommen, in der Hoffnung, dass Sie mir helfen würden, auch wenn ich nichts bezahlen kann." Nun blickte sie unsicher zu Großmutter hinüber und murmelte: „Haben Sie meinen Engel genommen, Dorothy?"

O nein. Wenn sie mich verdächtigt hätte, na gut, aber Grandma auch nur in Erwägung zu ziehen ... Undenkbar! Natürlich verteidigte ich meine Großmutter sofort. „Niemals! Wir wissen beide, dass sie es nicht war, aber ich bin mir ziemlich sicher, wer dahintersteckt."

„Lass mich raten ..." Octocat kam langsam die Stufen

hinunter und ließ sich zwischen Julie und mir nieder. „Ein gewisser Waschbär, der ständig nur Unsinn anstellt?"

Paisley begann daraufhin wütend zu bellen. „Großer böser Waschbär!", kläffte sie. „Er war gemein zu Mommys Freundin!"

Julie musterte den aufgeregten kleinen Hund nervös und trat einen Schritt zurück in Richtung Tür.

„Pst, ist ja gut, Kleines", sagte Grandma, hob Paisley hoch und gab ihr einen dicken, feuchten Kuss.

Ich ließ mich davon nicht ablenken und erklärte Julie: „Unter unserer Veranda lebt ein Waschbär, der ein richtiger Langfinger ist. Und es würde mich nicht überraschen, wenn er derjenige wäre, der sich in Ihren Wagen geschlichen und Ihren Engel gestohlen hat. Und die Pakete ebenso."

„Auch von Angies Sachen sind in letzter Zeit so einige spurlos verschwunden", ergänzte Grandma, „und wir haben ihn schon einmal auf frischer Tat ertappt."

Ungläubig torkelte Julie einen Schritt zurück, als hätte sie gerade einen Schlag ins Gesicht bekommen. „Ein Waschbär stiehlt Ihre Sachen? Das wissen Sie ganz sicher, und trotzdem haben Sie ihn noch nicht eliminiert?"

Wie sollte ich ihr erklären, dass das für mich nicht infrage kam? Den Waschbären zu töten würde in meinen Augen dem Mord an einem Menschen gleichkommen. Egal, wie sehr er mir auf die Nerven ging, ich würde ihm niemals etwas antun, um mir das Leben leichter zu machen.

„Meine liebe Angie hat ein weiches Herz", meinte Grandma mit einem traurigen Lächeln.

„Können Sie meinen Engel da rausholen?" Julie schluchzte erneut, und ich hatte keine Ahnung, ob sie Tränen des Kummers oder der Hoffnung weinte. Oder vielleicht beides? „Können Sie ihn mir wiederbringen?"

„Natürlich, das kriegen wir schon hin", beruhigte ich sie und warf einen beunruhigten, vielsagenden Blick zu Großmutter hinüber. Aber um in den Waschbärbau zu klettern und Diebesgut sicherzustellen, bräuchte ich ein wenig Privatsphäre.

„Das Essen ist gleich fertig", meinte diese wie aufs Stichwort. „Angie wird sich gleich um den Waschbären kümmern, und ich würde mich freuen, wenn Sie in der Zeit mit mir zu Abend essen würden. Kommen Sie, meine Liebe." Sie schob Julie in Richtung Esszimmer, bevor sie widersprechen konnte.

Ich stapfte nach draußen, dicht gefolgt von meinen Fellnasen. Und obwohl ich am liebsten geschrien hätte vor Empörung, beherrschte ich mich, um nicht zu riskieren, dass Julie es mitbekam.

„Ich hole ihn, Mami!" Paisley preschte davon, bevor ich sie aufhalten konnte, und rannte in das Versteck des Waschbären unter der Veranda.

„Paisley, nein!", rief ich ihr voller Sorge hinterher. „Komm zurück!"

Pringle war etwa fünfmal größer als sie, und falls er sich

durch ihr unerwartetes Eindringen in seine Höhle bedroht fühlte, könnte er ihr ordentlich wehtun.

„Na, wenn das mal nicht schiefgeht", kommentierte mein Kater die Situation seufzend. „Aber so sind Hunde eben. Immer in Action, ohne Sinn und Verstand." Auch wenn Paisley in den letzten Monaten zu seiner besten vierbeinigen Freundin geworden war, hatte sich sein allgemeines Vorurteil gegenüber Hunden kein bisschen geändert. So war Octocat eben. Mit Widersprüchen hatte er kein Problem, solange er derjenige war, der die Regeln aufstellte.

Ein Stück weit entfernt knirschten Reifen, und ich erkannte Charles' Auto, das unsere lange Einfahrt hinaufrollte.

Kurz darauf parkte er direkt vor der Veranda. „Grandma hat mir erzählt, dass ihr ein kleines Waschbärproblem habt", sagte er beim Aussteigen.

„Eher ein großes Waschbärproblem", grummelte ich.

Mein Freund holte zwei Schaufeln und eine Taschenlampe aus dem Kofferraum und schlug den Deckel wieder zu. „Gut, dann lass uns an die Arbeit gehen. Sollen wir?"

# 7

Mit den Schaufeln bewaffnet näherten Charles und ich uns dem schmalen, zerklüfteten Eingangsloch zu Pringles Behausung unter der Veranda. Octocat zog es in der Regel vor, nicht direkt mitzumischen, wenn es sich vermeiden ließ, und so blieb er auf der Veranda sitzen. Paisley hatte sich natürlich schon gegen meinen Willen beherzt hineingestürzt.

„Pringle“, rief ich heiser in die Öffnung und betete, dass er nicht in Kampflaune war und meinen armen übereifrigen Chihuahua verschonte. „Komm raus!“

Ein kleiner Kopf mit leuchtenden Augen lugte plötzlich aus dem dreckigen Loch hervor – nicht der von Pringle, sondern der von Paisley. Gott sei Dank!

„Hallo, Mami!“, rief sie sichtlich aufgeregt. „Der Waschbär

ist nicht zu Hause, aber er hat ganz schön viel Zeug da unten gehortet!"

O Mann, war ich froh, vor allem, dass die Kleine ihr törichtes Vorpreschen ohne einen Kratzer überstanden hatte, und auch ihre Nachricht spielte uns in die Karten.

„Prima, dass er nicht da ist", sagte ich. „Dann kommen wir einfacher hinein und können uns holen, was wir brauchen, ohne dass er uns in die Quere kommt." Ich sah zu Charles auf und informierte ihn: „Pringle ist nicht zu Hause."

Er lachte gut gelaunt in sich hinein. „Ja, das habe ich mir schon gedacht, Miss Doolittle. Ich werde immer besser darin, deine einseitigen Gespräche zu interpretieren – hab ja jetzt auch schon jede Menge Übung darin."

Ich spürte, wie mir eine hitzige Röte ins Gesicht stieg und Charles mich im nächsten Moment auf die Wange küsste. Danach ging es mir schlagartig besser und ich hatte das Gefühl, alles wieder mehr im Griff zu haben. Was soll ich sagen? Er hatte einfach diese besondere Wirkung auf mich.

„Hm", säuselte ich zufrieden. „Wie ist es nur möglich, dass ich den besten Mann in ganz Blueberry Bay abbekommen habe?" Ich drehte mich ganz zu ihm um und drückte ihm einen dicken Schmatzer auf den Mund.

„Nur von ganz Blueberry Bay?", flachste Charles, während er eine Strähne meines Haares um seinen Zeigefinger wickelte und mir dann auf die Nase drückte.

„Okay, ich korrigiere: vom ganzen Bundesstaat Maine", kicherte ich und zwinkerte ihm zu.

„Hey, muss das denn in aller Öffentlichkeit sein? Eklig so was“, murrte Octocat, sprang von der Veranda und stellte sich in Windeseile zwischen uns. „Das ist der Grund, warum ich ihn Kotzbrocken nenne. Jedes Mal, wenn er da ist, wird mir übel von euch beiden.“

Tatsächlich hatte sich mein mürrischer Gefährte diesen Spitznamen für Charles schon ausgedacht, lange bevor wir ein Paar wurden, aber jetzt war nicht der richtige Zeitpunkt, um das zu diskutieren. Wir hatten ein Waschbärversteck auszuheben.

Ich packte die Schaufel und lächelte meinem Märchenprinzen leicht bekommen zu. „Bereit?“

Charles stieß seine Schaufel in den Boden und beförderte einen Berg Erde aus dem Loch. „Absolut!“

„Das ist fast so eklig wie das, was ihr vorhin gemacht habt“, maulte Octocat und kehrte auf die Veranda zurück. Er liebte es, draußen auf Entdeckungstour zu gehen, hasste es aber, sich schmutzig zu machen. Allein der Anblick des Dreckhaufens genügte, um bei ihm einen Putzreflex auszulösen und mit seiner rauen Zunge über sein Fell zu lecken.

„Wie kann ich dir helfen, Mami?“ Paisley tanzte wie ein Schaukelpferdchen fröhlich vor und zurück. Im Gegensatz zu meiner Samtpfote war sie ein richtiger Dreckspatz. Schon mehr als einmal hatte ich sie in unserer Waschküche vorgefunden, wo sie sich mit unsäglicher Begeisterung in einem Schmutzwäschehaufen wälzte.

„Bleib erst mal auf Seite. Ich möchte nicht, dass wir dir mit der Schaufel wehtun."

Für einen Augenblick schaute sie mich enttäuscht an. Sie schien nicht zu verstehen, wie klein und verletzlich sie war und wie rasch sie in Gefahr geraten konnte, selbst in alltäglichen Situationen. Dennoch wollte ich sie nicht völlig von unserer Mission ausschließen.

„Wenn wir mit dem Graben fertig sind, kannst du uns helfen, die Sachen herauszuholen", schlug ich ihr mit überschwänglicher Stimme vor. „Abgemacht?"

„Abgemacht", bellte sie und hoppelte die Verandastufen hinauf. Sie konnte kaum in einer geraden Linie laufen, da sie so heftig mit dem Schwanz wedelte. Nachdem sie es geschafft hatte, sich neben ihrem Katzenfreund zu setzen, klopfte ihr Schwänzchen weiter stakkatoartig gegen die Dielen.

Als ich mich wieder unserer Ausgrabung zuwandte, stellte ich überrascht fest, dass der Erdhaufen neben Charles bereits deutlich größer geworden war, und ich hatte noch gar nichts dazu beigetragen. Ich hob meine Schaufel an, um loszulegen, doch Charles stoppte mich abrupt.

„Nimm die Taschenlampe und sieh nach, was du da unten erkennen kannst", sagte er und schaufelte noch etwas Erde aus dem Weg.

Suchend schaute ich mich nach der Taschenlampe um, bis ich sie unweit von uns im Gras entdeckte. Ich ergriff sie mit beiden Händen und schaltete sie ein. Die Dämmerung hatte bereits eingesetzt. In einer halben Stunde würde der Himmel völlig dunkel sein. Wir mussten uns beeilen. Ich hatte keine Ahnung, wann Pringle zurückkommen würde, aber er besaß uns gegenüber den Vorteil, dass er im Dunkeln sehen konnte und sich hier überall bestens auskannte. Und obwohl das auch auf Octocat zutraf, war mit seiner Beteiligung an unserer Aktion wohl nicht mehr zu rechnen.

Vorsichtig näherte ich mich dem verbreiterten Loch. Nicht dass er doch da war und mir gleich eine Ladung Dreck ins Gesicht schmiss. Dann ließ ich mich auf Hände und Knie fallen und legte mich auf den Bauch. Mithilfe der Taschenlampe konnte ich nun zum ersten Mal den größten Teil des Raums unter der Veranda sehen.

„O mein Gott!", entfuhr es mir und dabei vergaß ich, leise zu sein, damit Julie nichts mitbekam. „Das ist ja wie eine Drachenhöhle da unten. Kein Wunder, dass er sich für eine Art sagenumwobenen Ritter hält."

Nicht zu fassen, welche Unmengen der Waschbär auf so engem Raum gehortet hatte. Überall türmten sich kleine Schachteln, unordentliche Papierstapel, Müllreste, Folie und diverser Krimskrams aus unserem Haus. Ich entdeckte ein Kissen, das wir schon seit Wochen vermissten, und sogar eine von Octocats geliebten Teetassen. Oh, darüber würde er sich garantiert aufregen.

„Siehst du meinen Engel?", fragte Julie hinter mir. Ich hatte sie gar nicht kommen hören, aber jetzt, wo sie da war, musste ich mich vorsehen.

Ich schwenkte die Lampe erneut umher und versuchte,

mich auf alles zu konzentrieren, was irgendwie glänzte und das Licht einfing. Beinahe hätte ich aufgegeben, denn alles konnte ich aus der Entfernung nicht erkennen, doch dann fiel mir ein kleiner, goldener Schimmer ins Auge.

„Ja! Ja, ich sehe ihn!“, rief ich aufgeregt. Je schneller wir Julies gestohlenen Schatz hier rausholen konnten und die Postbotin wieder verschwand, desto besser, sonst würde sie womöglich Wind von meinem Geheimnis bekommen. Ich griff so weit wie möglich in das Loch und angelte nach der kleinen Glasfigur, aber mein Arm war mindestens dreißig Zentimeter zu kurz.

„Paisley“, rief ich, „kannst du Mami helfen, den Engel zu holen?“

Übereifrig wie immer kam sie mit einem freudigen Bellen herbeigeflitzt und tauchte sofort in das Loch ab.

Ich streckte den Arm aus und zeigte auf den Glücksbringer. „Genau da. Bring ihn zu Mami!“

Paisley schnappte ihn sich sofort. Sie fand es im Gegensatz zu Octocat nicht schlimm, wenn ich mit ihr so sprach, wie Menschen normalerweise mit Tieren sprechen. Sie war einfach nur glücklich, ein Teil von Grandmas und meinem Leben sein zu dürfen, und stellte uns und was wir taten nie infrage.

„Braver Hund!“, lobte ich sie, als sie zu mir zurückkam. „Gut gemacht!“

Charles half mir wieder auf die Beine und Paisley erschien mit der Figur, die sie immer noch fest im Maul hielt.

„Oh, das ist er!“, sagte Julie und schniefte abermals, während sie sich bückte, um das heiß geliebte Stück von Paisley entgegenzunehmen. „Das ist mein Engel. Danke schön. Vielen lieben Dank!“

„Tut mir leid, dass das passiert ist. Aber wenn Sie ihn ein bisschen polieren, ist er wieder so gut wie neu“, sagte ich und hoffte, dass es wirklich so sein würde.

„Wir müssen eindeutig etwas gegen diesen Waschbären unternehmen“, meinte Grandma kopfschüttelnd und mit einem lauten Seufzer.

Für einen Moment standen wir schweigend da, bis …

Ein Jaulen und Schnattern ertönte, dicht gefolgt von einem wütenden Waschbären. „Mein Zuhause! Was habt ihr mit meinem Zuhause gemacht?“, schrie Pringle und hielt sich entsetzt den Kopf mit beiden Vorderpfoten fest.

„Geht zurück!“, rief Julie. Sie ließ Pringle nicht aus den Augen, während sie rückwärts zu ihrem Auto stolperte. „Das Vieh könnte Tollwut haben.“

„Tollwut?“ Pringle ließ sich auf alle Viere zurückfallen und hoppelte hinter Julie her. „Das ist rassistisch, was für eine Frechheit … Und, hey warte, das ist meins!“

„Halt!“, brüllte ich Pringle an, der sich wieder auf die Hinterbeine erhoben und Anstalten machte, Julie den Engel aus den Händen zu reißen.

Alle drehten sich erwartungsvoll zu mir um, weil sie wohl dachten, ich wüsste, was zu tun sei, nur leider hatte ich keinen Plan, jedenfalls noch nicht.

„Julie, Sie gehen jetzt besser. Ich rufe Sie später an, dann können wir über alles Weitere sprechen. Zuerst muss ich mich um unseren Waschbärfreund hier kümmern“, murmelte ich.

Ich hoffte inständig, dass mein Gebrauch des Wortes „Freund“ Pringle milde stimmen würde, denn wir waren noch nicht fertig miteinander.

# 8

Wir sahen alle schweigend zu, wie Julie das Weite suchte. Ich konnte es ihr nicht verübeln, dass sie dem Drama, das sich in meinem Vorgarten abspielte, entkommen wollte. Die arme Frau wurde des Postdiebstahls und der Sachbeschädigung beschuldigt, man hatte ihr ihren Glücksbringer direkt aus dem Auto gestohlen, und zu allem Überfluss wurde sie auch noch von einem wild gewordenen Waschbären gejagt.

Was die meisten Menschen wohl als Horrortag bezeichnet hätten, war für mich hingegen einfach ein weiterer Tag in meinem verrückten, von Viechern erfüllten Leben – und der war noch nicht annähernd vorbei.

Pringle drehte sich zu mir um, seine dunklen Augen voller Zorn. „Hey, Lady. Du hast mir einiges zu erklären."

„Ich?" Endlich konnte ich ihn anschreien, ohne dass

jemandem etwas auffallen würde. „Du bist derjenige, der sich meine Flyer und Julies Engel gekrallt und anscheinend auch die halbe Nachbarschaft ausgeplündert hat."

Pringle schnalzte mit der Zunge und starrte mich mit gerümpfter Nase an. „Hatten wir das mit den Flyern nicht schon ausdiskutiert?"

„Nein, hatten wir nicht! Warum nimmst du immer alles mit, was nicht niet- und nagelfest ist?" Mich schauderte es bei der Vorstellung, was er womöglich noch so anstellen könnte. „Müssen wir jetzt anfangen, alles vor dir abzuschotten?"

Pringle sah mich mit einem teuflischen Grinsen an. „Das kannst du ja versuchen, aber ich habe passendes Werkzeug."

Meine Güte! Er konnte lesen, mit Werkzeug umgehen und in Autos einbrechen. Gab es irgendetwas, das diese verrückte Kreatur nicht konnte?

„Hör auf, mein Leben durcheinanderzubringen", zischte ich ihn mit zusammengebissenen Zähnen an.

Er taumelte einen Schritt zurück. „Ich bringe dein Leben durcheinander? Hör mal, Missy, ich war vor dir hier, vergiss das nicht."

„Ähm, Angie, Liebes?" Grandma kam mir in dem Moment wie gerufen, denn auf seine letzte zynische Bemerkung hatte ich keine Antwort parat. „Wollt ihr beiden euch lieber unter vier Augen unterhalten?"

„Nein, schon gut", antwortete ich kopfschüttelnd.

„Doch, das wäre sicher das Beste", erwiderte Pringle.

„Wenn wir das schon ausdiskutieren, will ich lieber keine Zeugen haben.“

Ich schluckte schwer und starrte ihn ungläubig an. „Hast du mir gerade gedroht?“

Er zuckte lässig mit den Schultern. „Vielleicht. Ja und, was willst du jetzt dagegen machen?“

Paisley stürzte herbei und kickte ihre Hinterpfötchen wütend in die Luft, was eher wie ein scharrendes Huhn wirkte. „Niemand tut meiner Mami weh!“

„Entspann dich, du halbe Portion. Ich werde ihr nicht wehtun“, wies er den Hund zurecht. „Obwohl, vielleicht sollte ich das, wenn ich bedenke, was sie mit meinem schönen Haus gemacht hat. Es liegt in Trümmern!“

„Jetzt mach mal halblang. Du lebst buchstäblich im letzten Loch“, murmelte Octocat.

Pringle sank in sich zusammen und schüttelte ungläubig den Kopf. „Das hat mich tief getroffen, Octavius. Sehr tief.“

„Vielleicht solltet ihr doch besser gehen“, wandte ich mich an Grandma, da Pringle und ich mit unserem Gespräch so offenbar nicht weiterkamen. Wir mussten das in Ruhe besprechen, ohne dass meine Katze ihn verspottete oder mein Hund ihn bedrohte. Und ich wollte diese unangenehme Geschichte, von der mir schon ordentlich der Kopf dröhnte, jetzt gerne schnellstmöglich hinter mich bringen. „Nimm Paisley und Octocat auch mit.“

Charles drückte mir aufmunternd die Schulter, bevor er

den überdrehten Chihuahua auf den Arm nahm. „Lasst uns gehen, Leute“, sagte er.

„Wir sind noch nicht fertig!“, quietschte Paisley mit ihrer niedlichen und so gar nicht furchterregenden Stimme. „Es ist noch längst nicht vorbei!“

„Pst, Kleines. Beruhige dich“, gurrte Grandma.

Und gemeinsam gingen sie alle zurück ins Haus, wobei die Tiere sich sträubten, mich mit dem durchgeknallten Waschbären allein zu lassen.

„Warum klaust du ständig Sachen?“, fragte ich Pringle barsch, nachdem wir unter uns waren und ich mit verschränkten Armen vor ihm stand.

„Ich klaue nicht.“ Er hielt inne und rollte mit den Augen, als ob er es mit dem größten Idioten unter der Sonne zu tun hätte, was ich ziemlich frech von ihm fand. „Sieh mal, es ist einfach die Macht des Schicksals. Ich stehle keine Dinge. Ich erhebe Anspruch auf sie im Namen von Pringle.“

„Wo ist da der Unterschied?“ Glaubte er wirklich, er könne von etwas Besitz ergreifen wie einst die Eroberer und Kolonialherrscher und damit seine Verbrechen rechtfertigen? Wenn das so weiterging, würde es eine lange Nacht werden.

„Hör mal, ich bin kein Dummkopf. Ich habe eure Geschichtsbücher gelesen. Ich weiß alles darüber, wie dieses Land gegründet wurde, und ich finde, die hatten damals eine coole Strategie. Diese Typen wollten mehr Land, also haben sie es sich genommen. Ich wollte mehr Schätze, also habe ich sie mir genommen. Na und?“

„Wir befinden uns aber nicht mehr im Zeitalter der Entdeckungen“, konterte ich ungläubig. „Und es ist nicht in Ordnung, sich Dinge ohne Erlaubnis einfach zu nehmen, und das war es schon damals nicht.“

„Oh, tut mir echt leid. Ich wusste nicht, dass sich die Regeln geändert haben, je nachdem, für wen sie gelten.“

Das Schlimmste war, dass Pringle irgendwie recht hatte mit seinen Argumenten, dass sich die Menschen oft vieles zu ihrem eigenen Vorteil auslegten. Egal, was ich jetzt sagte, es würde mich blöd dastehen lassen, und ich wollte mich auch nicht so aufplustern.

Zum Glück ergriff Pringle erneut das Wort: „Wenn du schon so ein Spielverderber bist, dann nimm den ganzen bescheuerten Menschenmüll wieder mit. Ich habe sowieso nicht gefunden, wonach ich gesucht habe.“

Das war mir neu.

„Wonach hast du denn gesucht?“, fragte ich tonlos, jetzt mehr neugierig als verärgert.

Der Waschbär streckte seine Händchen wie ein Tänzer in den dämmrigen Himmel. „Geheimnisse“, flüsterte er pathetisch.

Jetzt war ich völlig irritiert. „Wie meinst du das?“

„So, wie ich es gesagt habe. Die Storys, die man liest und im Fernsehen sieht, sind schön und gut, aber das ist doch alles nur fingiert, alles erfunden. Das wahre Leben ist doch viel interessanter, echte Dramen, meine ich. Findest du nicht auch?“

„Ähm, verstehe ich nicht ganz“, antwortete ich und musste dabei schwer schlucken.

„Ich spreche von Geheimnissen, meine Liebe.“ Pringle hob eine Augenbraue und schüttelte den Kopf. „Ist das so schwer zu verstehen?“

Ich hatte fast Angst, die nächste Frage zu stellen, konnte sie aber nicht unterdrücken: „Welche Geheimnisse hast du da unten bei dir versteckt?“

„Die meisten sind vergleichsweise harmlos. Die MacIntyres haben ihre letzten Stromrechnungen nicht bezahlt. Ein Junge, der unweit von hier wohnt, hat eine Anzeige wegen Ladendiebstahls bekommen. Nichts Weltbewegendes. Na ja, meistens jedenfalls.“

In dieser Sekunde machte es bei mir klick. „Du hast also auch die ganze Post entwendet?“

„Natürlich, wer sonst?“ Anscheinend hielt er mich für unglaublich begriffsstutzig und gestikulierte ausladend mit den Händen.

Aber ich hatte noch mehr Fragen. „Und warum hast du die Briefkästen demoliert?“

Er zuckte mit den Schultern. „Schien mir zu dem Zeitpunkt eine gute Idee zu sein. Willst du nicht nach meinem größten Geheimnis fragen, das ich enthüllt habe?“

Das ließ mich erzittern. Ja, neugierig war ich jetzt schon, aber wenn ich Interesse zeigte, würde ich Pringle womöglich den Eindruck vermitteln, dass sein schlechtes Verhalten gerechtfertigt gewesen sei, und das wollte ich nicht. „Ich mag eigentlich keinen Klatsch, also nein, vielen Dank."

„Zu schade", meinte der Waschbär süffisant grinsend. „An deiner Stelle würde ich es wissen wollen."

„Was wissen wollen?", fragte ich und hasste mich dafür, dass ich ihm direkt in die Karten gespielt hatte.

Er begab sich auf alle Viere und hoppelte nah an mich heran. Dann legte er eine Hand auf meinen Schuh und musterte mich aufmerksam. „Dass die eine Person, der du am meisten vertraust, dich dein ganzes Leben lang belogen hat."

Nein. Unmöglich. Das konnte nicht sein.

Warum hörte ich mir das überhaupt an? Offensichtlich wollte Pringle nur Unruhe stiften, und dennoch ...

„Grandma?", fragte ich mit bebender Stimme.

Pringle nickte mit ernster Miene. „Sie hütet ein Geheimnis, das jetzt keines mehr ist."

# 9

Wenn ich Pringles Worten Glauben schenkte, trug meine Großmutter eine Art altes, düsteres Geheimnis mit sich herum, das alles verändern würde. Der Waschbär hatte sich zwar als Dieb entpuppt, aber war er auch ein Lügner?

Ich hätte einfach gehen und mir das nicht anhören sollen, aber ich konnte nicht anders, und jetzt fragte ich mich natürlich, ob er die Wahrheit sagte.

Pringle legte eine Hand auf mein Bein und tätschelte es mehrfach. „Na, na, Prinzessin. Ich sehe doch, dass du dir das zu Herzen nimmst und noch nicht so recht weißt, ob du mir glauben sollst oder nicht. Ich werde dir mal einen kleinen Hinweis geben."

Er schlüpfte unter die Veranda und kam nur wenige Sekunden später mit einem alten Umschlag in der Hand wieder heraus, den er mir hinhielt. „Sei vorsichtig damit. Ich möchte nicht, dass du schmutzige Fingerabdrücke darauf hinterlässt oder das beste Geheimnis, das mir je untergekommen ist, anderweitig befleckst."

Meine Hände zitterten, als ich den dünnen Brief entgegennahm. Wie es schien, war er in der Höhle bereits ziemlich dreckig geworden, und ich konnte mir nicht vorstellen, dass ich das noch schlimmer machen könnte. Der Umschlag war an der Oberseite aufgerissen, und im Inneren befand sich ein einzelnes, gefaltetes Blatt Papier, das vergilbt wirkte.

Dorothy Loretta Lee stand dort in einer engen, schnörkellosen Schrift und in der oberen Ecke nur eine Adresse irgendwo in Georgia, kein Name des Absenders. Als ich ihn aus der Nähe betrachtete, hatte ich keinen Zweifel an der Echtheit des Briefes.

„Lies ihn", drängte der Waschbär und beobachtete mich prüfend aus glänzenden Augen.

„Woher hast du das?". Ich fühlte mich nicht bereit für diese Geschichte und bezweifelte, dass ich es je sein würde.

„Aus den Sachen deiner Großmutter", antwortete er und nickte langsam. „Vor ein paar Wochen beobachtete ich, wie sie auf den Dachboden stieg, und dann fiel mir das Loch im Dach ein, mein Privateingang."

„Moment mal. Da ist ein Loch in meinem Dach?"

„Darum geht es doch jetzt nicht." Er hielt inne, vermutlich um abzuwarten, ob ich noch weitere irrelevante Fragen stellen würde. „Jedenfalls kletterte ich durch das Loch im

Dach, fand jedoch nichts Interessantes. Also habe ich deine Großmutter beobachtet und gewartet. Schließlich kehrte sie zurück und schob etwas in ein Geheimversteck in der Wand, hinter ein Brett am Boden."

„Eine Fußleiste?", flüsterte ich und bereute die Frage. Warum musste ich mich jetzt in Details verstricken?

„Ja, so was halt. Die Sache ist die, wenn man dagegen tritt, löst sie sich, und dahinter ist ein Loch. Ich habe dort auch eine Menge hübscher bunter Papiere mit Zahlen drauf gefunden."

„Papiere mit Zahlen drauf?" Ich schnappte nach Luft. Er meinte doch nicht etwa …? „Würdest du sie mir zeigen?"

„Klar doch, Baby." Pringle kroch zurück unter die Veranda. Dieses Mal dauerte es etwas länger. So sehr es mich auch reizte, den Brief zu lesen, konnte ich mich noch nicht dazu durchringen, mich den unbekannten Tatsachen zu stellen. Würde ich meine geliebte Grandma immer noch mit den gleichen Augen sehen können, wenn ich ihr Geheimnis erfahren hatte?

Der Waschbär kam mit einem riesigen Bündel Scheine im Arm zurück. Hundertdollarscheine.

„Hübsch, nicht wahr?", fragte er lächelnd. „Die Form ist zwar etwas ungünstig, aber ich dachte, sie könnten schöne Papierkraniche ergeben, wenn ich mit meinem Origami angefangen habe."

„Gib mir das", forderte ich ihn auf und griff nach dem

Geld. „Das stammt aus Grandmas Versteck auf dem Dachboden?"

„Ja, es lag dort zusammen mit dem Brief und einigen anderen Zetteln. Aber die waren langweilig." Er neigte seinen Kopf nachdenklich zur Seite. „Na ja, alle außer einem."

„Kann ich ihn sehen?", fragte ich, um den Moment der Wahrheit noch etwas hinauszuzögern.

Pringle schüttelte den Kopf und schnalzte mit der Zunge. „Wie wäre es, wenn du jetzt erst den Brief liest, hm? Ich will ihn danach zurückhaben, also los."

Er hatte recht. Ich konnte mich nicht länger drücken. Nervös griff ich in den Umschlag, zog den alten Brief heraus und versuchte, die zerknitterten Stellen glatt zu streichen, bevor ich ihn in den trüben Schein der Verandabeleuchtung hielt.

„Sei vorsichtig damit. Er ist wichtig für mich", zischte Pringle, aber ich hatte ihn bereits ausgeblendet und mich in den Worten verloren.

Liebe Dorothy,

Der Brief richtete sich also tatsächlich an meine Großmutter. Ich holte tief Luft und zwang mich weiterzulesen.

Ich weiß, dass es falsch war, was ich dir angetan habe und dass du mir wahrscheinlich nie verzeihen wirst. Du bist mir nichts schuldig, aber ich habe niemanden mehr, an den ich mich wenden kann.

Das hörte sich furchtbar an. Was hatte der Verfasser getan? Und wenn es so schlimm war, warum hatte sie diesen

Brief all die Jahre aufbewahrt? Ich nahm mir vor, Grandma auf jeden Fall danach zu fragen, aber zunächst musste ich erfahren, was es mit diesem kurzen aber offenbar gravierenden Schreiben auf sich hatte . Also las ich weiter.

Bestrafe die kleine Laura nicht für meine Fehler.

Laura – so hieß meine Mutter. Könnte sie die „kleine Laura" sein, um die es ging? Ach du meine Güte. Was war geschehen? Was hatte das zu bedeuten?

Ermögliche ihr ein besseres Leben, das Leben, von dem wir beide immer geträumt haben.

Ach du liebe Zeit. Beinahe hätte ich an dieser Stelle aufgehört, aber es war zu spät. Die Katze war schon halb aus dem Sack. Jetzt konnte ich sie auch gleich ganz rauslassen.

In zwei Wochen habe ich Urlaub und komme nach Hause. Dann werde ich am Donnerstagabend an unserem Ort auf dich warten.

Ein geheimes Treffen. Ob es damals stattgefunden hatte? Wenn ja, was war passiert? Was hatte er gewollt? War es überhaupt ein Er? Es schien so, denn da war ja dieser Hinweis auf das Leben, von dem sie gemeinsam geträumt hatten. Es folgte eine letzte kurze Zeile, bei der mir die Tränen in die Augen stiegen.

Ich bitte dich inständig. Bitte komm.

W. McAllister

Nachdem ich nun alles gelesen hatte, fühlte ich mich noch verwirrter. Wer war dieser W. McAllister und was für eine Verbindung gab es zwischen ihm und meiner Großmutter? Kannte er meine Mutter? War sie die Laura in dem Brief?

„Das hier habe ich auch gefunden." Pringle hielt ein weiteres Schreiben hoch und reichte es mir. Offenbar hatte er es hervorgeholt, während ich in den Brief vertieft war.

Es handelte sich offensichtlich um ein offizielles Dokument. Es besaß eine aufwendige, farbige Umrandung und ich erkannte sofort, dass es sich um eine Geburtsurkunde handelte.

Die Mutter hieß Marilyn Jones, der Vater William McAllister, wahrscheinlich jener W. McAllister, der den Brief an Grandma geschrieben hatte. Der Geburtsort war dieselbe, mir nicht bekannte Stadt in Georgia, und das Baby trug den Namen Laura – den Namen meiner Mutter.

Auch das Geburtsdatum stimmte mit dem meiner Mutter überein. Das musste sie sein.

Bedeutete das, dass Grandma nicht ihre leibliche Mutter war?

Und also auch nicht meine leibliche Großmutter?

Und warum in Georgia? Sie hatte oft von ihren schönen Kindheitserinnerungen in den Südstaaten erzählt, aber behauptet, aus South Carolina zu stammen.

Nicht Georgia, das war nie Thema.

Und welche Lügenmärchen hatte sie mir noch im Laufe der Jahre aufgetischt?

O mein Gott, wusste meine Mutter etwas davon? Wenn nicht, wäre sie sicher am Boden zerstört, wenn sie es jetzt erfahren würde. Sollte ich es ihr sagen? Oder noch abwarten, bis ich mehr herausgefunden hatte?

Tausend Fragen wirbelten in meinem Kopf herum, und da ich diesen William McAllister sicher nicht so schnell ausfindig machen würde, gab es nur einen Menschen, dem ich sie stellen konnte.

Ich stampfte ins Haus, den Brief und die Geburtsurkunde in der Hand, um Großmutter zur Rede zu stellen und die Wahrheit ans Licht zu bringen.

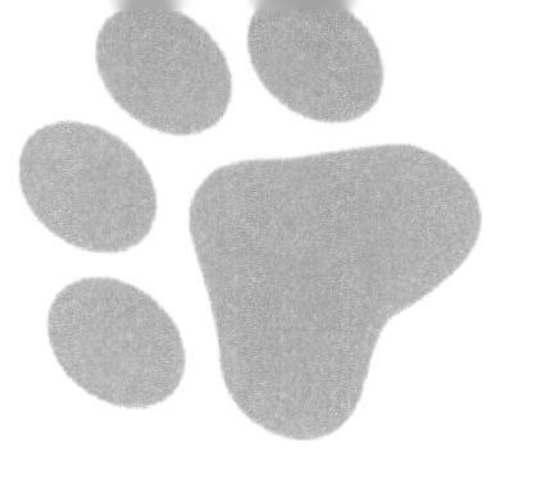

# 10

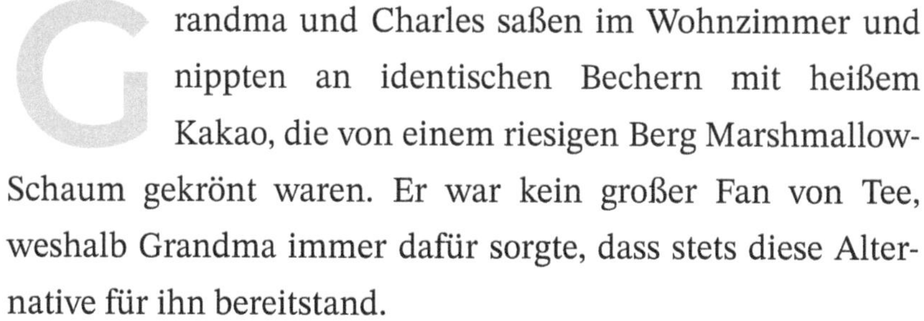

Grandma und Charles saßen im Wohnzimmer und nippten an identischen Bechern mit heißem Kakao, die von einem riesigen Berg Marshmallow-Schaum gekrönt waren. Er war kein großer Fan von Tee, weshalb Grandma immer dafür sorgte, dass stets diese Alternative für ihn bereitstand.

Paisley hatte sich an Grandmas Seite gekuschelt, während Octocat auf seinem Lieblingsplatz saß und aus dem Fenster schaute. Höchstwahrscheinlich hatte er mich die ganze Zeit im Auge behalten.

Die Szene in unserem Wohnzimmer wirkte so gemütlich und alle sahen so zufrieden aus, dass ich mich fast schlecht fühlte, dort hineinzuplatzen. Doch dann rief ich mir in Erinnerung, dass ich allen Grund dazu hatte, weil ich betrogen und belogen worden war. Und zwar unfassbarerweise mein ganzes Leben lang.

Kaum eingetreten, blieb ich wie angewurzelt stehen, und meine Hände, in denen ich die Geburtsurkunde und den Brief hielt, zitterten. Wo sollte ich nur anfangen?

„Hey! Du kannst dir doch nicht einfach die Sachen anderer Leute nehmen, ohne zu fragen!“, hörte ich Pringle im Foyer schimpfen. Offenbar war er mir trotz seines Hausverbots nach drinnen gefolgt. Das holte mich aus meiner Schockstarre heraus.

Ich drehte mich blitzartig zu ihm um, sodass er vor Schreck zurückwich. „Willst du mir jetzt wirklich einen Vortrag über Anstand halten?“, fuhr ich ihn verärgert an, eine Hand in die Hüfte gestemmt. „Du kannst ja wohl nicht von anderen etwas erwarten, dich dann aber selbst nicht daran halten.“

Charles stellte seine Tasse auf den Couchtisch und näherte sich mir vorsichtig. „Angie, ist alles in Ordnung, Schatz?“

„Nein, ist es nicht!“ Ich war wütend und hasste mich dafür, dass ich ihn in diesem Moment anschrie. Nichts davon war seine Schuld. Oder die von Octocat. Oder Paisley. Und eigentlich auch nicht die von Pringle.

„Was hast du da, Liebes?“, fragte Grandma, die noch immer in ihrem Lieblingssessel saß. Das war sie, die Verursacherin des Schmerzes, der mir beinahe das Herz zerriss. Dieselbe Frau, die mir als Kind beigebracht hatte, wie wichtig

Ehrlichkeit ist, und die mich dennoch mein ganzes Leben lang belogen hatte.

„Keine Ahnung. Warum sagst du es mir nicht?“ Ich ging zu ihr hinüber und ließ beide Zettel in ihren Schoß fallen.

Meine Großmutter erstarrte. Es schien, als ob sogar ihr Herz für einen Moment aufhörte zu schlagen, bevor sie die Papiere langsam von ihrem Schoß nahm und auf den Tisch legte. „Ich habe keinen blassen Schimmer“, sagte sie, woraufhin sie wie in Trance in die Küche ging, die beiden Tassen in die Spüle stellte und sich dann in Richtung Treppe bewegte.

„Oh, nein!“, rief ich und stürmte hinter ihr her. „Ich lasse dich jetzt nicht einfach so gehen! Was ist das, und warum weiß ich nichts davon? Weiß Mama davon?“

Grandma stieg ohne ein weiteres Wort und ohne Eile die Stufen hinauf, als wäre ich gar nicht da.

„Hey, warum antwortest du mir nicht?“ Ein neuer Tränenschwall stieg in mir hoch.

Ehe Grandma ihre Zimmertür erreichte, drehte sie sich zu mir um. Leise und ohne eine erkennbare Regung sagte sie: „Es tut mir leid, Liebes, aber ich fühle mich auf einmal nicht so gut. Ich denke, ich gehe besser ins Bett. Gute Nacht.“

Bevor ich noch etwas sagen konnte, schlüpfte sie in ihr Zimmer und zog die Tür hinter sich zu. Weiterhin geschockt von dem, was ich erfahren hatte, und noch mehr von der Tatsache, dass meine ansonsten stets gesprächsbereite Großmutter sich weigerte, mit mir zu reden, drückte ich die Klinke hinunter.

Aber sie hatte abgeschlossen.

Ausgesperrt von meiner eigenen Großmutter!

Wütend hämmerte ich gegen das Holz. „Du wirst irgendwann mit mir darüber reden müssen!", schrie ich die Tür an.

Eine warme Hand streifte meinen Arm und ließ mich zusammenzucken.

„Komm schon", sagte Charles und führte mich sanft zurück zur Treppe. „Ich glaube, ihr könntet beide jetzt etwas Abstand gebrauchen, um die Dinge sacken zu lassen."

„Hast du es gelesen?" Tränen strömten nun unaufhaltsam über mein Gesicht. „Hast du den Brief gelesen?"

Er nickte und presste die Lippen aufeinander.

„Was glaubst du, bedeutet das?", stammelte ich, weil ich die Frage kaum ertrug.

„Ich möchte nicht mutmaßen." Seine Stimme blieb sanft und beruhigend. „Es wäre das Beste, es direkt von Grandma zu hören."

Ich lachte bitter auf. „Nun ja, sie scheint nicht gerade scharf darauf zu sein, mit mir zu reden. Meinst du, das bedeutet, dass sie nicht meine richtige Großmutter ist?"

„Natürlich ist sie deine richtige Großmutter. Sie hat dich großgezogen. Sie war dein ganzes Leben lang für dich da. Der Brief – und was auch immer dahintersteckt – ändert nichts daran."

„Aber was ist mit meiner Mutter? Ist sie die Laura auf der

Geburtsurkunde? Ist es das, worum es in dem Brief geht? Hat ihr Vater sie aus irgendeinem Grund zu Grandma gegeben? Und weiß ihre richtige Mutter überhaupt, was mit ihr passiert ist?“ Es war alles zu schrecklich, um auch nur darüber nachzudenken. Leider konnte ich genau damit nicht mehr aufhören.

Charles setzte sich auf die Couch und breitete einladend die Arme aus. „Ich weiß, das ist alles im Moment verwirrend und beunruhigend für dich, aber ich bin sicher, dass alles gut wird. Was auch immer es damit auf sich hat, es ändert nichts daran, wer deine Großmutter ist und wer du bist.“

Wütend lachte ich auf. „Wenn es keine große Sache ist, warum hat sie es dann all die Jahre geheim gehalten? Und warum weigert sie sich jetzt, darüber zu sprechen?“

„Ich weiß es nicht, Süße, aber ich werde hier sein, um dir zu helfen, Antworten auf deine Fragen zu finden.“ Er drückte mir einen warmen Kuss auf die Stirn.

„Ich kann das nicht“, schluchzte ich, und in dem Moment verflog mein ganzer Groll.

Charles umarmte mich noch fester. „Was meinst du damit, du kannst das nicht? Du bist Angie Russo, die Tierflüsterin und Privatdetektivin, die Frau, die ihren ersten offiziellen Fall in weniger als einer Stunde gelöst hat. Das ist ziemlich unglaublich.“

O ja, Julies Fall war wohl aufgeklärt. Pringle hatte schließlich zugegeben, die Post gestohlen und die Briefkästen beschädigt zu haben. Ich musste mir nur etwas einfallen lassen, das er spannender als Postgeheimisse fand, und er würde bestimmt damit aufhören.

Fall gelöst. Yay!

Ich versuchte zu lächeln, doch es gelang mir nicht, im Gegenteil. Charles hielt mich weiter im Arm, während ich in sein Hemd weinte.

Diejenige Person, der ich auf der ganzen Welt am meisten vertraute, hatte mir etwas von unfassbarer Tragweite verheimlicht. Wenn ich mich nicht einmal darauf verlassen konnte, dass sie ehrlich zu mir war, auf wen konnte ich dann überhaupt noch zählen?

Charles streichelte mir übers Haar und gab beruhigende Laute von sich, die mich daran erinnerten, dass es wenigstens einen Menschen gab, der mir zur Seite stand, egal was passierte.

Octocat sprang neben mich auf die Couch und leckte mir zärtlich die Hand. Okay, ein Mensch und eine Katze – und wahrscheinlich auch ein Hund. Obwohl Paisley in diesem Moment ganz sicher damit beschäftigt war, Grandma zu trösten.

Ich fuhr mit meinen Fingern durch das seidige Fell des kleinen Tigers und seine Freundschaft erschien mir in diesem Moment kostbarer denn je.

„Angela, ich sehe, dass du ziemlich mitgenommen bist", murmelte er, und ich dachte, wie vertraut wir uns doch geworden waren, seitdem das Schicksal uns zusammengeführt hatte. „Heißt das, wir haben kein Evian mehr?"

Er schaffte es immer wieder, die Dinge in ein ganz neues Licht zu rücken.

„Nein. Keine Sorge“, sagte ich mit einem leisen Lachen und fühlte mich schon etwas besser. „Wir haben genug Evian.“

Ich kraulte ihn zwischen den Ohren und erhob mich von der Couch. Ein schönes kühles Glas Evian würde uns jetzt allen guttun.

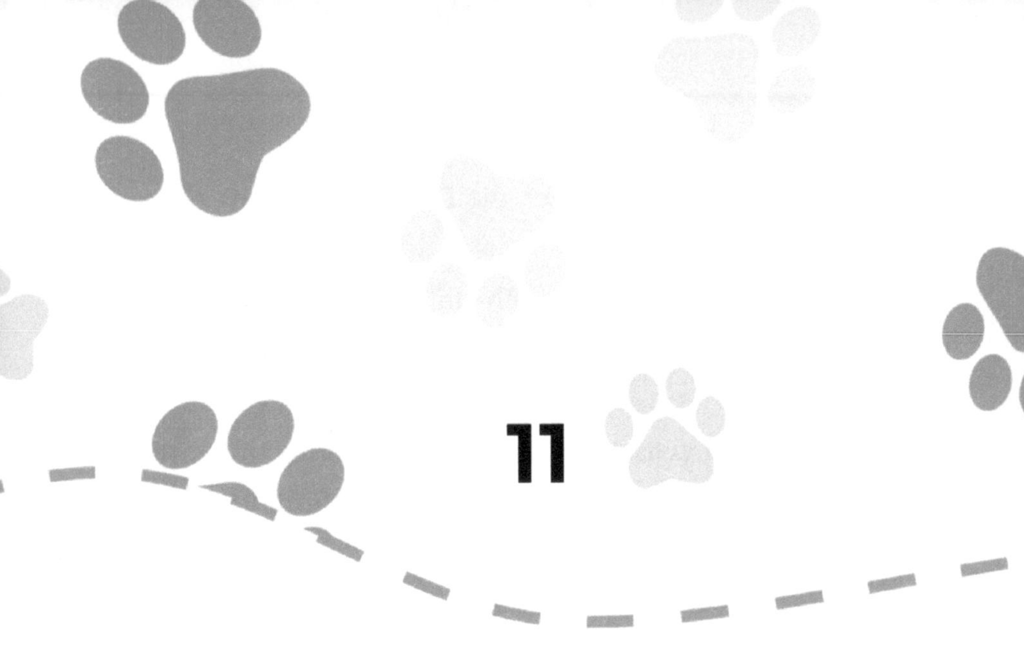

# 11

Ein Schlummertrunk war das perfekt gekühlte Evian für mich leider trotzdem nicht. Ich konnte ewig nicht einschlafen, und irgendwann in den frühen Morgenstunden gab ich es auf. Ich schälte mich aus dem Bett und sah nach, ob Grandma schon wach war.

Oh, sie war nicht nur schon wach …

Sie war auch schon weg – und mit ihr Paisley, deren unerschütterlicher Optimismus mir jetzt fehlte, denn ich wusste, dass es ein harter Tag werden würde.

Na ja, Grandma und Paisley würden wohl nicht für immer fort sein. Irgendwann mussten sie ja zurückkommen. Irgendwann würde die Frau, die vielleicht gar nicht meine richtige Großmutter war, mir Antworten geben müssen. Schließlich hatte Pringle mir unstrittige Beweise dafür geliefert, dass in unserer Familie so einiges im Argen lag, was die Vergangenheit anbelangte. Es beunruhigte mich zutiefst, dass Grandma irgendwelche skandalösen Ereignisse hartnäckig zu verbergen versucht hatte, obwohl ich als die nächste Generation davon gar nicht mehr direkt betroffen war.

Octocat hockte auf dem Küchentisch und wartete auf mich. Grandma mochte es gar nicht, wenn er sich dort oder auf den Küchenarbeitsflächen herumtrieb, aber heute hatte ich nun wirklich keine Lust, ihn darauf hinzuweisen.

„Guten Morgen, Angela", sagte er und blickte auf seine leere Futterschale. „Du kommst genau richtig für meine Morgenmahlzeit."

„Dann komm", sagte ich leise, tappte zur Speisekammer und holte eine Dose seines Gourmet-Katzenfutters, Fancy Feast, heraus. Außerdem nahm ich eine saubere Teetasse seines guten Geschirrs, mit passender Untertasse, aus dem Schrank, denn mein Kater weigerte sich strikt, sein Essen und sein Wasser aus anderen Schalen zu sich zu nehmen. Nachdem ich beides auf den Boden gestellt hatte, holte ich sein Evian aus dem Kühlschrank und goss es in die filigrane Porzellantasse, bis sie genau zu drei Vierteln gefüllt war.

Seitdem wir zusammenlebten, hatte er den Geschmack von gekühltem Wasser zu schätzen gelernt, und ich hatte gelernt, seine mitunter lächerlichen Standards und unumstößlichen Routinen nicht infrage zu stellen.

„Vielen Dank", murmelte er, bevor er sich wie ausgehungert über sein Essen hermachte.

Ich holte mir eine Cola Light aus dem Kühlschrank, da

Grandma nicht da war, um Kaffee zu kochen, und ich hatte keine Lust, mich so früh am Morgen mit meiner tief verwurzelten Angst vor einem Stromschlag auseinanderzusetzen.

„Also, was steht heute auf dem Plan?", fragte mein Kater, wobei er jedes Wort betonte, wie er es oft tat, wenn er in Stimmung war – normalerweise morgens nach seinem Fancy-Feast-Frühstück.

Seine Frage gab mir einen Moment zu denken. Natürlich wusste ich bereits genau, was wir zu tun hatten, aber die Aussicht darauf gefiel mir so gar nicht. Ihm würde es wahrscheinlich auch nicht gefallen, doch was du heute kannst besorgen …

Ich zwang mich zu einem Lächeln. „Wir müssen mit Pringle sprechen und überlegen, wie wir ihn dazu bringen können, uns zu helfen."

Octocat stöhnte und hielt es nicht für nötig, seinen Unmut darüber zu verbergen. „Müssen wir das?"

„Ja, ich denke, so finden wir am schnellsten heraus, was Grandma vor uns versteckt, und sie scheint ja nicht darüber reden zu wollen."

„Ich fand es etwas seltsam, dass sie sich heute Morgen so flugs davongemacht hat.", meinte er mit tiefer, rauer Stimme und gesenktem Blick. „Sie hatte noch nicht einmal Zeit, mich kurz zur Begrüßung zu streicheln."

Der arme Kerl. Nichts hasste er mehr, als ignoriert zu werden, wenn er Aufmerksamkeit wollte. Natürlich hatte ihn das nie davon abgehalten, mich zu ignorieren, wenn es ihm gerade passte. Mit einer gewissen Doppelmoral muss man als Katzenbesitzer leben, das hatte ich schon vor langer Zeit akzeptiert.

„Grandma war zwar schon immer etwas schräg, dennoch stets ehrlich und aufrichtig. Zumindest dachte ich das bislang." Seufzend nahm ich einen Schluck von der Cola. Mein Kater mochte verletzt sein, weil Großmutter ihn heute Morgen nicht beachtet hatte, aber ich war auch verletzt – und hatte nach meinem Empfinden deutlich triftigere Gründe dafür.

Octocat musterte mich aus seinen großen, bernsteinfarbenen Augen. „Die Sache hat dich schwer getroffen, was?"

Ich nickte seufzend. „Das kann man wohl laut sagen."

Er stöhnte auf als leide er unter Höllenqualen. „Angela, das geht so nicht. Lass uns den Waschbären aufwecken und es hinter uns bringen." Mit hoch erhobenem Schwanz verließ er die Küche und schlüpfte durch seine elektronische Katzenklappe nach draußen.

Oh, meine Samtpfote liebte mich wirklich. Manchmal hatte ich zwar Zweifel daran, wenn er wieder einmal seine Launen an mir ausließ und an fast allem herumnörgelte, aber heute stand er voll hinter mir, bereit, sich für mich aufzuopfern, um mein schwer angeschlagenes Seelenleben wieder in Ordnung zu bringen. Mir wurde ganz warm ums Herz.

Als ich mich auf der Veranda zu ihm gesellte, deutete er mit einer Pfote auf das riesige Loch, das in Pringles Versteck führte. „Dann mal los!"

Langsam näherte ich mich der Höhle und rief ihn mit sanfter, inständiger Stimme: „Pringle?“

„Was willst du?“, knurrte der Waschbär von irgendwo unter der Veranda, die er offenbar als sein Eigentum betrachtete, wobei sie ja eigentlich mir gehörte, was ich wohl nicht vergessen sollte.

„Ich habe mich gefragt, ob du uns helfen könntest, dem Geheimnis auf den Grund zu gehen, das du mir gestern Abend anvertraut hast?“, fragte ich vorsichtig.

Stimmungsschwankungen kannte ich ja von meinem Kater, aber die waren nichts gegen die von Pringle, der rasend vor Wut und dann wieder kalt wie Eis sein konnte. Brauchten wir seine Hilfe wirklich? Sollten wir sein unmögliches Verhalten und seine Tricksereien in Kauf nehmen, war es das wert?

Ja, musste ich mir schweren Herzens eingestehen, wir brauchten ihn wirklich. Verflixt noch mal.

Er steckte seinen Kopf aus dem Loch und zog eine Grimasse. „Eigentlich bin ich im Moment ziemlich enttäuscht von dir.“ Damit hatte ich nicht gerechnet.

„Was? Warum?“ Es fiel mir schon schwer genug, ihn um Hilfe zu bitten. Wenn ich jetzt auch noch den halben Vormittag damit verbringen musste, ihn anzubetteln, würden wir überhaupt nicht weiterkommen.

Er rieb sich die Schläfen und blinzelte angestrengt in die aufgehende Sonne. Wenigstens schien auch ihm die ganze Sache Kopfschmerzen zu bereiten.

„Ich habe dir diese Dokumente nicht gegeben, damit du sie behältst", erklärte er mit müder, aber fordernder Stimme. „Ich wollte sie dir nur zeigen, damit du sie dir anschauen kannst. Und ich werde dir nicht helfen, bis du sie mir zurückgegeben hast. Sie gehören mir."

Octocat kam mit beeindruckendem Tempo herangesaust. „Wie bitte? Gehören diese Papiere nicht vielmehr Grandma? Du hast sie ihr doch gestohlen, oder?"

„So funktioniert das nicht", stöhnte ich und schob Octocat sanft mit dem Fuß zur Seite, obwohl ich wusste, dass er deswegen tödlich beleidigt sein würde. „Es tut mir leid, Pringle. Das war wirklich unhöflich von mir. Ich stand so unter Schock, dass ich es vergessen habe. Ich werde sie sofort für dich holen."

Als ich mit dem Brief und der Geburtsurkunde in der Hand zurückkehrte, wartete Pringle auf der Veranda.

„Gib her!", blaffte er mich an und riss mir die Dokumente aus der Hand, obwohl ich sie ihm gerade reichen wollte. Er klemmte sich beide unter die Achsel und verschränkte die Arme vor der Brust. „Okay, wie kann ich dir helfen? Und fass dich kurz, ich habe viel zu tun."

Ich nickte in Richtung der Dokumente, die aus seinem grauen Fell ragten. „Die haben uns zwar ein Geheimnis verraten, aber nicht alles. Ich muss auch den Rest wissen. Kannst du mir dabei helfen?"

Er neigte den Kopf zur Seite und seufzte schwer. „Das kommt drauf an."

Octocat fauchte mit aufgestellten Rückenhaaren. „Kommt drauf an? Geht's noch? Hör auf, du pelziger Vollidiot, und hilf uns endlich. Du bist derjenige, der das hier losgetreten hat!"

„Madame, bitte bringen Sie Ihren Kollegen zur Raison." Er schüttelte den Kopf, als ob ihn das alles sehr betroffen machen würde.

„Octocat, ich regele das schon." Ich lächelte ihn entschuldigend an und wandte mich mit ernster Miene wieder dem Waschbären zu. „Bitte Pringle, was wolltest du sagen?"

Dieser stolzierte ein paar Schritte davon, warf mir einen dramatischen Blick über die Schulter zu und musterte mich. „Ich weiß nicht, wie oft du dieser Tage im Wald unterwegs bist und ob es dir schon zu Ohren gekommen ist, aber ich bin nicht nur ein Amateurdetektiv. Ich bin jetzt ein echtes Geschäftstier."

Octocat tickte total aus, als er das hörte. „Das darf ja wohl nicht wahr sein! Er glaubt doch nicht wirklich, dass ..."

Auch wenn es mir schwerfiel, sah ich mich daraufhin gezwungen, meinen Stubentiger durch die Katzenklappe nach drinnen zu schieben und sofort meinen Fuß davorzustellen. „Du hast ein Geschäft?", fragte ich freundlich.

Er nickte eifrig und mit stolzgeschwellter Brust. „Ja, in der Tat. Vor dir steht der Kopf und stolze Inhaber von Pringle Whisperer, P.I. , der garantiert besten Detektei in dieser Gegend."

Ich kniff mir in die Innenseite des Handgelenks, um nicht etwas Bissiges zu erwidern. Ich hatte keine Ahnung, dass dieser dreiste Dieb nicht nur Dokumente und Schmuck, sondern auch Ideen und Geschäftsmodelle stahl. Auch die Andeutung, dass seine Detektei besser sei als meine und Octocats, ärgerte mich maßlos. Dummerweise brauchte ich trotzdem seine Hilfe.

„Glückwunsch!", presste ich hervor und war froh, dass ich Octocat durch die Klappe hineingeschoben hatte, denn sonst würde es jetzt wahrscheinlich eine handfeste Schlägerei geben. „Kann ich dich also damit beauftragen, etwas für mich herauszufinden?"

Er lächelte breit, wobei seine glänzenden, spitzen Zähne aufblitzten. „Natürlich kannst du das, Prinzessin. Aber es wird seinen Preis haben."

„Du willst mir das in Rechnung stellen?", fragte ich ungläubig, und dabei fiel mir der Stapel von Geldscheinen, die er für Origami verwenden wollte, wieder ein. Er wusste nicht einmal, was er mit Bargeld anfangen sollte, geschweige denn, welchen Wert es besaß, und nahm sich einfach nur alles, was ihm gefiel. „Wozu brauchst du überhaupt Geld?"

Er rieb seinen Daumen und Zeigefinger aneinander. „Kein Geld. Gefälligkeiten."

Das musste ich einen Moment sacken lassen. Als ich Octocat einmal im Gegenzug für seine Kooperation einen Gefallen versprochen hatte, musste ich anschließend diese riesige Villa für ihn kaufen, die zuvor seiner verstorbenen Besitzerin gehörte. Und selbst wenn ich unser neues Haus liebte, war das schon ein hoher Preis dafür, dass er mir nur ein einziges Mal den Gefallen tat, sich in einem billigen Katzengeschirr an der Leine führen zu lassen.

„Also, wie sieht's aus?", fragte Pringle forsch, weil ich immer noch nicht auf sein dubioses Angebot eingegangen war. „Bist du dabei oder nicht?"

Oh, ich würde es bereuen, das war mir schon klar, aber ich wusste auch, dass ich seine Hilfe brauchte, denn je länger mich Grandmas rätselhaftes Geheimnis umtrieb, desto verzweifelter würde ich werden.

„Ja gut." Ich ging in die Hocke und streckte Pringle meinen Zeigefinger entgegen, den er prompt schüttelte.

„Ausgezeichnet. Dann haben wir einen Deal", meinte er, verschränkte die Arme und grinste durchtrieben.

Wenigstens hatte ich ihn dieses Mal auf meiner Seite. Oder etwa doch nicht?

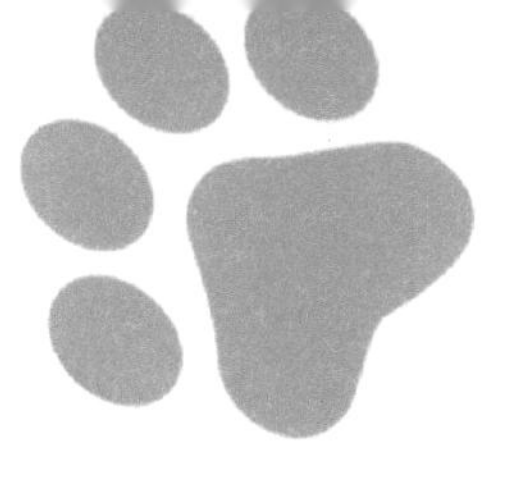

# 12

Nach meinem Pakt mit dem manchmal richtig teuflischen Waschbären öffnete ich ihm die Haustür und bat ihn herein.

„Ich bin in meinem ganzen Leben noch nie so gedemütigt worden", brummte Octocat, der offenbar unser gesamtes Gespräch von der anderen Seite der versperrten Katzenklappe aus mitbekommen hatte. „Wie konntest du dich nur auf einen solchen Deal mit diesem Gauner einlassen? Du müsstest es doch besser wissen."

Pringle fletschte die Zähne. „Weißt du, ich habe dich mal gemocht, ja sogar vergöttert. Tse. Wie krank."

„Oh, und jetzt magst du mich nicht mehr oder was? Das tut mir ja so weh", schnauzte mein Kater zurück. Die beiden standen sich bei ihrem verbalen Sparring wirklich in nichts nach. Zu schade, dass sie sich nur miteinander zankten, anstatt sich zusammenzutun.

Ich musste etwas unternehmen, um uns alle wieder auf Kurs zu bringen. Vielleicht, indem ich sie höflich darum bitte?

„Leute, das reicht jetzt“, sagte ich mit strengem Blick. „Ob es euch gefällt oder nicht, wir müssen in dieser Sache zusammenarbeiten. Deshalb müsst ihr bitte mit der Streiterei aufhören. Wir sind ein Team!“

„Zumindest hat einer von euch beiden ein bisschen Grips im Kopf“, sagte Pringle und warf Octocat einen bösen Blick zu.

Zu meiner großen Überraschung blieb der Kater ruhig, jedoch verriet mir sein wild zuckender Schwanz seine wahren Gefühle.

Ich schenkte ihm ein anerkennendes Lächeln, bevor ich mit dem Plan fortfuhr: „Lasst uns auf dem Dachboden anfangen. Pringle, kannst du mir das Versteck zeigen, das du erwähnt hattest? Das hinter der Fußleiste?“

Er nickte, hielt den Daumen hoch, und ich hätte schwören können, dass er von Tag zu Tag menschlicher wurde. „Sicher. Wir treffen uns da oben“, antwortete er.

„Ähm, können wir nicht einfach zusammen hochgehen?“ Ich erhob mich und deutete auf die Treppe. „Das ist doch gleich da oben.“

Er zog beide Augenbrauen hoch und grinste mich schelmisch an. „Das könnten wir, aber ich ziehe es vor, meinen privaten Eingang zu benutzen. Vergiss nicht, ich bin ein VIP, Schätzchen. Very Important Pringle."

„Bitte stopf mir das Maul", brummte Octocat. So langsam war ich davon überzeugt, dass ich nicht nur Pringle nach dieser ganzen Geschichte etwas schulden würde – für seine unglaubliche Zurückhaltung gegenüber dem unausstehlichen Waschbären verdiente mein Kater einen Orden.

„Geht klar", sagte ich und versuchte, mir meine Anspannung nicht anmerken zu lassen. Ich öffnete dem Waschbären die Haustür, damit er nach draußen huschen konnte, schnappte mir einen Klappstuhl aus dem Abstellraum und schleppte ihn die Treppe hinauf in das Gästezimmer, wo ich Grandma neulich bei ihren Marie-Kondo-Übungen vorgefunden hatte.

„Lass mich dir helfen", bot ich meinem Tiger an, nachdem er das letzte Mal, als er nach oben springen wollte, übel abgestürzt war.

„Willst du mich beleidigen?" Er hüpfte auf den Stuhl, wackelte mit dem abgesenkten Popo und sprang ohne Probleme durch die Luke.

Auch ich kletterte sodann auf den Stuhl und hangelte mich nach oben, wobei mir ordentlich die Arme weh taten.

Sobald ich sicher auf dem Dachboden saß, schaute ich mich um und war von den hohen Decken überrascht – obwohl diese in Anbetracht der allgemeinen Grandezza meiner Villa wohl nicht verwunderlich waren. Selbst dieser selten besuchte Raum besaß Fußböden aus elegantem Hartholz, und die Wände waren mit einer hübschen grünen Strukturtapete versehen worden. Ein sechseckiges Fenster an der hinteren Wand ließ etwas Tageslicht in den Raum.

Pringle wartete bereits auf uns. „Das hat ja lange genug gedauert."

„Zeig uns das Versteck", forderte ich ihn schroff auf, nicht mehr darauf bedacht, dem sarkastischen, selbstgefälligen Eindringling gegenüber höflich zu sein. Das war jetzt eine rein geschäftliche Angelegenheit.

Er nickte und lief am Rand entlang in die dunkelste Ecke des Raums. „Hier", sagte er und zeigte auf die Stelle.

Ich ging in die Knie und zog an der Kante der Mahagonileiste, aber sie saß fest.

„Drücken, nicht ziehen, Madame", meinte Pringle trocken und versetzte dem Holzteil einen kräftigen Karatetritt. Und tatsächlich, sie löste sich und gab ein dunkles Loch frei.

Ich schluckte meine Nervosität hinunter und griff hinein.

Nichts.

„Ich habe es schon leer geräumt", verriet der Waschbär. „Nichts mehr da. Zumindest nicht da drin."

„Was machen wir dann überhaupt hier oben?", murrte Octocat, und mir fiel da erst auf, dass er quer durch den Speicher auf und ab schritt.

„Sieh mal." Pringle zeigte auf einen Stapel Kartons unweit von uns. „Da sind ein paar neue Sachen dazugekommen, seitdem ich mich das letzte Mal hier umgeschaut habe."

„Grandma ist im Marie-Kondo-Fieber", flüsterte ich. „Sie hat nicht nur Sachen weggeschmissen, sondern auch welche hier versteckt."

Der Waschbär rieb seine Hände vor Aufregung aneinander. „Oooh, was für ein Spaß. Ich bin so gespannt, welche neuen Geheimnisse wir finden werden."

Ich öffnete alle drei Kartons und stellte sie nebeneinander. Pringle stürzte sich sofort auf den Größten, während ich mir zuerst das kleine Exemplar vornahm.

„In Momenten wie diesen wünsche ich mir, ich hätte Finger, auch wenn sie eklig aussehen." Octocat erschauderte bei dem Gedanken. Er tippelte davon, um sich auf einen sonnenbeschienenen Fleck nahe dem Fenster zu legen, und überließ uns das Herumstöbern.

Der kleine Karton enthielt Weihnachtsschmuck – eine liebevoll zusammengestellte Kollektion, die mir rein gar nicht verdächtig erschien.

In der nächsten Kiste fand ich Grandmas Lieblingssommerklamotten, die sie wohl, da es jetzt kalt draußen wurde, einfach nur hier verstaut hatte. Auch nichts, was uns auf die Spur der mysteriösen Ereignisse von damals bringen würde.

„Hast du was gefunden?", fragte ich Pringle, der noch immer in der riesigen Kiste steckte.

„Hä? Was?", verlegen grinsend tauchte sein Kopf auf, um den er sich einen von Grandmas gemusterten Seidenschals gewickelt und hinter den Ohren zusammengebunden hatte. Mehrere Modeschmuckketten baumelten ihm um den pelzigen Hals. „Oh, nichts, was uns weiterbringen würde. Nur ein kleiner Teil meines Detektivhonorars."

Octocat seufzte tief, blieb aber zum Glück ruhig.

„Hier wird nichts mehr gestohlen", zischte ich und fühlte mich in dem Moment selbst ein wenig wie ein Tier. Je menschlicher sie wurden, desto mehr verschwammen für mich die Grenzen. „Das legst du alles wieder zurück."

„Menno, das macht keinen Spaß mit dir, weißt du das?" Betrübt befolgte der Waschbär meine Anweisung, ohne weitere Diskussionen anzufangen. Er gab jammernde Geräusche von sich, während er Stück für Stück des Glitzerkrams zurücklegte.

„Okay, gut. Das war nicht gerade hilfreich", sagte ich, nachdem ich mich vergewissert hatte, dass sämtliche Sachen wieder in ihren ursprünglichen Karton gewandert waren.

Wir stiegen alle durch die Luke nach unten ins Gästezimmer und berieten uns über die nächsten Schritte.

„Was ist mit Grandmas Zimmer?", schlug Octocat vor. „Sollen wir dort suchen?"

Pringle klatschte und vollführte einen kleinen Freudensprung. „Oh, ja, ja, ja. Lass uns das machen!"

Normalerweise hätte ich es nie gewagt, in die Privatsphäre meiner Großmutter einzudringen, aber weil ich so verzweifelt war und endlich die Wahrheit über das erfahren wollte, was sie anscheinend schon seit lange vor meiner Geburt vertuschte, willigte ich ein: „Versuchen wir es."

Im Gänsemarsch marschierten wir über den Flur zu Grandmas Schlafzimmer, mussten jedoch feststellen, dass dessen Tür immer noch fest verschlossen war.

„Soll ich da einbrechen?", fragte Pringle überschwänglich und gestikulierte wild mit den Händen. Dabei fragte ich mich nicht zum ersten Mal, ob der Tierarzt ihm vielleicht eine tägliche Dosis Ritalin gegen seine unverkennbaren ADHS-Symptome verschreiben würde. Hm, wahrscheinlich nicht.

„Es dürfte kein Problem sein, das Schloss am Fenster zu knacken", fügte er hinzu und hüpfte nun auf allen Vieren auf und ab.

„Nein", winkte ich ab, enttäuscht, aber mein schlechtes Gewissen plagte mich zu sehr. „Grandma wird irgendwann zurückkommen. Lass mich erst versuchen, mit ihr zu reden. Vielleicht hat sie sich inzwischen beruhigt. Vielleicht ist sie heute Abend bereit zu einem Gespräch."

„Hey, Moment mal!", rief Pringle ungehalten. „Selbst wenn es so wäre, schuldest du mir immer noch meinen Lohn. Vergiss nicht, ich bin jetzt ein seriöses Geschäftstier, und wir haben heute eine ganz klare Abmachung getroffen, als du mich beauftragt hast."

„Das reicht! Ich habe genug", schnaubte Octocat und entschwand nach oben, vermutlich in unser Turmschlafzimmer. Ich konnte ihn nur zu gut verstehen, denn auch ich war nach dem Waschbärtheater der letzten Stunden mit meiner Geduld völlig am Ende.

„Ich hole dich ab, wenn wir für die nächsten Schritte bereit sind.“ Mit diesen Worten geleitete ich Pringle nach draußen, und kaum war er durch die Tür, schloss ich diese fest und atmete tief durch.

Oh, Grandma. Bitte erlöse mich von dieser Misere. Du musst nur mit mir reden, und wir können dem Ganzen ein Ende setzen.

# 13

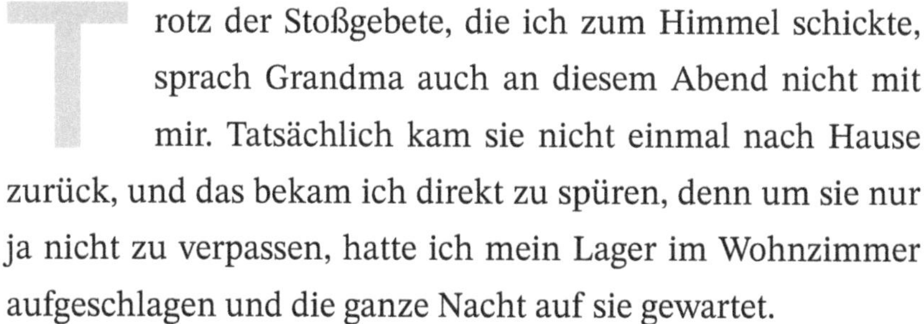

Trotz der Stoßgebete, die ich zum Himmel schickte, sprach Grandma auch an diesem Abend nicht mit mir. Tatsächlich kam sie nicht einmal nach Hause zurück, und das bekam ich direkt zu spüren, denn um sie nur ja nicht zu verpassen, hatte ich mein Lager im Wohnzimmer aufgeschlagen und die ganze Nacht auf sie gewartet.

Und jetzt hatte ich natürlich noch mehr Fragen als vorher.

War sie unterwegs, um den Schaden zu begrenzen, oder versteckte sie sich vor mir, um eine Konfrontation zu vermeiden? Und wohin hatte es sie überhaupt verschlagen?

Verzweifelt und ratlos rief ich am Morgen meine Mutter an.

„Angie, guten Morgen! Wie schön, dass du anrufst!", zwitscherte meine Mutter in einem so erfreuten Ton, dass ich sofort wusste, dass Grandma nicht bei ihr zu Hause aufgetaucht war.

Also musste ich eine Entscheidung treffen. Sollte ich ihr alles erzählen und sie um Hilfe bitten oder ihr besser nichts von alledem verraten?

Obwohl wir einen besseren Draht zueinander hatten, seitdem ich sie eingeweiht und ihr von meinen geheimen Tierflüstererfähigkeiten erzählt hatte, machte ich mir Sorgen darüber, wie sich diese neuen Entwicklungen auf unsere Beziehung auswirken würden. Entweder hatte sie es schon die ganze Zeit gewusst und auch beschlossen, die Wahrheit über unsere Abstammung vor mir zu verbergen, oder sie hatte keine Ahnung und würde am Boden zerstört sein, wenn sie es erfuhr.

Offen gestanden gefiel mir das so oder so nicht, aber ich fasste einen Entschluss.

„Hi, Mom.“, sagte ich. „Ich wollte nur kurz Hallo sagen, bin gerade auf dem Weg zum Elektronikladen. Brauchst du etwas von da?“

„Oh, das ist lieb von dir, aber dein Dad und ich sind gut ausgestattet.“ Sie klang so glücklich. Ich sollte sie wirklich öfters anrufen, sie zu mir einladen oder spontan bei ihr vorbeischauen.

Ich lächelte und hoffte, sie würde es an meiner Stimme hören. „Okay, ich wollte nur kurz nachfragen. Hab dich lieb, Mom.“

„Ich dich auch, Süße.“

Wir legten auf, doch ich hielt das Telefon weiter in meiner Hand, versuchte Kraft aus seiner Wärme zu schöpfen. Ich musste die Wahrheit erfahren, die Großmutter verbarg. Nicht nur war ich mir das selbst schuldig, sondern auch meiner Mutter.

„Wie geht es jetzt weiter?“, unterbrach Octocat meine Gedanken.

„Bleib du hier und halte Ausschau nach Grandma“, bat ich ihn, entschlossener denn je, der Sache auf den Grund zu gehen – und zwar schnell. „Ich muss etwas Ausrüstung für uns besorgen.“

„Heißt das …?“ Er sah mich mit großen Augen an.

„Wir werden uns Zutritt zu diesem Raum verschaffen“, antwortete ich. „Zumindest du und Pringle.“

„Ach, wie heißt es doch gleich? Sei deinen Freunden nahe und deinen Feinden noch näher.“ Er sah mich vielsagend an, mit elegant verschränkten Pfoten, und nickte dann in Richtung Fernbedienung. „Mach die Flimmerkiste für mich an, ja?“

Ich griff nach der Fernbedienung, doch bevor ich die Einschalttaste drückte, hielt ich inne.

„Lass uns das jetzt bitte nicht mehr diskutieren, Angela“, stöhnte er.

„Eine Sache noch.“ Ich holte tief Luft, um mich zu beruhigen, denn ich wusste, dass ihm diese Sache nicht gefallen würde: „Bitte sei nicht böse, dass ich heute keine Apple-Produkte für unsere Mission kaufen werde.“

Er sprang unvermittelt auf, die Nackenhaare entrüstet hochgestellt. „Was? Warum?“

Ja, mein Kater war absolut nicht kompromissbereit, was seine bevorzugten Marken anging – allen voran Apple, Evian und Fancy Feast. Der kleine Kerl hatte eben gewisse Standards, denen er stets treu blieb.

„Manchmal haben sie einfach nicht das, was wir brauchen“, erklärte ich sanft. „Aber keine Sorge, nur Pringle soll die neuen Sachen benutzen, du nicht.“

Er seufzte und machte es sich wieder bequem. „Dann ist ja gut. Dieser Waschbär hat kein einziges Apple-Gerät verdient.“

Darauf musste ich schmunzeln. Uff, Krise abgewendet. „Genau!“

„Würdest du jetzt bitte den Fernseher einschalten?“ Er schlug gereizt mit dem Schwanz.

„Ach so, ja klar.“ Ich stellte ihm den Kinokanal ein, wo gerade „Harry und Sally“ lief, und warf ihm einen Luftkuss zu, bevor ich hinausging. „Bin bald wieder da.“

„Hasta la vista, Baby.“ Doch auch wenn er versuchte, die Stimme dabei zu senken, klang der Spruch nicht sehr Arnie-like. Zum Glück gelang es mir, das Kichern zu unterdrücken, bis ich im Auto saß.

Das letzte Mal, als ich in dem großen Elektronikgeschäft gewesen war, hatte ich einen GPS-Tracker für unsere Eichhörnchenfreundin Maple gekauft. Zuvor hatte ich dort auch schon eine Apple Watch für Octocat erstanden, obwohl ich mich beim besten Willen nicht erinnern konnte, was ich damit gewollt hatte und was damit passiert war. Die verrückte kleine Maple hatte den GPS-Sender irgendwann irgendwo im Wald vergraben, wie eine ihrer zahllosen Nüsse und die halb aufgefutterten Erdnussbuttergläser, die ich ihr, wider besseres Wissen, gegeben hatte.

„Hey, Sie kenne ich doch!“ Ein pickeliger Angestellter mit Lockenkopf und einem bunten Poloshirt kam grinsend auf mich zu. Es war derselbe Typ, der mich schon bei meinem ersten Besuch bedient hatte.

„Wie hat Ihrer Katze die Apple Watch gefallen?“ Das Wort Apple setzte er in Luftanführungszeichen, weil ich in Wirklichkeit ein Produkt einer anderen Marke gekauft und das Apfellogo darüber geklebt hatte. Verdammt! Manchmal sollte ich einfach nicht so viel über mein verrücktes Leben preisgeben.

„Großartig, danke.“ Bei meinem zweiten Einkauf hier war ich ihm glücklicherweise nicht über den Weg gelaufen und hatte binnen weniger Minuten bekommen, was ich wollte. Heute blieb mir dieses Glück versagt.

„Möchten Sie vielleicht ein neues MacBook Pro oder ein iPad Air? Oder noch eine Apple Watch für Ihren Hund?“

„Nein, mein Hund interessiert sich nicht für so was“, murmelte ich, und der Verkäufer lachte auf. Ich war von Natur aus kein aggressiver Mensch, aber in diesem Moment verspürte ich einen kurzen Impuls, ihm eine zu klatschen. Hielt er es wirklich für eine gute Idee, sich über seine Kunden lustig zu machen? Ich sollte mal ein ernstes Wörtchen mit dem Geschäftsführer sprechen.

Endlich riss er sich zusammen, steckte die Hände in die Taschen und sah mich offen an. Ob er nun tatsächlich bereit war, mir zu helfen, nachdem er sich auf meine Kosten amüsiert hatte? „Okay. Was kann ich für Sie tun?"

Ich lächelte ihn schnippisch an. „Ich brauche eine GoPro-Kamera und ein passendes Geschirr."

Wieder schallendes Gelächter. „Oh, deine Katze mag also Apple, aber dein Hund lieber GoPro?" Er kriegte die Worte kaum heraus, so sehr keuchte er.

„Eigentlich ist es für meinen Waschbären" erklärte ich ihm mit einem süffisanten Grinsen. Er hielt mich ja ohnehin schon für bekloppt, aber sollte er doch ruhig ...

Natürlich meinte er daraufhin: „Sie sind echt komisch, wissen Sie das?"

„Und Sie sind echt hilfreich. Also werde ich mir wohl selbst helfen. Vielen Dank!", rief ich im Weggehen über meine Schulter.

„Warten Sie. Zu den Videokameras geht's da lang." Er huschte an mir vorbei und bog nach rechts ab. „Sie brauchen einen Schlüssel für die Vitrinen, das heißt Sie brauchen meine Hilfe."

„Gut, aber ich habe es eilig."

„Tierisch dringende Angelegenheiten?" Er schien eine weitere Lachsalve zu unterdrücken.

„So ähnlich", antwortete ich genervt. Von mir aus konnte

er sich über mich lustig machen, so viel er wollte –solange ich die Kamera und das Gurtzeug bekam, konnte ich gut damit leben.

„Viel Spaß damit!“, rief er mir hinterher, nachdem er mir die gewünschte Ausrüstung überreicht hatte. Als hätte ich seine guten Wünsche gebraucht, die er mit Sicherheit noch nicht mal ernst meinte. Das nächste Mal würde ich mir einen anderen Laden suchen, auch wenn ich dafür doppelt so weit fahren müsste.

Ich hielt den Daumen hoch, ließ den Blödmann stehen und eilte ohne ein weiteres Wort zur Kasse. Meine Güte, ich hatte heute nun wirklich andere Probleme, um die ich mich kümmern musste.

Grandma war verschwunden.

Meine Mutter hatte wahrscheinlich andere Eltern, als man sie hatte glauben lassen.

Ich schuldete einem Waschbären mit fragwürdiger Moral einen unausgesprochenen Gefallen.

Oh, und außerdem war ich dabei, meine eigene Großmutter auszuspionieren, in einem verzweifelten Versuch, die Wahrheit hinter der ganzen Geschichte zu erfahren.

# 14

Offenbar hatte mein Ausflug in den Elektronikmarkt viel kürzer gedauert, als es mir vorkam. Zu Hause fand ich Octocat, der sich gerade die letzten Minuten seines Films anschaute, laut schniefend vor.

„Oh, steht da jemand auf ein bisschen Gefühlsduselei?“, stichelte ich. So angefasst hatte ich ihn noch nie bei einer Fernsehsendung erlebt, zumal er sich sonst meist eher Krimiserien wie Law & Order reinzog.

„Natürlich nicht!“, rief er und wischte sich über die Augen, die verräterisch glänzten. „Ich habe mich nur über die Szene eben amüsiert. Herrlich!“

„Aha.“ Ich verkniff mir einen Lacher. Obwohl ich genau wusste, dass es in besagter Szene recht heiß herging, beschloss ich, nicht weiter darauf einzugehen. Das Letzte, was ich jetzt brauchte, war ein Gespräch über Sex mit meinem kastrierten Kater. Nein danke!

Stattdessen packte ich die neue GoPro aus und begann, sie für uns einzurichten, während Harry mit Sally auf der Silvesterparty tanzte und ihr all die Dinge erzählte, die er am meisten an ihr liebte. So süß. Okay, vielleicht verdrückte ich jetzt auch ein paar Tränchen.

Als endlich der Abspann lief, schaltete ich den Fernseher aus und öffnete die Haustür. „Komm rein, Pringle. Es ist so weit!“

Der Waschbär kam angetrabt, als hätte er die ganze Zeit vor der Tür gestanden und gewartet. Vielleicht hatte er das auch.

Als er die neue Action-Cam in meinen Händen entdeckte, schnappte er nach Luft, hob beide Hände zum Mund und rief: „Oooh, was für ein tolles Teil!“

Dann schlang er beide Hände um meine Wade und kletterte an mir herauf bis auf meine Schulter. Das hatte er noch nie getan, und es war mir nicht geheuer. Nur weil ich mit ihm zusammenarbeitete, hieß das nicht, dass ich ihm voll und ganz vertraute.

Glücklicherweise konnte ich meinen Schock gerade noch rechtzeitig überwinden, um ihn daran zu hindern, mir die Kamera aus den Händen zu reißen und mit dem offenkundig begehrten Gerät zu verschwinden.

„Hör auf damit!“, schimpfte ich und schüttelte meine Arme. „Geh runter von mir.“

Aber Pringle ließ sich nicht abschütteln. „Ich will das haben!“, informierte er mich.

„Entspann dich, ja? Ich habe es doch für dich gekauft, damit du es bei unserer nächsten Mission heute benutzen kannst.“

„Gib her! Gib her!“ Er kletterte zurück auf den Boden, hüpfte auf und ab und wurde von Sekunde zu Sekunde nerviger.

„Komm mal wieder runter“, mischte sich Octocat ein. „Jetzt hör Angela erst mal zu. Sie hält jetzt erst mal ihren Vortrag und dann wird sie es dir geben, klaro?“

„Ich scheine ja ziemlich vorhersehbar zu sein“, meinte ich daraufhin und musste lachen. Weshalb ich das in dem Moment mit Humor nahm, war mir allerdings nicht klaro, wahrscheinlich vor Erleichterung, dass mir der riesige Waschbär nicht mehr im Nacken saß.

„Ja, du bist ziemlich vorhersehbar“, erwiderte Pringle. „Aber nicht nur du, Schätzchen. Alle Menschen. Einfach gestrickte Geschöpfe halt.“ Er seufzte und beschrieb eine kreisende Handbewegung. „Wie auch immer, erzähl weiter.“

Wow. Ganz schön unverschämt, der alte Gangster, hielt sich wohl für superklug.

Hatte Pringle sich tatsächlich über mich lustig gemacht, obwohl ich ihn angestellt und ihm obendrein einen ungenannten Gefallen als Bezahlung zugesagt hatte? Nicht gerade ein guter Kundenservice. Er konnte von Glück reden, dass seine Firma nicht im Internet zu finden war, sonst hätte er eine miese Bewertung von mir bekommen.

„Hast du noch nie gehört, dass der Kunde König ist?“, schnaubte ich.

„Nö. Wer sagt das denn?“ Pringle schien zweifellos Spaß an dieser Unterhaltung zu haben. „Der Kunde ist doch oft dumm, deshalb muss er sich ja Hilfe holen.“

O Mann. Ein weiterer scharfsinniger Kommentar über die Menschheit von Mister Oberschlau. Gott sei Dank konnte er mit keinem anderen Menschen als mir kommunizieren.

Und ohnehin hatten wir für solche Sperenzchen jetzt keine Zeit. Wir mussten uns auf unsere Mission konzentrieren, und deshalb sprach ich ein Machtwort: „Seid bitte still und hört mir zu!“

Als sie beide verstummten, fuhr ich fort. „Also, Octocat, was jetzt kommt, wird dir gefallen.“

Ich nahm mein Handy vom Tisch und entsperrte es, um ihm die neue App zu zeigen, die ich eben beim Setup der Kamera heruntergeladen hatte. „Die Videocam kommt oben an ein Brustgeschirr, das Pringle tragen wird, und ich streame die Aufnahme live auf mein iPhone, damit ich das Geschehen überwachen kann.“

„Okay, aber was ist meine Aufgabe?“, fragte mein Kater mit einem verärgerten Schwanzzucken.

„Zwei Sachen. Erstens: Du gehst mit Pringle, um ihn im Auge zu behalten und sicherzustellen, dass er keine Sachen mitnimmt, die nichts mit unserem Fall zu tun haben.“

„Hey“, jammerte der Waschbär. „Diese Bemerkung hättest du dir sparen können.“

Ich verdrehte die Augen und atmete tief durch. Manchmal vermisste ich es wirklich, in der Kanzlei mit anderen Menschen zu arbeiten – netten, vernünftigen Menschen. „Zweitens: Wir verwenden dein iPad, damit du mir damit einen Live-Kommentar über FaceTime geben kannst. Ich würde dir ja mein Handy geben, aber ich glaube, du kannst es mit deinen Pfoten nicht bedienen, weil die Tasten zu klein sind, und ich will kein Risiko eingehen, also …“

„Sekunde, Sekunde!“, brachte Octocat undeutlich hervor und machte dabei große, gierige Augen. „Willst du dein iPad oder dein iPhone benutzen, um uns zu beobachten?“

„Beides“, sagte ich lächelnd.

„Das ist wie Geburtstag, Weihnachten und Ostern zusammen“, schwärmte er, nun wieder in seinem typisch akzentuierten Tonfall.

Ich nickte energisch und streichelte ihm über den Kopf. „Ja. Cool, oder? Wir sind doch alle cool drauf, nicht wahr? Also, Pringle, wenn du so weit bist, kann ich dir jetzt das Geschirr anlegen.“

Der Waschbär schnappte sich die Kamera und drehte sie einige Male in seinen Händen, dann zwinkerte er mir übertrieben zu. „Das ist Spionageausrüstung der Spitzenklasse. Ich wusste nicht, dass du das drauf hast.“

„Ja, ich stecke eben voller Überraschungen. Und wie sich herausgestellt hat, gilt das auch für Grandma. Habt ihr den

Auftrag beide verstanden?“, fragte ich, als ich die Gurte des Brustgeschirrs passend einstellte.

Mein Kater und der Waschbär nickten übereinstimmend.

„Octocat, wo ist dein iPad?“, wollte ich wissen, während ich das Geschirr befestigte und die Kamera an Pringles Rücken anbrachte, um anschließend die Übertragung auf meinem Telefon zu testen.

„Auf dem Esszimmertisch“, antwortete der Tiger und folgte mir, um es zu holen. „Sag mal, warum gehst du nicht mit uns da rein?“

„Es fühlt sich zu sehr nach einem Eingriff in ihre Privatsphäre an“, gab ich zu.

„Aber du siehst doch dann ohnehin alles über die Videoschalte, wo ist denn da der Unterschied?“, meinte Octocat trocken.

Ich zuckte mit den Schultern. „Ich weiß es nicht genau, aber vom Gefühl her ist es für mich anders.“

Netterweise ließ er das Thema fallen, ohne meine Gründe weiter zu hinterfragen. „Wie du meinst.“

„Danke für dein Verständnis.“ Ich öffnete die Haustür.

„Okay, Pringle, los geht’s. Geh aufs Dach, entriegele das Fenster und komm dann wieder runter, um das iPad zu holen. Ich lasse es hier für dich liegen“, sagte ich und legte es auf die Treppe der Veranda.

„Octocat, du gehst mit mir.“ Er folgte mir die Treppe hinauf in unser Bibliotheksbüro, und ich machte ihm das große Erkerfenster auf, damit er sich über das Dach schleichen konnte.

„Ich warte fünf Minuten, damit ihr beide genug Zeit habt, ins Zimmer zu kommen, dann rufe ich dich über FaceTime an“, rief ich ihm nach. „Sieh zu, dass du rangehst.“

„Alles klar“, sagte mein Kater und warf mir ein souveränes Lächeln über die Schulter zu, bevor er aus meinem Blickfeld verschwand.

Der Moment der Wahrheit schien in greifbare Nähe zu rücken. Entweder wir würden bald Antworten bekommen oder … es gäbe bald keinen Ort mehr, an dem wir noch suchen konnten.

Leider hatte ich keine Ahnung, was ich als Nächstes tun sollte, wenn die Tiere nichts finden würden. Die Sache auf sich beruhen lassen? Oder eine Konfrontation mit Grandma erzwingen? Das schienen die beiden Optionen zu sein.

Na toll.

# 15

Ich ging raus auf die Veranda, zum einen, weil ich dort immer besseren Funkempfang hatte, und zum anderen, damit mir auch nur ja nicht entging, falls Grandma zurückkam, um sich hoffentlich endlich der Situation zu stellen.

Auf der Treppe hockend holte ich mein Handy heraus und studierte das Bild, das Pringles Action-Cam lieferte. Im Spiegel der Fensterscheibe erkannte ich seinen konzentrierten Gesichtsausdruck, wie er an der Verriegelung herumspielte. Einen Moment später leuchteten seine Augen auf, als er das Fenster hoch genug anhob, damit Octocat sich hindurchzwängen konnte. Dann drehte er sich um, und für einen Moment bot sich mir ein atemberaubender Ausblick auf den Wald, der unseren Garten flankierte.

In Windeseile tauchte er wieder an meiner Seite auf und

schnappte sich Octocats iPad von der Treppe. „Das nehme ich jetzt mit. Vielen Dank. Und tschüss."

Trotz all seiner anstrengenden Eigenschaften war der Waschbär ohne Zweifel ein großartiger Komplize mit beeindruckenden Fähigkeiten. So musste ich mir nicht die Finger schmutzig machen und konnte das Ganze besser mit meinem Gewissen vereinbaren.

Pringle schien kein Problem damit zu haben, gegen die guten Sitten zu verstoßen oder am Haus hinaufzuklettern, mit einem Tablet in seiner pelzigen, schwarzen Hand, das er an seine Brust gedrückt hielt. Kaum eine Minute später hatte er es zurück zu Großmutters Schlafzimmerfenster geschafft, hob es ein wenig an und schlüpfte hindurch, ohne auch nur eine Sekunde zu zögern.

Der entscheidende Augenblick war gekommen. Ich holte mein iPhone heraus und rief Octocat über FaceTime an.

Nach ein paar Mal klingeln ging er ran, das Gesicht weit über das Gerät gebeugt, sodass sein Doppelkinn zum Vorschein kam. Ein vertrauter Anblick, der sich mir immer bot, wenn ich es wagte, morgens noch im Bett zu liegen, obwohl seine Frühstückszeit schon verstrichen war. „Ich schau dir in die Augen, Kleines!"

Und was sollte das überhaupt mit den ganzen Filmzitaten? Schlief er überhaupt noch oder zog er sich nonstop eine Sendung nach der anderen rein?

„Gute Arbeit", lobte ich ihn und bewunderte in diesem Moment trotz allem seinen Enthusiasmus. „Schau Pringle auf die Finger und halte mich während eurer Durchsuchung auf dem Laufenden."

„Ja, Angela. Ich erinnere mich an meine Aufgabe bei dieser Mission", murmelte er und entfernte sich umgehend wieder aus dem Blickfeld.

Pringle machte sich gerade an Großmutters Kommode zu schaffen und zog wahllos die Schubladen auf. „Spitzenunterwäsche!", kicherte er. „Oh, Grandma, ich hatte ja keine Ahnung!"

„Hör auf damit!", rief ich so laut, dass sie mich wahrscheinlich auch ohne FaceTime hören konnten. „Du sollst nach Hinweisen suchen, sonst nichts."

„Mach das für mich auf", hörte ich Octocat sagen und sah dann, wie Pringle sich der Stelle näherte, an der meine Katze am Nachttisch wartete.

Der Waschbär zog die Schublade aus den Schienen und lachte, als sie auf den Boden knallte. „Das macht Spaß!", quietschte er.

Es würde sich nicht verbergen lassen, dass wir das Zimmer durchwühlt hatten, auch wenn ich nicht direkt daran beteiligt war.

„Hey, schau mal! Ich habe ein Stück Papier gefunden, auf dem etwas geschrieben steht!", rief der Kater aufgeregt.

Pringle hüpfte zu ihm hinüber und schnappte sich das Blatt, aber ich konnte die Worte, die mir die Kamera aufs Display lieferte, nicht erkennen. „Es ist nur eine alte Einkaufsliste", meinte der Waschbär, rollte sie zusammen und warf sie zurück in die Schublade. Ich hoffte inständig, dass das stimmte und er nicht gerade ein wichtiges Teil unseres Puzzles weggeworfen hatte.

Vielleicht sollte ich einfach hinaufgehen und den beiden zeigen, wie sie die Tür von innen aufschließen konnten. Doch ich blieb wie erstarrt stehen, unfähig, diese unsichtbare Grenze zu überschreiten.

„Geht respektvoll mit Großmutters Sachen um!“, rief ich in einem halbherzigen Versuch, die Situation unter Kontrolle zu bringen.

„Warum?“, fragte Pringle verwirrt, während er weiter durch das Schlafzimmer tappte. „Denk doch mal darüber nach. War es respektvoll von ihr, eine so wichtige Tatsache vor dir zu verstecken?“

Verflucht noch mal. Pringle und seine Logik.

„Trotzdem“, murmelte ich. „Bitte.“

„Du hast die Lady gehört!“, brummte Octocat. „Also, sei ein Profi und mach das ordentlich.“

Oh, wie ich meinen Kater dafür liebte, dass er sich dermaßen für mich einsetzte, und ich war stolz auf ihn, dass er seine Aufgabe so ernst nahm.

Das ungleiche Duo sah sich noch eine Weile in dem Zimmer um, fand aber nichts Aufschlussreiches.

„Wenn sie etwas versteckt, dann sicher nicht an einer leicht zugänglichen Stelle.“ Ich versuchte, die beiden von meinem Verandaplatz aus auf die richtige Spur zu bringen. „Das Geheimfach auf dem Dachboden war ziemlich clever.

Vielleicht gibt es in ihrem Zimmer ein ähnliches Versteck."

„Gute Idee", sagte Pringle und tapste zur nächstgelegenen Fußleiste hinüber. Er trat und schlug dagegen, doch vergeblich; kein einziges Brett rührte sich.

„Hey! Ich glaube, ich habe etwas gefunden!", raunte mein Tiger vom anderen Ende des Raums. Ach du meine Güte. Was war es? Der Moment der Wahrheit?

„Ich komme!", rief Pringle. Die Kamera wackelte hin und her, als er zu Octocat stürmte, der oben auf der Kommode hockte – da, wo sie mit der Suche angefangen hatten.

Im selben Moment vernahm ich das vertraute Brummen eines kleinen, roten Sportwagens, der unsere Einfahrt heraufrollte.

Grandmas Wagen. Sie kam tatsächlich nach Hause.

„Mami, ich bin wieder da!", hörte ich Paisley schon aus dem offenen Fenster rufen. Obwohl ich mich freute, sie zu sehen, blieb mir nun keine Zeit mehr, eine Warnung an die Jungs oben zu schicken.

„Paisley! Grandma! Willkommen zu Hause!", rief ich, während ich die Kamera- und FaceTime-Übertragung beendete, in der Hoffnung, dass die Tiere es oben mitbekommen und sich schnellstmöglich aus dem Staub machen würden. Leider wusste ich auch, dass Unauffälligkeit so gar nicht zu den Stärken dieser beiden gehörte.

Großmutter fuhr in die Garage, und ich rannte hinter ihr her, bevor sie wieder vor mir weglaufen konnte. Vielleicht war sie nun endlich bereit, mit mir über alles zu sprechen. Zumindest könnte ich sie für eine Weile ablenken, um meinen Spionen etwas Zeit zur Flucht zu verschaffen.

„Ich habe dich vermisst!“ Paisley sprang aus dem Auto, raste auf mich zu und bettelte darum, auf den Arm genommen zu werden.

Das tat ich nur allzu gerne. „Ich habe euch auch vermisst. Euch beide.“

Grandma sah aus, als hätte sie die ganze Zeit, seitdem sie weggegangen war, nicht geschlafen. Vermutlich hatte sie das auch nicht. Trotzdem rang sie sich ein reserviertes Lächeln ab. So kannte ich sie gar nicht. In meinem ganzen Leben hatte ich sie noch keinen Tag so zurückhaltenderlebt. Was war mit ihr geschehen, und warum schien sich auf einmal alles zuzuspitzen?

„Ist bei dir alles in Ordnung?“, fragte ich mit sanfter Stimme.

Sie schüttelte den Kopf. „Nicht wirklich. Nein.“

„Können wir darüber reden?“ Ich wollte ihr die Hand auf die Schulter legen, aber sie schüttelte mich ab.

Grandma holte tief Luft, und ich spürte die Distanz zwischen uns. Ich hatte sie noch nie so alt und gebrochen gesehen, und das beunruhigte mich enorm. Tränen standen in ihren rot geweinten Augen. „Ich hätte nie gedacht, dass ich noch einmal darüber sprechen muss, schon gar nicht mit dir.“

„Ich bin für dich da, und ich habe dich sehr lieb, komme, was wolle.“

Sie schüttelte traurig den Kopf. „Das wird die Dinge ändern, Angie."

„Das hat es schon", flüsterte ich und kämpfte nun auch gegen die Tränen.

Grandma sah weg und murmelte: „Ich kann nicht." Dann schob sie sich an mir vorbei ins Haus.

Schuldgefühle stiegen in mir auf. Vielleicht war es besser, die Sache auf sich beruhen zu lassen, das Geheimnis zu vergessen und mein Leben so weiterzuführen wie vor dem Tag, als Pringle mir jenen rätselhaften Brief zeigte.

Am liebsten hätte ich es vergessen, aber ich steckte schon zu tief drin. Das hatte nichts mit Neugier zu tun, sondern mit der Tatsache, dass es mein Leben bereits auf den Kopf gestellt hatte.

Und ich musste die Wahrheit erfahren.

# 16

Nachdem Grandma mich in der Garage stehengelassen hatte, setzte ich mich wieder auf die Veranda. In letzter Zeit verbrachte ich mehr Zeit hier draußen als im Haus, wie es schien.

Paisley trottete hinter mir her, wedelte wie immer mit dem Schwanz, aber zurückhaltender als sonst. „Was ist los, Mami?"

Obwohl sie mit Grandma nicht so kommunizieren konnte wie mit mir, fühlte ich mich unwohl bei dem Gedanken, mich ihr gegenüber negativ über ihre beste Freundin zu äußern, die Frau, die sie aus dem überfüllten Tierheim gerettet und ihr ein Zuhause gegeben hatte.

Wo war Grandma jetzt? War sie in ihr Zimmer gegangen? Hatte sie das Chaos bemerkt, das die Tiere angerichtet hatten, und wusste sie, dass ich sie dazu angestiftet hatte? Würde sie mir jemals verzeihen? Könnte ich ihr jemals verzeihen?

„Ich bin einfach traurig“, sagte ich schließlich zu dem liebenswerten Chihuahua-Mädchen.

„Manchmal bin ich auch traurig“, sagte der kleine Hund und drückte sich auf meinem Schoß an mich. „Aber weißt du, was ich dann mache? Ich beschließe, nicht mehr traurig und stattdessen einfach glücklich zu sein.“

Lächelnd kraulte ich sie zwischen den Ohren. „Das ist schlau von dir, Paisley. Hey, und wie war der Ausflug mit Grandma, habt ihr etwas Schönes erlebt?“

Ich wollte damit eigentlich nur das Thema wechseln und die Kleine nicht ausfragen, aber dann kam mir die Idee, dass Paisley mir womöglich die entscheidenden Hinweise liefern könnte, wenn ich nur die richtigen Fragen stellen würde. Schließlich verbrachte sie praktisch den ganzen Tag in Grandmas Nähe und schlief nachts in ihrem Zimmer. Was hatte sie mitbekommen? Wie viel wusste sie?

Sie schloss die Augen und rollte sich auf meinem Schoß herum, damit ich ihren Bauch kraulen konnte. „Die Autofahrt war toll, und die ganzen neuen Gerüche fand ich spannend, aber ich wäre lieber zu Hause gewesen, mit euch allen zusammen.“

„Oh, das glaube ich dir. Wo seid ihr zwei denn hingefahren?“ Ich konnte nicht widerstehen, sie zu fragen.

Sie blinzelte mich mit einem Auge an. „Ich bin mir nicht sicher. Es war ein kleines, sauberes Zimmer mit einem großen Bett. Grandma und ich haben viel gekuschelt und viel geschlafen. Außerdem haben wir stundenlang ferngesehen.

Octavius mag das ja, aber ich finde es meistens langweilig, nur zuzusehen, wie Dinge in einem kleinen Glaskasten passieren. Ich unternehme viel lieber selbst etwas."

„Du bist wirklich schlau, Süße", sagte ich mit einem traurigen Lächeln. Offenbar hatte Grandma es vorgezogen, sich in einer Art Motel zu verkriechen, anstatt mit mir zu reden. Na super.

Seufzend streichelte ich den glücklichen kleinen Hund weiter. Sie war so voller Vertrauen, voller Zuversicht. Warum gelang mir das nicht? Zweifellos war sie die zufriedenste Bewohnerin dieses Hauses, und das lag nicht etwa daran, dass es ihr an Köpfchen fehlte. Die kluge kleine Maus schaffte es irgendwie immer, all ihre Probleme beiseitezuschieben und sich jeden Tag fürs Glücklichsein zu entscheiden.

Wir saßen eine Weile so da, bis Pringle um die Ecke bog und die Treppe hinaufstürmte, was Paisley sofort zum Bellen brachte.

Sie sprang von meinem Schoß, stellte sich schützend neben mich und rief: „Mami! Mami! Der große böse Waschbär ist wieder da!"

Der Waschbär stöhnte und schüttelte den Kopf. „Nicht schon wieder. Will sie das jetzt wirklich jedes Mal abziehen? Jedes verdammte Mal?", fragte er mich mit einem erschöpften Schnaufen.

„Ist schon gut, Paisley." Ich nahm sie hoch und setzte sie wieder auf meinen Schoß.

Sie jammerte, verharrte aber dort.

Pringle, der näher an uns herantrat, umklammerte mit einer Hand etwas Kleines, Rechteckiges.

„Was hast du da, Pringle?"

Die elektronische Katzenklappe piepte, und Octocat gesellte sich zu uns. „Was für ein Nervenkitzel!", rief er aus. „Eine Sekunde lang dachte ich echt, sie würde uns erwischen."

Pringle legte einen Arm um den Tiger und lächelte. „Halte dich einfach an mich, Kleiner. Jeder Tag ist ein Abenteuer."

Sie lachten beide.

Für den Moment war es ja schön, dass sie ihre Differenzen beigelegt hatten, aber für die Zukunft? Pringle übte nicht gerade den besten Einfluss auf meinen reizenden, nur manchmal leicht verbitterten Kater aus.

„Darf ich mal sehen, was du da hast?", bat ich erneut und streckte meine Hand aus.

„Natürlich." Der Waschbär reichte mir ein altes Foto. Sofort erkannte ich Grandma in jungen Jahren, aber wer der Mann an ihrer Seite war, der mit tiefen Grübchen breit in die Kamera lächelte, wusste ich nicht.

„Wir haben es in der Ecke des Spiegels gefunden. Es steckte dort einfach, für alle Welt sichtbar", informierte mich Octocat, wobei sich seine Schnurrhaare kräuselten und er selbstzufrieden grinste.

„Na los. Dreh es um", drängte Pringle.

„Dorothy und William, Sommer 1968“, las ich laut vor und erschrak. „William? Das ist er?“

Pringle nickte und zuckte die Achseln. „Scheint so.“

Ganz offen hatte es dort gehangen, und wahrscheinlich hätte es mir bereits zigmal auffallen können, wenn ich mir die Collage von Erinnerungsstücken, mit der sie die Ränder des Spiegels über der Kommode dekoriert hatte, nur einmal richtig angeschaut hätte.

„Sie halten Händchen“, bemerkte Octocat. „So wie du und der Kotzbrocken es die ganze Zeit tun.“

„Sie scheint in ihn verschossen zu sein“, flüsterte ich, denn mir war der Glanz in ihren Augen und ihr leicht verlegenes Lächeln aufgefallen. Wie verträumt sie ihn anschaute. „Als würde sie ihn lieben.“

„Leider scheint das nicht auf Gegenseitigkeit zu beruhen“, bemerkte Pringle, und damit hatte er vollkommen recht. William stand irgendwie steif da, die Augen eher in die Ferne gerichtet, nicht auf meine verliebte Großmutter.

Octocat setzte sich neben mich. „Das stimmt. Wenn du mit Charles zusammen bist, hast du auch so einen entrückten Blick.“ Er drückte seine Nase auf das Foto. „Aber er guckt dich genauso an. Dieser Typ da sieht zwar glücklich aus, aber nicht verliebt. Nicht wie du und Charles oder Baby und Johnny. Nicht einmal wie Harry und Sally, und wir alle wissen, wie chaotisch ihre Beziehung begann.“

„Wer sind Harry und Sally?“, fragte Paisley und leckte ihrem Katzenfreund zur Begrüßung übers Gesicht.

Octocat rollte liebevoll mit den Augen. „Du meine Güte Es gibt einiges, was du verpasst hast, Schnecke“, sagte er, als ob die Ereignisse seines Filmmarathons ein Teil des wirklichen Lebens wären. Verrückte Katze.

Ich sah mir das Foto erneut an und runzelte die Stirn.

Versteckte Grandma etwa ein gebrochenes Herz? Eine traurige Geschichte über eine unerwiderte Liebe? Doch das erklärte immer noch nicht den Brief und die Geburtsurkunde. Hatte William ihre Gefühle für ihn ausgenutzt, um sie dazu zu bringen, etwas Schreckliches zu tun?

„Arme Grandma“, flüsterte ich.

Paisley jaulte, obwohl ich nicht mit Sicherheit sagen konnte, ob sie verstand, warum ich in diesem Moment traurig war.

Die beiden anderen sagten nichts.

Wir saßen eine Weile so da, während ich darüber nachdachte, wie ich weiter vorgehen sollte. Die Tiere waren bisher eine große Hilfe gewesen, aber ich brauchte eine zweite Meinung – eine menschliche Meinung.

„Ich rufe Charles an“, verkündete ich ihnen. Ja, Charles. Er war nicht nur die Liebe meines Lebens, sondern auch der klügste und fleißigste Mensch, den ich kannte. Und schließlich war er nicht von ungefähr der jüngste Anwaltskanzleipartner aller Zeiten in der Geschichte von ganz Blueberry Bay geworden.

Hoffentlich würde er mir aus dieser vermeintlichen Sackgasse helfen und Licht in die düstere Vergangenheit bringen können.

Zumindest würde er mich fest in den Arm nehmen und ich mich danach stärker fühlen – danach sehnte ich mich gerade ganz dringend.

# 17

Charles kam früher als sonst von der Arbeit nach Hause, sodass wir den restlichen Nachmittag und Abend Zeit für uns hatten und ich ihm endlich von den Ereignissen der letzten Tage berichten konnte.

„Ich habe mir solche Sorgen um dich gemacht", sagte er, nachdem wir uns auf seinem recht unbequemen Modulsofa aneinandergeschmiegt hatten. „Hat Grandma dir schon etwas von dieser ganzen Geschichte gebeichtet?"

Ich hatte ihm vorher noch gar nichts erzählt, weil ich lieber persönlich mit ihm sprechen wollte und wusste, dass er am Telefon im Büro zu abgelenkt sein würde. „Nein, nichts. Und laut Paisley haben sie die Zeit in einem Motel verbracht."

„In einem Motel? Aber Grandma hat doch viele Freunde. Warum ist sie nicht zu einem von denen gegangen?" Charles kannte meine Großmutter zwar noch nicht so lange, aber selbst er verstand, wie seltsam das alles war.

Ich kuschelte mich noch tiefer in seine Arme und fühlte mich dort sicher, auch wenn der Rest meiner Welt zusammenzubrechen drohte. „Ich mache mir Sorgen um sie. Sie sah so anders aus, als sie heute nach Hause kam. So leer. Was auch immer es mit diesem Geheimnis auf sich hat, es belastet sie ungemein. Ich bin mir ehrlich gesagt nicht sicher, ob sie jemals bereit sein wird, darüber zu sprechen."

Er massierte meine Schulter in beruhigenden, kreisförmigen Bewegungen. „Könntest du damit umgehen?"

Ich schloss die Augen und dachte zum millionsten Mal darüber nach, seit Pringle mir den alten Brief übergeben hatte. Egal, wie ich es auch drehte und wendete, meine Antwort blieb immer die gleiche: „Ich wünschte, ich könnte es, aber nein. Ich muss es wissen."

Charles nickte. „Verstehe. An deiner Stelle würde ich es auch wissen wollen." Dem Himmel sei Dank für verständnisvolle Lebenspartner. Und er verstand mich nicht nur, er wollte mir auch helfen.

Dann fiel mir unser neuestes Puzzleteil wieder ein. Ich zog das Bild von Grandma und William aus meiner Handtasche und reichte es ihm.

Er hielt das alte Foto zwischen uns hoch, und wir starrten beide auf diese Momentaufnahme aus einer anderen Zeit. „Der mysteriöse William, nehme ich an?"

Ich nickte. „Pringle und Octocat haben das heute in ihrem Zimmer gefunden."

Er lachte leise und drückte mir einen Kuss auf die Schläfe. „Die zwei."

„Jep." Ein kleines Lächeln huschte über mein Gesicht.

Charles setzte sich aufrechter hin. „Diese beiden Burschen", wiederholte er, nun nachdrücklicher. „Kein schlechtes Team. Warum bringst du sie nicht her?"

Überrascht sah ich ihn an. Was hatte er vor? Warum wollte er diesen Chaoten von einem Waschbären zu sich nach Hause einladen?

Er stand auf und zog mich mit beiden Händen vom Sofa. „Bevor ich dieses Haus kaufte, gehörte es deiner Großmutter, und zwar mehr als dreißig Jahre lang. Was ist, wenn hier immer noch ein paar alte Geheimnisse versteckt liegen?"

Ein letztes Fünkchen Hoffnung keimte in mir auf. „Charles, das ist eine super Idee."

„Bedanken kannst du dich später. Jetzt holen wir erst mal den Rest unserer Spürnasen und informieren sie über den Plan."

Wir fuhren gemeinsam zu mir nach Hause und sammelten den Kater und den Waschbären ein. Octocat war nicht begeistert, aber Pringle jubelte vor Freude, als er erfuhr, dass er uns bei einem Abenteuer jenseits unseres Grundstücks begleiten würde – und dieses Mal nicht als blinder Passagier.

„Hier bin ich aufgewachsen", erklärte ich ihm bei unserer Ankunft.

Er rümpfte die Nase. „Du und Charles seid zusammen in einem Haus aufgewachsen? Ist das nicht ein bisschen ...?"

Als ich meinem Freund das übersetzte, lachte er. „Ich lebe jetzt hier, aber bis vor ein paar Jahren habe ich in Kalifornien gewohnt. Dort bin ich groß geworden, und viel weiter können zwei Orte in diesem Land gar nicht voneinander entfernt sein."

Octocat patrouillierte durch den Raum; seine Nase zuckte angewidert. „Ich wünschte, ich könnte behaupten, dass mir gefällt, was er aus dem Haus gemacht hat, aber das wäre eine Lüge."

„Was sagt er?", wollte Charles wissen.

Und mit einem verschmitzten Lächeln erklärte ich ihm: „Dass er seine alten Freunde Jacques und Jillianne begrüßen möchte." Jay und Jay, wie Charles sie nannte, waren seine Nacktkatzen, die er adoptiert hatte, nachdem sie bei einer Mordermittlung eine entscheidende Rolle gespielt hatten. Wir verbrachten damals viel Zeit in ihrer Gesellschaft, allerdings fand Octocat sie gruselig und nervig, zumal sie nur in Reimen und Rätseln sprachen.

„Musste das jetzt sein?", zischte mein Kater und verkroch sich unter dem Esstisch. Obwohl er immer noch gut zu sehen war, beschloss ich, ihn in Ruhe zu lassen. Er hatte mich zuvor ja schon darauf hingewiesen, dass es für ihn mit seinen Samtpfoten viel schwieriger war, Sachen zu durchsuchen. Ich wollte ihn nicht dazu zwingen, sonst würde er womöglich den Rest der Nacht trübselig unter dem Tisch hocken bleiben. Er konnte uns helfen, wenn ihm danach war.

„Sofern sich die Katzen uns nicht anschließen, sind es also nur wir drei, die sich auf die Suche begeben“, fasste ich für Charles zusammen. „Bist du bereit, Pringle?“

Er rieb seine Hände aneinander und beugte sich vor. „Oh, ja, Baby. Ich gehe jetzt den Dachboden suchen. Bis später, Kinder.“

Wir sahen zu, wie er davonhuschte. „Dir ist schon klar, dass er mit hoher Wahrscheinlichkeit irgendetwas von dir stibitzen wird, oder?“

Charles zuckte mit den Schultern. „Nicht so schlimm, wenn wir dafür weiterkommen.“

„Also, wo fangen wir an?“, fragte ich. Obwohl ich hier aufgewachsen war, gehörte das Haus jetzt ihm, und ich bemühte mich, das zu respektieren.

„Als ich hier einzog, standen noch ein paar alte Kisten in der Garage. Ich würde sagen, fangen wir da an.“

Ich nickte und folgte ihm nach draußen.

„Wie kommst du mit dieser ganzen Sache klar?“, fragte er, als wir die Kisten herausgezogen und offen vor uns hingestellt hatten.

„Nicht gut“, gab ich seufzend zu. Dann durchstöberten wir ein Sammelsurium an Gartenausstattung, und ich wurde immer frustrierter.

„Das ist hoffnungslos“, jammerte ich und kauerte mich in

der Hocke auf den Garagenboden. „Grandma hat dieses Geheimnis fast fünfzig Jahre lang für sich behalten. Wie komme ich nur zu der Annahme, dieses Rätsel jetzt lösen zu können?“

Charles beugte sich über mich und drückte sanft mein Kinn nach oben, sodass er mir in die Augen sehen konnte. „Weil du verdammt noch mal Angie Russo bist, deshalb. Du bist die Klügste, die Hübscheste, die Beste, und du schaffst das.“

Mein Herz schlug höher. „Charles, du bist echt so ... Warte!“

Er musterte mich und seine Augen funkelten erwartungsvoll.

„Dreh dich mal um und schau nach oben. Da vorne!“, rief ich und zeigte auf die Dachsparren darüber, wo eine alte, verstaubte Kiste kaum sichtbar in der Ecke hinter ein paar Holzbrettern stand. Der Karton hatte wohl mit der Zeit die Farbe der Bretter angenommen, sodass es fast unmöglich war, ihn zu entdecken, wenn man nicht wusste, wonach man suchte. Aber ich hatte es irgendwie im Gefühl und war mir sicher, dass er wichtige Informationen enthielt.

„Ich hole die Leiter“, sagte Charles und sprang auf. „Du gibst mir Deckung, während ich hochklettere.“

Mit etwas Geschick gelang es uns, die Kiste aus ihrem Versteck zu wuchten und sie auf den Garagenboden zu befördern. Darin fanden wir den Jackpot an Erinnerungsstücken –

eine alte Baseballjacke, Schulprojekte, eine Sammlung selbst gemachter Tonfiguren und ein Fotoalbum.

„Bingo!" Mit einem glücklichen Seufzer begann ich sofort, die Seiten durchzublättern. Ich erkannte Bilder von meinen Urgroßeltern und von der kleinen Grandma. Normalerweise würde mir beim Anblick solcher Familienfotos, die ich noch nie zuvor gesehen hatte, ganz warm ums Herz werden, aber wir hatten schließlich eine Mission.

„Hey, sieh mal da!", rief Charles, und bevor ich umblättern konnte, hatte er den Zeigefinger auf die Seite gelegt. Dort stand ein junger Mann in einem hellen Anzug vor einer Kirche, daneben ein Schild, auf dem zu lesen war:

Gottesdienste Ostersonntag:

8 Uhr, 10 Uhr und 18 Uhr

„Kommt dir das bekannt vor?", fragte Charles und tippte aufgeregt auf das Bild.

Ich versuchte, noch mehr zu erkennen. Der Mann lächelte und in der Tat erkannte ich seine Grübchen. „Das ist William McAllister."

„Und sieh dir das Schild an!"

Als ich ihm die Gottesdienstzeiten vorlas, schüttelte er den Kopf und zeigte nach oben. „Der Name der Kirche, hier." Er tippte auf die Stelle.

„Faith Baptist Church, Larkhaven, Georgia, gegründet 1903“, las ich da. „Glaubst du, dass die Kirche noch existiert? Dass man dort Informationen über William oder seine Nachkommen hat?“

Charles’ Lächeln wurde breiter. „Es gibt nur einen Weg, das herauszufinden.“

# 18

Meine Hände zitterten, als ich die Nummer in mein Telefon eintippte, die Charles und ich auf der Website der Kirche gefunden hatten. Es gab sie tatsächlich noch, die Kirche und ihre kleine Gemeinde in Larkhaven in Georgia.

Aber würden sich die Leute, die jetzt dort die Gottesdienste besuchten, noch an meine Oma und ihren William erinnern? Das war schon so viele Jahre her.

Einerseits hoffte ich, dass es so wäre, andererseits sah ich den möglichen Enthüllungen voller Sorge entgegen. Williams Brief hatte auf Probleme hingedeutet. Wollte ich wirklich wissen, ob er und Grandma in irgendwelche üblen Machenschaften verwickelt gewesen waren? Oder was, wenn meine Großmutter völlig unschuldig war, William sie jedoch zutiefst verletzt hatte? Was, wenn sie einfach nur vergessen wollte, aber ich nun all diese schrecklichen Erinnerungen ausgrub?

Charles saß dicht an meiner Seite. „Du schaffst das. Tief durchatmen."

„Es ist der Moment der Wahrheit", raunte Octocat vom anderen Ende des Raumes. Durch die Lamellen der Jalousien sickerten einige Sonnenstrahlen, und nun sonnten er und Charles' Sphynx-Katzen sich darin wie winzige Seelöwen auf einem schmalen Felsvorsprung.

„Und du kannst das", fügte Octocat mit einem aufmunternden Schnurren hinzu.

Pringle war immer noch nicht von seiner Dachbodendurchsuchung zurück, aber mehr Unterstützung für diesen nächsten Schritt konnte ich gar nicht bekommen. Das einzige, was mich zurückhielt, war meine eigene Angst.

Dabei hatte ich schon mit Mördern zu tun gehabt und überlebt. Dagegen war das hier doch ein Kinderspiel.

Nur ein kleines Telefonat.

Ich drückte auf „Wählen" und stellte mein Handy auf laut.

Eine Frau mit einer kecken Stimme meldete sich und nannte mir den Namen der Kirche. Sie wirkte nett, hilfsbereit.

„Hallo?", sagte sie, als ich nicht sofort antwortete.

„Oh, hallo. Mein Name ist Angie, und ich recherchiere gerade etwas über meine Familie. Ich habe mich gefragt, ob Sie mir vielleicht helfen können?" Ich biss mir auf die Lippe und wartete.

„Ich bin heute noch ein paar Stunden hier. Möchten Sie auf ein Gespräch vorbeikommen?“, hörte ich die Frau sagen.

Charles drückte mein Knie und murmelte erneut: „Du schaffst das.“

Meine Augen ruhten auf ihm, während ich mit der Dame am anderen Ende der Leitung sprach. „Also, es ist so, ich wohne relativ weit weg und, nun ja, es ist eine etwas komplizierte Situation, aber darf ich Sie fragen, ob Sie einen Mann namens William McAllister kennen? Er war in den späten Sechzigern ein Mitglied Ihrer Kirche, und ich glaube, er ist mein lange verschollener Großvater.“

„Oh je.“ Sie holte tief Luft, und mein Herz begann zu rasen. „Das war leider vor meiner Zeit. Ich kenne keinen William.“

Eine weitere Sackgasse. Mist.

„Okay, trotzdem vielen Dank für Ihre Hilfe.“

Offenbar war sie jedoch noch nicht fertig.

„Aber die McAllisters kommen immer noch jeden Sonntag zum Gottesdienst“, fuhr sie fort. „Möchten Sie eine Telefonnummer von ihnen haben?“

Charles hielt den Daumen hoch und wippte begeistert mit dem Kopf. Er lächelte breit und steckte mich damit an.

„J-j-ja“, stotterte ich, so aufgeregt, dass mir selbst dieses kleine Wort nicht ordentlich über die Lippen kam. „Gerne.“

„Kein Problem, eine Sekunde bitte.“ Nach ein paar Minuten gab mir die freundliche Sekretärin eine Nummer durch.

Noch während sie diese vorlas, tippte Charles sie als Notiz in sein Handy ein.

„Die ist von Linda McAllister", erklärte sie uns. „Sie ist die Älteste der Familie und wird sich wohl am ehesten noch an Ihren Großvater erinnern. Viel Glück!"

„Ich danke Ihnen. Sie haben mir wahnsinnig geholfen", sagte ich und bekam erneut feuchte Augen.

Wir verabschiedeten uns, und ich saß schweigend da, hielt mein Handy in der Hand und weinte große Kullertränen vor Erleichterung, sodass Charles tröstend einen Arm um meine Schultern legte.

„Rufst du sie an?", fragte er.

„Ich weiß nicht", schniefte ich und biss mir auf die Lippe, wie schon so oft in den letzten Tagen. „Mir wäre es lieber, wenn Grandma mir alles erzählen würde, und nicht irgendjemand anderes."

„Aber sie gibt keinen Mucks von sich", meinte Pringle, der gerade hereingekommen war, die Arme übervoll beladen mit Beute von Charles' Dachboden. „Und findest du nicht, dass du ein Recht hast, die Wahrheit über dein eigenes Leben zu erfahren?"

„Was sagt er?", wollte Charles wissen und beäugte den Waschbären skeptisch.

„Das wir da anrufen sollen", erwiderte ich. Pringle musste seine vorwitzige Nase natürlich in sämtliche Geheimnisse stecken, von denen er Wind bekam, selbst wenn er damit ein Drama auslöste.

Charles nickte und sah wieder zu mir. „Und was denkt Octocat?"

Mein Tiger rekelte sich in der Sonne und blinzelte uns an. „Octocat denkt, dass Angela klug genug ist, um ihre eigenen Entscheidungen zu treffen." Das war eines der nettesten Dinge, die er je zu mir gesagt hatte.

„Er sagt, es sei meine Entscheidung", übersetzte ich mit einem Lächeln.

„Und so ist es. Was ist mit Jacques und Jillianne? Was meinen sie dazu?", fragte Charles daraufhin. Ich wusste genau, was er vorhatte, und liebte ihn dafür. Er wollte mir Zeit geben, selbst zu entscheiden, und zeigte mir damit, wie sehr er mir vertraute.

Die beiden Sphynx-Katzen waren jedoch die ganze Zeit über seltsam still gewesen. Deshalb ergriff Octocat für sie das Wort.: „Die ganze Sache ist bereits ein Rätsel, also haben sie nichts hinzuzufügen. Sie sind nicht übel, wenn sie die Klappe halten, nicht wahr? Gute Kumpel für ein Nickerchen." Er gähnte und rollte sich auf den Rücken.

„Sie haben keine Meinung", erklärte ich Charles lachend.

Auch er musste lachen und drückte meine Hand. „Und ich dachte immer, sie wären diese kleinen Superhirne."

„Und was meinst du?", fragte ich ihn und drehte mich zu ihm um.

„Diesmal stimme ich dem Kater zu. Deinem Kater. Nur du weißt, was der richtige Weg ist." Er drückte mir einen Kuss auf die Lippen, dem ich für einen kurzen Moment hingebungsvoll nachhing.

„Ich kann nicht glauben, dass er mir nachplappert und dich damit auch noch um den Finger wickelt“, entfuhr es Octocat schaudernd. „Jay und Jay, es war nett mit euch“, sagte er zu den beiden haarlosen Katzen, als er das Wohnzimmer verließ. „Aber ich gehe jetzt besser.“

„Lass mich raten“, sagte Charles lachend. „Er findet uns eklig und will nichts mehr mit uns zu tun haben.“

„Jep, aber wenigstens hat er dich dieses Mal nicht Kotzbrocken genannt. Das ist doch mal ein echter Fortschritt.“ Ich seufzte glücklich. Egal, was als Nächstes passierte, ich würde immer noch Charles, Octocat, meine Mom und meinen Dad und auch Grandma haben. Nichts musste sich ändern. Ich konnte bestimmen, was ich mit den Informationen, die ich möglicherweise erhalten würde, anstellen wollte. Es war immer noch mein Leben, und ich konnte tun und lassen, was ich wollte.

Charles küsste mich auf den Scheitel, dann legte er seine Wange an meinen Kopf. „Also, was hast du dir überlegt, Angie?“ Seine Stimme hallte merkwürdig in mir wider.

Ich holte tief Luft, setzte mich aufrecht hin und tätigte eben jenen Anruf, denn ich wusste, nur so würde ich mein Leben wieder in den Griff bekommen.

Dies war meine Entscheidung, und ich war bereit, es mit den Konsequenzen aufzunehmen.

Nichts konnte mich mehr davon abhalten.

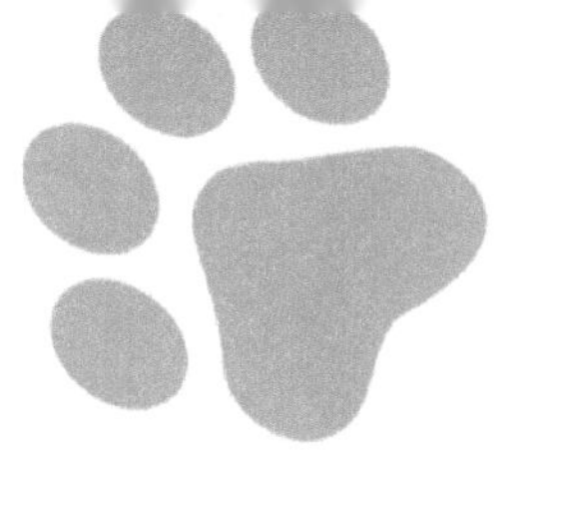

# 19

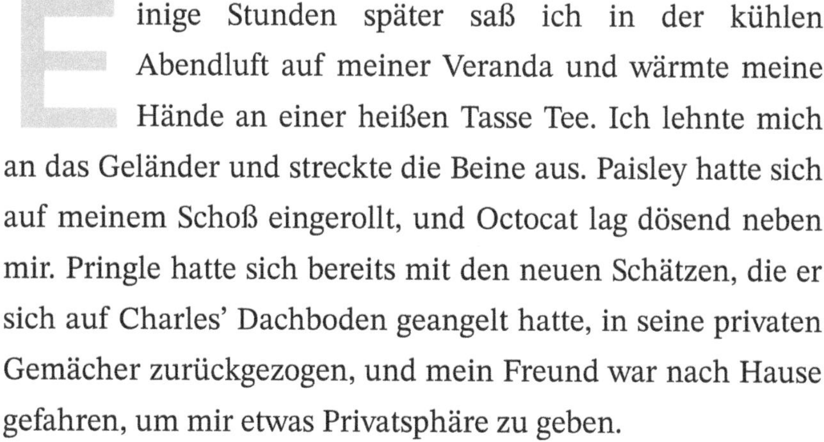

Einige Stunden später saß ich in der kühlen Abendluft auf meiner Veranda und wärmte meine Hände an einer heißen Tasse Tee. Ich lehnte mich an das Geländer und streckte die Beine aus. Paisley hatte sich auf meinem Schoß eingerollt, und Octocat lag dösend neben mir. Pringle hatte sich bereits mit den neuen Schätzen, die er sich auf Charles' Dachboden geangelt hatte, in seine privaten Gemächer zurückgezogen, und mein Freund war nach Hause gefahren, um mir etwas Privatsphäre zu geben.

„Danke, dass du dich bereit erklärt hast, mit mir zu reden", sagte ich zu der älteren Frau, die auf dem nahen Schaukelstuhl saß und ebenfalls eine volle Tasse Tee in den Händen hielt.

„Natürlich, Liebes", antwortete sie mit einem entrückten

Lächeln, das ihr fast alle Energie zu rauben schien. „Ich hätte schon viel früher mit dir darüber sprechen sollen."

Ich drehte den Becher hin und her und suchte nach den richtigen Worten. Wo sollte ich anfangen? Als Erstes wollte ich mich bei ihr entschuldigen. „Es tut mir leid. Ich hätte dir kein Ultimatum stellen sollen, aber …"

„Schon gut." Ihre Stimme klang sanft und beruhigend. „Ich hätte es nicht so weit kommen lassen dürfen. Danke, dass du mir die Chance gegeben hast, es zuerst selbst zu erklären."

„Grandma, egal, was damals passiert ist, es ändert nichts an den vielen wunderbaren Jahren, die wir zusammen verbracht haben. Es ändert nichts an der Tatsache, dass du der Mensch bist, den ich auf der ganzen Welt am meisten liebe. Du bist meine beste Freundin."

Octocat rührte sich im Schlaf und grummelte einen leisen Protest.

„Und Octocat ist natürlich mein bester Freund", ergänzte ich leise lachend.

„Zeig mir mal, was du gefunden hast", sagte sie ohne Umschweife. Die Situation fiel ihr schwer, das wusste ich, aber ich war sehr froh, dass sie sich ein Herz gefasst hatte, um mir all diese Dinge zu erzählen, die ich so sehnlichst wissen wollte.

Ich hatte die Nummer, die mir die Dame von der Kirche gegeben hatte, nicht gewählt. Stattdessen hatte ich meine Großmutter angerufen und ihr gesagt, dass ich nach

Antworten gesucht und vielleicht auch welche gefunden hatte, aber lieber zuerst mit ihr sprechen wollte, wenn sie dazu bereit war.

Sie hatte um ein paar Stunden Zeit gebeten, um sich zu sammeln, meinte jedoch, wir könnten am Abend darüber reden. Und jetzt waren wir hier.

„Dass ich den Brief und die Geburtsurkunde gesehen habe, weißt du ja. Pringle hat sie wieder mitgenommen. Aber wir haben auch diese beiden Bilder hier gefunden." Ich stellte meinen Tee beiseite und erhob mich vorsichtig, wobei ich Paisley festhielt, während ich aufstand.

„Ah, William", seufzte sie, und ihre hellen Augen glänzten. Aber waren es freudige Erinnerungen, die sie an diesen Mann hatte? Ich konnte es nicht genau sagen.

„Wer war er für dich?", fragte ich, immer noch völlig verwirrt von all dem, was ich schon wusste und was ich noch nicht wusste.

Mit zittrigen Fingern berührte sie sein Gesicht auf dem Foto. „Er war mein bester Freund in meiner Kindheit. Wir haben alles zusammen gemacht. Fast wie Bruder und Schwester, bis wir in die Pubertät kamen und sich unsere Beziehung plötzlich ganz anders anfühlte."

„Du hast dich in ihn verliebt."

„Ja, stimmt", bestätigte sie mir und schüttelte traurig den Kopf. „Und eine Zeit lang dachte ich, er würde mich auch lieben, aber dann kam Marilyn Jones."

„Der Name auf der Geburtsurkunde." Ich dachte zurück

an die Nacht vor ein paar Tagen, als ich hier draußen alleine stand, den schockierenden Inhalt seines Briefes las und zum ersten Mal die Geburtsurkunde meiner Mutter sah.

Sie nickte. „Deine echte Großmutter."

„Ich verstehe das nicht. Was ist passiert?" Tröstend legte ich ihr die Hand auf die Schulter und ermutigte sie weiterzuerzählen. Es gab noch so viel Ungesagtes zwischen uns.

„Ich weiß nicht, was mit Marilyn passiert ist, nur dass William mir mitteilte, sie sei weg. Er machte sich Sorgen um seine Tochter, um Laura, deine Mutter. Und das zurecht, denn er ging zurück in den Krieg und starb noch im selben Jahr bei einem Kampfeinsatz."

Mir kamen die Tränen und ich weinte um den Freund, den Grandma verloren hatte, um den Großvater, den ich nie kennenlernen durfte. „Oh, Grandma, es tut mir so leid."

Sie schniefte und lächelte zu mir hoch. „Zu diesem Zeitpunkt hatte ich deinen Großvater kennen und lieben gelernt. Wir haben deine Mutter offiziell adoptiert und sie wie unsere eigene Tochter aufgezogen, immer in der Angst, dass Marilyn kommen und uns unsere Tochter wegnehmen könnte, jahrelang. Wir versteckten uns zwar nicht, da ich aufgrund meiner Arbeit als Schauspielerin in der Öffentlichkeit stand, aber wir waren immer auf der Hut."

„Und was ist dann passiert?"

Sie zitterte am ganzen Körper, und ich ahnte, dass wir den schwierigsten Teil der Geschichte erreicht hatten, den Teil, den sie so sehr zu vergessen versucht hatte.

„Als deine Mutter elf war, hat Marilyn uns ausfindig gemacht. Sie kam zu einer meiner Vorstellungen und stellte mich danach zur Rede. Sie sagte, Williams Schwester hätte ihr erzählt, was er getan hatte, und dass sie ihr Baby zurückhaben wollte." Tränen tropften in ihren Tee, den sie ohnehin noch nicht angerührt hatte.

Ich wollte sie trösten, war aber starr vor Schreck. Nicht auszudenken, was da beinahe passiert wäre. Wie anders wäre das Leben meiner Mutter verlaufen, wenn …? Und wäre ich dann überhaupt geboren worden?

„O mein Gott, nach all den Jahren? Was hast du dann gemacht?" Ich hatte das Gefühl, ich würde durchdrehen, wenn ich es nicht sofort erfuhr.

„Ich habe zugestimmt, sie am nächsten Tag zu treffen und Laura mitzubringen." Ihr versagte kurz die Stimme. „Und dann haben dein Großvater und ich gepackt und die Stadt verlassen."

„Nach Blueberry Bay", flüsterte ich.

„Nach Blueberry Bay", bestätigte sie.

„Wie ging das mit Marilyn weiter?"

Grandma schüttelte energisch den Kopf. Ihr Tee schwappte über, aber sie schien es gar nicht wahrzunehmen. „Ich weiß es nicht. Wir haben alles hinter uns gelassen, um unsere Familie zusammenhalten zu können. Deine Mutter war zwar nicht unser leibliches Kind, aber sie gehörte zu uns. Und ich wusste nicht, warum William seine einzige Tochter weggeschickt hatte, aber ich kannte ihn und war überzeugt, dass er seine Gründe gehabt haben musste."

„Wow." Ich atmete schwer, immer noch unter Schock. „Weiß Mom das alles?"

„Natürlich nicht", antwortete sie mit zittriger Stimme. Noch nie hatte ich sie so angeschlagen erlebt. „Wie hätte ich ihr sagen können, dass ich sie gestohlen habe?"

Und plötzlich funktionierten meine Beine wieder. Ich stand auf, zog meine Großmutter zu mir hoch und umarmte sie fest. „Du wusstest doch nicht, was mit ihrer Mutter war. Dein bester Freund hat sie dir anvertraut, und du hast ihm vertraut."

„Damals, ja", flüsterte sie mir ins Haar. „Aber als Marilyn uns in New York aufgespürt hat, habe ich eine Entscheidung getroffen, eine egoistische Entscheidung, durch die Laura nicht ihre richtige Mutter und du nicht deine richtige Großmutter kennengelernt hast."

„Du bist meine richtige Großmutter", entgegnete ich und schlang meine Arme noch fester um sie. „Ich habe dir doch gesagt, dass sich daran nichts ändern wird. Auch jetzt nicht."

„Das weiß ich zu schätzen, Liebes." Sie löste sich aus meinen Armen und musterte mich mit einem kleinen Lächeln und strahlenden Augen. „Manchmal glaube ich, dass ich mich sogar noch mehr in dich verliebt habe, als ich mir erlaubt habe, deine Mutter zu lieben, weil ich wusste, dass niemand auftauchen und versuchen würde, dich mir wegzunehmen."

Nun wurde mir vieles klarer, warum sie es war, die mich hauptsächlich großgezogen hatte, obwohl meine Eltern hier waren und das auch hätten tun können. Doch welche Gründe auch immer es gegeben haben mochte, ich hatte eine superschöne Kindheit, und auch mein Leben heute liebte ich sehr. Und ich liebte die Frau, die so viel riskiert und mir dieses Leben ermöglicht hatte.

Ich küsste sie auf die Wange. „Ich fand jeden einzelnen Tag mit dir ganz wunderbar, Grandma. Also, abgesehen von dem Tag, an dem du mit Paisley in ein Motel verschwunden bist und dich vor mir versteckt hast."

Wir lächelten uns an, und dann lachten wir miteinander, zum ersten Mal nach einer gefühlten Ewigkeit.

„Du hasst mich nicht?", fragte sie mit zittriger Stimme.

„Ich könnte dich niemals hassen." Ich hielt inne, unsicher, ob das, was ich nun sagen wollte, sie verletzen würde. „Aber ich möchte sie kennenlernen."

Grandma nickte. „Das dachte ich mir schon."

„Wie sollen wir das angehen?" Ich wollte mehr erfahren, jedoch nicht ohne ihre Unterstützung.

„Zusammen." Sie streckte ihre Hand aus und ergriff die meine. „Ich habe so viele Jahre damit verbracht, vor der Wahrheit davonzulaufen. Jetzt lass uns gemeinsam auf sie zugehen."

# 20

Danach ging alles Schlag auf Schlag.

Grandma zeigte mir ihre ganzen alten Fotos und Erinnerungsstücke, die sie versteckt gehalten hatte, weil sie fürchtete, ihre geheime Geschichte könnte ans Licht kommen. Ich sah Bilder von ihrer Kindheit in Georgia und von ihr als junge Frau, die sich unglücklich in ihren besten Freund verliebt hatte. Ich wusste immer noch nicht, warum William beschlossen hatte, sein Baby Grandma anzuvertrauen, obwohl Lauras Mutter noch am Leben war. Wahrscheinlich gab es nur eine einzige Person, die die Antwort darauf wusste, und das war Marilyn Jones selbst. Allerdings hatten wir keine Ahnung, wo wir nach ihr suchen sollten oder ob sie überhaupt noch am Leben war.

Pringle brüstete sich damit, den Fall gelöst zu haben, und bestand darauf, dass ich sein Honorar verdoppelte, weil ihm das so schnell gelungen sei. Außerdem verlangte er, ich müsse ihn innerhalb von drei Tagen bezahlen, sonst würde noch mal das Doppelte fällig werden.

Was er verlangte? Ein neues Haus, da wir seine Wohnung unter der Veranda mit unseren Schaufeln angeblich irreparabel beschädigt hätten. Obendrein forderte er, dass wir ihm ein neues Büro für „Pringle Whisperer, P.I." bauten.

Zum Glück kannten wir den allerbesten Handwerker in ganz Blueberry Bay, einen gewissen Brock „Cal" Calhoun. Er leistete nicht nur schnelle und spitzenmäßige Arbeit, sondern stellte auch nicht viele Fragen – zum Beispiel, warum eine alleinstehende Frau und ihre Großmutter nicht nur eine, sondern gleich zwei große Baumhäuser in ihrem Garten errichten wollten oder warum eines davon mit Strom und einer Satellitenschüssel ausgestattet werden musste.

Als Cal mit dem Bau der beiden nebeneinanderstehenden Baumhäuser fertig war und Pringle einzog, machte ich ihn mit Reality-TV-Sendungen vertraut, der ultimativen Quelle für pikante Geheimnisse und echte menschliche Dramen – zumindest verkaufte ich ihm das so.

Natürlich wurde er sofort in den Bann einer schon ewig laufenden Reality-Show hineingezogen, und er wurde nicht müde, sich auch die zahlreichen älteren Folgen davon anzusehen. Es machte ihm Spaß, die Menschen und ihre mangelnden Fähigkeiten auszulachen, während sie in der Wildnis ums Überleben kämpften.

„Ich bin ein Star – holt mich hier raus!", rief er zwischendurch belustigt. „Ha! Wenn da ein Waschbär mitmachen dürfte, würdet ihr mal sehen, wie das richtig geht!"

Pringle verbrachte mittlerweile fast seine gesamte Zeit vor seinem neuen Fernseher, was erfreulicherweise bedeutete, dass er mir keine Schwierigkeiten bereitete. Na ja, zumindest im Moment nicht.

Octocat brauchte keine großen Überredungskünste, um den Waschbären davon zu überzeugen, sich unserer Detektei anzuschließen, anstatt mit uns zu konkurrieren.

„Denk darüber nach, Pringle", säuselte er. „Du magst doch Geheimnisse. Und in deinem neuen Job bist du dafür zuständig, alles zu bewahren, was ‚top secret' ist. Dann bist du unser Chefgeheimnishüter, der ‚Master Secret Keeper', kurz M.S.K."

„Oooh, das ist sogar noch besser als Private Investigator", krähte er. „Es hat mehr Buchstaben als P.I., bessere Buchstaben!"

In Wirklichkeit haben wir daraufhin nur unsere Aktenschränke in sein selten genutztes Bürobaumhaus gebracht, aber zumindest wusste ich, dass sie dort sicher aufgehoben waren, da er seine Lieblingsschätze stets mit aller Kraft verteidigte.

Als Cal mit dem Bau der Baumhäuser fertig war, flickte er auch das Loch in unserem Dach, damit keine Tiere mehr auf unseren Dachboden krabbeln konnten. Er half uns außerdem dabei, Pringles ehemaliges Versteck unter der Veranda freizuräumen, und legte dann einen soliden Steinsockel an – damit nicht noch mehr wildes Getier bei uns einzog. Ich hatte zwar nichts dagegen, mit meinen tierischen Nachbarn auf Tuchfühlung zu gehen, aber alles hat schließlich seine Grenzen.

Julie ihrerseits war unglaublich erleichtert, als sie erfuhr, dass sämtliche fehlenden Briefe wieder aufgetaucht waren. Ihre Chefs bei der Post ließen sie vom Haken, sorgten aber dafür, dass in der ganzen Stadt Infoblätter verteilt wurden, die vor hochintelligenten, verhaltensgestörten Waldtieren warnten.

Ehrlich gesagt, ich fand es urkomisch.

Und Pringle auch.

Als ich eines davon mit nach Hause brachte, um es ihm zu zeigen, riss er mir es begeistert aus den Händen und rannte dann durch die Nachbarschaft, um so viele wie möglich für seine Schatzkammer zu sammeln. Mit Sicherheit würde er irgendwann schluderig gefaltete Origami-Kraniche daraus basteln, vorausgesetzt, er hörte mal für eine Weile auf fernzusehen.

All das waren zwar großartige Entwicklungen, aber das Wichtigste überhaupt nach dem ganzen Wirrwarr stand noch aus: Grandma und ich mussten die Familie wieder zusammenführen.

Deshalb hatten wir meine Mom zu uns eingeladen.

Großmutter hatte all ihre Lieblingsküchlein gebacken und ermunterte uns immer wieder zuzugreifen, während sie uns ihre Bilder von früher zeigte und uns unsere gemeinsame Vergangenheit erklärte, die bislang im Verborgenen geblieben war. Pringle hatte uns sogar großzügigerweise die Geburtsurkunde und den Brief von William zurückgegeben, damit wir sie als Einstieg in das Gespräch nutzen konnten.

„Es gibt noch vieles, was wir nicht wissen“, erklärte ich meiner Mutter, die stoisch dasaß und alles auf sich wirken ließ. Ich schätze, da sie eine Enthüllungsjournalistin war, hatte sie zwar schon die unglaublichsten Geschichten aufgedeckt, aber das machte diese Sache hier nicht unbedingt einfacher.

„Ich kann es nicht glauben. Ich habe noch eine Mutter da draußen“, sagte sie mit einem ehrlichen Lächeln. „Wie war sie denn so?“

„Ich habe sie nicht wirklich gekannt“, meinte Grandma. „Aber sie war sehr hübsch, genau wie du.“ Sie stupste mich am Arm an. „Und du, Liebes.“

„Können wir sie ausfindig machen? Kann ich sie treffen?“, fragte Mom mit einem entschlossenen Funkeln in den Augen. Herausforderungen hatte sie schon immer geliebt, und auch vor dieser schien sie nicht zurückzuschrecken.

„Ich werde so lange suchen, bis wir sie gefunden haben“, versprach ich, nahm die Hand meiner Mutter und drückte sie fest. „Und wir haben tatsächlich noch mehr Familie da draußen, die wir noch nicht kennen.“

Grandma atmete bebend ein, und ich schenkte ihr ein beruhigendes Lächeln, bevor ich mich wieder meiner Mutter zuwandte und verriet: „Ich habe ihre Telefonnummer. Sollen wir sie anrufen?“

Wir erzählten Mom von den McAllisters in Larkhaven in

Georgia und wie mir die Sekretärin der Kirche dort geholfen hatte.

„Können wir sie wirklich anrufen?", fragte meine Mutter ungläubig. „Einfach so?"

„Hey, man weiß ja nie", erwiderte ich und lächelte verschmitzt. „Vielleicht haben sie auch schon nach uns gesucht."

„Es gibt nur einen Weg, das herauszufinden", sagte Grandma, die hinter uns getreten war und uns beide umarmte.

„Bist du wirklich damit einverstanden?", wollte Mom wissen. „Es muss beängstigend für dich sein, so auf die Ereignisse von damals zurückzublicken."

„Ich blicke nicht zurück", sagte Grandma und lächelte wehmütig. „Nur nach vorn, zusammen mit meinen beiden Mädchen."

Mom nickte, und ich tippte die Nummer ein, die ich schon lange auswendig kannte, obwohl es das erste Mal war, dass ich sie tatsächlich wählte.

Es klingelte dreimal und dann …

„Hallo?", meldet sich eine Frau, die ungefähr so alt klang wie meine Mutter.

„Ist da Linda McAllister?", fragte ich mit Freudentränen in den Augen. Sie war es, das wusste ich in diesem Moment einfach, also sagte ich ohne zu zögern: „Weil ich glaube, dass wir vielleicht verwandt sind."

Obwohl unser Anruf völlig überraschend für Linda kam,

unterhielten wir uns mehr als zwei Stunden lang und kamen uns dabei immer näher, bis schließlich keiner von uns auch nur leise daran zweifelte, dass wir wahrhaftig eine Familie waren.

„Wann kommt ihr denn nach Larkhaven, um mich zu besuchen?", fragte Linda.

„Bald", versicherte ich ihr und strahlte dabei über das ganze Gesicht. „Sehr bald."

# HIMALAYA-HORROR

Meine ganze Welt scheint kopfzustehen, seitdem ich und meine Spürnasenhelfer herausgefunden haben, dass Großmutter ein bedeutsames Familiengeheimnis lange Zeit hübsch auf dem Dachboden versteckt hat.

Schlimmer noch, wir wissen bisher nicht genau, was damals wirklich passiert ist, und für mich gibt es noch so viele offene Fragen. Ist Grandma überhaupt noch diejenige, für die ich sie immer gehalten habe? Und kann ich ihr jemals wieder voll vertrauen?

. . .

Da sie mir keine konkreten Antworten gibt, fahre ich jetzt mit dem Zug quer durchs ganze Land, zusammen mit meinen Eltern, um endlich die Wahrheit ans Licht zu bringen. Auch Octocat ist mit von der Partie – zum Glück, denn kaum sind wir unterwegs, treffen wir auch schon auf eine Leiche im Speisewagen.

Jetzt haben wir zwei Rätsel zu lösen und zwar schnell – unsere Leben hängen davon ab.

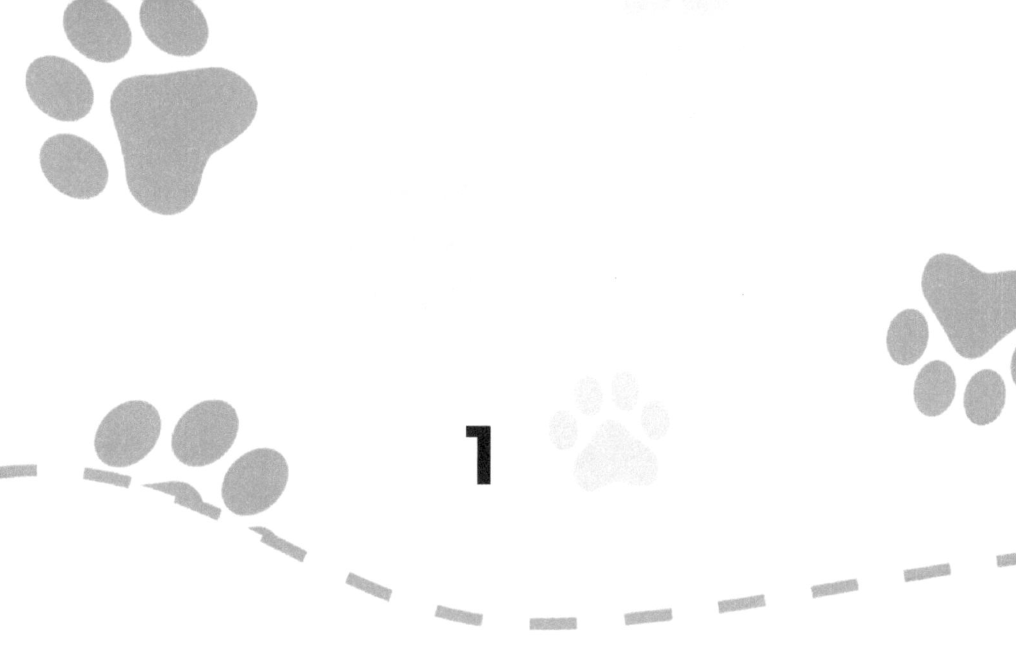

# 1

Mein Name ist Angie Russo, und in letzter Zeit hat mein Leben eine dramatische Wendung nach der anderen genommen. Ernsthaft, ich weiß gar nicht, wo ich anfangen soll.

Der Dreh- und Angelpunkt von alledem ist tatsächlich mein Kater.

Das klingt langweilig? Mitnichten!

Meine Fellnase kann nämlich sprechen. Zwar nur mit mir, aber immerhin.

Wir haben uns in der Anwaltskanzlei kennengelernt, in der ich früher als Assistentin gearbeitet habe. Zugegeben, diesen Job habe ich nie wirklich geliebt, aber ich konnte mich damit gut über Wasser halten, also bin ich geblieben, auch wenn man mich eher wie eine bessere Sekretärin behandelt hat und nicht wie eine clevere Privatdetektivin. Denn die bin ich, und ich habe hart dafür geschuftet.

Damals stand in der Kanzlei eines Morgens eine Testamentseröffnung an, und ich wurde beordert, Kaffee für alle Beteiligten zu kochen. Leider war unsere Kaffeemaschine ungefähr eine Million Jahre alt und selbst dann unberechenbar, wenn sie einen guten Tag hatte. An jenem Tag war sie mit Sicherheit extrem mies drauf. Eigentlich hatte ich nur den ollen Kaffee zubereiten und dann wieder an die Arbeit gehen wollen, doch bevor ich mich versah, versetzte sie mir einen mächtigen Stromschlag und ich sank bewusstlos zu Boden.

Und als ich nach dem Elektroschock wieder zu mir kam, saß ein getigerter Kater auf meiner Brust, der gemeine Witze riss uns sich auf meine Kosten amüsierte. Nachdem ich endlich gecheckt hatte, dass er es war, der da sprach, und er merkte, dass ich verstand, was er sagte, beauftragte er mich, ihm bei der Aufklärung des Mordes an seiner verstorbenen Besitzerin zu helfen.

So wurden Octavius Maxwell Ricardo Edmund Frederick Freiherr von Fulton-Russo und ich ein Team. Seinen unaussprechlichen Vornamen verkürzte ich zu Octocat und nach einiger Zeit wurde ich seine offizielle Besitzerin – obwohl er sicher behaupten würde, dass er mich besitzt und nicht umgekehrt. Nun ja … irgendwie stimmt das auch.

Er trat also mit einem Mordfall in mein Leben und dann mit einem üppigen Treuhandfonds und einer noch üppigeren Liste von Forderungen. Jetzt hausen wir zusammen in der vornehmen Villa, die früher seiner verstorbenen Besitzerin gehörte, trinken gekühltes Evian aus feinen Porzellantassen und betreiben die beste und einzige Privatdetektei der Gegend.

Zwischenzeitlich gab es einen kurzen Aufruhr, weil ein Waschbär namens Pringle uns mit seiner eigenen Ermittlungsfirma Konkurrenz machen wollte, aber das haben wir inzwischen geklärt. Tatsächlich konnte ich anfänglich nur mit Octocat sprechen, doch mittlerweile kann ich auch mit anderen Tieren kommunizieren.

Zu den Hauptfiguren, die sich regelmäßig in meinem Leben tummeln, gehören ein ewig optimistischer Chihuahua namens Paisley, der berüchtigte Waschbär – nun auch bekannt als der Master Secret Keeper unserer Firma –, ein zerstreutes, von Nüssen besessenes Eichhörnchen namens Maple und meine verrückte Großmutter, genannt „Grandma", mit der ich zusammenwohne.

Ehrlich gesagt, ich wünschte, wir hätten auch einen gefiederten Freund mit im Bunde, aber die Waldvögel hier sind komischerweise alle zu ängstlich, um mit mir oder Octocat zu sprechen.

Und trotz unserer vielfältigen Fähigkeiten läuft unsere Privatdetektei nicht gerade super. Wir hatten bisher nur einen Fall, und für den wurden wir nicht einmal bezahlt. Doch ich weiß, dass wir es irgendwann schaffen werden, wenn wir nur dranbleiben und weiter an uns glauben ...

Stimmt's?

Zumindest behauptet das Paisley.

Davon abgesehen gibt es eine Sache in meinem Leben, die uns trotz fehlender Aufträge in letzter Zeit ganz schön auf Trab gehalten hat. Ich habe nämlich entdeckt, dass ich noch eine andere, große Familie in Larkhaven in Georgia habe, von deren Existenz ich bis vor ein paar Wochen überhaupt nichts wusste. Mehr noch, sie haben meine Mom, meinen Dad und mich zu einem ausgiebigen Besuch eingeladen, damit wir uns alle kennen lernen können.

Octocat hat darauf bestanden mitzukommen. Und da er lange Autofahrten hasst und sich weigert, in ein Flugzeug zu steigen, werden wir deshalb mit dem Zug fahren. Yeah.

Sicher, kostengünstiger ist es schon, aber es wird länger als einen Tag dauern, um dorthin zu gelangen. Aber den Tiger zurücklassen? Nein, kommt nicht infrage, schließlich habe ich es ihm maßgeblich zu verdanken, dass ich dem verborgenen Zweig unserer Familie auf die Spur gekommen bin.

Ja, Grandma hatte diese Familie mein ganzes Leben lang vor uns geheim gehalten, auch vor meiner Mutter. Aber jetzt, wo wir sie gefunden haben, können wir es kaum erwarten, sie persönlich kennenzulernen. Grandma will nicht mitkommen, obwohl Mom und ich ihr versichert haben, dass wir sie gerne dabei hätten. Sie fühlt sich immer noch schuldig wegen der ganzen Geschichte.

Vielleicht können wir sie beim nächsten Besuch überreden, uns zu begleiten. Ich hoffe es, denn trotz der Tatsache, dass sie mir die Wahrheit so lange verheimlicht hat, ist sie immer noch meine beste Freundin und mein allerliebster Mensch auf der ganzen weiten Welt.

Deshalb fällt es mir so schwer, mich jetzt von ihr zu verabschieden …

„Versprich mir, dass du jeden Tag anrufst", jammerte ich und drückte meine Großmutter so feste, dass sie wahrscheinlich kaum noch Luft bekam.

„Mami, ich werde dich auch vermissen!" Paisley, Grandmas dreifarbige Chihuahua-Hündin und ein Fliegengewicht von etwa zweieinhalb Kilo, heulte und tänzelte an ihrer neonpinken Leine auf dem Bahnsteig herum.

Ich nahm sie auf den Arm und drückte ihr mehrere Schmatzer auf ihr süßes kleines Gesicht. „Ich werde dich auch vermissen", säuselte ich mit meiner zuckersüßen, leicht abgedrehten Tiermamastimme. Wenn ich in der Öffentlichkeit so mit meinen Vierbeinern sprach, hielten mich die Leute zwar für seltsam, aber meine geheime Fähigkeit konnte ich damit gut vertuschen. „Mami kommt in sechzehn Tagen zurück. Du kannst doch sechzehn Tage warten, oder?"

„Ich weiß nicht, wie man zählt", erwiderte Paisley mit einem fröhlichen Bellen.

Ich übergab sie Grandma und nahm meiner Mutter die Transportkiste mit Octocat ab, damit auch sie sich verabschieden konnte.

Mein Kater knurrte empört, weil die Kiste leicht schaukelte. „Hey, hier ist eine empfindliche Fracht drin!“

Mom und Grandma verabschiedeten sich kurz, und dann setzte ich Octocat ab, um sie erneut zu umarmen. Es klingt vielleicht komisch, aber ehrlich gesagt, so lange war ich noch nie von meiner Großmutter getrennt gewesen. Ich war in ihrem Haus aufgewachsen und hatte sogar die meiste Zeit meines Erwachsenenlebens bei ihr gelebt – und jetzt wohnte sie bei mir.

Scharen von Fahrgästen mit großen Rollkoffern im Schlepptau liefen links und rechts an uns vorbei, und ich musste einen Schritt zurücktreten, um nicht von einer Frau angerempelt zu werden, die offensichtlich sehr in ein Telefongespräch vertieft war.

„Schau mal“, flüsterte ich Octocat zu. „Sie hat auch eine Katzentransportbox.“

Tatsächlich. Nur ihre war deutlich ausgefallener, mit reichlich Flitter an der Außenseite, vermutlich sogar mit echten Diamanten oder zumindest Swarovski-Kristallen.

„Angeber“, murmelte mein Kater, auch wenn ich mir ziemlich sicher war, dass er nur zu gerne eine solch aufgemotzte Katzenbox sein Eigen genannt hätte, obwohl er natürlich niemals freiwillig, sondern nur mit einem Riesenspektakel hineingehen würde.

„Es überrascht mich, dass hier so viele Leute unterwegs sind“, sagte mein Vater und schaute sich unbehaglich um. „Ich wusste gar nicht, dass überhaupt noch jemand Zug fährt, wo es doch so viele andere Möglichkeiten gibt.“

„Ich finde es romantisch“, schwärmte meine Mutter, die sich an ihn lehnte und ihm dabei vermutlich an den Hintern griff. Das Geturtel der beiden, selbst nach dreißig Jahren Ehe, trieb mich mitunter in den Wahnsinn; teilweise benahmen sie sich wirklich wie Teenies.

„Ich fühle mich, als würde ich gleich zum allerersten Mal das Gleis 9 ¾ in King’s Cross stürmen“, sagte ich mit einem Schnauben und kicherte.

„Wann warst du in King’s Cross?“, fragte mein Vater mit gerunzelter Stirn.

Ach, du meine Güte. Manchmal hatte man es nicht leicht, der einzige begeisterte Leser in der Familie zu sein. Hatten meine Eltern selbst die Filme noch nie gesehen?

„Nicht dein Ernst, oder?“, rief ich. „Okay, wir werden etwa dreißig Stunden in diesem Zug verbringen. Mehr als genug Zeit für einen Harry-Potter-Filmmarathon, und wenn wir wieder zu Hause sind, leihe ich euch meine Büchersammlung, damit ihr euch das Ganze auch noch einmal in allen Details zu Gemüte führen könnt.“

„Hausaufgaben?“, jammerte Mom.

„Dann müssen wir wohl nachsitzen“, witzelte Dad.

Und dann küssten sie sich so lange und heftig, dass der Fuß meiner Mutter hochschnellte, als wäre sie eine Märchenprinzessin, die ihren ersten innigen Kuss bekommt. Nur dass dies mindestens der sechsmillionste innige Kuss war.

Das konnte ja heiter werden.

„Der Schaffner winkt euch zu, ihr sollt einsteigen", sagte Grandma und deutete auf einen Uniformierten vor unserem Zugwagen. „Beeilt euch besser."

„Bist du bereit?", fragte ich Octocat.

„Hol mich einfach aus diesem Ding raus", murrte er, als wäre diese Bahnreise nicht seine Idee gewesen.

„Entspann dich", raunte ich ihm zu, während wir uns zur Einstiegsstufe begaben. „In zwei Minuten bist du da raus, und dann läuft sicher alles wie geschmiert. Was kann in einem Zug schon Schlimmes passieren?"

Ich hätte es wirklich besser wissen müssen.

# 2

Nachdem wir Grandma ein letztes Mal umarmt hatten, stiegen wir ein, mit Octocat in seinem „Reisegefängnis", wie er es nannte. Im hinteren Teil des Wagens entdeckte ich vier freie Plätze, von denen sich jeweils zwei gegenüberlagen. Ich platzierte die Transportbox meines Vierbeiners auf dem Gangplatz und ließ mich am Fenster nieder.

Grandma stand immer noch genau dort, wo wir sie auf dem Bahnsteig zurückgelassen hatten, winkte heftig und hüpfte auf und ab. „Bon voyage, Liebes!"

Ich lachte und hauchte ihr einen Luftkuss zu.

„Du bist genauso peinlich wie sie", murmelte meine Mutter und rutschte auf ihrem Sitz an meinem Vater heran, sodass zwischen ihnen kein Millimeter Platz war. „Kein Wunder, dass ihr so ein eingeschworenes Team seid."

Darauf erwiderte ich nichts, obwohl sie und Dad deutlich peinlicher waren, als Grandma und ich es je sein würden. Dass meine Großmutter und ich uns so nahestanden, war schon immer ein wunder Punkt meiner Mutter gewesen, und ich wusste, dass sie sich irgendwie ausgeschlossen fühlte. Das war sogar noch schlimmer geworden, nachdem wir vor Kurzem herausgefunden hatten, dass Grandma nicht ihre leibliche Mutter war und sie de facto bewusst von dieser ferngehalten hatte, auf Wunsch des Mannes, den beide Frauen einst geliebt hatten.

Ja, wir waren noch dabei, das zu entwirren ...

Deshalb hatten wir uns auf dem Weg nach Georgia gemacht. Die Familie meines Großvaters lebte dort immer noch in der Stadt Larkhaven und hatte uns zu einem kleinen Familientreffen eingeladen. Wir hatten jedoch noch keine Ahnung, wo meine leibliche Großmutter abgeblieben war oder ob sie überhaupt noch lebte. Aber eins nach dem anderen.

Mein Vater flüsterte Mom etwas ins Ohr, und sie kicherte.

„Ich glaube, mir kommt gleich was hoch“, stöhnte Octocat neben mir, und genau das dachte ich in dem Moment auch.

Weitere Fahrgäste strömten in den Zug, und wir wurden in ein dumpfes, beruhigendes Gemurmel eingehüllt. Vielleicht würde es doch nicht so schlimm werden. Ich beobachtete eine Mutter mit zwei kleinen Kindern, die es sich weiter vorne bequem machten, dann ein älteres Ehepaar, das sich unweit von uns niederließ. Offenbar zogen alle möglichen Leute eine Zugreise dem Flugzeug vor.

Wer hätte gedacht, dass der Schienenverkehr auch im einundzwanzigsten Jahrhundert noch immer eine große Rolle spielen würde? Ich jedenfalls nicht.

Ein Mann, der einen altmodischen Filzhut und eine Weste sowie einen Pullover mit Rautenmuster trug, ließ sich auf einen Sitz auf der uns gegenüberliegenden Seite des Ganges fallen und holte sofort eine klapprige Schreibmaschine hervor. Mit geschickten Bewegungen flogen seine Finger sogleich über die Tasten, und Wort um Wort erschien auf dem Papier, das oben aus dem altmodischen Gerät herausragte.

Eine Schreibmaschine in einem Zug. Zwei Anachronismen in einem.

Mit dem Filzhut waren es sogar drei.

Plötzlich hörte der Mann auf zu tippen, schob seine Brille hoch und drehte sich zu mir um. „Was ist ein gutes Wort für verdächtig? Nur etwas subtiler?“ Er musterte mich eindringlich, und schien einen genialen Vorschlag von mir zu erwarten.

„Ähm, seltsam? Eigenartig?“ So ähnlich wie du.

Er rieb sich das Kinn. „Hmm, ich bin mir nicht sicher, ob das passt. Mal sehen, vielleicht werde ich im zweiten Entwurf darauf zurückkommen.“

„Im zweiten Entwurf? Schreiben Sie einen Roman?“

Das fand ich schon irgendwie cool. Großmutter hatte immer davon gesprochen, eines Tages ein Buch zu schreiben, und war damit in den letzten Monaten tatsächlich vorangekommen. Allerdings handelte es sich dabei um ihre Memoiren und nicht um ein fiktives Werk. Daher hatte ich mich schon öfters gefragt, ob sie vorhatte, die wahre Geschichte über meinen Großvater und meine leibliche Großmutter niederzuschreiben.

„O ja“, erwiderte der Mann mit einem breiten Lächeln. „Nicht irgendeinen Roman, sondern *den* nächsten großen amerikanischen Bestseller. Es geht darin um ...“

„Angela!“, keuchte Octocat panisch aus dem Inneren seiner Transportbox. „Nichts wie weg hier! Sofort weg, sonst müssen wir uns die ganze Reise lang den literarischen Größenwahn dieses Kerls anhören.“

„Das klingt wunderbar“, sagte ich zu dem Möchtegern-Schriftsteller. „Leider muss meine Katze jetzt gefüttert werden.“

Um dem Nachdruck zu verleihen, jaulte die Katze jämmerlich.

Eigentlich hätte ich mich gerne mal mit einem echten Schriftsteller unterhalten, aber die Tatsache, dass dieser Typ sein unfertiges Manuskript als den nächsten großen amerikanischen Bestseller bezeichnete, erschien mir sehr suspekt. So ein Wichtigtuer. Er hielt sich wohl für einen begnadeten Autor. Ehre, wem Ehre gebührt, war zwar schon immer mein Reden gewesen, aber auch, dass Eigenlob stinkt.

„Ich komme gleich wieder, okay?“, wimmelte ich ihn mit einem freundlichen Lächeln ab. Ich wollte mich nicht über seine Träume lustig machen, zumal mein Traum, eine Vollzeit-Detektivin mit meinem sprechenden Kater als Co-Ermittler zu werden, genauso verrückt war.

„Und lauf!“, rief Octocat ungeduldig.

Es erschien mir jedoch nicht angebracht, vor dem armen Kerl wegzulaufen. Zumindest nicht buchstäblich.

Als wir uns durch den Gang zum nächsten Wagen begaben, steckte ich mir einen Bluetooth-Kopfhörer ins Ohr. Das Ding funktionierte zwar schon seit Jahren nicht mehr, aber es hatte sich als ein geschicktes Ablenkungsmanöver erwiesen, wenn ich an einem öffentlichen Ort mit Octocat sprechen wollte.

„Und, wie findest du es?“, fragte ich ihn, während der Zug losruckelte. Ich konnte mich gerade noch rechtzeitig mit der Hand an der Wand abstützen, um nicht nach vorne zu stolpern.

„Bisher ziemlich unangenehm“, beschwerte er sich mit einem leisen Knurren. „Kannst du mich jetzt bitte aus diesem Ding befreien?“

„Ich lasse dich raus, sobald wir uns irgendwo hingesetzt haben“, versprach ich und hielt kurz inne, um aus dem Fenster zu schauen. Wir rollten gerade aus dem Bahnhof, und Grandma stand nach wie vor auf dem Bahnsteig und winkte wie verrückt, aber schon bald wurde sie kleiner und kleiner, bis sie nur noch ein Pünktchen am Horizont war.

Mein Tiger seufzte und zappelte in seiner Kiste hin und her. „Ich weiß, es war nur eine Ausrede, um von Mister Bestseller wegzukommen, aber ich könnte wirklich eine Mahlzeit oder zumindest einen Schluck Evian gebrauchen."

„Gut, dann auf in den Speisewagen." Ich presste seine Transportbox fest an mich, während ich in den nächsten Wagen überwechselte.

Ich hoffte, der Schaffner würde meine Eltern nicht anmeckern, weil ich schon aufgestanden war und nicht wusste, ob ich das durfte. Mein Wissen über Zugreisen stammte größtenteils aus alten Büchern und Filmen. In unserem modernen digitalen Zeitalter schienen die Dinge jedoch ein wenig anders zu laufen.

Glücklicherweise mussten wir nur drei weitere Wagen passieren, bevor wir unser Ziel erreichten. Ich fand es gut zu wissen, dass wir nicht weit laufen mussten, falls uns der Hunger überkam, denn uns stand eine lange Reise bevor.

„Ich schicke Mom und Dad besser mal eine Nachricht, damit sie wissen, wo wir hin sind." Dann öffnete ich das vergitterte Türchen der Box, und Octocat sprang auf den Tisch und zuckte heftig mit dem Schwanz.

„Dir ist schon klar, dass das in Katzenjahren beinahe eine Höchststrafe war, oder?" Er schauderte, ließ sich auf die Seite fallen und begann in aller Öffentlichkeit mit seiner Intimpflege – und das auch noch auf einem Esstisch. Zumindest hatte ich mich an seine ungehobelten Manieren längst gewöhnt.

Kopfschüttelnd schickte ich eine kurze Nachricht an meine Mutter und fragte sie, ob ich ihnen einen Snack mitbringen könne. Kaum hatte ich diese abgeschickt, informierte mich mein Handy, dass mein Akku fast leer sei. Nur noch zwanzig Prozent Restladung. Mist, wie hatte ich bloß so wichtige Dinge wie ein voll aufgeladenes Handy bei meinen Reisevorbereitungen vergessen können?

Als ich mich jedoch im Speisewagen umsah, stellte ich erleichtert fest, dass jeder einzelne Tisch über eine Steckdose verfügte. Also würde ich bloß das Ladegerät aus dem chaotischen Inneren meines Koffers hervorkramen müssen, dann wäre das Problem gelöst.

„Ich werde nachsehen, ob sie Evian haben", sagte ich zu Octocat.

Er murmelte etwas, ohne mich anzusehen, und schleckte unablässig an sich herum.

Ich seufzte und schüttelte erneut den Kopf, dann näherte ich mich der Theke des Zugbistros und merkte da erst, dass mein Magen knurrte. Selbst das Essen hatte ich in meiner Aufregung über die Reise vergessen.

Der Servicemitarbeiter, den ich ansteuerte, rang sich ein Lächeln ab. Sein lockiges, rotes Haar fiel ihm über die Augen, und er strich sich die Strähnen aus dem Gesicht. Vielleicht sollte ich lieber etwas Abgepacktes nehmen, denn von diesem Kerl wollte ich nichts zubereitet bekommen.

Ich hatte gesehen, dass sie hier auch Steaks anboten, und auf ein saftiges Steak hatte ich jetzt richtig Appetit. Ob es noch zu früh war, eines zu bestellen? Hoffentlich nicht.

Bevor ich jedoch die Theke erreichte, um meine Bestellung aufzugeben, wurde ich von einer Frau in einem cremefarbenen Rock mit farblich passender Rüschenbluse abgefangen.

„Hallo“, sagte sie mit einem zurückhaltenden Lächeln. „Haben Sie da drüben gerade mit Ihrer Katze gesprochen?“

Sie sah über meine Schulter und nickte in Richtung Octocat, dann warf sie mir einen vielsagenden Blick zu, als hätte sie mein streng gehütetes Geheimnis bereits durchschaut.

Kaum fünf Minuten im Zug, und schon war mir der erste Fauxpas unterlaufen.

Oh-oh.

# 3

Ich trat einen großen Schritt zurück, aber die Dame griff nach meinem Handgelenk und kicherte leise.

„Ich wollte Sie nicht beleidigen. Ich spreche ja auch ständig mit meiner Grizabella. Nur wenige Menschen verstehen die besondere Bindung zwischen einer Frau und ihrer Katze. Finden Sie nicht auch?“ Sie neigte den Kopf zur Seite und grinste.

Ich nickte erleichtert. „Mein Name ist Angie und das ist Octocat.“

„Ich bin Rhonda Lou Ella Smith.“ Sie streckte mir eine schlaffe Hand entgegen, eher als ob sie einen Kuss erwartete. Da ich Angst hatte, sie mit meinem festen Griff zu verletzen, entschied ich mich für einen freundlichen Fistbump ... was kläglich scheiterte.

Rhonda strich sich über die Bluse und verschränkte die

Arme. „Ja, gut. Wollen Sie sich zu uns gesellen? Besser, Sie setzen sich zu uns an den Tisch als jemand anderes.“ Sie lachte wieder, und es klang wie Vogelgezwitscher im Morgengrauen. Eigentlich erinnerte mich alles an ihr an einen Vogel – ihre zarte Gestalt, das teure, maßgeschneiderte Outfit, der auffällige Schmuck und nicht zuletzt ihr platinblondes Haar.

„Klar, gerne, lassen Sie mich nur erst schnell etwas zu essen bestellen.“ Ich wandte mich wieder dem rothaarigen Servicemitarbeiter zu, der verlegen die Hand herabsinken ließ, an der er gerade an seinen Fingern knabberte. Ekelhaft. Zugegeben, ich kaue auch an meinen Nägeln, aber das geht doch nicht, wenn man in der Gastronomie arbeitet.

„Oh, machen Sie sich nicht die Mühe. Ich habe genug da, Sie können gerne etwas von mir haben“, versprach Rhonda und glitt zurück zu ihrem Tisch, wobei sie sich so anmutig wie eine Balletttänzerin bewegte.

„Ja okay, bin gleich da.“ Ich lächelte, nur für den Fall, dass sie sich in dem Moment zu mir umdrehte, und ging zurück zu meinem Tisch, völlig verwirrt von dem Interesse dieser eleganten Frau an mir. Lag das wirklich nur daran, dass sie sich mit mir als Katzenbesitzerin verbunden fühlte?

„Was auch immer du mit ihr vereinbart hast, ich bin nicht einverstanden“, ließ mich mein Kater wissen, der mittlerweile aufrecht saß und seinen gestreiften Schwanz um sich geschlungen hatte. „Ich bleibe genau hier.“

„Dann wirst du wohl kein Evian bekommen“, flüsterte ich, drehte ihm den Rücken zu und zählte leise bis fünf.

„Eines Tages rufe ich den Tierschutz an“, hörte ich ihn hinter mir sagen, und in der nächsten Sekunde spürte ich schmerzhaft seine Krallen auf meiner Schulter, auf die er vom Tisch aus gesprungen war.

„Autsch!“ Das hatte er noch nie gemacht, und es war mir ein Rätsel, warum er mich ausgerechnet jetzt als Mitfahrgelegenheit benutzte. Wahrscheinlich fand er es witzig, mich auf diese Weise dafür zu bestrafen, dass ich von ihm verlangt hatte, sich den anderen Passagieren gegenüber wie eine normale, nette Katze zu verhalten.

„Was für ein cooler Trick“, zwitscherte Rhonda und klatschte begeistert in die Hände, als wir uns näherten.

„Tricks? Ich bin doch kein Köter, Madame, ich bin eine Katze“, motzte Octocat unsere neue Freundin an, obwohl sie sicher nur sein klägliches Miauen hörte.

„Mach dir nicht die Mühe, mit ihr zu sprechen“, ertönte eine sanfte, melancholische Stimme von der Sitzbank. „Sie versteht es nie.“

Dort thronte eine wunderschöne Perserkatze – eine Himalayan –, deren Gesicht, Pfoten und Schwanz sich dunkel abzeichneten und die uns aus auffallend blauen Augen ansah. Das musste die bereits erwähnte Grizabella sein. Es gab solche Katzen und solche. Und diese hier konnte zweifellos als Musterexemplar ihrer Rasse bezeichnet werden, so perfekt war ihr Fell, ihre Haltung und einfach alles an ihr.

Octocat erstarrte auf meiner Schulter und seine Schnurrhaare pikten mich in die Wange, während er den Kopf wandte, um die Kätzin besser sehen zu können. „Bete zu Gott, Angela. Siehst du auch einen Engel vor uns?“

Einen Engel? Was?

Ich versuchte, ihn anzuschauen, aber alles, was ich sah, war sein getigerter Pelz direkt vor meiner Nase. Irritiert setzte ich ihn runter, auf die leere Sitzbank gegenüber von Rhonda.

Er protestierte nicht einmal, hüpfte sofort auf den Tisch und hörte auch nicht eine Sekunde lang auf, die andere Katze anzustarren. Auch dass er eben unbedingt einen Schluck Evian haben wollte, schien ihm nun völlig schnurz zu sein.

„Meine Teuerste, es ist mir eine Ehre und ein Privileg, deine Bekanntschaft zu machen“, raunte er, und seine bernsteinfarbenen Augen wurden immer größer, je länger er sie betrachtete. Entweder hatte er zu viel Zeit mit Pringle, unserem Waschbären und Liebhaber der Ritterzeit verbracht, oder er hatte einen der Fantasy-Kanäle im Fernsehen entdeckt. Vermutlich beides.

„Ich glaube, meine Katze mag Ihre“, sagte ich kichernd zu Rhonda. Ich hatte Octocat noch nie flirten sehen, und es behagte mir nicht so ganz.

„Vorsicht“, warnte die Frau, „Grizabella mag weder andere Katzen noch Menschen noch sonst irgendwen.“ Sie streckte die Hand aus, um das lange Fell der Himalayakatze zu streicheln, wurde aber mit einem schnellen Pfotenhieb davon abgehalten.

Diese Katze schien ganz nach Octavius' Geschmack zu sein.

„Du willst dich wohl bei mir einschmeicheln, Hauskatze, aber da bist du bei mir an der falschen Adresse", zischte Grizabella und schmiegte sich an Rhondas Seite. Wow, was für eine Zicke. Octocat hatte zwar auch manchmal ziemlich heftige Stimmungsschwankungen, aber nicht von einer Sekunde auf die andere, eher von Stunde zu Stunde.

Normalerweise würde mein Kater auf eine solche Beleidigung mit einer entsprechenden Retourkutsche und möglicherweise mit dem Gebrauch seiner Krallen reagieren, aber nicht dieses Mal. „Das siehst du nicht richtig. Ich bin zum Teil eine Maine Coon, die älteste aller amerikanischen Katzenrassen, wie du weißt, und ich stehe dir zu Diensten, schöne Grizabella." Er senkte den Kopf und klappte seine Ohren zur Seite, um ihr Respekt zu zollen.

„Ich brauche deine Dienste nicht. Mein Mensch kümmert sich hinlänglich um meine Bedürfnisse."

„Du machst einen auf schwer zu kriegen, was", bemerkte Octocat mit einem schelmischen Grinsen.

„Nein, unmöglich zu kriegen ", erwiderte Grizabella, wobei ihr Schwanz auf der Sitzbank neben ihr zuckte und gegen ihre Besitzerin schlug.

„Nichts ist unmöglich." Octocat zwinkerte, dann leckte er sich die Pfote. „Ich werde einen Weg finden. Schließlich ist das Lösen von Rätseln mein Job. Mir gehört nämlich die Hälfte einer Privatdetektei."

Grizabella wirkte zwar leicht beeindruckt, sagte aber nichts.

Ich dachte mir, dass es an der Zeit sei, mich mit Rhonda zu unterhalten, damit sie keinen Verdacht schöpfte, was meine Kommunikation mit den Katzen anging. „Warum sind Sie denn mit dem Zug unterwegs?“, fragte ich Rhonda und bemühte mich, meine volle Aufmerksamkeit auf sie zu richten.

Sie betastete den enorm großen, goldenen Anhänger, der von der Perlenkette um ihren Hals herabhing – ein beeindruckendes Stück mit einem aufwendigen, eingravierten Muster, in dessen Mitte zahlreiche Perlen prangten. Das Ding musste ein Vermögen gekostet haben. Mein schönstes Schmuckstück hingegen war eine filigrane Sterlingsilberkette mit einem Anhänger in Form einer Pfote, die Grandma mir zu meinem letzten Geburtstag geschenkt hatte.

Rhonda schaute nachdenklich aus dem Fenster. „Ich reise lieber mit der Bahn. Das ist besser für Grizabella.“

„Wir sind unterwegs nach Georgia“, teilte ich ihr mit. „Fahren Sie da auch hin?“

„Dieses Mal nicht. Wir werden wahrscheinlich vorher aussteigen.“ Seltsam, dass sie ihr Ziel nicht nannte, aber ich beschloss, nicht nachzubohren – schließlich war das nicht der Sinn von Smalltalk.

„Ich bin ehrlich gesagt noch nie Zug gefahren. Außer vielleicht in so einem Bummelzug im Zoo.“ Ich lachte über meinen eigenen blöden Witz.

Rhonda nicht. „Es wird Ihnen gefallen. Es ist eine ganz besondere Form des Reisens."

„Den Eindruck habe ich auch."

Sie lächelte, blickte dann aber wieder abwesend aus dem Fenster. Wie merkwürdig, dass sie uns so nachdrücklich an ihren Tisch gebeten hatte, wo sie sich doch offenbar gar nicht mit mir unterhalten wollte.

Wir schwiegen und betrachteten die Katzen, die sich zu Octocats Leidwesen immer noch nicht angefreundet hatten.

„Oh, liebe Grizabella. Ich würde alles für dich tun, sogar eines meiner sieben Leben für dich opfern." Er tapste an den Rand des Tisches und ließ sich direkt vor Rhonda nieder, die ihn erfreut streichelte und gurrende Laute von sich gab.

„Kein Interesse", meinte Grizabella mit erhobenem Näschen.

Octocat ignorierte Rhondas Streicheleinheiten und bemühte sich weiterhin um die Zuneigung der Himalayakatze. „Ich könnte eine Maus für dich fangen. Hättest du gerne eine schöne tote Maus?"

Grizabella knurrte und versteckte sich unter dem Tisch, um meinem armen verliebten Katerchen zu entkommen.

Rhonda gluckste und hielt sich dabei eine Stoffserviette vor den Mund. „So ist Grizabella eben. Sie mag andere Katzen nicht besonders und die anderen mögen sie genauso wenig."

Ich wollte gerade einwerfen, dass Octocat doch überaus angetan von der kleinen Lady sei, da meinte Rhonda: „Deshalb passen wir so gut zusammen."

Was für eine bizarre Aussage. Wollte mir Miss Superreich damit sagen, dass sie mich nicht mochte? Oder dass sie glaubte, ich könne sie nicht leiden. Was spielte das überhaupt für eine Rolle? Und warum hatte sie darauf bestanden, dass wir sie begleiten?

Ich lächelte, erwiderte jedoch nichts. Schließlich begann sie, mir Geschichten über Grizabellas unzählige alltägliche Abenteuer zu erzählen. Ehrlich gesagt wünschte ich mir, ich wäre bei dem Schriftsteller geblieben.

# 4

Obwohl Rhonda mir zuvor gesagt hatte, sie habe genügend Snacks dabei, von denen ich gerne welche haben könne, bot sie mir kein einziges Mal etwas davon an. Als Octocat und ich uns letztendlich von ihr verabschiedeten, war es mir zu peinlich, sie danach zu fragen, und ich wollte auch nicht unhöflich sein, indem ich mir danach direkt vor ihren Augen etwas zu essen kaufte. Meine Hoffnungen ruhten nun auf meinen Eltern, denn ich wusste, dass mein sportbegeisterter Vater fast immer einen Müsliriegel oder eine Tüte Studentenfutter dabeihatte.

„Willst du wirklich nicht noch bleiben und ein bisschen plaudern?", fragte Rhonda, als ich mich zum Gehen erhob.

Sie schaute wieder aus dem Fenster, und auch ich warf einen Blick nach draußen. Offensichtlich hatten wir eine ganze Weile zusammengesessen, denn die Dämmerung legte sich bereits über die hügelige Landschaft. Kein Wunder, dass ich hungrig war!

„Es tut mir leid. Ich muss wirklich zurück zu meinen Eltern“, sagte ich achselzuckend und hasste es, wie kindisch ich mich dabei anhörte.

„Das ist wunderbar, dass du so einen guten Draht zu deiner Familie hast. Das hat längst nicht jeder“, meinte Rhonda und streichelte geistesabwesend ihre Katze, während sie zusah, wie ich mich aufmachte.

Wie durch ein Wunder kletterte Octocat bereitwillig und ohne Murren in seine Transportkiste zurück, vermutlich weil Grizabella ihn dabei skeptisch beäugte. O Mann, wenn ich geahnt hätte, welch wundersame Wirkung eine Katzenfreundin auf ihn haben würde, hätte ich mich schon vor langer Zeit als Verkupplerin probiert.

„Also“, murmelte ich auf dem Weg durch die drei Zugwagen zurück zu unserem Platz, jetzt wieder mit dem Bluetooth-Kopfhörer im Ohr. „Drehst du immer durch, wenn du einer rassigen Dame begegnest, oder gibt es etwas Spezielles an Grizabella, das dich so fasziniert?“

Er seufzte glückselig. „Bis zum heutigen Tag war ich noch nie verliebt. Es ist, als ob sich mir eine ganz neue Bewusstseinsebene eröffnet hätte.“ Ach du Schande. Die zärtlichen Gefühle waren meiner Drama Queen offenbar vollends zu Kopf gestiegen. Ich konnte es Grizabella nicht verdenken, dass sie seine Avancen so anstrengend fand, und verdrehte die Augen.

„Vergiss bitte nicht, dass wir nicht ewig in diesem Zug sein werden und du sie wahrscheinlich nicht wiedersehen wirst, wenn wir in Georgia angekommen sind." Beziehungsweise, Rhonda hatte ja gemeint, dass sie wahrscheinlich vor uns aussteigen würden ... Das hatte sie doch gesagt, oder? Nach den ganzen Katzengeschichten konnte ich mich nicht mehr genau erinnern, was sie mir zu Beginn unseres Gesprächs erzählt hatte.

Plötzlich tat mir mein armer Kater ungeheuer leid. Nicht nur, weil sie ihm keine Chance gegeben hatte, er würde seinen Schwarm voraussichtlich auch nie wiedersehen. „Lass dich davon bitte nicht unterkriegen", warnte ich ihn. „Ich möchte dich nicht so sehr leiden sehen."

„Die Liebe findet immer einen Weg, Angela", entgegnete er wissend. Wie das in diesem speziellen Fall funktionieren sollte, konnte ich mir jedoch nicht vorstellen, da ihn seine Angebetete offenkundig ablehnte.

Außerdem waren sie Katzen. Konnten sich diese Fellnasen überhaupt verlieben? Anscheinend schon. Ich hoffte, dass Octocat eines Tages eine kleine Lady finden würde, die seine romantischen Gefühle erwidern würde. Vielleicht hatte es aber auch etwas Gutes, dass er jetzt wusste, wie es war, verliebt zu sein, da er für mein eigenes Liebesleben bislang keinerlei Verständnis aufbringen konnte.

„Heißt das, dass du ab jetzt akzeptieren wirst, dass ich mit Charles zusammen bin?", fragte ich, in der Hoffnung, dass er meinen Freund von nun an nicht mehr „Kotzbrocken“ nennen würde.

Er äußerte sich nicht dazu, aber aus der Transportbox drang ein lautes Schnurren, was ich als die feline Form eines glückseligen Summens beim Gedanken an den Partner interpretierte. Wow. Es hatte ihn wirklich schwer erwischt.

Apropos schwer erwischt: Als ich zu meinem Platz zurückkehrte, fand ich meine Eltern innig umschlungen vor, während beide gebannt auf den Laptop meiner Mutter starrten.

„Was seht ihr euch an?“, fragte ich und bemerkte, dass sie sich das Paar Kopfhörer teilten.

„Harry Potter und die Heiligtümer des Todes, Teil zwei“, antwortete meine Mutter, ohne ihren Blick vom Bildschirm abzuwenden.

„Was? Ihr seid echt strange! Warum fangt ihr mit dem letzten Teil an?“

„Wir müssen doch wissen, ob zum Schluss alles gut wird, bevor wir so viel Zeit in eine Serie investieren“, erklärte mein Vater mit einer hochgezogenen Augenbraue.

Mir persönlich waren Spoiler ein Graus – dann machte es doch nur noch halb so viel Spaß. Aber wenigstens hatten meine Eltern Harry Potter eine Chance gegeben, und das rechnete ich ihnen hoch an.

Der Möchtegern-Schriftsteller, mit dem ich mich zuvor kurz unterhalten hatte, hörte auf zu tippen und schien uns aus dem Augenwinkel zu beobachten. Wartete er auf eine

Gelegenheit, um mir wieder von seinem Roman zu erzählen?

Offensichtlich war jetzt eine schnelle Entscheidung gefragt. Entweder, ich stieg beim ohnehin schon viel zu kuscheligen Fernsehabend meiner Eltern mit ein, oder ich ging auf eine weitere Zugentdeckungstour. Nach dem Gespräch mit Rhonda und Grizabella brauchte ich etwas Zeit für mich allein, um wieder einen klaren Kopf zu bekommen, weshalb ich wohl besser verduftete, bevor der eingebildete Schriftsteller zu einem zweiten Gesprächsversuch ansetzte.

„Ich wollte nur meine Jacke holen", sagte ich, nahm die leichte Jeansjacke von meinem Sitz und warf sie mir über die Schultern. „Oh, noch was, habt ihr vielleicht etwas zu essen für mich?"

„Du hast Glück, als alter Pfadfinder bin ich doch stets vorbereitet." Mein Vater nahm seine Reisetasche und warf mir einen Müsliriegel zu, ohne seinen Blick von dem Film abzuwenden. Wenigstens schien er ihnen wirklich zu gefallen.

„Danke", rief ich ihm schon im Gehen über die Schulter zu. Wo sich der Speisewagen befand, wusste ich ja schon, doch wenn ich nicht noch einmal auf Rhonda treffen wollte, sollte ich wohl besser nicht dorthin zurückkehren. Vielleicht gab es einen Aussichtswagen, in dem ich mich ein wenig entspannen könnte.

Wir durchquerten erneut die drei Wagen bis zum Zugbistro, dann vier weitere, bis wir den leeren und fast komplett gläsernen Wagen erreichten. Dessen Sitze waren so in der Mitte angeordnet, dass man durch die riesigen Fenster hinausschauen und das Panorama bewundern konnte.

Ich stellte Octocats Kiste auf den Boden und öffnete den Riegel der ihm verhassten Transportbox. Er tänzelte sofort zu der gigantischen Fensterfront hinüber. Ein leichter Regen hatte eingesetzt und prasselte gegen die Scheiben, und ich hatte das Gefühl, mich in einer friedlichen, traumähnlichen Blase zu befinden.

„Ich wünschte, Grizabella wäre hier und könnte das sehen", meinte Octocat sehnsuchtsvoll. So hatte seine Stimme noch nie geklungen, nicht einmal, als er von seiner verstorbenen Besitzerin, Ethel Fulton, sprach. Den armen Kerl hatte es wirklich schwer erwischt.

„Es ist romantisch", sagte ich, kuschelte mich in meine Jacke und rutschte auf dem Sitz herum, bis ich die bequemste Position gefunden hatte.

Wir beobachteten beide eine Weile den Regen und die sanften Hügel, die an uns vorbeizogen. Ob wir immer noch durch Maine fuhren? Vielleicht auch schon durch New Hampshire oder sogar Massachusetts. Ich war schon fast eingenickt, als Octocat auf den Sitz neben mir hüpfte und auf meinen Schoß kletterte, was er nur höchst selten tat.

„Machst du dir Gedanken über das erste Treffen mit deiner Familie?", fragte er, während er auf meinen Schoß herumtretelte, bevor er sich gemütlich zusammenrollte. Sonst erkundigte er sich fast nie nach meinem Befinden. Normalerweise teilte er mir einfach mit, wie es mir ging – ja genau, er glaubte, das immer zu wissen. Ich beschloss, ihn nicht darauf hinzuweisen und mich stattdessen über sein Interesse zu freuen. Denn mir fehlte tatsächlich jemand, mit dem ich darüber reden konnte.

„Es fühlt sich schon seltsam an", gab ich zu und kraulte ihn nachdenklich am Hals. „Ich dachte immer, ich wüsste, wer ich bin und woher ich komme, und dann ist plötzlich alles anders. Und das Verrückteste daran ist, dass ich es nie erfahren hätte, wenn Pringle nicht so unverschämt herumgeschnüffelt hätte."

So sehr ich mich auch oft über den Waschbären ärgerte, ich würde ihm auf ewig dankbar dafür sein, dass er die Wahrheit über die Herkunft meiner Mutter – und damit auch über meine eigene – aufgedeckt hatte.

Octocat schnurrte auf eine Weise, die nur bedeuten konnte, dass er an seinen neuen Schwarm dachte. Immerhin schien er mir noch mit halbem Ohr zuzuhören, also fragte ich ihn: „Was würdest du tun, wenn du in meinen Schuhen stecken würdest?"

„Schuhe?", erwiderte er grantig. „Du bist so ein Mensch."

Ich wusste nicht, ob er mich damit beleidigen wollte, daher schwieg ich. Immerhin war ich in der Tat nur ein Mensch. Was denn sonst?

Er hörte auf zu schnurren und schlug die Vorderbeine übereinander. „Bei Katzen ist das anders. Es spielt keine

Rolle, woher du kommst. Nur, ob aus dir etwas Gutes geworden ist."

Ein so einfacher Gedanke, aber ein schöner. Manchmal bewunderte ich seine Sicht auf die Dinge.

„Katzen sehen ihre Familien in der Regel nicht wieder, nachdem sie von ihren Müttern getrennt wurden, höchstens die Streuner und Straßenkatzen." Er hielt inne und erschauderte bei der Vorstellung. „Eine Geschichte wie die deiner Grandma und deiner Mom ist für Katzen ganz normal. Wir werden in eine Katzenfamilie hineingeboren, aber dann kommt eine Menschenfamilie, die uns da wegholt und bei der wir dann bleiben."

„Was willst du damit sagen?"

„Grandma ist dein Mensch, und sie ist ein guter Mensch. Es hätte viel schlimmer kommen können."

Damit hatte er vollkommen recht. Mein Kater konnte manchmal so schlau sein, und dann wiederum tat er völlig banale Dinge, beispielsweise starrte er ohne ersichtlichen Grund die Wand an. Er war schon ziemlich crazy, aber zum Glück passten wir mit unserer Beklopptheit perfekt zusammen.

Mit diesem Gedanken und seinem Schnurren im Ohr nickte ich ein.

# 5

Das unaufhörliche Rauschen des Regens und die wohligen Laute meines unerwartet verschmusten Katers hatten mich in den Schlaf gelullt. Ich träumte, ich sei Anne von Green Gables auf ihrer ersten schicksalhaften Zugfahrt, die sie zu den Cuthberts führen würde. Ein schöner Traum, denn Anne war eine meiner absoluten Lieblingsheldinnen.

Dieser fand jedoch ein jähes Ende, als ein schrecklicher Schrei die Luft zerriss und sich die Krallen von vier Pfoten tief in meinen Schoß bohrten.

„Aua, vorsichtig!“, rief ich und sprang so schnell auf die Beine, dass Octocat auf den Boden rutschte.

Sofort stand er wieder auf allen Vieren, ging in Lauerstellung und reckte den Kopf hoch. „Das war Grizabella“, rief er aufgeregt, während seine Ohren hin und her rotierten. „Sie ist in Schwierigkeiten. Wir müssen schnell zu ihr."

Ein erneuter Schrei durchschnitt die Nacht, und mir wurde klar, dass dieser tatsächlich von einer Katze und nicht von einem Menschen stammte. Das machte ihn jedoch nicht weniger beängstigend, aber wahrscheinlich würden die meisten anderen Passagiere ihn ignorieren.

„Hier entlang", rief Octocat und stürzte auf die Tür zu, die in die entgegengesetzte Richtung führte, aus der wir gekommen waren. Ich nahm an, dass sie zu den schicken Schlafwagen führte, die außerhalb unseres Budgets gelegen hatten, aber ich hatte keinen Zweifel, dass dies auf Rhonda Lou Ella Smith nicht zutraf.

Mein Kater war jetzt zu aufgeregt, um ihn wieder in seine Kiste zu stecken, also schnappte ich mir diese und rannte ihm hinterher.

Er wartete an der Durchgangstür auf mich und rief: „Ich komme, meine Liebste! Ich komme ja schon!"

Der Schrei ertönte erneut, diesmal begleitet von den Worten „Beeil dich!".

Ich hatte keine Ahnung, was uns erwartete, aber es klang auf jeden Fall dringend. Wir durchquerten zwei Schlafwagen und fanden im Gang des dritten die wimmernde Himalayan vor, die nervös auf und ab lief.

Sie rannte direkt auf uns zu und rieb ihr Gesicht an Octocats. „Danke, dass ihr so schnell gekommen seid. Mein Frauchen ... sie ist ... O Gott, es ist zu schrecklich, um es überhaupt auszusprechen!"

Octocat schien einen Moment lang sprachlos zu sein, deshalb ergriff ich das Wort.

„Kannst du es uns zeigen?", fragte ich und hielt ihr meine Hand entgegen, um ihr zu signalisieren, dass ich nichts Böses im Sinn hatte.

Grizabella schnupperte kurz und drehte sich dann um, den buschigen Schwanz steil hochgestellt und am ganzen Körper zitternd.

Der Kater und ich folgten ihr in eines der privaten Abteile. Die Tür stand einen Spalt offen, und drinnen lag unsere neue Freundin Rhonda in einer riesigen Blutlache, ihr vorhin noch makelloses, cremefarbenes Kostüm fast bis zur Unkenntlichkeit befleckt.

Ich hielt mir beide Hände vor den Mund, um nicht laut aufzuschreien, als ich bemerkte, dass eines der Steakmesser aus dem Speisewagen aus ihrem Bauch ragte, wo weitere tiefe Stichwunden klafften. Aber warum hatte sie nicht um Hilfe gerufen? Sicherlich hätte mich ein lauter Schrei von ihr aus meinen Träumen gerissen.

Auf Zehenspitzen und mit weichen Knien wagte ich mich näher heran, wobei ich achtgab, nicht in die sich weiter ausbreitende Blutlache zu treten. Ich beugte mich zu Rhonda hinunter, um ihren Puls zu fühlen. Am Handgelenk konnte ich ihn nicht ertasten, also versuchte ich es am Hals, inständig hoffend, doch vergeblich ...

Ihre schöne Perlenkette mit dem goldenen Anhänger war verschwunden. Hatte der Mörder sie mitgenommen? War diese arme, nette Frau nur aus Habgier umgebracht und ausgeraubt worden? Der Gedanke machte mich rasend vor Wut.

Kopfschüttelnd wandte ich mich wieder den Katzen zu. „Es tut mir so leid“, sagte ich zu der verzweifelten Himalayakatze.

„Oh, warum? Warum?“, stieß sie hervor. „Warum hat ein Mensch nur ein Leben? Und warum musste das von Rhonda ein so plötzliches Ende nehmen?“

Octocat drückte sein Gesicht mitfühlend an ihres, was ihr etwas Trost zu spenden schien. Arme, arme Grizabella.

Obwohl sie immer noch wimmerte und immer wieder in verschiedenen Varianten die Frage nach dem Warum hervorstieß, wusste ich, dass ich sie umgehend befragen musste. Hatte sie etwas beobachtet oder eine Ahnung, wer das getan haben könnte … und ja, warum bloß?

„Kommt schon. Lasst uns besser hier rausgehen“, sagte ich, da ich nicht länger als nötig in der Nähe einer Leiche bleiben wollte. Ich zog die Tür des Abteils vorsichtig hinter uns zu. „Grizabella, hast du gesehen, was passiert ist?“

Sie schüttelte den Kopf und schlug die blauen Augen nieder. „Nicht direkt. Erst danach.“

„Wo warst du, als sie angegriffen wurde?“, fasste ich nach und merkte bereits, dass es schwierig werden würde, sie als Zeugin zu befragen. Das war bei Katzen ohnehin oft nicht einfach, besonders wenn sie sich in einem emotionalen Ausnahmezustand befanden.

„Ich will nicht darüber reden“, schniefte sie.

Das ließ meine innere Alarmglocke schrillen. Ich hatte in der Vergangenheit schon einmal einen Fall untersucht, in dem zwei Katzen des Mordes an ihrer Besitzerin verdächtigt wurden. Kam Grizabella hier auch als Täterin infrage?

„Bitte“, mischte sich Octocat ein, der offenbar seine Stimme wiedergefunden hatte und mir nun wieder als mein Ermittlungspartner zur Seite stand. „Wir sind hier, weil wir Gerechtigkeit für deinen Menschen wollen, nicht um dich zu verurteilen.“

„Versprecht ihr, es niemandem zu verraten?“, schniefte Grizabella traurig.

„Natürlich werden wir nichts verraten“, versicherte ich ihr, nicht nur, weil mich so ziemlich jeder andere wohl für verrückt gehalten hätte, wenn ich erzählt hätte, dass die Katze ein Alibi besitzt.

„Ich war gerade im WC nebenan, auf meiner Reisetoilette, und hörte, wie jemand hereinkam und mit Frauchen sprach, als ich gerade dabei war … Nun, ihr wisst schon. Was sie sagte, konnte ich nicht verstehen, habe nur gedämpfte Geräusche gehört. Ich wartete dort, bis ich die Person gehen hörte, denn ich hatte keine Lust, mich mit weiteren Menschen abgeben zu müssen. Nichts für ungut, aber du hast mir gereicht für den Abend.“ Sie drehte sich zu mir um und rümpfte die Nase. O Mann, Katzen konnten manchmal so unhöflich sein.

„Erzähl weiter“, forderte Octocat sie auf, mit einer Sanftheit in der Stimme, wie ich sie von ihm nicht kannte. „Was ist dann passiert?“

Grizabella keuchte. „Als ich herauskam, lag mein Frauchen blutüberströmt da, und ihre Haut fühlte sich schon kälter an.“

Ich überlegte kurz, ob ich die Himalayan streicheln sollte, um sie zu beruhigen, ließ es jedoch bleiben, da sie selbst die Berührung ihres geliebten Menschen kaum toleriert hatte.

„Oje, das ist wirklich unfassbar“, sagte ich stattdessen. „Bist du einverstanden, wenn ich dir ein paar Fragen stelle? Zuerst würde ich gerne wissen, ob du Rhonda, ich meine dein Frauchen, nicht schreien gehört hast.“

„Nein, sie hat nicht geschrien und noch nicht einmal verärgert geklungen.“ Der Gesichtsausdruck der Katze und ihr fester Blick verrieten mir, dass sie keinen Zweifel daran hatte.

„Okay. Und weißt du, ob die tatverdächtige Person, ein Mann oder eine Frau war?“

„Oh, das weiß ich nicht, tut mir leid. Für mich sehen alle Menschen gleich aus, und sie klingen auch gleich.“ Immerhin sprach sie nun etwas freundlicher mit mir. Sie schien zu verstehen, dass ich helfen wollte, und hatte sich entschlossen, mich zu unterstützen.

„Das habe ich früher auch immer gesagt“, brummte Octocat. „Bis ich sie ein bisschen besser kennengelernt habe.“

„Ja, es ist mir nicht entgangen, dass dein Mensch sprechen kann“, sagte Grizabella und setzte sich anmutig auf. „Wie kann das sein? Und findest du das nicht ein wenig verdächtig?“

Er schüttelte den Kopf und nahm mich sofort in Schutz. „Sie ist hier, um zu helfen. Das sind wir beide. Kannst du uns sonst noch irgendetwas erzählen, das uns helfen könnte herauszufinden, was mit deinem Menschen passiert ist?“

„Ich weiß nur, dass sie tot ist.“

Na toll. Hier lag eine Leiche, die bisher nur ich entdeckt hatte, und die einzige Zeugin war eine verwöhnte Rassekatze, die keinerlei Hinweise für uns hatte. Es erschien mir nahezu unmöglich, diesen Fall zu lösen, bevor der Zug den nächsten Bahnhof erreichte und die zuständigen Behörden übernehmen konnten. Sollte ich es trotzdem probieren oder besser dezent das Personal alarmieren und versuchen, den Tatort so gut es ging zu sichern, bis Hilfe an Bord kam?

Der Zug fuhr in einen Tunnel ein, wodurch es draußen schlagartig noch dunkler wurde. Durch die Fenster im Gang konnte ich schwere Steinmauern erkennen und erschauderte. Es war, als würden wir durch eine Gruft fahren.

Wie passend.

Ich holte mein Handy heraus, um auf die Uhr zu schauen. Kurz nach vier. Der nächste Halt stand erst um sieben Uhr dreißig auf dem Plan. Würden wir diesen Horrortrip noch dreieinhalb Stunden mit einer Leiche an Bord durchstehen? Und wen sollte ich über den Mord informieren? Der ganze Zug war allem Anschein nach in einen Tiefschlaf gefallen ...

Die Lampen über unseren Köpfen flackerten und erloschen in der nächsten Sekunde mit einem lauten Knall. Na super. Ein Stromausfall hatte uns gerade noch gefehlt. Schlimmer konnte es kaum werden, oder?

Und erfahrungsgemäß war es nie ein gutes Zeichen, wenn man sich diese Frage stellen musste.

Denn genau in dem Moment kam der Zug in diesem düsteren, engen Tunnel zum Stehen. Wir saßen fest, mitten im Nirgendwo, während ein Killer – ein brutaler Killer – frei herumlief, und ich konnte nicht einmal die Hand vor Augen sehen.

Einfach nur perfekt.

# 6

Ich aktivierte die Taschenlampenfunktion meines Handys. Die Akkulaufzeit betrug noch sechzehn Prozent. Ich sollte mir wirklich so eine Powerbank zulegen, falls ich in Zukunft noch einmal in einem finsteren Zug mit einem barbarischen Mörder gefangen sein sollte.

Vorausgesetzt, ich überlebte das hier …

Ein Riesenschreck durchfuhr mich, als mein Telefon auf einmal munter zu läuten begann.

Mit zitternden Fingern nahm ich den Anruf entgegen und presste das Gerät ungeschickt an mein Ohr. Die Stimme meiner Mutter ertönte aus dem Lautsprecher.

„Angie! Wo bist du? Geht es dir gut?“

„Mama“, rief ich laut. Normalerweise konnte ich unter Druck ziemlich cool bleiben, aber jetzt gingen meine Nerven mit mir durch. Rhondas blutüberströmte Leiche befand sich nur wenige Schritte von mir entfernt in dem Abteil, vor dessen Tür ich gerade verharrte, gefangen in der Dunkelheit. Das war zu viel für mich. Niemand hätte das einfach wegstecken können.

Mein Zuhause lag in weiter Ferne. Tatsächlich wusste ich nicht einmal, wo wir uns auf unserer Reise von Maine nach Georgia befanden. Ich kannte keinen der anderen Passagiere, sodass jeder theoretisch als Mörder infrage kam, also konnte ich auch niemandem vertrauen.

Niemandem, außer meiner Katze und meinen Eltern.

„Was ist denn los? Sag mir, wo ich dich finde“, rief meine Mutter ins Telefon. Sie spürte sofort, dass etwas nicht stimmte, und zwang mich zum Glück nicht, noch mehr zu sagen, sondern stürzte direkt los, um sich zu vergewissern, dass ich in Sicherheit war.

„Am Speisewagen vorbei. Durch den Aussichtswagen. Dahinter in einem der Privatabteile. Beeil dich.“ Ich brauchte ihr nicht zu sagen, dass sie Dad mitbringen sollte, denn ich wusste, das würde sie so oder so tun. Zu dritt hätten wir vielleicht eher eine Chance, hier weiterzukommen. Natürlich würden wir die arme Rhonda Lou Ella Smith nicht mehr retten können. Für sie kam jede Hilfe zu spät.

Ich ließ mich an der Wand hinunter zu Boden sinken und umklammerte meine Knie, während ich auf meine Eltern wartete. In diesem Moment konnte ich nicht die sonst so gefasste, rationale Detektivin sein. Ich brauchte erst einmal ein paar Minuten, um meine Gefühle zu sortieren und meine Gedanken zu sammeln.

In der Dunkelheit streifte etwas Pelziges meinen Arm.

„Warum weinst du?“, fragte mich Octocat aufmerksam. „Du weinst doch sonst nicht.“

„Die Dunkelheit setzt mir zu. Sie macht alles noch viel schlimmer“, schluchzte ich und tastete nach ihm. Sobald meine Hand sein Fell berührte, schöpfte ich wieder etwas Mut. Wir hatten schon alle möglichen gefährlichen Situationen durchgemacht und auch immer überstanden. Gemeinsam.

„Die Dunkelheit verändert doch nicht viel, oder?“ Er entfernte sich, und ohne seine Wärme überkam mich direkt ein Frösteln.

„Vielleicht für eine Katze. Menschen können nicht im Dunkeln sehen wie ihr.“ Da kam mir eine Idee. Die beiden Katzen waren die einzigen im Zug, die sich ohne Taschenlampe gut zurechtfanden und daher auch die einzigen, die unauffällig umherschleichen konnten.

„Octavius, Grizabella“, rief ich sie zu mir, wobei ich nicht genau wusste, wie weit weg von mir sich die beiden gerade aufhielten. „Könnt ihr beide den Zug ein wenig erkunden? Schaut, ob ihr jemanden findet, der euch verdächtig vorkommt.“

„Was macht einen Menschen verdächtig?“, fragte die Himalayakatze mit ihrer weichen, melodischen Stimme von der anderen Seite des dunklen Wagens.

Ich war wieder auf Kurs. Die Konzentration auf die Ermittlung half mir, die Angst, die mich aus dem Konzept gebracht hatte, zu verdrängen. Und jetzt, wo mein Sehsinn quasi ausgeschaltet worden war, brauchte ich umso mehr einen klaren Kopf.

„Wenn sie zum Beispiel Blut an sich haben, herumschleichen oder nach etwas suchen. Wir haben immer noch keine Ahnung, warum Rhonda getötet wurde, also müssen wir nach allgemeinen Hinweisen suchen, bis wir das herausgefunden haben. Habt ihr das verstanden?"

„Das kriegen wir hin", versicherte mir Octocat, dessen Stimme tiefer klang als sonst. Womöglich wollte er vor seiner Angebeteten dadurch männlicher klingen. „Das einzige Problem ist, dass wir einen Menschen brauchen, der uns die Türen zwischen den Zugwagen öffnet."

Ach ja, richtig.

In diesem Moment schob sich wie aufs Stichwort die Tür unseres Wagens auf, und meine Eltern stürmten herein, wobei sie den Gang vor sich mit ihren beiden Handys beleuchteten.

„Schaltet eines davon aus", zischte ich. „Wir müssen die Batterien schonen. Wir wissen doch nicht, wie lange wir noch hier draußen im Dunkeln festsitzen werden."

„Wir freuen uns auch, dich zu sehen", erwiderte meine Mutter spöttisch.

Ich wollte aufstehen, fand jedoch nicht die Kraft und hielt mich mit einer Hand an der Wand fest. „Mom, Dad. Es ist ein

Mord geschehen."

„Was? Wann?" Mein Vater beugte sich beunruhigt zu mir herunter und musterte mich.

„Kurz bevor das Licht ausging und der Zug anhielt."

Meine Mutter hockte sich neben mich auf den Boden und drückte meinen Kopf an ihre Brust. „Oh, Angie. Du hättest nicht so alleine hier herumlaufen sollen. Das war gefährlich."

„Jetzt seid ihr ja hier und mir geht es gut, okay?" Ich zwang mich zu einem Lächeln, aber die Taschenlampe meiner Mutter war auf etwas anderes gerichtet.

„Ich kann kaum etwas sehen", murrte sie.

Ich löste mich aus ihren Armen und richtete mich auf. „Hör mal, Dad. Kannst du jemanden vom Bahnpersonal suchen? Sag ihnen, dass wir hier eine Leiche haben und dass es definitiv ein Mord war. Ruf Mom an, wenn sie noch mehr wissen wollen. Mein Handy ist gleich leer."

„Ja, mache ich", antwortete er mit sicherer, ungerührter Stimme. „Aber was werdet ihr zwei tun?"

„Das fragst du noch?", sagte Mom, und ich stellte mir in dem Moment vor, wie sie eine Hand in die Hüfte stemmte und die Augen zusammenkniff, obwohl sie natürlich immer noch neben mir auf dem Boden hockte.

„Also den Mord aufklären, nehme ich an." Er lachte leise in sich hinein. „Alles klar. Aber sei bitte vorsichtig."

Mom richtete sich auf und ließ ihr Licht spendendes Telefon neben mir auf dem Boden liegen. „Du auch. Ich will dich nicht verlieren, liebe dich." Nachdem meine Mutter dies gesagt hatte, erfüllte ein schmatzendes Geräusch den Raum. Das war ja klar.

„Das gilt für euch beide“, antwortete mein Vater, bevor er seine Handy-Taschenlampe wieder einschaltete und meine Mutter und mich zurückließ, um seinen Auftrag zu erledigen.

„Warte!“, rief ich, kurz bevor sich die Tür hinter ihm schloss. „Folgt ihm!“, sagte ich zu den Samtpfoten. „Dad, geh langsam durch die Türen. Die Katzen werden dir folgen, um nach verdächtigen Personen Ausschau zu halten.“

„Wird gemacht!“ Mein Vater salutierte wahrscheinlich, aber ich konnte es nicht genau erkennen. Meine Mutter hatte ihm schon vor geraumer Zeit von meiner außergewöhnlichen Fähigkeit erzählt, aber er hatte noch nie mit mir und Octocat an einem Fall gearbeitet. Es gefiel mir, dass er meiner Bitte einfach nachkam, ohne sie zu hinterfragen.

„Wenn er zurückkommt, kommt ihr beide auch zurück. Okay?“, schärfte ich meinem Kater ein.

Octocats braun gestreifter Körper bewegte sich in den Lichtkegel meines Vaters, und er drehte sich mit einem Stirnrunzeln zu mir um. „Angela, bitte“, zischte er. „Ich habe das schon verstanden. Ladies first, Grizabella.“

Die Himalayan ging selbstbewusst voran, Schwanz und Nase hoch aufgereckt. Die Tür fiel schwungvoll hinter ihnen zu. Weg waren sie.

Mom verschwendete keine Sekunde. „Zeig mir den Tatort“, forderte sie mich auf. Als Investigativjournalistin der Extraklasse liebte sie es ebenso wie ich, Rätsel zu lösen. Wir hatten bisher nur ein wenig zusammengearbeitet, aber ich war froh, sie jetzt an meiner Seite zu haben.

Nachdem ich mir die letzten Tränen abgewischt hatte, bewegte ich ihre Hand mit der Lampe in Richtung von Rhondas Tür. „Da drinnen“, flüsterte ich.

Ich ließ meine Hand auf ihrer liegen, und wir schoben die Tür gemeinsam auf. Diesmal wusste ich, was wir vorfinden würden, was es etwas leichter machte, wieder hineinzugehen, obwohl alles stockdunkel war.

# 7

Mom wagte sich in das Privatabteil des Opfers vor. Dort lag Rhonda genau so, wie ich sie vor weniger als einer halben Stunde entdeckt hatte. Die arme Seele.

„Ich würde sagen, für unsere nächste Zugreise sollten wir ein paar mehr Kröten investieren", sagte sie, während sie den Strahl der Taschenlampe über die komfortable Ausstattung wandern ließ, die ich vorhin nicht richtig wahrgenommen hatte. „Wobei dieser Vorfall hier nicht gerade für die erste Klasse spricht."

„Kannst du das Licht auf Rhondas Körper richten?", bat ich sie und ignorierte ihren unpassenden Scherz. „Ich möchte mich vergewissern, ob ich etwas übersehen habe." Da ich vorhin nicht den ganzen Raum in Augenschein genommen hatte, waren mir womöglich auch Details an Rhondas leblosem Körper entgangen.

„Du kanntest sie?“, fragte meine Mutter überrascht.

„Wir sind uns im Zugbistro über den Weg gelaufen und haben uns eine Weile unterhalten.“

„Wie kam es denn dazu?“ Meine Mutter betätigte den Lichtschalter, nur um sicherzugehen, doch nichts rührte sich.

Dass sie hier war, beruhigte mich. Nicht nur fühlte ich mich zu zweit viel sicherer, möglicherweise fielen ihr auch Dinge auf, die ich selbst nicht bemerkt hätte. Zusammen konnten wir hier mehr erreichen – oder zumindest Schlimmeres verhindern.

„Sie wollte unbedingt, dass ich mich zu ihr setze, weil ich auch eine Katzennärrin bin, und hoffte wohl, wir könnten uns anfreunden“, erklärte ich meiner Mutter mit einem betrübten, mitfühlenden Lächeln. Sie hatte so verzweifelt nach Anschluss gesucht. „Diese Himalayakatze gehört ihr, und Octocat ist ganz vernarrt in sie.“

„Er hatte schon immer einen Hang zum Exklusiven“, sagte meine Mutter nachdenklich, dann räusperte sie sich und richtete ihr Handy auf die Leiche. „Hat sie dir irgendetwas erzählt, das mit dem Mord zu tun haben könnte?“

Ich biss mir auf die Lippe und betrachtete Rhondas Gesicht. In ihrem Ausdruck lag weder Angst noch Wut. Sie sah einfach nur friedlich aus, was ich umso beunruhigender fand. „Wir haben eigentlich gar nicht so viel geredet, und ich wusste ja auch nicht, dass es später noch eine Rolle spielen könnte, aber eine Sache ist mir definitiv aufgefallen: Entweder sie hatte sich noch nicht für ein Ziel entschieden oder sie wollte es nicht preisgeben."

Mom zuckte bei dieser Neuigkeit zusammen und drehte sich mit großen Augen zu mir um. „Wie meinst du das?"

„Ich habe ihr erzählt, dass wir nach Georgia fahren, und sie erwiderte, dass sie wahrscheinlich vorher aussteigen würde. Wahrscheinlich. Nicht definitiv."

„Sie hatte also noch kein festes Ziel."

„Ja, kann sein. Oder es ist etwas passiert, das sie dazu veranlasst hat, früher als geplant aussteigen zu wollen." Sie hatte abwesend gewirkt und häufig aus dem Fenster geschaut. Könnte das ein Hinweis darauf sein?

„Viel geholfen hat es ihr jedenfalls nicht." Mom ließ den Schein der Lampe über Rhondas Körper gleiten und hielt inne, als sie ihren Bauch erreichte. „Mehrere Stichwunden. Sieht aus wie fünf. Schwer zu sagen, bei all dem Blut."

Mir wurde übel bei dem Gedanken, was für einen Heißhunger ich an diesem Abend auf ein Steak gehabt hatte. Jetzt würde ich wahrscheinlich nie wieder eines runterkriegen – zumindest würde ich ein normales Messer dafür benutzen. „Jemand muss das Steakmesser ganz bewusst aus dem Speisewagen mitgenommen haben. Die vielen Wunden lassen darauf schließen, dass große Emotionen mit im Spiel waren."

„Also eine vorsätzliche Tat, aber was könnte das Motiv

sein? Hmm." Das sorgfältig frisierte Haar meiner Mutter bewegte sich keinen Millimeter, als sie ihren Kopf hin und her schüttelte, jedoch zeichneten sich kleine Falten auf ihrer Stirn und an den Mundwinkeln ab, während sie nachdenklich auf die Leiche starrte.

„Grizabella – das ist ihre Katze – sagte, sie habe Rhonda mit jemandem reden hören, konnte allerdings nicht verstehen, worüber, da sie gerade auf ihrem Katzenklo nebenan im WC war. Sie konnte auch nicht ausmachen, ob es sich bei dem Besucher um einen Mann oder eine Frau handelte", erklärte ich, um Mom komplett ins Bild zu setzen.

Sie seufzte. „Das heißt, wir haben kaum Anhaltspunkte für unsere Ermittlung."

„Vielleicht gibt es hier drinnen noch irgendwelche Hinweise. Du hast die Lampe, also geh du doch ihre Sachen durch, und ich schaue derweil, was ich auf ihrem Telefon ausfindig machen kann."

Sie drehte sich so schnell zu mir um, dass ich zusammenzuckte. „Warum hast du kein Licht?"

„Mein Akku ist fast leer, und ich will mir den Rest lieber für später aufsparen, falls es noch einen Notfall gibt."

Sie seufzte. „Ich muss dir wohl nicht sagen, dass dir das nicht passieren sollte. Diese Lektion vergisst du sicher nicht mehr so schnell. Also komm, lass uns ihr Telefon suchen, damit du anfangen kannst."

Sie ließ den spärlichen Lichtschein der Taschenlampe

durch den Raum wandern und entdeckte Rhondas Mobiltelefon binnen Sekunden. Es lag auf der Kommode neben einem Beautycase. „Ich fange hier an", sagte Mom, öffnete den Reißverschluss des Kosmetikkoffers und durchstöberte den Inhalt.

Währenddessen nahm ich Rhondas Handy und betete, Zugriff darauf zu bekommen. Und siehe da! Glücklicherweise ließ es sich auch mit einem Fingerabdruck entsperren und nicht nur mit einem Passcode. Also beugte ich mich zu ihrer leblosen Gestalt hinunter und drückte sehr behutsam und respektvoll ihren Zeigefinger auf die Oberfläche. Der dunkle Sperrbildschirm verwandelte sich in ein Foto von Grizabella, die auf einem plüschigen Kissen saß und direkt in die Kamera blickte.

Ach Mensch. Sie hatte ihre Katze wirklich geliebt.

Nur auf der Suche nach ihrem Mörder und dessen Motiv brachte mich das nette Foto nicht weiter. Um auf die richtige Spur zu kommen, würde ich tiefer graben müssen.

Zuerst überprüfte ich ihre E-Mails.

Die zahlreichen ungelesenen Nachrichten machten mich sofort ganz kribbelig. Meinen eigenen Posteingang räumte ich seit jeher dauernd auf, und es war mir unbegreiflich, warum manche Leute Tausende von ungelesenen Nachrichten horteten, vor allem, wenn es sich größtenteils um Werbemist handelte. Nachdem ich die ersten paar Dutzend E-Mails durchgeblättert und nichts als Katzenblogs und Klamottenwerbung gefunden hatte, beschloss ich, ihre sozialen Medien unter die Lupe zu nehmen.

Es überrascht mich nicht, dass Rhondas Instagram-Account eigentlich ein Fan-Account für Grizabella war. Sie hatte ein paar Tausend Follower, die ihre Beiträge offenbar regelmäßig likten und kommentierten. Ich scrollte durch die letzten Herzen und stellte fest, dass fast jedes Profilbild entweder eine Katze oder eine Person zeigte, die neben einer Katze lächelte – Rhonda hatte diese Plattform augenscheinlich nur für einen einzigen Zweck benutzt.

Auf Twitter folgte sie einer Handvoll Politikern und anderen Prominenten, schien aber selbst nichts zu tweeten. Auch nicht hilfreich.

Und auf Facebook? Hoffentlich gab es da ein paar nützlichere Einträge.

Aber Fehlanzeige. Rhonda hatte nur sehr wenige Freunde und postete eher selten. Ihr letztes Update war eine Standort-Mitteilung von einem Bahnhof in New Brunswick. Das fand ich merkwürdig, denn ich war mir ziemlich sicher, sie auf dem Bahnsteig gesehen zu haben, als wir in Bangor einstiegen.

Ihr Text dazu lautete schlicht: Auf zu einer neuen Reise!

Ihr Feed enthielt die übliche Kombination aus Baby- und Hochzeitsfotos sowie einige höfliche Kommentare aus ihrem überschaubaren Freundeskreis. Hmm.

„Angie“, flüsterte meine Mutter. Sie hatte vorher die ganze

Zeit nicht geflüstert, also musste es einen besonderen Grund dafür geben. „Ich habe etwas gefunden."

Ich schwenkte das Telefon, um den Raum zu beleuchten, und erspähte sie auf der Bettkante sitzend, die Beine an den Knöcheln über Kreuz gelegt. In der Hand hielt sie ein Büchlein, und auf ihrem Gesicht zeichnete sich ein aufgeregtes Lächeln ab.

Wir hatten eine Spur.

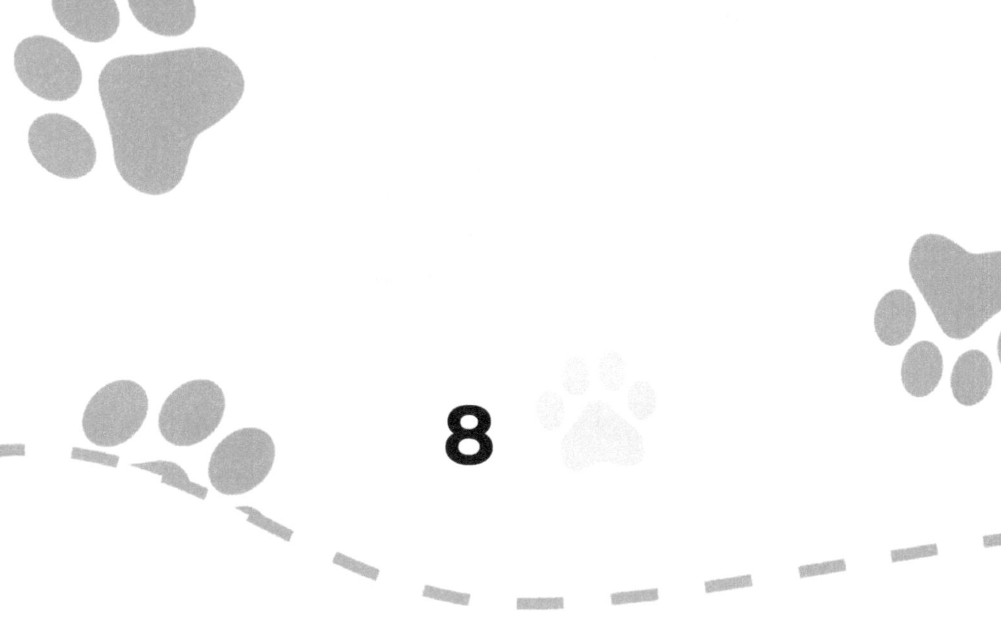

# 8

Wie die meisten schon etwas älteren Menschen, die ich kannte, hatte Rhonda dafür gesorgt, den Akku ihres Telefons voll aufzuladen, was mir nun zupasskam, da ich nicht so darauf achten musste, wie lange er noch halten würde. Ich benutzte das Display als Lichtquelle, während ich vorsichtig an der Leiche vorbeischlich und mich zu meiner Mutter gesellte.

„Das ist ihr persönlicher Planer“, sagte sie mit gedämpfter Stimme und blätterte demonstrativ durch die Seiten. „Du weißt schon, wie die Kalender-App, aber auf Papier.“

„Komm schon, Mom. Ich weiß, was ein persönlicher Planer ist.“ Der Einband des Kalenders bestand aus blauem Leder, das wahrscheinlich genau dem Farbton von Grizabellas Augen entsprach. Die vergoldeten Seitenränder erinnerten mich an eine Bibel.

Meine Mutter schüttelte den Kopf und ging weiter die Einträge durch, bis sie die aktuelle Woche aufschlug. „Hier steht's." Sie zeigte auf das Kästchen für den gestrigen Tag. „Sie ist in New Brunswick zugestiegen. Ein bisschen früher als wir."

„Genau das habe ich auch ihrem Facebook-Profil entnommen, obwohl ich schwören könnte, dass sie an uns vorbeigehuscht ist, während wir uns von Grandma verabschiedeten. Sie hatte es eilig, aber ich erinnere mich definitiv an ihre Katzentransportbox mit dem ganzen Chichi."

Mom versuchte vergeblich, sich ihre Haarspray-Mähne hinter die Ohren zu streichen. „Hm. Ich kann mich nicht erinnern, sie gesehen zu haben. Vielleicht ist sie nur ausgestiegen, um sich die Beine zu vertreten."

„Oder um jemandem, der dort auf sie wartete, kurz Hallo zu sagen", mutmaßte ich. Das war in der Tat nicht auszuschließen.

„Sie ist also ausgestiegen, danach aber wieder eingestiegen", fasste Mom achselzuckend zusammen. „Warte mal. Lass mich mal nachschauen, was hier noch so alles drin steht."

Während sie die Einträge durchsah, nahm ich mir erneut Rhondas E-Mail-Postfach vor und gab den Namen des Zugunternehmens in das Suchfeld ein. Bingo. Da sie stets alles aufbewahrt zu haben schien, tauchte die Nachricht mit dem Reiseplan sofort auf.

„Sie war auf dem Weg nach Houston." Ich konnte mir gar nicht vorstellen, dass irgendjemand freiwillig eine so lange

Reise mit dem Zug unternahm, andererseits ließ es sich wahrscheinlich ganz gut in einem Privatabteil aushalten. Trotzdem hatte sie mich entweder bewusst angelogen oder ihre Pläne kurzfristig geändert. „Sie sagte mir, sie würde wahrscheinlich vor Georgia aussteigen."

Mom stand auf und drückte mir den Planer in die freie Hand. „In ihrem Kalender ist für Anfang nächster Woche eine Katzenausstellung in dieser Gegend eingetragen."

Also hatte sie ihr Ziel womöglich spontan geändert. „Ich frage mich, ob diese Person, mit der sie sich an unserer Station getroffen haben könnte, ihr Angst eingejagt hat. Vielleicht wurde sie bedroht. Vielleicht hat sie sich im Speisewagen an mich gewandt, weil sie sich in Gesellschaft sicherer wähnte."

Jetzt fühlte ich mich schrecklich. Hätte ich sie retten können, wenn ich nicht vor ihren banalen Katzengeschichten geflüchtet wäre?

„Das sind eine Menge Vermutungen", sagte Mom und streichelte mir über die Schulter, als wüsste sie, dass ich mir ein wenig die Schuld an Rhondas Schicksal gab. „Du hast recht, dass das alles höchst verdächtig ist, aber mit Sicherheit wissen wir gar nichts."

Ich versuchte, die Schuldgefühle auszublenden und mich auf die Fakten zu konzentrieren. Ob ich eine Rolle in der ganzen Geschichte gespielt hatte oder nicht, ich konnte nichts mehr für diese arme einsame Frau tun, die ihre Katze mehr als alles andere auf der Welt geliebt hatte. Ich konnte nur dafür sorgen, dass ihr Mörder, gefasst und bestraft werden würde.

„Sie trug eine Halskette, als wir uns im Speisewagen trafen, aber die war weg, als Octocat und ich vermutlich nur wenige Minuten nach ihrer Ermordung hereinkamen“, erinnerte ich mich, nun wieder fest entschlossen, unsere Ermittlung voranzutreiben.

Mom runzelte die Stirn und legte den Planer dort ab, wo sie ihn ursprünglich gefunden hatte. „Eine fehlende Halskette. Ein kurzer Ausstieg in Bangor. Ein geänderter Reiseplan. Fünf Stichwunden. Das sind viele kleine Puzzleteile, aber für mich passen die alle noch nicht zusammen.“

„Vergiss die verstörte Katze nicht. Ohne Grizabellas Schreie hätten wir überhaupt nichts bemerkt.“ Obgleich sich die Himalayakatze im Zugbistro zunächst äußerst kühl gegeben hatte, ließ ihre Reaktion auf Rhondas Tod doch darauf schließen, dass sie die Liebe ihrer Besitzerin gleichermaßen erwiderte.

„Das ist ja interessant. Könnte es ein eifersüchtiger Konkurrent von der Katzenshow sein?“, spekulierte Mom, nahm mir den Planer ab und hielt ihn mit beiden Händen fest. „Sie waren ja auf dem Weg zu einer Ausstellung. Vielleicht hat sie jemand bedroht, damit sie dieses Jahr nicht teilnehmen und eine andere Katze gewinnen kann.“

„Ich glaube nicht, dass es bei Katzenshows genauso brutal zugeht wie bei Schönheitswettbewerben“, sagte ich und musste ein wenig lachen, was irgendwie guttat, schließlich war das Ganze hier schon Horror genug. „Aber es ist keine schlechte Theorie. Ein eifersüchtiger Nebenbuhler hat sie umgebracht und dann die Halskette gestohlen, damit es wie ein Raubüberfall aussieht."

Meine Mutter nickte mit grimmiger Miene. „Es klingt vollkommen absurd, jemanden deswegen umzubringen, aber womöglich gibt es noch ein paar absurdere Gründe – viele jedoch sicher nicht."

Die Tür schwang so plötzlich auf, dass wir beide erschrocken zusammenzuckten und mir das Herz bis zum Hals klopfte.

„Hallooooo!", rief eine junge Männerstimme. Dann keuchte er auf und stammelte ziemlich piepsig: „Ach du liebe Zeit, dieser verrückte Typ hat sich das doch nicht bloß ausgedacht." Er betrat das Abteil und hielt seine laternenähnliche Lampe hoch, deren Schein auf die Leiche fiel. Sein roter Lockenschopf kam mir sofort bekannt vor. Es war der Servicemitarbeiter aus dem Bistro, bei dem ich beinahe etwas zu essen bestellt hätte, bevor Rhonda mich abfing.

„Hallo. Dieser verrückte Typ ist mein Mann", sagte Mom und winkte ihm freundlich zu.

Der junge Kerl, der höchstens Anfang zwanzig sein konnte, taumelte zurück und legte sich schockiert eine Hand auf die Brust. „Himmel, haben sie mich erschreckt! Ich dachte, die Tote würden wieder auferstehen."

Okay, der Kleine hatte in seiner Jugend wohl zu viele Zombiefilme gesehen. Außerdem hatte er Zugang zum Speisewagen mitsamt allen Messern. Könnte er der Mörder sein, der an den Ort des Verbrechens zurückkehrte? Wenn ja, könnten Mom und ich es sicherlich mit ihm aufnehmen. Nicht dass ich mich auf einen Kampf auf Leben und Tod einlassen wollte … weder jetzt noch irgendwann.

„Was machen Sie hier?" Ich musterte ihn eingehend. Seine blasse, unreine Haut sah im Schein der Laterne grässlich aus, und seine dünnen Arme schienen gar nicht kräftig genug zu sein, um die Wunden zu verursachen, die Rhondas Körper aufwies. Andererseits konnten junge Mütter sogar ganze Fahrzeuge anheben, um ihr Baby zu befreien – das hatte ich zumindest mal gehört.

„Mein Chef hat mich geschickt, um zu überprüfen, was hier los ist. Er sagte, dass …" Er hielt abrupt inne und hob die Lampe höher. „Ha! Nette Art, mich abzulenken. Was machen Sie denn hier drin, allein mit einer Leiche?"

Mit einem großen Schritt trat er zurück in den Flur, und in seinem eben noch vorwurfsvollen Gesichtsausdruck lag nun blanker Terror. „Moment mal. Haben Sie sie getötet? Wollen Sie mich auch töten?"

„Tja, das kommt darauf an …", entgegnete Mom und ging langsam auf den verängstigten Angestellten zu.

Ach du Schreck! Was ging denn jetzt ab?

# 9

„Mom“, rief ich und stupste sie gleichzeitig mit dem Ellbogen an.

„Das war nur ein Scherz“, versicherte ich dem jungen Bahnmitarbeiter. Er wäre heute sicher nicht zur Arbeit erschienen, wenn er geahnt hätte, dass er es mit einer Leiche und einer verrückten Kleinstadtreporterin zu tun bekommen würde. Und Moms Versuch, die Situation durch etwas Humor aufzulockern, hatte definitiv das Gegenteil bewirkt.

Sie sagte nichts, also versuchte ich nervös, ihm die Lage zu erklären, hob sogar die Hände, um zu zeigen, dass wir ihm nichts Böses wollten. „Wir waren diejenigen, die die Leiche entdeckt haben. Mein Vater ist losgezogen, um es Ihrem Chef mitzuteilen. Währenddessen sind wir hiergeblieben, damit niemand zum Tatort vordringt. Sie arbeiten doch im Speisewagen, oder? Ich glaube, ich habe Sie vorhin dort gesehen. Wie ist Ihr Name?“

In geduckter Haltung trat er wieder einen Schritt näher an uns heran. „Ja, das stimmt. Mein Name ist Dan, und ich versuche nur, meinen Job zu machen und, na ja, dabei nicht ermordet zu werden.“

„Tun wir das nicht alle?“, meinte Mom trocken, und ich stieß ihr erneut in die Rippen.

„Ich bin Angie und arbeite als Privatdetektivin in Maine. Die Verstorbene ist Rhonda Lou Ella Smith. Ich habe sie heute zufällig hier im Zug kennengelernt. Vielleicht hast du uns zusammen im Bistro gesehen“, sagte ich und wechselte zum Du.

Dan nickte und lächelte dabei sogar ansatzweise. „Ja. Ja, ich glaube schon.“

Sehr gut, er hatte mich erkannt und entspannte sich ein wenig. Hoffentlich würde er jetzt nicht mehr denken, dass wir die Mörder sind, damit wir ein vernünftiges Gespräch mit ihm führen konnten.

„Ich versuche, so viel wie möglich herauszufinden, damit ich den Fall der Polizei übergeben kann, wenn sie eintrifft“, fuhr ich fort und deutete auf den Planer, den Mom noch immer festhielt, und auf Rhondas Telefon in meiner Hand. „War sie schon lange im Speisewagen, bevor ich reinkam? Und wie lange saß sie noch da, nachdem ich weg war? Ist ir irgendetwas Ungewöhnliches an ihr aufgefallen?“

Dan nahm mir das Telefon ab, tat aber nichts weiter damit, als es an sich zu pressen. Das schien ihn weiter zu beruhigen. Schließlich würden die meisten Mörder keine Beweise aushändigen, die sie möglicherweise überführen könnten.

„Ich weiß nicht", sagte er nach einer kurzen Pause. „Sie wirkte recht normal. Seltsam, aber normal."

„Inwiefern seltsam?", forschte ich nach und behielt das Telefon im Auge. Das würde ich gleich wieder brauchen.

„Sie sprach ständig mit ihrer Katze, als wäre sie ein Mensch. Ich habe bemerkt, dass die Leute sie deswegen komisch angeschaut haben, aber ich fand das irgendwie nett. Vielleicht können Katzen uns ja verstehen, wer weiß das schon, oder?"

„Sicher", sagte ich kühl und war froh, dass Mom das nicht kommentierte. Sie war zwar der Meinung, dass meine Tierflüsterer-Fähigkeiten eine geniale Story abgeben würden und dass ich damit nicht ständig hinter dem Berg halten sollte, respektierte jedoch zumindest, dass ich die Welt lieber nicht in mein Geheimnis einweihen wollte. „Hast du mitbekommen, wann sie den Speisewagen betreten hat und wann sie wieder ging?"

„Sie kam herein direkt nachdem wir den Bahnhof in Bangor verlassen hatten", sagte Dan und nickte zur Bestätigung. „Daran erinnere ich mich genau, denn sie war meine erste Kundin, und sonst gab es keine weiteren Gäste, bis du kurze Zeit später hereinkamst."

„Hast du mit ihr geredet?“

„Nur um ihre Bestellung aufzunehmen, eine große Bestellung.“

„Kannst du mir sagen, ob …?“

Die Tür schwang auf, und mein Vater betrat das Abteil mit den beiden Katzen und einer weiteren Person im Schlepptau. Er schaltete sein Telefon aus, da Dans Laterne ausreichend Licht spendete, und stellte sich neben Mom.

Die Katzen verhielten sich ruhig und beobachteten uns von der Tür aus.

Ich konnte nicht genau erkennen, wer der andere Mann war, da die Krempe seines Hutes einen unheimlichen Schatten auf sein Gesicht malte. Doch als er zu sprechen begann, wusste ich sofort, wen wir da vor uns hatten.

„Wow“, japste er und atmete dramatisch aus. „Man liest über so was. Man schreibt darüber. Aber man denkt doch nie, dass man jemals in einen echten Mordfall hineinstolpern würde. Und das auch noch in einem Zug. Das ist so was von Agatha Christie!“

„Ruhig, Tolstoi. Hier ist eben ein Mord geschehen. Seien Sie dem Opfer gegenüber bitte etwas respektvoller“, mahnte mein Vater und legte seinen Arm schützend um Moms Taille.

„Wer ist dieser Mann?“, fragte Dan und schwenkte seine Lampe in Richtung des Schriftstellers, der sich selbst zu dieser vertraulichen Szene eingeladen hatte.

„Mein Name ist Melvin Meyer. Den sollten Sie sich merken, denn eines Tages wird er ganz oben auf der Bestsellerliste der New York Times stehen.“ Er unterstrich dies mit theatralischen Gesten, die ich aufgrund der düsteren Lichtverhältnisse zum Glück nicht genau erkennen konnte.

O Mann.

„Das ist ja schön und gut, Melvin“, sagte ich langsam und nachdrücklich. „Aber dies ist ein Tatort, nicht die Grand Central Station. Ich denke, es ist an der Zeit, dass Sie sich wieder an Ihren Platz setzen.“

„Ach, wirklich? Was gibt Ihnen mehr Recht, hier zu sein als mir?“ Er verschränkte die Arme vor der Brust und trat noch näher heran.

„Weil ich Privatdetektivin bin, deshalb.“ Musste ich das wirklich jedem Menschen, der hier hereinplatzte, aufs Neue erklären? Offensichtlich.

Er beugte sich vor, damit er mir direkt in die Augen sehen konnte. „Beweisen Sie es.“ Seine Worte hatten einen herablassenden Beigeschmack. Dieser Kerl hielt sich offenbar nicht nur für etwas Besseres, er schien mich auch noch klein machen zu wollen. Was für ein Lackaffe.

„Wie bitte? Es ist so, weil ich das sage.“

Er richtete sich wieder auf. „Zeigen Sie mir eine Visitenkarte oder etwas Ähnliches.“

Melvin zog demonstrativ einen Stapel Karten aus seiner Tasche und reichte sie herum. „Sehen Sie, Melvin Meyer, Romanautor. Und jetzt zeigen Sie mir Ihre?“

„Ich habe keine Visitenkarten dabei. Tut mir leid.“ Vermutlich hätte es ihm gefallen, wenn ich sämtliche meiner

Taschen vor ihm ausgeleert hätte, um das zu beweisen. Er schien große Gesten zu lieben und Prosa, die vor Pathos und Schwülstigkeit triefte.

Daraufhin bohrte er mir seinen Zeigefinger so fest in den Oberarm, dass ich wahrscheinlich einen blauen Fleck bekommen würde. „Ah-ha! Wusste ich doch, dass sie nur bluffen."

Mein Vater eilte an meine Seite und starrte Melvin so grimmig an, dass dieser gar nicht anders konnte, als einen Schritt zurückzuweichen.

„Wir können hier jetzt weiter rumstehen und diskutieren, bis der Mörder auch uns kaltmacht", brummte mein Vater, ohne den Schriftsteller auch nur eine Sekunde aus den Augen zu lassen. „Oder wir können zusammenarbeiten, um diese Sache zu lösen."

„Oooh, das gefällt mir", sagte Melvin und verschränkte die Finger auf eine für meinen Geschmack viel zu gruselige Weise. „Das ist spannendes Material für die Story meines Romans."

Ich verkniff es mir zu seufzen, die Augen zu verdrehen oder gar verzweifelt zu stöhnen. „Sie hatten mich doch vorhin nach verdächtigen Figuren gefragt. Also warum ziehen Sie nicht los und suchen welche?"

„Es ging doch gar nicht um irgendwelche Figuren. Ich habe meine Figuren alle im Griff, keine Sorge. Ich habe nach Synonymen gesucht."

„Tun Sie einfach, was sie sagt, J. D. Salinger", knurrte

mein Vater und trat einen weiteren Schritt nach vorne, sodass er bedrohlich nah vor Melvin stand.

Dieser wich jedoch kein bisschen zurück, und ein Lächeln huschte über sein Gesicht. „Sie wollen mich wohl beleidigen, indem Sie mich mit den Namen klassischer Schriftsteller ansprechen, aber das zieht bei mir nicht, im Gegenteil, ich fühle mich geehrt."

Daraufhin platzte meinem Dad der Kragen, und er ließ ein paar echte Beleidigungen los.

Ich wandte mich an Dan, um diesem ganzen Macho-Gehabe – oder was auch immer es war – ein Ende zu setzen. „Können Sie bitte zu Ihrem Chef gehen und ihm berichten, was passiert ist? Vielleicht weiß er auch schon, ob wir bald weiterfahren können, oder vielleicht kann er die Polizei zu uns schicken oder irgendetwas tun, um uns zu helfen."

„Kann ich machen", sagte er und hielt lächelnd den Daumen hoch. Wenigstens war er kooperativer als Melvin Meyer. Der aufgeblasene Schriftsteller würde uns bei den Ermittlungen zweifellos nur im Weg stehen.

„Großartig. Vielen Dank." Ich schob sie beide zur Tür. „Oh, und noch eine letzte Sache. Bitte erwähnt den anderen Passagieren gegenüber nichts. Es gibt keinen Grund, eine Panik auszulösen."

„Lasst sie im Dunkeln darüber", kicherte meine Mutter. Wie passend. Typisch Mom. Auch wenn sie und Grandma nicht blutsverwandt waren, gab es manchmal einfach unverkennbare Ähnlichkeiten zwischen ihnen. Mom war, wenngleich deutlich pragmatischer und normaler als Grandma und ich, eindeutig vom gleichen Schlag.

Wir waren eine Familie, und nichts – nicht einmal die unlängst aufgedeckten Geheimnisse der Vergangenheit – konnte daran etwas ändern.

# 10

Nachdem Dan und Melvin gegangen waren, schloss ich die Tür hinter ihnen und verriegelte das Drehschloss, damit wir unsere Untersuchung ungestört fortsetzen konnten.

„Mom, Dad, könntet ihr das Abteil weiter durchsuchen? Ich werde mal nachhaken, ob die Katzen neue Informationen für uns haben“, sagte ich, als ich die Schritte der sich entfernenden Männer auf dem Flur nicht mehr hörte.

„Oh, sicher, Schatz“, antwortete meine Mutter. „Wir passen auf, dass wir dir nicht in die Quere kommen, Miss Pet Whisperer P.I.“ Sie war diejenige, die sich diesen Namen für Octocats und meine Detektei ausgedacht hatte, und sie war unheimlich stolz darauf – auch wenn ich ihn insgeheim hasste. Ich wollte mein Geheimnis doch nicht herumposaunen! Deshalb tat ich so, als wäre es nur ein Gag, aber langsam fragte ich mich, ob der ungewöhnliche Name der Grund dafür war, dass unsere Firma bis heute keinen einzigen zahlenden Kunden gewonnen hatte.

„Kommt, wir setzen uns aufs Bett, damit wir nicht im Weg sind“, sagte ich zu den Katzen, wäre jedoch im nächsten Moment beinahe mit meinem Vater zusammengestoßen, der sich angesprochen gefühlt hatte.

Ich lachte leise über das Missgeschick. Für ihn war meine Kommunikation mit den Tieren und meine Arbeit als Privatdetektivin noch ziemlich neu und gewöhnungsbedürftig.

„Oh, du meintest …“ Er schwenkte seine Lampe in Richtung Grizabella, die ihn erschrocken anfauchte.

„Na dann viel Spaß“, sagte er trocken und wich langsam zurück.

„Warum hast du ihn angefaucht?“, fragte ich die Himalayan und kniff irritiert die Augen zusammen.

„Er hat mir direkt ins Gesicht geleuchtet – das war unangenehm!“

Autsch. Na gut.

„Tut mir leid, er hat es nicht so gemeint.“ Wieder überlegte ich, ob ich sie streicheln sollte, um sie zu trösten, aber auch jetzt entschied ich mich dagegen. Ich hatte den leisen Verdacht, dass Grizabella mich nicht sonderlich mochte, und wollte das während unserer laufenden Ermittlung ungern bestätigt bekommen.

Wir ließen uns auf dem Bett nieder, das völlig unberührt aussah, also hatte sich Rhonda vermutlich noch nicht aufs

Ohr gelegt, bevor sie auf ihren Mörder traf. Die Katzen legten sich jeweils auf ein Kissen, und ich setzte mich ans Fußende.

„Okay, was habt ihr draußen im Zug herausgefunden?" Ich konnte ihre vagen Umrisse im Lichtschein der Handys meiner Eltern ausmachen.

„Nichts", antwortete Grizabella mit nahezu gelangweilter Stimme.

„Aber ihr seid meinem Dad die ganze Zeit gefolgt, oder?"

„Das sind wir", versicherte mir Octocat. „Jedoch gab es da nichts, was unsere Aufmerksamkeit erregt hätte."

Das hatte ich nicht erwartet. Ich hätte darauf gewettet, dass sie irgendetwas Hilfreiches entdecken würden. „Hast du nicht irgendjemanden bemerkt, der dir bekannt vorkam oder der vertraut klang oder roch, Grizz?"

Sie knurrte mich aus ihrer dunklen Ecke bedrohlich an. „Nenn mich nicht Grizz. Mein Name ist Grizabella, und nein, ich habe nichts bemerkt. Wie ich schon sagte. Das ist schwer für mich, also mach es mir bitte nicht noch schwerer."

Meine Güte, sie machte es einem wirklich nicht leicht, ihr zu helfen.

Ich holte tief Luft und rief mir in Erinnerung, dass sie trauerte und wahrscheinlich noch viel erschütterter über den Mord an Rhonda war als Octocat und ich. Wir hatten in der Vergangenheit schon mehrere Todesfälle untersucht, aber Grizabella hatte noch nie mit so was zu tun gehabt.

Warum auch? Warum sollte irgendwer mit so was zu tun haben?

„Es tut mir leid“, sagte ich und hoffte, sie würde mir glauben, dass ich es ehrlich meinte. Es tat mir wirklich leid, was sie bereits durchgemacht hatte und was ihr noch alles bevorstand, bis dieser Fall abgeschlossen war. „Es fällt mir nur schwer zu glauben, dass es sich um einen einfachen Raubüberfall handelt. Jemand wollte Rhondas Tod, und ich will wissen, warum.“

„Sieh dir das an!“, rief Mom, die ihren Kopf aus der Tür des kleinen Badezimmers steckte. Hinter ihr tauchte mein Vater auf, der die Lampe auf einen Gegenstand in ihren Händen richtete. Eine kunstvoll geschnitzte, hölzerne Schmuckschatulle.

„Ich glaube nicht, dass es ein Raubüberfall war“, murmelte sie und bestätigte mir damit meine Vermutung. „Das hier würde sicher kein Dieb zurücklassen. Die Diamanten und Edelsteine darin sind sicher ein paar Tausend Dollar wert.“

Sie hielt verschiedene Halsketten, Armbänder und Ohrringe hoch, ein Stück schöner als das andere und zum Teil mit riesigen Saphiren besetzt. Und wieder fragte ich mich, ob sie das Blau passend zu den Augen ihrer Katze gewählt hatte.

„Das ist alles Silberschmuck“, sagte ich. „Aber die Halskette, die sie trug, als ich sie im Speisewagen traf, war aus Gold und Perlen.“

Mama durchsuchte die Kiste und schüttelte den Kopf. „Nein, die ist definitiv nicht hier drin.“

Grizabella, die weiterhin auf dem Kopfkissen thronte,

ergriff das Wort: „Die Halskette, die sie heute trug, war ihr wertvollster Besitz. Ein bedeutsames Familienerbstück, das ihr von ihrer Großmutter vererbt wurde."

„Der Täter hatte es anscheinend nur auf dieses Erbstück abgesehen, nicht auf die anderen, vermutlich noch wertvolleren Schmucksachen", fasste ich für meine Eltern zusammen, die Grizabella natürlich nicht verstanden hatten, und rieb mir das Kinn, während ich versuchte, mir einen Reim auf all das zu machen.

„Oder der Mörder hatte ein ganz anderes Motiv und hat die Halskette einfach mitgenommen, weil sich ihm die Gelegenheit bot, wollte das Abteil aber nicht nach weiteren Wertgegenständen durchsuchen", spekulierte Mom.

Papa umarmte sie von hinten und küsste ihren Hals. „Ich liebe es, dich in Aktion zu sehen. Du bist so clever."

„Das ist jetzt nicht der richtige Zeitpunkt, Leute", fuhr ich sie entnervt an und sah schnell weg. Mussten sie ihre Zuneigung denn immer so zur Schau stellen?

„Wir haben hier eine Leiche vor uns." Ich nickte in Rhondas Richtung und hoffte, dass sie in dem trüben Licht meinen missbilligenden Gesichtsausdruck sehen würden.

„Sorry, wir suchen jetzt weiter", meinte Dad entschuldigend, während Mom sich umdrehte, um die Schmuckschatulle zurück ins Badezimmer zu bringen.

„Grizabella", sagte Octocat sanft. „Würdest du uns etwas über dein Leben mit Rhonda erzählen? Was für Sachen habt ihr gemacht? An welchen Orten seid ihr gewesen?"

Das hatte er gut eingefädelt, zumal wir die Himalayan schlecht fragen konnten, wer ihrer Besitzerin den Tod gewünscht hätte, sonst hätte sie voraussichtlich sofort dichtgemacht oder es hätte sie emotional wieder völlig mitgenommen.

Die Katze antwortete mit einem Lächeln in der Stimme. „Rhonda war ein sehr liebes Frauchen. Wir sind ständig gereist, meistens mit dem Zug. Manchmal auch mit dem Flugzeug, First Class natürlich. Meistens gingen wir zu Katzenausstellungen, aber manchmal fuhren wir auch nur zu verschiedenen Locations, um Fotos von mir in einer neuen Umgebung aufzunehmen. Ich glaube, es fiel Rhonda schwer, an einem Ort zu bleiben, weil ihr dann bewusst wurde, wie einsam sie eigentlich war."

Oh, das waren wertvolle Informationen. Wenn Grizabella bereit war, ihre Ausführungen zu vertiefen, würden wir sicher bald etwas Wichtiges erfahren.

„Wie meinst du das?", fragte ich leise.

„Als ich zu Rhonda kam, war ich noch ein ganz kleines Kätzchen, und in den fünf Menschenjahren, die ich bei ihr lebte, war sie meine Welt. In dieser ganzen Zeit hatte sie nie Besuch, nie ein Date und hat nie etwas von dem getan, was die Menschen in Fernsehsendungen und Filmen so machen."

„Ich sehe auch gerne fern", mischte sich Octocat ein. „Magst du Law & Order? Das ist meine Lieblingsserie."

„Um Himmels willen, nein", antwortete die Kätzin

entsetzt. „Ich mag viel lieber was fürs Herz als Mord und Totschlag."

Octocat überlegte einen Moment, wie er die Kurve kriegen konnte. „Oh, okay, gut. Hast du Harry und Sally gesehen? Ich mag die Stelle sehr, wo sie …"

„Octavius", unterbrach ich ihn. Ich ging davon aus, dass er in Anwesenheit der kultivierten Lady seinen ausgefalleneren Namen bevorzugte. „Dafür ist jetzt wirklich nicht der richtige Zeitpunkt. Wir müssen mehr über Rhonda erfahren. Das ist jetzt das Wichtigste."

„Danke", sagte Grizabella und überraschte mich mit ihrer Höflichkeit und Zustimmung.

„Normalerweise unterhalte ich mich gerne über pikante Szenen, aber normalerweise sitzt mein Frauchen auch gesund und munter neben mir. Oh, mein armes Frauchen..." Sie verstummte zunächst, aber dann stieß sie den gleichen schrecklichen Schrei aus, der uns ursprünglich hierher geführt hatte.

„O nein, o nein! Was soll jetzt bloß aus mir werden, wo sie nicht mehr da ist?"

Ich wünschte, ich hätte ihr darauf eine Antwort geben können, aber leider wusste ich es genauso wenig wie Grizabella. Und dass Ronda offenbar eine extreme Einzelgängerin gewesen war, machte es umso schwieriger.

# 11

Grizabella heulte erneut auf.

„Was ist los?“, riefen meine Eltern wie aus einem Munde.

„Alles in Ordnung“, versicherte ich ihnen. „Also, na ja, nicht wirklich. Sie hat nur gerade realisiert, dass sie nicht weiß, was aus ihr werden soll, wo ihre Besitzerin jetzt nicht mehr da ist.“

„Oh, das arme süße Ding.“ Mom ging zu der trauernden Himalayakatze hinüber und streichelte sie. „So ein hübsches Mädchen wie du wird schnell ein neues Zuhause finden.“

Grizabella hörte auf zu jammern, wich den Streichelversuchen meiner Mutter jedoch ruckartig aus. „Ich will kein neues Zuhause. Ich will mein altes Leben mit meinem Frauchen zurück.“

Das brach mir beinahe das Herz. Seit der Entdeckung von

Rhondas Leiche hatten wir uns nur darum bemüht, ihren Mord aufzuklären. Keiner von uns hatte sich Zeit für die nun verwaiste Grizabella genommen.

„Rhonda hat dich sehr geliebt, das ist unverkennbar. Himmel, sie hat sogar einen Fan-Account für dich auf Instagram eingerichtet, und der hat mehr als zweitausend Follower."

„Ja, aber das sind Fans", antwortete die Katze verächtlich. „Ich kenne keinen einzigen von ihnen persönlich."

„Angela wird sich schon etwas einfallen lassen", versprach Octocat und schnurrte, um ihr zu zeigen, dass alles gut werden würde. „Das tut sie immer."

Jemand auf dem Gang versuchte, die Tür zu unserem Abteil zu öffnen, und hämmerte dann dagegen, was unserem tiefgründigen Gespräch ein jähes Ende bereitete.

„Hey", hörte ich Dan mit seiner piepsigen, pubertären Stimme rufen. „Warum ist das Ding abgeschlossen?"

Erneut hämmerte er hektisch dagegen, und mein Dad beeilte sich, ihn hereinzulassen. „Sorry!"

„Wir wollten nicht, dass jemand zufällig hereinkommt", erklärte ich und verschwieg ihm, dass ich auch nicht gewollt hatte, dass jemand mein Geheimnis erfuhr. „Was ist los? Was sagt der Zugführer?"

Dan starrte die Tür an, als hätte sie ihn persönlich beleidigt, dann wandte er sich wieder uns zu, wobei er seine laternenartige Lampe in die Höhe hielt. „Die Polizei ist auf dem

Weg, aber es könnte eine Weile dauern, da wir in der Pampa liegengeblieben sind. War doch klar, oder?"

„Ja", sagte ich freundlich, während ich versuchte, mich an die ungewohnte Helligkeit zu gewöhnen. „Gibt es sonst noch etwas? Weißt du, warum der Zug stehengeblieben ist?"

Er schüttelte besorgt den Kopf. „Nur, dass irgendwie daran herumgepfuscht worden ist. Wer auch immer es war, er wusste, was er tat, und hat dafür gesorgt, dass es nahezu unmöglich ist, den Zug wieder in Gang zu bringen. Dafür ist ein erfahrener Mechaniker, der sich mit diesem Zugtyp auskennt, nötig."

Mist.

Dans Miene hellte sich auf und er schwenkte spielerisch seine Laterne. „Ich habe aber auch eine gute Nachricht."

Octocat kletterte auf meinen Schoß, und durch die Ruhe, die er verströmte, schöpfte ich gleich neuen Mut. Mir fiel auf, dass wir uns bei diesem Fall, anders als sonst, noch kein bisschen gestritten hatten. Vielleicht waren wir dabei, uns als Team weiterzuentwickeln.

„Ja dann raus mit der Sprache!", fuhr meine Mutter ihn ungehalten an. Sie mochte dramatische Pausen nur, wenn sie selbst diejenige war, die diese einsetzte.

„Wir werden bald wieder Strom und Licht haben", teilte uns Dan eingeschüchtert mit. „Jemand hat ein paar Kabel durchgeschnitten, aber wir haben schon einen Passagier gefunden, der angeblich weiß, wie man das repariert. Er arbeitet gerade daran."

„Das ist wirklich eine gute Nachricht“, meinte Mom daraufhin und leuchtete mich mit ihrer Taschenlampe an. „Und ein Glück für alle, die Ihren Handy-Akku geschickterweise vor der Reise nicht aufgeladen haben.“

Ich stöhnte und kniff mir in den Nasenrücken. Einen Migräneschub konnte ich im Moment echt nicht gebrauchen. „Wenigstens scheint es jetzt aufwärts zu gehen“, rief ich in die Runde.

„Ihr Mädels bleibt hier drin“, ordnete mein Dad an und ging zur Tür. „Dan, du kommst mit mir, und bring diese mega Laterne mit.“

Ich rannte ihm hinterher, weil ich nicht zurückbleiben wollte. „Entschuldige mal. Lass diesen Macho-Quatsch. Wenn du gehst, komme ich mit. Was hast du denn vor?“

Mein Vater seufzte und stütze sich mit der Hand an der Wand ab. „Warum bist du immer gleich so negativ? Ich habe Dan gebeten, weil er die beste Lampe hat und wir die brauchen werden.“

Ja sicher, aber ich hatte nun wirklich keine Lust, Däumchen zu drehen, während er meine Ermittlungen übernahm. Ich wandte mich an den jungen Bahnmitarbeiter und streckte bittend meine Hände aus. „Dan, darf ich mir deine Lampe ausleihen?“

Widerwillig übergab er sie mir, und ich warf Dad ein triumphierendes Lächeln zu. „Also, was hast du vor?“

Er lachte in sich hinein und stieß einen leisen Pfiff aus.

„Du bist manchmal genau wie deine Mutter. Komm, wir sehen uns mal ein wenig draußen vor dem Zug um."

„Bleibst du bei meiner Frau?", wandte sich mein Vater an Dan, und sie tauschten vielsagende Blicke aus.

„Ich komme auch mit!", rief Octocat, sprang vom Bett und kam hinter uns her.

„Ich bleibe lieber hier", meinte Grizabella und verschränkte die Vorderpfoten.

„Los geht's, Dad!" Ich trug die Laterne vor mir her, während ich ihm zum Ende des Wagens folgte. Dort fanden wir zwar einen Ausgang nach draußen, doch schien er fest verschlossen zu sein. Im nächsten Wagen war die Tür bereits einen Spalt breit geöffnet.

„Hoffentlich war das nur jemand, der ganz dringend eine Zigarette brauchte", sagte Dad achselzuckend und zog die Tür weit genug auf, dass wir in den Tunnel gelangen konnten.

Auf beiden Seiten des Zuges war es so eng, dass wir nur mit Mühe nebeneinander hergehen konnten. Die nahen Steinmauern schufen eine erdrückende Atmosphäre in der finsteren Röhre, als wären wir lebendig begraben worden. Gruselig.

Wir untersuchten den Schotter neben den Gleisen, bis mein Vater unvermittelt stehenblieb und mir eine Stopphand vorhielt. Mit der anderen Hand zeigte er auf etwas einige Meter vor uns. „Blut."

Und tatsächlich: Auf dem Gleisbett verteilten sich dunkelrote Tropfen. Noch gruseliger.

„Hast du vorher schon welche gesehen?“, fragte Dad und schwenkte das Licht seines Telefons in Richtung des Ausgangs, den wir benutzt hatten.

Ich schüttelte wortlos den Kopf und ging weiter, um zu sehen, ob die Blutstropfen eine Spur bildeten.

„Bleib bei mir“, rief Dad, und ein Zittern lag in seiner kräftigen Stimme. „Wir wissen nicht, wie nah der Mörder noch ist. Nach allem, was wir wissen, könnte er sich genau hier im Tunnel verstecken, nur wenige Meter von uns entfernt. Und ich werde nicht das Risiko eingehen, dich zu verlieren.“

Ich schluckte und kehrte an seine Seite zurück.

Er legte seinen Arm um meine Schultern und zog mich an sich. „Wir machen das zusammen. Okay? Du gibst mir Rückendeckung und ich dir.“

„Oh, wie schön für euch. Aber ich sehe mir das jetzt selbst an“, informierte uns Octocat und trabte in die Richtung, in die ich mich nicht vorgewagt hatte.

Auch wenn es mich beunruhigte, dass er auf eigene Faust loszog, sah ich keinen Grund für einen Mörder, einer normalen, herumstreunenden Katze etwas anzutun. Der Täter konnte überhaupt nicht wissen, dass Octocat in dem Fall ermittelte.

Dad und ich bewegten uns langsam voran, wobei ich den Weg ausleuchtete und er den Schotter inspizierte. „Ich sehe kein Blut mehr“, sagte er. „Du etwa?“

Dass wir keine weiteren Beweise für das Verbrechen finden konnten, enttäuschte mich maßlos. Wenn sich die

Blutspur fortgesetzt hätte, wüssten wir wenigstens, dass der Mörder den Zug verlassen hatte – und wir könnten ihr vielleicht sogar folgen, um ihn zu finden.

„Nein", antwortete ich mit einem verzweifelten Seufzer. „Jemand war definitiv hier draußen, und da der Ausgang und das Blut so nah an Rhondas Abteil liegen, vermute ich, dass es unser Mörder war. Aber ich glaube nicht, dass er verletzt wurde. Wahrscheinlich ist ihm etwas von Rhondas Blut von den Händen getropft oder so."

„Aber wenn er das Blut an den Händen gehabt hätte, wäre es dann nicht auch an der Tür gewesen?", meinte Dad und bewegte den schmalen Lichtkegel seines Handys weiter über das Gleisbett. „Und außerdem, woher wissen wir überhaupt, dass der Mörder ein Er ist?"

„Touché", erwiderte ich. „Es könnte definitiv auch eine Frau sein. Aber der Gedanke ist nicht schlecht. Sehen wir uns die Tür genauer an."

Wir erreichten den Einstieg, und ich wollte gerade die Trittstufe erklimmen, als ein durchdringender Schrei aus der Tiefe des Tunnels ertönte.

Der Schrei einer Katze.

„Octocat!", rief ich und sprintete los. Bestimmt war er in Gefahr und ich würde ihn unter keinen Umständen damit allein lassen, was auch immer es war. Nur hoffentlich würde Dad schnell genug hinterherkommen.

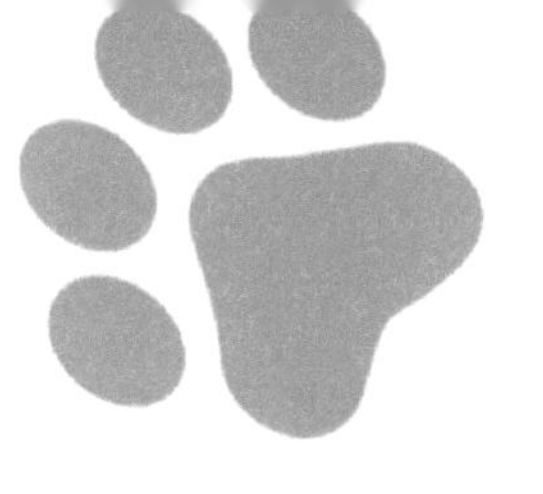

# 12

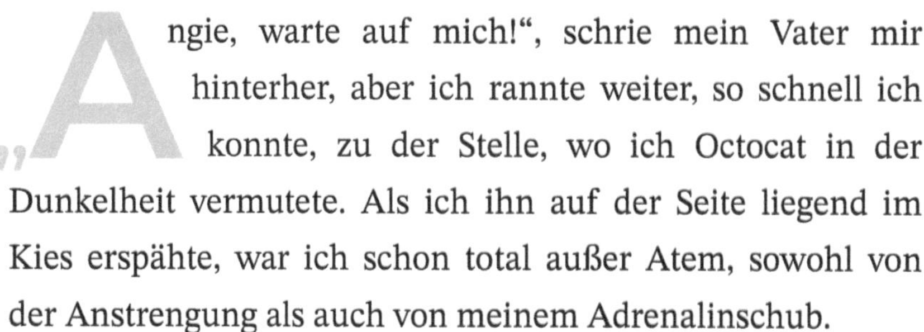

„Angie, warte auf mich!“, schrie mein Vater mir hinterher, aber ich rannte weiter, so schnell ich konnte, zu der Stelle, wo ich Octocat in der Dunkelheit vermutete. Als ich ihn auf der Seite liegend im Kies erspähte, war ich schon total außer Atem, sowohl von der Anstrengung als auch von meinem Adrenalinschub.

Bitte sei okay. Bitte sei okay.

Während ich weitere Stoßgebete zum Himmel schickte, nahm ich ihn hoch und drückte ihn an meine Brust. „Was ist passiert? Geht es dir gut? Octocat, rede mit mir!“

„Oh, komm mal wieder runter, ja?“, murmelte er kopfschüttelnd, als würden ihm meine verzweifelten Ausrufe Schmerzen bereiten.

„Was ist passiert? Hast du den Mörder gesehen?“, fragte

ich und suchte in seinen bernsteinfarbenen Augen nach Antworten.

„Den Mörder? Nein, natürlich nicht. Das hätte ich dir schon gesagt." Er besaß sogar die Frechheit, sich über mich lustig zu machen.

„Warum hast du dann so gekreischt? Ich dachte, du wärst verletzt."

Jetzt, da ich wusste, dass es ihm gutging, hätte ich ihm am liebsten seinen pelzigen Hals umgedreht, weil er mich derart in Angst und Schrecken versetzt hatte.

„Ich bin verletzt", brummte er leise, drehte sich dann in meinen Armen und drückte mir eine Pfote ins Gesicht. „Zwischen meinen Zehen hat sich ein kleiner Stein eingeklemmt. Siehst du?"

„Du hast dieses Spektakel veranstaltet, weil du einen Stein zwischen den Zehen hast?" Ich brüllte ihn im ersten Moment nahezu an, doch dann fiel mir siedend heiß ein, dass ich bei den anderen Fahrgästen im Zug keine Aufmerksamkeit erregen durfte, und senkte meine Stimme auf ein Flüstern.

„Ach komm schon, du weißt doch, wie weh das tut." Er lachte wieder, und es kostete mich all meine Kraft, ihm weiter ruhig zuzuhören. „Kannst du jetzt bitte ein guter Mensch sein und mir dieses Ding da rausholen?"

Rasch zog ich ihm das Steinchen aus der Pfote und schleuderte es fort, dann setzte ich ihn wieder auf den Boden.

„Danke", sagte er und machte sich mit einem übertriebenen Hinken, das er zweifellos nur vortäuschte, auf den Weg zurück zu der Tür, aus der wir ausgestiegen waren.

„Was ist passiert?“, fragte mein Dad voller Sorge.

„Ein dramatischer Unfall. Er hat sich die Zehen verletzt“, erklärte ich ihm mürrisch und immer noch mehr als wütend auf Octocat, weil er mich unnötig in Panik versetzt hatte. „Komm, lass uns zurück zu Mom und Dan gehen.“

Wir liefen im Gänsemarsch zurück zu der offenen Zugtür, ich voran und mein Vater hinterher. Nachdem wir an Bord waren, blieben wir stehen, um den Türgriff zu untersuchen, konnten jedoch keine Blutspuren auf der glatten Oberfläche entdecken. Allerdings fanden wir welche auf dem Teppich, nur ein paar Meter von der Tür entfernt. Dennoch lagen diese recht weit von Rhondas Abteil entfernt, angesichts der Tatsache, dass jeder Zugwagen um die dreißig Meter lang war.

Höchstwahrscheinlich würden wir noch mehr finden, wenn wir außerhalb des Zuges weiter nachforschten, aber der Vorfall mit den Zehen hatte mir einen gehörigen Schrecken eingejagt. Außerdem hatte es meinem Dad und mir klar vor Augen geführt, wie schutzlos und verletzlich wir da draußen waren.

„Habt ihr etwas gefunden?“, fragte Mom, die an der Tür zu Rhondas Zimmer auf uns wartete und ihre Arme um Dad schlang, als wären sie schon tagelang und nicht nur ein paar Minuten getrennt gewesen. „Ich habe etwas gehört und wollte nachsehen, aber Dan hat mich aufgehalten.“

„Gut gemacht“, lobte mein Vater den jungen Mann mit den roten Locken und gab ihm einen lockeren Fistbump.

„Es ist nichts passiert“, beruhigte ich sie. Dann erklärte ich mit zuckersüßer Stimme, die meinen Tiger garantiert verrückt machen würde: „Das kleine Kätzchen hat sich nur an der Pfote verletzt.“

„Angela!“, rief er entsetzt, wobei ihm der Mund offen stehenblieb. „Doch nicht vor einer anderen Katze!“

Grizabella lachte, was mich ebenfalls zum Lachen brachte.

Dan sah mich fassungslos an, als ob ich reif für die Klapse wäre. Vielleicht war ich das auch.

Ich gab ihm seine Laterne zurück, dann informierte ich alle über die Blutstropfen, die Dad und ich entdeckt hatten. „Habt ihr hier noch etwas herausgefunden?“, fragte ich, nachdem ich fertig war.

„Nö. Du warst auch eigentlich gar nicht so lange weg“, antwortete Dan, lehnte sich an die Wand und verschränkte die Arme.

Meine Mutter zuckte mit den Schultern und lächelte mich müde an. „Leider nicht.“

Wie sollten wir den Fall jemals lösen, wenn wir weiter hier herumhockten? Jemand musste den Zug durchkämmen, und dieser Jemand war ich.

„Ihr sucht hier weiter und lasst niemanden rein“, sagte ich. „Ich werde mich noch einmal im ganzen Zug umschauen.“

„Das heißt, du gehst auf eigene Faust?“, fragte Dad mit angespannter Miene.

„Ich nehme die Katzen mit“, erwiderte ich und erntete damit einen weiteren entgeisterten Blick von Dan, der jedoch dankenswerterweise nichts dazu sagte.

Ich sparte mir die Diskussion mit meinem Vater. Es befanden sich Dutzende, vielleicht Hunderte Menschen in diesem Zug. Und nur einer von ihnen war der Mörder. Vorausgesetzt, er hatte sich nicht schon vom Acker gemacht, was zu vermuten stand.

Ich schaltete mein Handy ein, um den Weg etwas auszuleuchten. Noch zwölf Prozent Akku übrig. Dan hatte ja gesagt, das Licht würde bald wieder funktionieren, und ich hoffe inständig, dass das stimmte.

„Warum machen wir schon wieder eine Razzia?“, fragte Octocat, und in seiner nasalen Stimme schwang eindeutig Irritation mit. Nach meinem kleinen Trick vorhin war er offenbar nicht mehr so kooperativ. Das störte mich aber nicht sonderlich, denn ich war es schließlich gewohnt, mit einem mürrischen Kater zusammenzuarbeiten. Es fühlte sich jetzt eigentlich wieder normaler an.

„Sie vertraut uns nicht“, warf Grizabella ein.

Wir betraten den nächsten Wagen in Richtung des Aussichts- und Speisewagens, und irgendwo dahinter lagen auch unsere ursprünglichen Plätze. Ich vergewisserte mich, dass uns niemand beobachtete, und hielt inne.

„Es ist nicht so, dass ich euch nicht vertraue. Natürlich

vertraue ich euch. Aber manchmal ist es nicht verkehrt, die Dinge ein zweites Mal unter die Lupe zu nehmen, oder?“

„Aha“, antwortete Octocat mit einem aufgebrachten Schwanzschnippen. „Du hast recht. Sie vertraut uns nicht.“

„Das habe ich dir doch gesagt“, meinte Grizabella und zuckte ebenfalls mit ihrem flauschigen Schwanz. Wie schön, dass sie sich in dieser Sache einig waren.

„Könnt ihr nicht bitte einfach …“ Ich seufzte, wollte mir meine Frustration jedoch nicht weiter anmerken lassen, deshalb sagte ich freundlich: „Wir arbeiten doch zusammen, nicht gegeneinander. Wir haben hier alle das gleiche Ziel, also lasst uns auch so handeln.“

Das brachte sie – o Wunder – schnell zum Schweigen.

„Haltet die Augen offen, wenn sich jemand auffällig verhält, und falls das nicht funktioniert, lasst euch etwas anderes einfallen“, bat ich sie, als ich mir sicher war, dass sie nicht weiter auf Konfrontationskurs gehen würden.

„Wie soll das funktionieren?“, beschwerte sich Grizabella, und ich musste mir auf die Zunge beißen, um meinen Vortrag nicht zu wiederholen. So viel zum Thema Zusammenarbeit. Merkte sie denn wirklich nicht, wie sehr ich mich bemühte, ihr zu helfen?

Überraschenderweise ergriff mein Kater für mich Partei. „Sie versucht doch, ihr Bestes zu geben“, flüsterte Octocat. „Es klappt nur nicht besonders gut.“

Grizabella brummte, folgte mir aber weiter, während ich zum nächsten Wagen marschierte.

O Mann. Ich konnte nur hoffen, dass wir auf unserer Tour durch den Zug etwas finden würden. Es wäre wirklich nicht schlecht, die beiden davon überzeugen zu können, dass ich recht gehabt hatte.

# 13

Leider sah es so aus, als ob ich am Ende klein beigeben müssen würde.

Bei der Durchsuchung des Zuges fanden wir nichts, genau wie die Katzen es prophezeit hatten. Die meisten Fahrgäste schienen zu schlafen. Die wenigen, die wach waren, wirkten entspannt und unbesorgt, wahrscheinlich weil sie nichts von der Leiche wussten, die einige Wagen weiter hinten lag.

Ich trommelte meine vierbeinigen Begleiter in einem der engen Wagenübergänge zusammen, um Plan B zu besprechen. „Jetzt sagt mir bitte nicht, dass ihr das schon vorher gewusst habt. Hört mir zu. Wir können nicht einfach allen Leuten ins Gesicht leuchten und sie fragen, ob sie Rhonda getötet haben.“

„Warum nicht?“, fragte Grizabella gereizt und setzte sich erschöpft hin.

„Darling, bitte. Überlass das Reden den Profis.“ Octocat legte ihr eine Pfote über den Mund, um sie zum Schweigen zu bringen. Wow, er musste noch eine Menge über Frauen lernen.

Ihre Retourkutsche kam prompt, indem sie ihn direkt in seinen armen verletzten Zeh biss, was mich zum Lachen brachte. Okay, vielleicht habe ich mich ein bisschen zu sehr darüber amüsiert, aber nach seinem herablassenden Verhalten ihr gegenüber, geschah es ihm doch recht. Außerdem hatte er doch schon mitbekommen, was für eine stolze Persönlichkeit sie war.

Über uns ertönte ein Surren, das die erfolgreiche Reparatur der Elektrik ankündigte. Als sich die Oberlichter wieder einschalteten, vernahmen wir gedämpften Jubel aus den Wagen vor und hinter uns. Die Passagiere, die wach waren, freuten sich, wollten aber ihre schlafenden Sitznachbarn nicht wecken, was durchaus zu unserem Vorteil sein konnte.

„Na, sieh mal einer an“, scherzte Octocat, während ich mir die Augen rieb und mir meine Sonnenbrille wünschte. „Wir haben wieder Licht. Dann können wir doch jetzt zu Plan A übergehen.“

„Es gibt keinen Plan A“, erwiderte ich, immer noch irritiert von den hellen Punkten die meinem Blickfeld umherschwirrten.

„Warum gibt es dann einen Plan B?“

„Hör mir einfach zu!“, motzte ich ihn an. Nun hatte ich wirklich die Nase voll.

Und er anscheinend auch. „Hallo, geht’s noch? Du brauchst mich nicht anzuschreien“, schnauzte er in seinem typischen überheblichen Tonfall zurück.

„Octavius, bitte“, unterbrach uns Grizabella und schmiegte sich an ihn.

Erfreulicherweise verstummte mein Nörgelkater daraufhin. Endlich. Das hatte Grizabella clever arrangiert.

Sie nickte mir zu, damit ich mit meinen Ausführungen fortfahren konnte.

„Die meisten Fahrgäste schlafen noch“, begann ich und behielt Octocat genau im Auge, um sicherzugehen, dass er nicht schon wieder alles torpedierte. „Wenn der Mörder noch an Bord ist, dann hat er oder sie sich bestimmt nicht einfach schlafen gelegt. Dadurch können wir die Personen, auf die wir uns konzentrieren sollten, eingrenzen. Als wir vorhin einfach durch den Zug gegangen sind, konnten wir kein verdächtiges Verhalten feststellen, deswegen denke ich, dass unser nächster Schritt darin bestehen sollte, ein wenig Druck auszuüben.“

„Guter Plan. Wie stellst du dir das genau vor?“, fragte Grizabella, während Octocat neben ihr schnurrte.

„Niemand weiß, dass Rhonda tot ist, außer den Leuten, mit denen wir gesprochen haben und natürlich ihrem Killer. Ich schlage vor, wir tun so, als hätten wir eine dringende

Nachricht für sie und nutzen das als Vorwand, um mit den wachen Passagieren zu sprechen."

„Aber mein Frauchen ist doch tot. Wie können wir eine Nachricht für sie haben?"

„Schau mal, das wissen doch nur wir. Die anderen Passagiere ahnen nichts davon, also wird es sie auch nicht beunruhigen, wenn wir sie nach Rhonda fragen, okay?"

Grizabellas Augen leuchteten, als sie mein Vorhaben begriff. „Oh, ja gut!"

„Das heißt, wir fragen einfach jeden, der offensichtlich wach ist, ob er weiß, wo wir Rhonda finden können?", mischte sich Octocat mit einem breiten Grinsen wieder in das Gespräch ein. Ahh, die Macht der Liebe.

„So ungefähr", sagte ich. „Ich werde natürlich das Reden übernehmen. Und ihr haltet Augen, Ohren und Nasen offen."

Grizabella neigte ihren Kopf zur Seite. „Was soll das heißen?"

„Wir sollen aufmerksam sein", übersetzte mein Kater und rollte mit seinen bernsteinfarbenen Augen.

„Sorry", kicherte ich. „Ihr könnt doch Veränderungen in den Hormonen der Leute riechen, nicht wahr? Wenn also jemand auf meine Fragen gestresst reagiert, würdet ihr das bemerken, oder?"

„Ja, Menschen sind superleicht zu durchschauen", antwortete Octocat hochmütig. „Sie sind eben einfach gestrickt."

Ich warf ihm einen bösen Blick zu und wandte mich dann mit einem Lächeln wieder der Himalayan zu. Endlich war sie auf meiner Seite, und das fühlte sich richtig gut an. „Seid ihr bereit?"

„Lasst uns gehen." Sie erhob sich und wartete darauf, dass ich ihr die Tür zum nächsten Wagen öffnete. Wir gingen bis ganz nach vorne durch, sodass wir uns noch ein paar Wagen vor dem mit unseren Sitzplätzen befanden.

„Entschuldigen Sie", wandte ich mich an eine Frau, die mit einer missmutig dreinblickenden Teenagerin zusammensaß, welche in ihr Handy vertieft war. Wahrscheinlich nicht unsere Mörderin, aber ich musste jeden fragen, um keinen Verdacht zu erregen. „Wissen Sie, wo ich Rhonda Lou Ella Smith finde? Ich habe eine dringende Nachricht für sie."

„Nein", antwortete sie mit einem leichten Kopfschütteln. „Tut mir leid. Viel Glück."

Das konnte ich gebrauchen.

Ich sprach mit den unterschiedlichsten Leuten, aber niemand schien den Namen wiederzuerkennen. In den Wagenübergängen tauschte ich mich mit den Katzen aus, um sicherzugehen, dass auch sie nichts bemerkt hatten.

Hatten sie nicht.

Wir betraten den Wagen mit unseren Plätzen, und mir wurde sofort klar, dass es ein hier Problem gab, an das ich nicht gedacht hatte. Mein spezieller Freund, der Schriftsteller Melvin Meyer, stolzierte im Gang auf und ab, führte Selbstgespräche und zog damit die Blicke aller Anwesenden auf sich. Keiner der Fahrgäste schlief. Nicht ein einziger.

„Melvin, was machen Sie denn da?“, rief ich und eilte zu ihm hinüber.

„Ich versuche natürlich, den Mord aufzuklären“, sagte er und klopfte immer wieder mit einem Stift auf die Finger.

Jemand räusperte sich am anderen Ende des Ganges, und ich kicherte nervös. „Ähm, Melvin. Das ist nicht der beste Zeitpunkt, um Ihren nächsten Roman zu planen. Diese Leute versuchen zu schlafen.“ Erneut lachte ich unruhig in mich hinein und schob ihn zum Ende des Wagens. Dabei hoffte und betete ich, dass unser Täter nicht in diesem Wagen saß, da Melvin munter über all die Beweise plapperte, die er schon selbst zusammengetragen oder mitbekommen hatte.

Während wir uns dem Vorraum näherten, flüsterte ich ihm ins Ohr: „Gehen Sie zurück zum Abteil. Dan und meine Eltern sind dort. Sie werden Sie auf den neuesten Stand bringen.“ Ich hoffte inständig, sie würden diesem Wichtigtuer keine konkreten Details verraten, aber ich musste ihn unbedingt loswerden.

„Zu welchem Abteil?“, fragte er und drehte sich zu mir um. Ein unverfrorenes Grinsen glitt über sein Gesicht, als er es begriff. „Oh, der Schauplatz des Mordes.“

Ich schob ihn durch die Tür. „Bitte gehen Sie – um Himmels willen – und versuchen Sie, sich unauffällig zu verhalten.“

„Hey, ich bin Schriftsteller, kein Schauspieler.“ Er hob eine Hand über den Kopf und bewegte seinen Finger in der Luft. Was für ein schräger Typ.

Ich sah ihm vom Vorraum aus hinterher und achtete darauf, dass er weiter zu den Schlafwagen durchging, ohne weitere Fahrgäste zu beunruhigen.

Grizabella schritt umher und zuckte ungeduldig mit dem Schwanz. „Was nun?"

„Wir machen weiter und hoffen das Beste." Ich lächelte, denn etwas war mir klar geworden: „Als wir das erste Mal hier vorbeikamen, hat er keine Selbstgespräche auf dem Gang geführt, also muss er erst damit angefangen haben, nachdem das Licht wieder anging. Vorsichtshalber schicke ich meinem Dad eine Nachricht und bitte ihn, Melvin entgegenzugehen und ihn von den anderen Fahrgästen fernzuhalten."

Rasch hämmerte ich den Text in mein Telefon, dessen Ladung jetzt bei nur noch acht Prozent lag. Zumindest hockten wir nicht mehr im Dunkeln, was das Akku-Problem ein wenig entschärfte.

„Lasst uns unsere Suche fortsetzen", ermunterte ich die Katzen und betrat den nächsten Wagen, entschlossener denn je, den Killer zu finden, bevor alles außer Kontrolle geriet, oder besser gesagt, bevor Melvin eine Bombe platzen ließ.

# 14

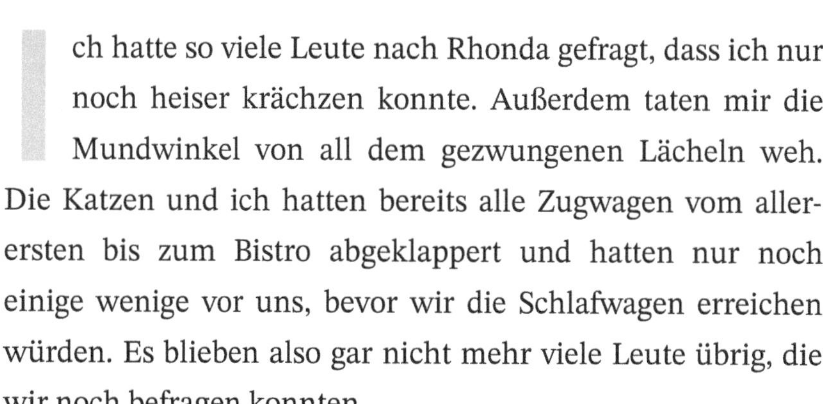

Ich hatte so viele Leute nach Rhonda gefragt, dass ich nur noch heiser krächzen konnte. Außerdem taten mir die Mundwinkel von all dem gezwungenen Lächeln weh. Die Katzen und ich hatten bereits alle Zugwagen vom allerersten bis zum Bistro abgeklappert und hatten nur noch einige wenige vor uns, bevor wir die Schlafwagen erreichen würden. Es blieben also gar nicht mehr viele Leute übrig, die wir noch befragen konnten.

Komm schon. Komm schon, bitte. Wir müssen etwas finden.

Ich ging noch ein paar Schritte den Gang hinunter und drehte mich dann zu einer älteren Frau mit schulterlangem, schwarzem Haar um. Sie hatte große, braune Augen mit langen Wimpern und musste eine Schönheit gewesen sein, als sie jünger war, denn auch jetzt sah sie noch sehr gut aus.

Bekleidet war sie, untypisch für Frauen in ihrem Alter, mit einem Kapuzenpullover, und sie wirkte definitiv nicht wie eine Person, die man mit Rhonda Lou Ella Smith in Verbindung bringen würde, es sei denn, sie war auch eine Katzenliebhaberin.

Ich lächelte, holte tief Luft und beugte mich näher zu ihr, als ich sie ansprach. „Entschuldigen Sie bitte. Wissen Sie, wo ich Rhonda Lou Ella Smith finde?", fragte ich höflich und setzte ein besonders freundliches Lächeln auf.

Sie runzelte die Stirn und murmelte tonlos: „Tut mir leid". Sie wollte wohl ihren schlummernden Sitznachbarn nicht stören. Ich war bei meiner Suche weit weniger rücksichtsvoll gewesen und hatte mehrere Passagiere ungewollt aus dem Schlaf gerissen.

„Wir haben einen Treffer!", raunte Octocat.

„Sie weiß etwas", bestätigte Grizabella mit ihrer melodischen Stimme. „Man riecht es ihr definitiv an."

Showtime.

„Entschuldigen Sie", sprach ich die Frau erneut an, die sich bereits wieder ihrem Taschenbuch zugewandt hatte. „Sind Sie sicher, dass Sie Rhonda nicht kennen? Es ist wirklich ziemlich dringend."

„Nein. Ich würde jetzt gerne weiterlesen", brummte sie und hob ihr Buch höher, um mich auszublenden.

„Sie lügt!", rief Grizabella. „Sie lügt!"

Ich schob das Buch zur Seite und zwang die Frau, mir in

die Augen zu sehen. „Es tut mir leid, aber wenn Sie Rhonda nicht kennen, warum sind Sie dann so nervös?“

„Nervös?“, fragte sie und lachte dann nervös. Sehr überzeugend. „Ich bin nicht ...“

„Hör auf zu lügen!“, kreischte Grizabella, während sie direkt auf den Schoß der Frau sprang und ein schreckliches Fauchen ausstieß.

„G-G-Grizabella?“, stotterte die Frau. „Was machst du denn hier?“

„Sie kennen sie also doch!“ Ich stellte mich breiter vor sie hin, um sie am Aufstehen zu hindern, falls sie versuchen sollte, sich aus dem Staub zu machen. Möglicherweise hatte ich eine gewalttätige Verbrecherin vor mir, aber zumindest war der Wagen bis zum Rand mit Zeugen gefüllt. Sie würde sich ja wohl nicht trauen, mich vor den anderen ... Oder doch?

Die Frau legte ihr Buch abrupt beiseite. „Was für eine Nachricht ist das? Vielleicht kann ich sie ihr übermitteln.“

„Es ist wirklich ziemlich dringend. Würden Sie bitte mit mir kommen? Der Schaffner sucht nach jemandem, der mit Rhonda in Verbindung steht, denn wir brauchen Ihre Hilfe. Dringend.“ Mir fiel auf, dass ich das Wort „dringend“ ständig wiederholte, als wäre es eine Art magisches Passwort. Auch nicht gerade überzeugend.

„Aber ich dachte, Sie hätten eine Nachricht für sie?“

„Ja, und für Sie. Kommen Sie jetzt mit mir, oder soll ich den Sicherheitsdienst rufen?“ Ich wusste nicht einmal, ob es in diesem Zug einen Sicherheitsdienst gab, aber die Drohung wirkte, sodass sich die Frau aus ihrem Sitz erhob.

Rasch schrieb ich meiner Mutter verstohlen eine Nachricht und bat sie, im Aussichtswagen auf mich zu warten, damit wir die Frau gemeinsam zu Rhondas Abteil begleiten konnten. Allem Anschein nach war sie die Mörderin und würde möglicherweise versuchen, auch mich bei der ersten Gelegenheit zur Strecke zu bringen.

So sehr ich meinen Katzenpartnern auch vertraute, dass sie mich beschützen wollten, einem Menschen mit einer Waffe und einem Motiv hatten sie nichts entgegenzusetzen. Vielleicht könnte ich sie in ein Gespräch verwickeln, während ich sie vor mir her zu den Schlafwagen dirigierte. Möglicherweise hatte sie noch nicht gemerkt, dass ich sie verdächtigte.

„Ich bin Angie. Der Schaffner hat mich gebeten, auf Grizabella aufzupassen, da ich selbst eine Katze dabeihabe“, erklärte ich ihr. Ich wollte es offiziell klingen lassen, dabei kannte ich mich mit den Bezeichnungen für das Zugpersonal überhaupt nicht aus und wusste abgesehen von dem Wort „Schaffner“ tatsächlich keine weiteren Begriffe, um die Mitarbeiter zu beschreiben.

„Geht es Rhonda gut?“, fragte die Frau und warf mir im Gehen einen Blick über die Schulter zu.

„Oh, ja“, log ich, denn ich wollte ihr erst die Wahrheit sagen, wenn ich Verstärkung hatte, und wir an einem ungestörten Ort waren. „Gott sei Dank haben wir Sie gerade noch rechtzeitig gefunden. Sagen Sie, woher kennen Sie sie?“

„Oh, ähm, na ja, sie ist meine Schwester. Meine Halbschwester, besser gesagt." Dann fügte sie hinzu: „Wir haben uns noch nie sehr nahegestanden."

„Ich weiß, wie das ist", sagte ich mit einem Lächeln, falls sie sich wieder umdrehte. Als Einzelkind wusste ich das zwar nicht, aber in dieser Situation war mir jede Notlüge recht – schließlich hing möglicherweise mein Leben davon ab. „Wie heißen Sie?"

„Sariah Smith", murmelte sie. „Dauert das lange?"

„Wir sind fast da", versprach ich, als wir endlich den Aussichtswagen betraten. Meine Mutter wartete bereits dort.

„Hey, ich kenne Sie", sagte Sariah und blieb stehen, während sie mit einer Hand auf meine Mutter zeigte. „Sie sind …"

Mom streckte ihr geistesgegenwärtig die Hand zur Begrüßung entgegen. „Laura Lee, Channel Seven News, mit dem Neuesten aus dem wundervollen Blueberry Bay im wundervollen Staat Maine und jetzt auch von der gesamten Nordostküste."

„Ich sehe Sie öfters in den Nachrichten", stotterte Sariah. „Was machen Sie hier? Recherchieren Sie eine Story?" Sie blickte zurück zum Ausgang, aber Mom legte ihr eine Hand fest auf die Schulter.

Ich ging weiter in Richtung Schlafwagen, aber Sariah folgte mir nicht mehr.

Meine Mutter kam mir zu Hilfe: „Ja, ich recherchiere eine

Story. Und ich muss mit Ihnen sprechen. Wenn Sie bitte mitkommen würden."

„Muss ich dafür vorher nicht so eine Erklärung unterschreiben?"

„Nein. Das hier ist inoffiziell. Kommen Sie." Mom schob sie vielleicht ein bisschen zu nachdrücklich vorwärts.

„Wir sind fast da", versicherte ich ihr erneut und zog sie praktisch mit, während Mom sie von hinten anschob.

„Ich glaube nicht, dass ich ...", stöhnte Sariah. Wenn ich geahnt hätte, dass wir eine Unschuldige vor uns hatten, hätte es mir in dem Moment leidgetan. Aber sie roch schuldig, wie die Katzen mir zuvor versichert hatten, und selbst ich bildete mir ein, es in meiner vergleichsweise schwachen Nase gehabt zu haben.

„Da wären wir", verkündete Mom, kurz bevor Dad die Tür zu Rhondas Abteil von innen aufstieß.

Sariah schrie, als sie Rhondas Leiche erblickte. Sie versuchte wegzurennen, aber meine Mutter und ich konnten das verhindern, indem wir uns in die Tür stellten.

Sariah schluchzte, würgte und schrie wieder. „O mein Gott, was ist mit Rhonda passiert? Hilfe, Hilfe, Hilfe! Ich will hier raus!"

„Wir müssen sie zum Schweigen bringen", rief Dad, während Sariah mich und Mom weiter anschrie und wegschubste. „Was sollen wir tun?"

Melvin stürmte nach vorne, eine Waffe in Hüfthöhe, die er durch seine Jacke verdeckt hielt. Alles, was ich sehen konnte, war eine bedrohliche Ausbeulung und sein zorniger Gesichtsausdruck, was mich davon überzeugte, dass er tatsächlich eine Waffe in der Hand hielt. „Sei still, oder ich sorge dafür, dass du schweigst.“

O mein Gott, das konnte doch nicht wahr sein. Am liebsten hätte ich ihn gefesselt und weggesperrt, damit er keine weiteren Komplikationen verursachen konnte.

Doch dann hörte Sariah auf zu weinen und begann, alles zu beichten.

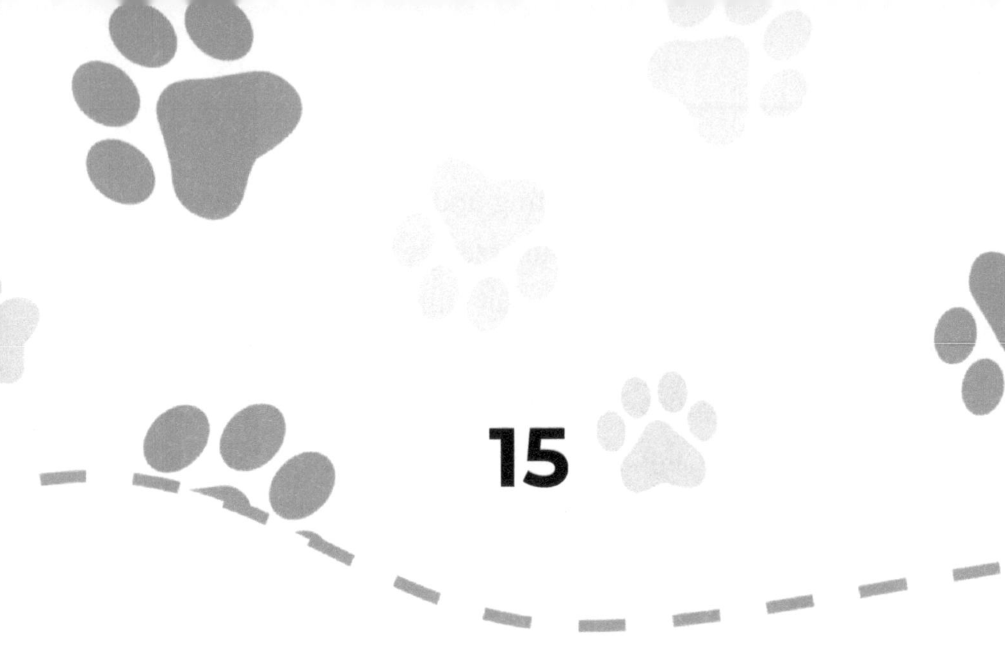

# 15

„Beruhigt euch alle“, rief mein Vater mit fester Stimme, und ich bewunderte seine Gelassenheit trotz der prekären Umstände. Er trat mutig vor und schob sich zwischen Melvin und Sariah, damit sich die beiden nicht weiter aufregten. „Es gibt keinen Grund für Gewalt.“

Melvin trat um ihn herum und starrte Sariah an. „Doch, wenn sie nicht endlich mit der Sprache herausrückt, und zwar sofort.“

„Er hätte sie nicht verletzen dürfen!“ Große Tränen kullerten über Sariahs Wangen und auf ihr Sweatshirt. „Ihr müsst mir glauben. Ich wusste nicht, dass er sie angreifen würde.“

„Wer?“, fragte ich von der Tür aus, wobei mir die Angst die Kehle zuschnürte. Wenn Melvin auf Sariah schoss, würde die

Kugel wahrscheinlich auch mich treffen, und mir war heute nicht nach Sterben zumute.

„Wer sollte sie nicht verletzen?", wiederholte ich meine Frage, als sie nicht antwortete.

Unsere Zeugin weinte so heftig, dass sie nach vorne taumelte und sich kaum auf den Beinen halten konnte.

Mom stützte Sariah und führte sie zum Bett. „Kommen Sie, meine Liebe, es ist okay, hier sind Sie in Sicherheit."

Melvin folgte ihr, wobei er seine Waffe immer noch drohend unter der Jacke versteckt hielt. „Das ist korrekt. Solange du weiterredest, hast du nichts zu befürchten." Am liebsten hätte ich ihm so richtig einen übergebraten. Kapierte er denn nicht, dass er allen um sich herum Angst einjagte?

Dan drehte das Türschloss um und sah dann meinen Vater an, der die Arme vor der Brust verschränkte und sich breitbeinig vor den einzigen Ausgang des Raumes stellte.

Plötzlich bewegten wir uns alle wie Billardkugeln durch das Abteil und stolperten möglichst weit zurück. Ich rückte in die Nähe von Rhonda, sodass Sariah jedes Mal, wenn sie mit mir sprach, gezwungen sein würde, ihre tote Halbschwester anzusehen. Damit wollte ich sie nicht quälen, sondern nur zur Ehrlichkeit auffordern und daran erinnern, wie viel hier auf dem Spiel stand.

Und nicht nur für sie. Für uns alle.

„Wer sollte sie nicht verletzen?", fasste ich erneut nach, wobei ich mich um einen freundlichen, neutralen Ton bemühte.

Sariah schniefte und schüttelte den Kopf. Ob ich es anders angehen sollte, um sie zum Reden zu bringen, weniger direkt?

„Wissen Sie, ich habe Rhonda kennengelernt", sagte ich mit dem Hauch eines Lächelns. Es kam mir schon viel länger her vor als nur ein paar Stunden. „Wir haben eine Weile zusammen im Speisewagen gesessen und haben über Katzen gesprochen."

Mom reichte Sariah ein Taschentuch aus ihrer Handtasche, und sie schnäuzte sich lautstark. „Das klingt ganz nach Rhonda."

„Ich dachte, Sie hätten sich nicht nahegestanden", sagte ich und versuchte erneut, nicht anklagend zu klingen, obwohl Sariah mit Sicherheit eine Rolle bei den Verbrechen gespielt hatte, die heute Abend in diesem Zug geschehen waren.

Sie schüttelte den Kopf und knüllte das Taschentuch in ihrer Hand zusammen. „Haben wir auch nicht, aber ich folge ihr online. Deshalb habe ich Grizabella erkannt."

Die Katzen. Ich hatte gar nicht darauf geachtet, wohin sie sich verzogen hatten.

„Hier drüben", rief mein Kater aus der Nähe des Badezimmers, als hätte er meine Gedanken gelesen und meine Sorge gespürt, weil ich ihn aus den Augen verloren hatte.

Ich drehte mich zu ihm um und musste lächeln, denn er schien okay zu sein und unbeeindruckt von dem ganzen Tamtam.

Grizabella jedoch starrte Sariah grimmig an. Sie brannte

darauf zu erfahren, warum ihrem Frauchen so etwas Schreckliches zugestoßen war.

„Du hast gesagt, dass er sie nicht verletzen sollte“, erinnerte ich Sariah abermals, wobei ich dann meine Verhörtaktik änderte: „Was sollte er denn tun?“

Sariah schüttelte den Kopf und schaute mich mit geröteten Augen an. Offenbar hatte die neue Fragestellung sie verwirrt. „Er sollte nur das nehmen, was uns gehört. Mehr nicht.“

„Und was war das?“

„Eine Halskette.“

Das prächtige Schmuckstück tauchte vor meinem geistigen Auge auf. Perlen, Gold, ein handwerkliches Meisterwerk, aber war es einen Mord wert? Mitnichten.

„Das Familienerbstück?“, fragte ich.

„Ja, sie trug die Kette gestern, als wir uns mit ihr am Bahnhof von Bangor getroffen haben, um mit ihr zu sprechen.“

Es stimmte also tatsächlich. Ich war mir sicher gewesen, sie auf dem Bahnsteig gesehen zu haben, doch jetzt, wo Sariah es uns erzählte, hatte ich endlich das Gefühl, dass die Puzzleteile zusammenpassten. Vielleicht würden wir sogar bald in der Lage sein, das komplette Bild zu erkennen. Ich ahnte, was als Nächstes geschehen war, fragte aber trotzdem. „Worüber habt ihr gesprochen?“

„Wir haben die Halskette zurückverlangt, die sie eigentlich niemals hätte bekommen dürfen.“ Für einen kurzen

Moment ballte Sariah beide Hände zu Fäusten und sah mich gleichermaßen wütend und traurig an.

„Ich nehme an, sie hat das abgelehnt."

„Er hatte kaum zwei Worte gesagt, da wandte sie sich schon wieder ab und lief zurück zum Zug."

„Was ist dann passiert?", fragte ich weiter.

Die anderen im Raum gaben keinen Mucks von sich und schienen meinem Gespräch mit Sariah gespannt zu lauschen.

Sie sprach weiter, den Blick nun auf meine Mutter gerichtet. „Er sagte, dass wir die Kette so oder so bekommen würden, und dann folgten wir ihr in den Zug. Er wusste, dass sie nein sagen würde, also hatten wir uns schon vorab Fahrkarten besorgt."

„Und was war dann Ihr Plan? Was sollten Sie tun, nachdem Rhonda Nein gesagt hatte?"

„Es war allein sein Plan. Ich sollte einen Weg finden, den Zug mitten in der Nacht anzuhalten, damit er ihr einen Besuch abstatten konnte, um sich die Halskette zu holen. Dann wollten wir uns im Aussichtswagen treffen und von dort aus gemeinsam aussteigen."

„Aber Sie sind noch hier", sagte ich mit hochgezogenen Augenbrauen.

Sariah sah mich erneut an. „Ja. Er ist nie aufgetaucht."

Ich zermarterte mir den Kopf, weil ich unbedingt wissen wollte, wer dieser Mann war, aber es gab noch andere Details, die ich zuerst herausfinden musste, denn ich wollte nicht riskieren, dass sie wieder zusammenbrach.

„Warum wollten Sie die Halskette unter allen Umständen haben?“

„Sie gehörte rechtmäßig uns, und war schon seit Generationen im Familienbesitz, lange bevor unsere Vorfahren sich in Amerika niederließen. Sie ist nicht nur ein Vermögen wert, sondern hat für uns auch einen hohen ideellen Wert.“

„Es ist also eine Familienangelegenheit, aber Sie haben doch selbst gesagt, dass Rhonda zur Familie gehörte.“ Ich verschränkte die Arme vor der Brust und hoffte, meinen Worten damit Nachdruck zu verleihen, damit Sariah endlich die Karten auf den Tisch legte und die Identität ihres mysteriösen Verbündeten preisgab.

„Nein.“ Sie schloss die Augen und ihre Wangen erröteten, aber sie fuhr trotzdem fort. „Ihre Familie hat uns alles weggenommen. Und es war ein heftiger Schlag für uns, als mein Vater ihr statt einem von uns die Halskette gab.“

Ich wollte sie nicht unterbrechen und hoffte, dass Sariah von sich aus weitererzählen würde. Da sie das aber nicht tat, kam mir jemand anderes zu Hilfe.

„Was hat ihre Familie der Ihren angetan, Liebes?“, fragte meine Mutter, die neben der schluchzenden Zeugin stand. Deren Tränen waren inzwischen einem wütenden Ausdruck gewichen.

„Als ich fünf Jahre alt war, hat mein Vater uns verlassen, um eine neue Familie zu gründen. Er erzählte uns, er habe sich verliebt und die Frau sei schwanger, also habe er keine Wahl. Aber er hatte doch eine Wahl! Er hat sich nur nicht für uns entschieden. Er ging fort und nahm uns alles weg. All das Geld und die Dinge, die uns eigentlich rechtlich zustanden, wurden der neuen Familie zuteil und damit Rhonda. Und nachdem er mir von seinem Plan erzählte, unsere Halskette zurückzubekommen, wollte ich natürlich helfen. Würden Sie das nicht auch?“

„Ich verstehe, worauf Sie hinauswollen“, sagte ich und nickte. „Ich glaube Ihnen auch, dass Sie, obwohl Sie Rhonda hassten, nicht geplant hatten, dass sie stirbt.“

Sie hatte geduckt auf dem Bett gesessen und richtete sich nun auf. Ein Teil der Anspannung schien von ihr abzufallen, und ihre Gesichtszüge lockerten sich.

Was ich ihr gerade gesagt hatte, schien ihr viel zu bedeuten. Jetzt musste sie uns noch die alles entscheidende Informationen liefern. „Können Sie mir einen letzten Gefallen tun und mir sagen, wessen Plan das war? Wir müssen wissen, wer Rhonda getötet hat, damit wir dafür sorgen können, dass Sie und alle anderen in diesem Zug in Sicherheit sind.“

„Er wird mir kein Haar krümmen, vorher bringe ich ihn um.“, sagte Sariah zwischen zusammengebissenen Zähnen, und ich glaubte ihr.

„Aber wer ist er? Wer ist er, Sariah?“, flehte ich sie geradezu an.

„Mein Bruder. Jamison.“

# 16

Alle Augen waren auf Sariah gerichtet, auch meine.

„So“, knurrte sie Melvin an, der seine Waffe immer noch im Anschlag hielt. „Ich habe Ihnen alles gesagt, was ich weiß, also wie wäre es, wenn Sie aufhören, mich mit der Waffe oder dem Messer oder was auch immer Sie da haben, zu bedrohen?“

Melvin kicherte, zog das Teil aus seiner Jacke und warf es neben Sariah aufs Bett, was uns alle zusammenzucken ließ. „Wie heißt es doch so schön? Der Stift ist mächtiger als das Schwert“, sagte er mit einem selbstgefälligen Grinsen und kam sich anscheinend besonders schlau vor.

Tatsächlich lag ein goldener Füllfederhalter auf der Bettdecke und glänzte im Licht der Deckenleuchte. Ein Füller!

Der verrückte Melvin hatte uns letzten Endes doch einen nützlichen Dienst erwiesen.

„Reingefallen!“, rief er, als würde er gleich in einen manischen Siegestanz ausbrechen.

Ein kollektives Stöhnen ging durch den Raum.

Sariah grinste über die falsche Waffe, hob sie auf und warf sie zurück zu Melvin. „War ja klar.“

„Wie haben Sie den Zug angehalten?“, fragte mein Dad und ignorierte Melvin dabei geflissentlich.

Unser Schreiberling zog sich zurück, als er merkte, dass wir nicht den Rest der Nacht damit verbringen würden, ihn für seine unglaubliche Heldentat zu beklatschen. Aber unsere Ermittlungen waren noch längst nicht abgeschlossen. Wir hatten den Mörder immer noch nicht gefasst.

„Für eine Maschinenbauingenieurin kein Problem“, antwortete Sariah mit einem lässigen Schulterzucken.

„Niemand hat es geschafft, die Maschinen wieder in Gang zu bringen, aber den Strom konnten sie wiederherstellen“, sagte Dan, der neben meinem Vater verharrt hatte.

Unsere Zeugin lächelte erschöpft. „Elektrotechnik ist nicht mein Spezialgebiet.“

Diese Frau hatte zweifellos einiges auf dem Kasten. Von einem Elternteil verlassen zu werden, war sicher schlimm, aber hatte sie jetzt tatsächlich ein so schlechtes Leben? War es wirklich so übel, dass man nachvollziehen konnte, warum Jamison Rache für die Sünden ihres Vaters nehmen wollte und Rhonda ermordete? Alles in mir sträubte sich dagegen.

Meine eigene Familie hatte auch eine komplizierte

Vergangenheit, wie Mom und ich erst vor Kurzem erfahren hatten, und so genau wussten wir ja auch noch nicht, wie sich das damals alles zugetragen hatte. Aber ich würde nie im Leben jemanden körperlich angreifen, um irgendwelche Antworten aus ihm herauszupressen oder gar um mich zu rächen.

Ich war nicht nur Privatdetektivin mit Leib und Seele, sondern Gott sei Dank auch Pazifistin!

„Haben Sie Jamison gesehen, seitdem der Zug zum Stehen kam?“, fragte ich, um unsere Ermittlung wieder aufzunehmen.

„Nein. Wie schon gesagt, er ist nicht an unserem Treffpunkt aufgetaucht. Der Idiot hat sich wahrscheinlich ohne mich aus dem Staub gemacht.“

„Er hat wahrscheinlich versucht, Ihnen das anzuhängen“, meinte Melvin. „Das würde ich an seiner Stelle auch tun, also wenn er eine Figur in meinem Roman wäre, meine ich.“

Als ihm immer noch niemand die ersehnte Aufmerksamkeit schenkte, räusperte er sich und verstummte.

„Wir haben außerhalb des Zuges ein wenig Blut gefunden“, sagte mein Vater, woraufhin ihn alle ansahen.

Sariah seufzte und ließ sich auf das Bett zurückfallen, was uns allen einen Schreck versetzte. „Tja, das war’s dann wohl. Von meinen beiden Geschwistern in einer Nacht verlassen und verraten. Super.“

„Sariah“, beschwichtigte meine Mutter sie. „Ich glaube

nicht, dass Rhonda Ihnen jemals wehtun wollte. Es ist nicht ihre Schuld, was mit Ihrer Familie passiert ist. Wahrscheinlich war es auch für sie schwer in ihrer Kindheit."

„Sie war immer einsam, die ganze Zeit", jammerte Grizabella leise von ihrem Platz neben dem Badezimmer aus. „Mein armes, armes Frauchen."

Da Sariah Grizabella nicht verstehen konnte, fiel sie ihr ins Wort. „Wie auch immer, ich bin mir sicher, dass die Bullen auf dem Weg sind, um mich zu verhaften, und Jamison kommt mit der ganzen Sache davon."

„Er wird nicht damit davonkommen", versprach ich ihr. „Wir wissen, dass er es war, und ich bin mir sicher, dass die Polizei das auch so sehen wird." Wir hatten den Mord aufgeklärt. Den Bösewicht zu fangen, konnte doch jetzt nicht mehr so schwierig sein, oder?

Sariah setzte sich auf und schüttelte verbittert den Kopf. „Ja, aber er ist auf und davon. Spurlos verschwunden."

„Nicht unbedingt", meldete sich Octocat zu Wort, während er den Raum durchquerte und sich neben mich stellte. „Du weißt ja, dass Katzen den Menschen in so ziemlich jeder Hinsicht überlegen sind, nicht wahr?"

Ich hätte ihm gerne etwas Passendes dazu gesagt, damit er später nicht behauptete, ich hätte ihm zugestimmt, aber es befanden sich gerade zu viele Leute im Raum, die mein Geheimnis nicht kannten. Also sah ich ihn stattdessen nur mit großen Augen, die nach einer Erklärung verlangten, an.

Zum Glück verstand er den Wink. „Ja, ja, du willst nicht

vor den anderen mit mir reden. Jedenfalls sind Katzen die Größten und Besten, und wir können den frei herumlaufenden Killer finden."

„Ja!", rief Grizabella überschwänglich. „Ja, wir können ihn erschnüffeln. Geniale Idee, mein Schatz."

Octocat wurde ganz still, drehte den Kopf zu ihr und starrte seine Angebetete mit leuchtenden Augen an. „Dein Schatz?"

Sie schmiegte sich an ihn und schnurrte. Ihre ganze Erscheinung wirkte nun sanfter. „Und mein Held."

Octocat schmolz wie ein riesiges Stück Butter. „Oh, Grizabella. Ich bin so glücklich, dass du mich auch liebst! Ich werde dir meine ganzen Leben widmen. Zumindest alle, die ich noch habe. Ich werde dich nie im Stich lassen. Ich …"

„Wirst du mir helfen, mein Frauchen zu rächen?", fragte Grizabella mit Nachdruck.

„O ja, Baby."

Das Liebesgeplänkel der beiden wäre unter anderen Umständen echt niedlich gewesen, aber wir hatten einen Straftäter dingfest zu machen.

„Sariah, ich habe eine Idee", sagte ich eifrig.

„Sicher, es war deine Idee", spottete Octocat, um dann sofort wieder mit seiner neuen Freundin zu schmusen und sie abzuschlecken.

„Was ich dir vorhin gesagt habe, dass ich auf Grizabella aufpasse, weil ich auch eine Katze habe, das ist wahr. Aber ich habe dir nicht gesagt, dass mein Kleiner hier eine voll ausgebildete Stuntkatze ist. Wir waren eigentlich, äh, auf dem Weg nach Georgia, um an einem neuen Film mitzuwirken, bevor das alles passiert ist. Wie auch immer, mein Octavius ist extrem gut trainiert, und ich denke, wenn wir ihm etwas von Jamison geben, könnte er damit seine Fährte aufnehmen und ihn aufspüren."

Sariah starrte Octocat an, als könne sie nicht glauben, dass er einer solchen Aufgabe gewachsen war. Schließlich meinte sie resigniert: „Keine schlechte Idee, aber Jamison ist wahrscheinlich schon über alle Berge. Was soll das bringen?"

„Wahrscheinlich. Aber weißt du eigentlich, wie schnell eine Katze rennen kann?"

„Ich kenne mich nicht aus mit ..."

„Bis zu 50 km/h", warf Melvin ein und winkte mit seinem Handy, um uns zu zeigen, dass er die Antwort in Rekordzeit gefunden hatte.

Sariah zog eine Augenbraue hoch und musterte meinen Kater erneut. „Okay, das ist ziemlich schnell, warum bist du dir so sicher, dass er seine Spur überhaupt findet? Und hast du keine Angst, ihn allein da rauszuschicken? Er scheint doch wirklich wertvoll zu sein, da er eine Filmkatze ist und so."

„Nun ja ..." Ich tat so, als würde ich zögern, da Sariah anscheinend noch einen Moment brauchte, um die Idee sacken zu lassen. „Sagen wir einfach, ich vertraue ihm, und ich weiß, dass er das schaffen kann."

„Ich habe ihn schon in Aktion gesehen", bekräftigte Mom,

die weiterhin auf dem Bett saß. „Und es stimmt absolut, dieser Kater ist wirklich unglaublich.“

„Danke, danke“, sagte Octocat und winkte seinen Fans mit der Pfote zu.

Grizabella gurrte und kuschelte sich enger an seine Seite.

Dad fragte Sariah, was wir alle wissen wollten: „Haben Sie nun etwas von Jamison oder nicht?“

# 17

Sariah zog den Kapuzenpulli aus, und darunter kam eine schick geschnittene Bluse zum Vorschein. „Das ist seins.“ Sie warf mir das Sweatshirt zu und schlang sogleich fröstelnd die Arme um den Oberkörper.

„Danke. Ich werde Octavius draußen auf die Fährte bringen. Ihr anderen bleibt bitte hier. Er kann das besser ohne Publikum.“

„Warum?“, fragte Grizabella und verschränkte ihren Schwanz mit dem von Octocat, was wohl die feline Form des Füßelns darstellte. „Ich liebe es, Publikum zu haben.“

Er hob den Kopf und schnupperte ohne erkennbaren Grund. „Sie sagt manchmal solche Sachen, damit die anderen Menschen nicht merken, dass sie mit uns reden kann.“

„Octavius!“, rief ich, ging zur Tür und machte ein schnalzendes Geräusch. „Komm, mein Katerchen!“

Er stöhnte, als er hinter mir her trabte. „Hör bloß auf mit dem Katerchen. Du weißt, dass ich das nicht leiden kann."

Grizabella folgte uns nach draußen in den dunklen Tunnel. Zum Glück spendeten die nun beleuchteten Waggons genug Licht, sodass ich den geringen Rest meines Handy-Akkus nicht dafür aufbrauchen musste.

Ich legte Jamison's Sweatshirt auf den Boden. „Kannst du damit etwas anfangen?", fragte ich meine Fellnase.

Er sog den Geruch des Stoffs tief in sich ein und nieste dann. „Puh, mein lieber Scholli. Das ganze Ding riecht nach dieser Frau. Definitiv zu viel Parfüm, Schätzchen."

„Eine Dame kann sich nie zu viel Mühe mit ihrer Aufmachung geben", säuselte Grizabella. Soso. Ein waschechter Instagram-D-Promi muss es ja wissen.

Ich biss mir auf die Lippe und sprach ein stilles Gebet um Geduld. Das Besondere an der Arbeit mit Katzen war, dass immer alles nach deren Zeitplan ablief.

„Kannst du ihn denn trotzdem herausriechen? Oder ist sie zu dominant?" Ich hatte keinen Schimmer, was wir tun sollten, wenn das nicht funktionierte, zumal Sariah offenbar glaubte, dass ihr Bruder der Polizei problemlos entkommen würde.

„Ja, ich glaube, jetzt habe ich ihn", Octocat gähnte und streckte seine Beine der Reihe nach, als würde er sich auf einen sportlichen Wettkampf vorbereiten, womit er eindeutig seiner Freundin imponieren wollte. „Auf geht's!"

Sie schien angesichts seines heldenhaften Auftritts beinahe in Ohnmacht zu fallen. Junge, Junge!

„Warte." Ich ging in die Hocke, um mehr auf Augenhöhe mit ihm zu sein. „Ich habe im Moment keine Möglichkeit, dich zu orten. Wir haben dein GPS-Gerät nicht dabei, und mein Telefon wird jede Minute den Geist aufgeben. Es ist gefährlich da draußen, und du bist auf dich allein gestellt. Versprichst du mir, vorsichtig zu sein?"

„Er wird nicht allein sein." Grizabella stand auf, und in ihre blauen Augen blitzten wild entschlossen auf. „Ich gehe mit."

„Liebes, das kann ich unmöglich von dir verlangen. Wie Angela schon sagte, es ist gefährlich. Ich habe mir bereits einen Zeh bei diesen Ermittlungen verletzt und könnte mir niemals verzeihen, wenn deinen hübschen Zehen etwas zustößt." Octocat wollte Grizabella einen zärtlichen Nasenstüber geben, aber sie wich zurück.

„Rhonda war mein Mensch. Ich bin ihr das schuldig." Die Himalayakatze holte tief Luft und sprintete in einem unfassbar rasanten Tempo davon. Noch nie hatte ich Octocat auch nur annähernd so schnell rennen sehen, außer wenn er hin und wieder die Zoomies bekam – aber das war ein Tabuthema für ihn.

„Was für eine Frau!", raunte er und warf mir noch einen beeindruckten Blick zu, bevor er ihr hinterherraste.

„Aber ich weiß nicht, wie ich euch finden soll!", rief ich in die bedrohliche Tunnelröhre, aber vergeblich. Die beiden Katzen waren bereits verschwunden.

Bitte, bitte, seid vorsichtig.

Ich drehte mich um und sah meinen Vater in der Zugtür stehen.

„Ich wollte dich mit den beiden nicht stören“, meinte er und trat zu mir auf das Gleisbett. „Ist alles in Ordnung?“

Ich schaute unruhig in den Tunnel und wäre den Vierbeinern am liebsten nachgerannt. „Ja. Ich mache mir nur Sorgen, dass er wieder in eine gefährliche Situation gerät.“

Er lachte auf. „Glaub mir, ich weiß, wie sich das anfühlt. Ihr beide, du und deine Mutter, werdet mich noch ins Grab bringen.“

Der Gedanke, dass mein Vater oder sonst jemand sterben würde, jagte mir einen Schauer über den Rücken. Ich hatte eigentlich für den Rest meines Lebens schon mehr als genug Tote gesehen. Einige wenige Berufsrisiken waren eben schwer zu akzeptieren.

„Aber für sein Kind tut man eben alles. Das ist doch selbstverständlich“, fuhr er mit sanfter Stimme fort. „Und bevor du etwas sagst, ja klar, ein Haustier ist kein Kind, aber trotzdem bist du doch eine Katzenmama und verantwortlich für dieses kleine Wesen.“

Octocat würde es hassen, mit einem Kind verglichen zu werden, aber manchmal fühlte es sich wirklich so an, als wäre er es. Und ich wusste genau, dass auch Mom und meine

Großmutter mich über alles liebten und alles geben würden, um mich zu beschützen.

Mir wurde plötzlich auch bewusst, dass Dad mit seinen Worten noch viel mehr gemeint hatte. „Grandma und meine echten Großeltern", sprach ich einfach aus, was mir durch den Kopf ging.

Er nickte. „Nur weil du und Grandma nicht blutsverwandt seid, heißt das nicht, dass sie nicht deine richtige Familie ist", sagte er, als hätte er meine Gedanken gelesen. „Sie hat so viel aufgegeben, um deine Mutter zu beschützen, auch wenn sie damals nicht wusste, warum."

„Wir wissen im Grunde immer noch nicht, warum." Ich wollte es unbedingt erfahren, nicht nur in meinem Interesse und dem meiner Mutter, aber vor allem, weil Grandma ein Recht darauf hatte, weil sie ihr ganzes Leben lang keine Ahnung hatte, weshalb ihr diese seltsame, beängstigende und wunderbare Sache passiert war.

Dad schmunzelte. „Deine Mutter und du werdet das schon noch herausfinden. Wenn ich eines im Leben gelernt habe, dann ist es, meinen Mädels zu vertrauen."

Ich schlang meine Arme fest um ihn. Obwohl unsere Beziehung nie sehr innig gewesen war, hatte er mir nie einen Grund gegeben, an seiner Liebe zu mir zu zweifeln.

„Das war echt ein Horrortrip bisher", sagte ich zu ihm, nachdem wir uns aus der Umarmung lösten. „Ich weiß nicht, ob ich jetzt noch die Energie für zwei Wochen Familientreffen habe."

„Dann fahren wir wieder nach Hause. Das heißt, sobald wir aus diesem verdammten Zug rauskommen." Er blickte sich um und lachte erneut leise in sich hinein, was auch meine Anspannung etwas löste. Bei meinem Dad fühlte ich mich einfach sicher. „Ich meine, wenn wir aus diesem Tunnel raus sind und offiziell aussteigen dürfen."

„Aber die in Georgia sind doch dann bestimmt total sauer, oder?" Obwohl die jüngsten Ereignisse irre an meinen Nerven gezerrt hatten, wollte ich diese Menschen weiterhin unbedingt kennenlernen und war gespannt auf unseren ungewöhnlichen Familienzuwachs. Sicherlich würden sie sich vor den Kopf gestoßen fühlen, wenn wir jetzt absagten? Konnte ich das wirklich aufs Spiel setzen?

Mein Vater schüttelte den Kopf und lächelte besänftigend. „Auf ein paar Wochen kommt es jetzt nicht mehr an. Bis vor Kurzem wussten wir doch noch nicht einmal, dass es sie gibt. Das kann warten – sie können warten –, bis du den Kopf wieder frei hast."

„Okay, gut. Denn ich würde jetzt wirklich lieber nach Hause fahren, zu Grandma", sagte ich und freute mich schon darauf, wieder mit meinem Lieblingsmenschen zusammen zu sein. Meine Großmutter hatte mich großgezogen. Sie war meine allerbeste Freundin, und mir fehlte etwas, wenn ich sie nicht in meiner Nähe wusste.

„Ich weiß, Schatz", sagte Dad, und wir umarmten uns erneut.

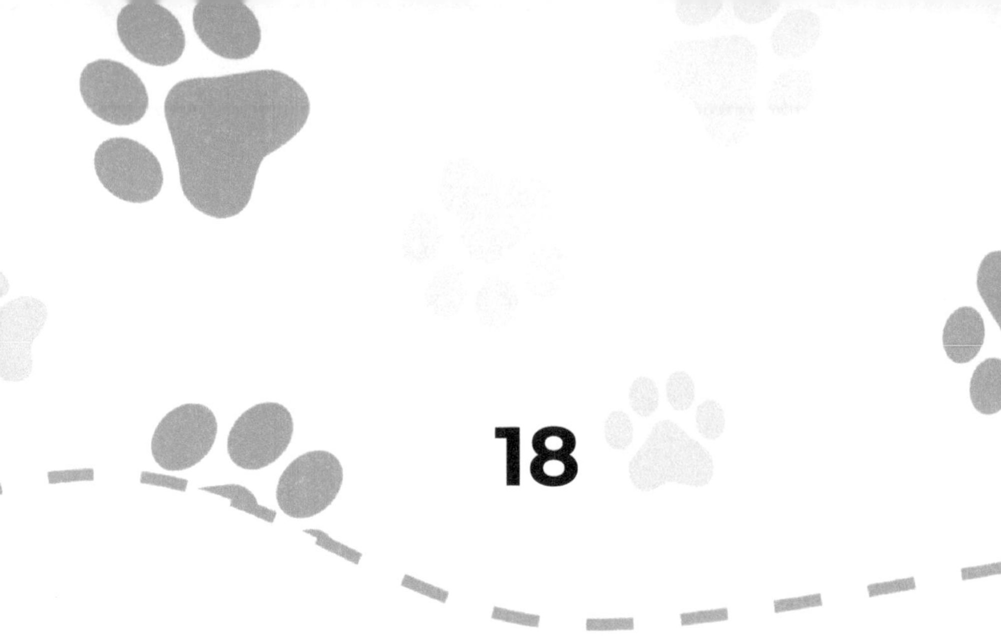

# 18

Eine gute halbe Stunde später traf die Polizei ein und fegte durch den Zug. Sie schickten uns aus Rhondas Zimmer, um den Tatort zu sichern. Während zwei Kommissare die Leiche untersuchten, brachte ein anderer Beamter Mom, Dad, mich, Sariah, Dan und Melvin in den Aussichtswagen, um uns im Auge zu behalten, und ein weiterer befragte uns draußen einzeln.

„Bevor wir einstiegen, hatte ich Rhonda noch nie getroffen, nein“, versicherte ich der Beamtin, die mich daraufhin argwöhnisch beäugte.

Sie schrieb etwas in ihr Notizbuch, allerdings fragte ich mich, ob sie in dem schwachen Licht des Tunnels genug sehen konnte.

„Warum haben Sie dann fast zwei Stunden mit ihr im Speisewagen verbracht?“, fragte sie.

Und ich antwortete mit einem Achselzucken. „Ich wollte nicht unhöflich sein."

„Angela! Angela!", hörte ich Octocat in der Ferne rufen.

„Haben Sie das gehört?", fragte mich die Polizistin und legte den Kopf zur Seite, um zu lauschen.

„Angela! Angela!", brüllte er erneut. Für die Beamtin klang das vermutlich wie ein furchtbares Heulen.

„Ja, ich glaube, das ist mein Kater", antwortete ich, gespannt und nervös zugleich, welche Neuigkeiten er mir überbringen würde.

„Seltsame Geräusche für eine Katze."

„Angela! Angela!" Er kam auf uns zu gerannt, und wenige Augenblicke später prallte das kleine Fellbündel gegen mein Bein und kreischte abermals „Angela! Angela!"

„Bleiben Sie zurück, das Tier könnte gefährlich sein!"

„Nein, nein, das ist mein Kater, sehen Sie?" Ich hob Octocat hoch und drückte ihn an meine Brust, um ihr zu zeigen, dass er harmlos war.

Er keuchte schwer, was er sonst nie tat. Der arme Kerl musste sehr weit gelaufen sein – oder er war sehr, sehr gestresst. Ich hoffte auf Ersteres.

„Können wir ihm etwas Wasser geben?", fragte ich die Dame von der Polizei, da sein Hecheln nicht besser wurde.

„Keine ... Zeit", keuchte er, schnappte nach Luft und presste dann hervor: „Griza ... bella. Wir ... müssen ... zu ihr!"

Die Beamtin musterte mich aufmerksam. „Ist alles in Ordnung mit ihm?"

Ich grübelte, was ich als Nächstes tun sollte und wie ich das so geschickt anstellen konnte, dass niemand Verdacht schöpfte.

Dan, Sariah und Melvin hatte ich zuvor die Geschichte mit der Tiertrainerin aufgetischt, damit sie mir glaubten, dass Octocat eine Fährte aufnehmen konnte. Und jetzt war es an der Zeit, abermals in die Trickkiste zu greifen und der Polizistin eine Story zu erzählen, die sie mir hoffentlich abkaufen würden.

Ich schluckte schwer und stellte mich ihrem fragenden Blick. „Ich weiß, das mag etwas unorthodox erscheinen, aber ich bin eine Art Hellseherin, also, ich habe eine Antenne für übernatürliche Kräfte, und ich nehme gerade wahr, dass der Geist des Opfers mir sagen will, wo sich der Mörder aufhält."

Sie stemmte eine Hand in die Hüfte. „Ihr Geist?"

„Ja." Tut mir leid, Rhonda, aber das ist der beste Weg, ihn zu schnappen. „Rhonda sagt, er sei schon ziemlich weit vom Zug entfernt. Wir brauchen ein Fahrzeug, um ihn einzuholen."

„Ja, das ist super!", jubelte Octocat, der nicht mehr ganz so stark japste. „Ich kann dich … zu ihr führen. Zu ihnen."

Die Detektivin tippte sich nachdenklich ans Kinn und zog eine Augenbraue hoch. „Sie brauchen also eine Polizeieskorte?", fragte sie langsam, und für mich war nicht erkennbar, ob sie sich über mich lustig machen oder sichergehen wollte, dass sie mich richtig verstanden hatte.

„Ich weiß, es klingt verrückt, aber …"

„Gehen wir", sagte die Polizistin zu meiner Überraschung. „Unsere Abteilung ist dafür bekannt, ab und an mit Leuten wie Ihnen zusammenzuarbeiten, und im Moment sind Sie die beste Spur, die wir haben. Der Wagen steht einen guten halben Kilometer in diese Richtung." Sie zeigte in die Tunnelröhre und drehte sich wieder zu mir um. „Aber versuchen Sie keine komischen Sachen, sonst werde ich Sie direkt verhaften."

Als ich zustimmend nickte, lief sie los in die Richtung, in die sie zuvor gezeigt hatte – die entgegengesetzte Richtung aus der Octocat eben gekommen war.

Ich folgte ihr mit dem Kater auf dem Arm, weil ich spürte, dass er sich noch etwas erholen musste. Und während ich immer müder wurde, kehrte seine Energie zurück.

„Wir haben den Bösewicht aufgespürt", informierte er mich. Derweil stolperte ich über den unebenen Schotterboden. „Und Grizabella war einfach großartig. Sie hat ihm ein paar ordentliche Kratzer verpasst. Er hat sie von sich geschleudert, und ich glaube, sie hat sich dabei leider verletzt. Aber sie hat nicht lockergelassen und sich an seine Fersen geheftet, um ihn zu verfolgen. Mich hat sie zurückgeschickt, um Hilfe zu holen."

Wenn das mal keine Heldentat war! Grizabella hatte eindrucksvoll bewiesen, was in ihr steckte.

Ich hoffte nur, dass die Verletzung, die sie beim Kampf mit Jamison erlitten hatte, nicht allzu schlimm war. Wie gerne hätte ich Octocat in dem Moment getröstet, was jedoch im Beisein der Beamtin nicht ging. Hoffentlich verstand er auch so, dass ich alles in meiner Macht Stehende für Grizabella und Rhonda tun würde.

Endlich erreichten wir das Ende des Tunnels, das den Blick auf den offenen Himmel freigab. Die Sonne war gerade aufgegangen und tauchte die Wolken in feurige Farben – wunderschön und irgendwie unheimlich zugleich. Das Polizeiauto stand nur ein kleines Stück weiter, und die Beamtin und ich stürzten darauf zu.

Ich kletterte auf den Rücksitz, nur für den Fall, dass sie mich immer noch verdächtigte. Wir hatten schon so viel Zeit verloren, und ich wollte keine Sekunde mehr verschwenden, bis ich Grizabella in Sicherheit wusste und Jamison festgenommen worden war.

„Sie können sich ruhig vorne hinsetzen", meinte die Polizistin und musterte mich im Rückspiegel. Dabei huschte ein Lächeln über ihr Gesicht. Vielleicht war ich also doch keine Verdächtige mehr.

„Ich kann hier drin nichts riechen", teilte mir Octocat aus dem Fußraum mit. Entweder hatte die Beamtin nicht bemerkt, dass ich ihn mitgebracht hatte, oder es machte ihr nichts aus.

„Alles gut", versicherte ich ihr und schnallte mich an, da uns sicher eine wilde Fahrt bevorstand. „Aber könnten Sie bitte die Fenster öffnen? Meine, äh, Kräfte funktionieren besser, wenn ich der Natur näher bin."

Sie nickte und ließ die beiden vorderen Fenster herunter.

„Ahh, so ist es besser. Sie sind in dieser Richtung." Octocat bewegte sich zur linken Seite des Wagens.

„Fahren sie nach links rüber", instruierte ich die Beamtin.

Der Motor heulte auf, und wir sausten los.

„Wie schnell soll ich fahren?", fragte sie, worauf ich keine Antwort wusste.

Octocat bewegte sich nach rechts in den Fußraum. „Hier entlang, aber nicht zu sehr in diese Richtung."

„Nach rechts, aber nicht scharf rechts", wies ich sie an, ignorierte ihre Frage und konzentrierte mich stattdessen nur auf das, was ich wusste.

Sie lenkte den Wagen in die von mir vorgegebene Richtung.

„Zu weit. Zu weit!", rief Octocat und bewegte sich zurück nach links.

„Ähm, nicht ganz so weit rechts", sagte ich. „Etwas mehr geradeaus."

Verdammt, es war echt schwer, eine Wegbeschreibung zu geben, wenn man sich jenseits aller Straßen befand und keine Ahnung hatte, wo man eigentlich hinwollte. Aber ich vertraute meinem Kater und wusste, dass er uns über kurz oder lang ans Ziel bringen würde.

„Perfekt!", rief er, nachdem unsere Fahrerin seine Kurskorrektur umgesetzt hatte. Er hüpfte auf die Sitzbank neben mir und kletterte auf meinen Schoß. „Und jetzt schnell zu meiner Grizabella."

# 19

Wir fuhren gut zwanzig Minuten, bis ich endlich eine Bewegung am Horizont entdeckte.

Octocat bemerkte sie genau zur gleichen Zeit wie ich. Er kreischte und grub seine Krallen in meine Oberschenkel. „Da ist sie! Meine schöne Grizabella! Wir haben sie gefunden!“

Tatsächlich war es die Himalayakatze, die da vor uns durch die Landschaft trabte oder vielmehr lahmte, denn ihr Gang wirkte längst nicht mehr so graziös wie zuvor. Auch ihr sonst makelloses Fell sah im weichen Morgenlicht struppig aus, aber ich war einfach nur unendlich froh, dass sie lebte, und bewunderte, mit welcher Entschlossenheit sie die Sache durchgezogen hatte.

Obwohl sie bei unserem ersten Treffen im Zug mehr als

nur ein bisschen verwöhnt schien, war sie eine gute Katze. Eine richtig gute Katze.

„Verdächtiger in Sicht." Wir ruckelten noch schneller über das Feld, bis wir ihm dicht auf den Fersen waren und anhielten.

„Sagen Sie Rhondas Geist, das war gute Arbeit", sagte sie mir, bevor sie zu Fuß die Verfolgung des Mannes aufnahm, der den Hügel hinunterhumpelte.

Octocat sprang ihr hinterher durch die offene Tür, sprintete jedoch dann den Weg zurück, um zu seiner Heldin zu gelangen. „Mein Liebling! Mein Liebling!", rief er.

Einerseits hätte ich gerne geholfen, aber ich blieb erst mal auf dem Rücksitz des Polizeiautos sitzen und schickte meinen Eltern eine kurze Nachricht: Haben Jamison gefunden. Polizei verhaftet ihn gerade. Alles gut.

Und damit war mein Akku endgültig leer und mein Telefon tot.

Weniger als fünf Minuten später kehrte die Beamtin zurück, einen Mann in Handschellen im Schlepptau. „Kommen Sie nach vorne", bellte sie mich an.

Kaum war ich ausgestiegen, schob sie Jamison hinein. Einen Moment lang trafen meine Augen die seinen, und ich war überrascht, dass nichts Kaltes oder Berechnendes darin lag. Stattdessen wirkten sie sanft und freundlich, ein bisschen sogar wie die meines Vaters. Ein paar Sommersprossen auf seinen Wangen und seiner Nase gaben ihm ein jungenhaftes

Aussehen. Seine Arme waren mit blutigen Kratzern übersät, und auch sein Hemd zeigte Risse, was zweifellos Grizabellas Werk gewesen sein musste.

Dieser Typ sah überhaupt nicht wie ein Mörder aus, und doch hatte ich keinen Zweifel daran, dass er die Tat begangen hatte.

„Wir treffen uns vor dem Tunnel“, murmelte die Polizistin in ihr Funkgerät, während sie den Motor anließ.

„Warten Sie!“, kreischte ich, und Panik stieg in mir auf. „Meine Katze!“

„Ich bringe die Zeugin zurück, und ihr übernehmt den Verdächtigen“, erklärte sie dem Kollegen am anderen Ende der Leitung weiter und ignorierte mich völlig.

Wir fuhren noch in gemächlichem Tempo, also öffnete ich die Tür, schnallte mich ab und machte mich zum Sprung bereit. Als sie sah, was ich vorhatte, trat sie hart auf die Bremse, wodurch ich aus dem Auto katapultiert wurde.

Ich stürzte auf den kalten Boden und landete so auf dem Rücken, dass mir die Luft wegblieb. Autsch.

Trotz der quälenden Schmerzen durfte ich keine Zeit verlieren. Ich musste mich vergewissern, dass es den Katzen gutging, also setzte ich mich rasch auf, was so wehtat, dass ich laut aufstöhnte.

„Oh, Angela“, hörte ich Octocat fröhlich kichern, als er und Grizabella sich kurz darauf näherten. Auch wenn die Kätzin sehr müde wirkte und weiterhin hinkte, gingen sie im

Gleichschritt nebeneinander her. „Ich mag ein Stunt-Kater sein, aber du bist definitiv kein Stunt-Mensch."

Ich konnte nicht eindeutig sagen, ob er mich nur aufziehen wollte oder die Notlüge, die ich den anderen heute Nacht aufgetischt hatte, tatsächlich glaubte. Vermutlich kaufte er mir jedes Wort ab, so wie ich ihn kannte.

„Du warst sehr mutig", wandte sich die Himalayan mit einem anerkennenden Nicken an mich.

„Aber nicht so mutig wie du, Liebling", gurrte Octocat mit dieser besonderen, verliebten Stimme, die er ausschließlich für seine neue Freundin reserviert hatte. „Du warst großartig, um nicht zu sagen wundervoll."

Sie kicherte, während ich mich mühsam hochrappelte. Autsch, autsch, autsch. „Kommt schon, Leute, ab in den Wagen."

Ich stieg an der Beifahrerseite ein und ließ die beiden Katzen mit hineinhüpfen.

Die Beamtin wirkte nicht erfreut darüber. „Das bleibt unter uns", sagte sie knurrig. „Ich werde mir ohnehin schon etwas anhören dürfen, weil ich mich von einer Hellseherin habe leiten lassen. Wenn die Jungs auf dem Revier dann auch noch erfahren, dass Sie sich während der Fahrt aus dem Auto gestürzt haben, habe ich echt ein Problem."

„Aber Sie sagten ..."

„Ich weiß, was ich gesagt habe. Aber Sie sind nicht die Einzige, die die Wahrheit manchmal ein bisschen verdreht, um mit etwas durchzukommen." Sie warf einen Blick auf Octocat, dann wieder auf mich und zwinkerte mir zu.

Was? Mir fiel beinahe die Kinnlade runter. Wie hatte sie das bloß ...?

Ach, egal. Ich hatte zwar keine Ahnung, wie sie es herausgefunden hatte, war mir jedoch sicher, dass mein Geheimnis bei ihr gut aufgehoben war.

Als wir den Tunnel – und damit den Zug – erreichten, stand die Sonne schon recht hoch am Himmel. Neuer Tag, neues Glück! Der Kollege der Polizistin wartete bereits mit meinen Eltern beim Tunneleingang.

Als sie mich aus dem Polizeiauto aussteigen sahen, rannten sie mir entgegen. Mom umarmte mich von links und Papa von rechts.

„Wie siehst du denn aus?" Meine Mutter versuchte, mir den Dreck von der Hose zu klopfen. Ich schaute an mir herunter und bemerkte da erst, dass ich mich bei meinem Sturz aus dem Auto total besudelt hatte.

Was soll's? Die Klamotten würde ich einfach waschen oder, falls nötig, ersetzen. Es erschien mir so was von unerheblich gegenüber dem, was wir in den vorausgegangenen Stunden gemeinsam erlebt hatten.

„Das ist eine lange Geschichte", erwiderte ich. „Wie spät ist es eigentlich?" Mit einem Mal spürte ich, wie die Müdigkeit in mir hochkroch. Ich hatte bei meinem Päuschen im Aussichtswagen nur eine Mütze voll Schlaf bekommen, bevor uns dieser neueste Mordfall den Rest der Nacht und die frühen Morgenstunden in Atem gehalten hatte.

„Warum schaust du nicht auf deinem Handy nach?“, fragte mein Vater schmunzelnd.

„Geht nicht, weil …“ Ich hielt inne und lachte sarkastisch, als ich merkte, dass es ein Joke war. Wahrscheinlich würden mich meine Eltern den Rest meines Lebens mit dem leeren Handy-Akku aufziehen.

„Es ist etwa halb acht“, sagte Mom und unterdrückte selbst ein Gähnen. „Dein Dad hat mir erzählt, dass du nach Hause fahren willst und nicht weiter nach Larkhaven.“

Auf einmal hatte ich ein superschlechtes Gewissen. Mom hatte sich so auf diese Reise gefreut, und jetzt hatte ich es vermasselt. Nein, das durfte ich nicht zulassen. Irgendwie würde ich es schon schaffen, den Kopf wieder freizukriegen und mich zusammenzureißen. „Ja, aber das müssen wir nicht, wenn …“

Mom schüttelte den Kopf und lächelte. „Ich denke, das ist eine gute Idee. Ich werde nachher in Larkhaven anrufen und unserer Familie Bescheid geben. Hoffentlich kriegen die Techniker das Ding bald wieder in Gang. Wir haben gehört, dass eine neue Zugmaschine auf dem Weg hierher ist, die uns zur nächsten Station zurückbringen soll.“

Ich erwiderte ihr Lächeln. „Das ist gut. Selbst wenn alles wieder läuft, wird sicher niemand mehr mit diesem Unheilszug weiterfahren wollen. Also ich zumindest nicht.“

Wir standen zusammen, sahen der Polizei bei der Arbeit

zu und versuchten, Energie für den langen, beschwerlichen Rückweg durch den Tunnel zu sammeln. Die Katzen saßen auf der nahe gelegenen Wiese, und Octocat kümmerte sich rührend um die Wunden seiner Freundin.

Auch wenn ihre Lovestory gerade erst begonnen hatte, sie hatte ihn bereits zu einem anderen Kater werden lassen. Es brach mir fast das Herz, weil wir Grizabella vielleicht nie wiedersehen würden und nicht einmal wussten, wo sie nun landen würde.

„Du machst dir Sorgen um sie, nicht wahr?“, fragte mein Vater und deutete mit dem Kinn auf die Himalayan.

„Sie hat Rhonda geliebt, und jetzt weiß sie überhaupt nicht, was mit ihr passieren wird.“ Mir kam ein Gedanke, der einen Hoffnungsschimmer aufflackern ließ. „Glaubst du, dass Sariah sie nehmen wird?“

„Ich glaube, Sariah wird wegen Beihilfe zum Mord ins Gefängnis kommen“, sagte Mom mit einem Seufzer. „Oder zumindest wegen gefährlichem Eingriff in den Bahnverkehr. So eine Schande.“

„Und was wird aus Grizabella?“, fragte ich und kämpfte mit den Tränen. Die Kleine hatte mit Rhonda buchstäblich alles verloren, und wie Octocat war sie an ein Leben mit allen Annehmlichkeiten gewöhnt. Würde sich eine neue Besitzerin für sie finden, die sich richtig um sie kümmerte?

„Ich weiß es nicht, Schatz“, sagte Mom und gab mir einen Schmatzer auf die Stirn. „Wir können nur das Beste hoffen.“

Sie hatte recht. Grizabellas Schicksal lag momentan nicht

in unseren Händen, aber ich würde auf jeden Fall täglich bei der Polizei nachhaken, wohin sie kommen würde.

Das war ich Octocat schuldig. Und Grizabella. Und der armen Rhonda. Dieser netten, kleinen Lady, die nur jemanden gebraucht hätte, der ihr für ein paar Stunden Gesellschaft leistet.

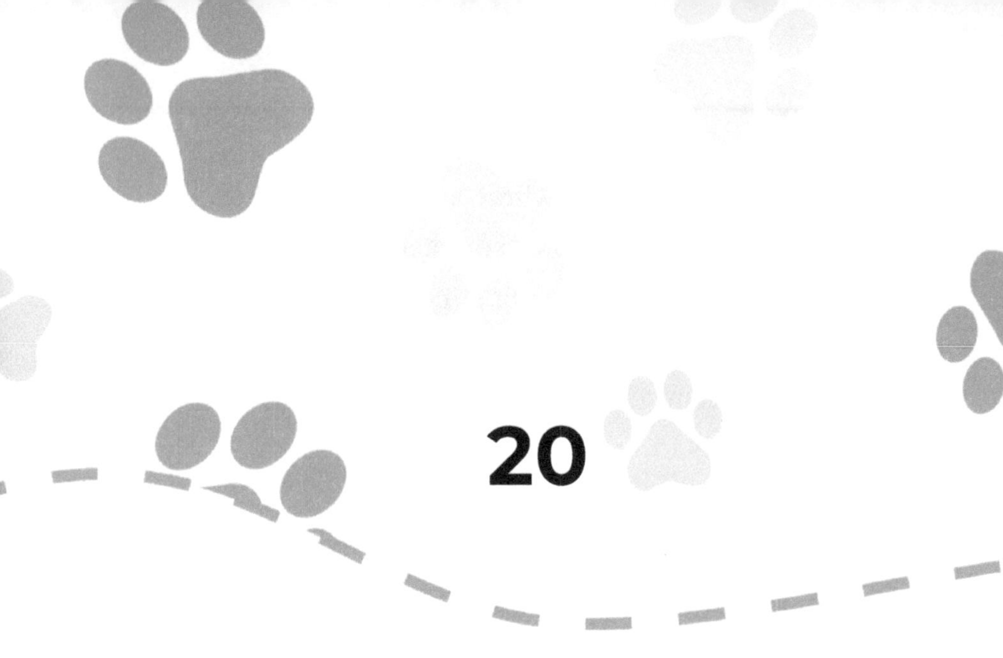

# 20

**Drei Wochen später**

Nach einem ruhigen Thanksgiving zu Hause kehrte bei uns wieder der ganz normale Wahnsinn ein. Die Vorweihnachtszeit versüßte uns Grandma durch einen selbst gebastelten Adventskalender sowie einer Reihe von klischeehaften Aktivitäten. Ein netter Ausflug, um unsere Tiere mit dem Weihnachtsmann fotografieren zu lassen, verwandelte sich urplötzlich in eine neue Mordermittlung, und die war ehrlich gesagt noch verrückter als unser Abenteuer im Zug.

Trotz dieser kleinen Verwicklungen hielt Großmutter Octocat, Paisley und mich praktisch jede Sekunde des Tages auf Trab, und darüber war ich unendlich froh. Sie war meine Grandma, mein Lieblingsmensch auf der ganzen weiten Welt, und welche Umstände auch immer uns einst zusammengebracht hatten, es erfüllte mich mit großer Dankbarkeit, sie in meinem Leben zu haben.

Ja, meine Familie hatte sich sprunghaft vergrößert, aber Grandma würde immer meine Nummer eins sein, und das würde sich niemals ändern.

„Schnell, beeil dich!“, hörte ich Octocat alarmiert rufen, der neben mir an der Tür zu meiner Bibliothek kratzte, um schnell hineinzukommen. „Wir haben nicht viel Zeit, bevor sie uns wieder zum Feiern zwingt.“

Ich musste lachen, wie er bei dem Wort „feiern“ erschauderte, als wäre es das schmutzigste Schimpfwort, das er sich vorstellen konnte.

Wir flüchteten hinein, ich fuhr meinen Laptop hoch und loggte mich bei Instagram ein. Octocat hatte um einen eigenen Account gebettelt, aber da ich unser besonderes Geheimnis unbedingt schützen wollte, hatte ich darauf bestanden, dass er stattdessen meinen benutzt.

„Mein Schatz!“, rief er, als ein brandneues Foto von Grizabella in unserem Feed auftauchte. Sie trug eine Weihnachtsmannmütze und hielt ihr flaches Katzengesicht finster in die Kamera. Was für eine Diva!

Octocat schnurrte und rieb seine Seite an meinem Computerbildschirm. Genau deswegen benutzten wir auch sein iPad nicht mehr für die Insta-Sessions. Er konnte einfach nicht anders, als mit ihrem Bild zu kuscheln und bekam jedes

Mal einen Anfall, wenn er dabei versehentlich aus der App flog.

Ich klickte auf das Herzchen unter dem Foto und lehnte mich in meinem Sitz zurück. Erfahrungsgemäß konnte es eine Weile dauern, bis er sich einen Kommentar überlegt hatte. „Also, was sollen wir ihr zu diesem Foto schreiben?“, fragte ich ungeduldig, nachdem er fünf Minuten lang nichts anderes getan hatte, als sich schnurrend am Bildschirm zu reiben.

„Sag ihr, dass sie wunderschön ist und dass ich sie liebe und vermisse und es nicht erwarten kann, bis das Schicksal uns wieder zusammenführt“, schwärmte er und hielt kurz inne, um sich das Foto erneut anzusehen, bevor er die virtuelle Kuschelei wieder aufnahm.

Ich stöhnte über das Melodrama, tat jedoch wie mir geheißen. Wie gut, dass ich mein Profil auf privat eingestellt hatte. Und es war auch gut zu wissen, dass Grizabellas neue Besitzerin ihr immer alle Kommentare vorlas. Sonst hätte ich bestimmt nicht zugestimmt, ständig die Liebesbotin zwischen den beiden zu spielen.

Auch wenn mir das mitunter peinlich war, freute ich mich über ihre glückliche Fernbeziehung. Hin und wieder machten sie im Videochat sogar zusammen ein Nickerchen, was ziemlich süß aussah.

Und die neue Besitzerin?

Sie war eine Freundin von Rhonda und auch ein Fan von

Katzenausstellungen. Christine. Und obwohl sich die beiden außerhalb dieser Wettbewerbe nicht sehr nahegestanden hatten, waren sie dennoch immer zusammen Essen gegangen, wenn sie sich in derselben Stadt aufhielten – und eine bessere Freundin hatte die arme, einsame Rhonda nie gehabt.

In Christine hatte sie jedoch eine tolle Verbündete gefunden. Sie liebte die Samtpfoten genauso sehr wie Rhonda, sodass Grizabella nun eine ganze Reihe neuer Schwestern hatte, ebenfalls preisgekrönte Himalayakatzen.

Leider bedeutete die Verletzung, die Grizabella beim Kampf mit Jamison davongetragen hatte, das Aus ihrer Showkarriere, aber insgeheim vermutete ich, dass sie froh darüber war, auch wenn sie das nie zugeben würde. Jetzt konnte sie den Rest ihrer Tage in Ruhe genießen, sich verwöhnen lassen und sich ganz ihren Aktivitäten als Mini-Influencerin auf Instagram hingeben.

Ihr neuestes Foto bedachte ich also mit folgenden Worten: Octavius sagt: „Sie ist wunderschön und er liebt sie und vermisst sie und kann es nicht erwarten, bis das Schicksal sie wieder zusammenführt."

Christine und alle anderen hielten mich mit meinen Kommentaren wahrscheinlich für eine übertrieben dramatische Katzennärrin, doch ich ließ sie gerne in ihrem Glauben. Schließlich liebte ich meinen Kater wirklich über alles.

Kaum hatte ich die Eingabetaste gedrückt, ertönte die Türklingel, für die wir kürzlich die Melodie von „Memories" aus dem Musical „Cats“ ausgewählt hatten. Ich hatte nicht gewusst, dass Grizabella nach einer Figur aus diesem Stück benannt war, aber Grandma hatte die Verbindung sofort erkannt und daraufhin dafür gesorgt, möglichst viele Lieder von Andrew Lloyd in die ständig dudelnde Weihnachtsmusik einzustreuen.

„Ich bin gleich wieder da“, versicherte ich meinem entrückten Kater.

Er würdigte mich nicht einmal eines Blickes, als ich ging, so sehr hatte ihn die Freude über den Post seiner Geliebten in Ekstase versetzt – obwohl sie jeden Tag mindestens ein neues Bild einstellte. Junge Liebe – bezaubernd, oder?

„Ich komme!“, rief ich, während ich die Treppe hinunterhüpfte. Die Buntglasfenster an den Seiten der Haustür warfen schillernde Lichtreflexe auf den Holzboden, verrieten aber nicht, wer einen draußen erwartete.

Als ich die Tür öffnete, stand dort eine mir unbekannte junge Frau mit einem Koffer, den sie neben sich abgestellt hatte.

„Cousinchen!“, rief sie und streckte die Arme aus und drückte mich im nächsten Moment an sich.

Unbeholfen erwiderte ich die Geste, und als wir uns voneinander lösten, erkannte ich, um wen es sich handeln musste.

Vor allem, weil sie mir wie aus dem Gesicht geschnitten war und wir uns auch von der Statur her ähnelten: beide groß mit weiblichen Kurven. Der markanteste Unterschied zwischen uns war ihr auffallend blondes, fast schon weißes Haar – meines dagegen war eher sandbraun. Außerdem trug ich ein raffiniertes, von den Achtzigern inspiriertes Outfit, während sie eine schlichte, bis zum Hals zugeknöpfte Strickjacke und einen wallenden, köchellangen Bauernrock anhatte. Ein Stück über ihrer Brust hing ein übergroßes und dennoch filigranes Goldmedaillon, das mich an Rhondas Halskette erinnerte, jenes verhängnisvolle Familienerbstück.

Sie musterte mich, biss sich auf die Lippe und bekam einen hochroten Kopf. Dann rief sie leicht panisch: „O nein. Du bist doch Angie, oder? O mein Gott, wenn du es nicht bist, ist mir das echt peinlich."

„Ich bin Angie", beruhigte ich sie mit einem freundlichen Lächeln. „Ich wusste nur nicht, dass wir Besuch bekommen."

„Meine Tante hat es deiner Großmutter gesagt und ... Lass mich raten, sie hat es dir überhaupt nicht erzählt?"

„Typisch meine Großmutter! Oder haben die beiden das vielleicht gemeinsam ausgeheckt?", sagte ich lachend. „Bitte, bitte komm rein."

Ich nahm ihren Koffer und stellte ihn an der Treppe ab, dann führte ich sie in die Küche, um uns etwas zu trinken und ein paar leckere Snacks zu besorgen. Süße Sachen machten einfach alles besser, vor allem Grandmas selbstgemachtes Gebäck.

Meine Cousine nahm die Flasche Evian, die ich ihr reichte, und öffnete sie sogleich. „Du musst einen ziemlichen Schock bekommen haben. Es tut mir leid, dass dir niemand gesagt hat, dass ich für den Rest des Jahres kommen werde.“

Ich hielt inne. „Für den Rest des Jahres?“

„Na ja, es sind doch nur noch ein paar Wochen, oder? Sechzehn Tage insgesamt, genauso lange wolltest du doch auch bei uns in Larkhaven bleiben. Ich konnte es nicht erwarten, dich endlich kennenzulernen, also schlug Tante Linda vor, dass ich stattdessen zu dir komme. Nur habe ich einen Flieger genommen, keinen Zug. Ich meine, wer fährt heutzutage schon mit dem Zug, wo es doch viele schnellere Reisemöglichkeiten gibt?“ Sie kicherte und machte ein lustiges Gesicht. Wenn sie mir nicht ohnehin schon total sympathisch gewesen wäre, hätte sie mich spätestens in diesem Moment überzeugt.

Ich lachte wieder und reichte meinem Gast einen der Schoko-Bananen-Muffins, die Grandma erst gestern gebacken hatte. „Ich wusste zwar nicht, dass du kommst, aber ich freue mich sehr, dass du hier bist. Es ist vielleicht ein bisschen peinlich, aber ... ähm, wie heißt du denn eigentlich?“

„O Gott! Entschuldigung! Ich bin Mags McAllister“, sagte sie, umarmte mich erneut und nuschelte dann, den Mund noch voller Muffin: „Deine lang vermisste Cousine aus Larkhaven, Georgia, und ich kann dir jetzt schon sagen, dass wir uns prima verstehen werden!“

Ein warmes Gefühl breitete sich in mir aus, und ich entspannte mich in ihrer Umarmung.

Da meine Mutter ein Einzelkind war, hatte ich nie

Geschwister oder Cousins und Cousinen gehabt – eine Tatsache, über die ich mich in meiner Jugend ständig beklagte. Aber jetzt, wo Mags hier war, spürte ich, dass ich diese neue Cousine fest ins Herz schließen würde.

Und auch wenn ich davon noch nichts ahnte, würden die nächsten Wochen zeigen, wie wichtig sie tatsächlich für mich war.

# BLUTIGE BESCHERUNG

**Ho-ho-ho! Weihnachten und ein Doppelmörder stehen vor der Tür …**

Nirgends werden die Weihnachtstage so gefeiert wie in Glendale, meiner kleinen Stadt in Blueberry Bay an der Ostküste von Maine. Zufällig sind wir absolute Meister darin, alles wunderschön festlich zu schmücken, insbesondere den riesigen Weihnachtsbaum im Stadtzentrum.

Ja, und außerdem veranstalten wir einen spektakulären Weihnachtmarkt, der von Jahr zu Jahr mit noch mehr Attraktionen aufwartet. Dieses Mal allerdings werden sich alle nur an eines dort erinnern: die beiden Leichen, die plötzlich in der Mitte des Eisskulpturengartens auftauchen.

Und da die ganze Stadt auf den Beinen ist, befinden sich unzählige Personen in unmittelbarer Nähe des Tatorts – das heißt, jeder ist erst einmal verdächtig. Auch ich selbst gerate ins Visier, denn mein Kater und ich haben die Mordopfer entdeckt. Wird es mir gelingen, den Fall mit Hilfe meiner verrückten Großmutter, meiner frisch gebackenen Cousine, meines übereifrigen Chihuahuas und meines sarkastischen Stubentigers zu lösen und Weihnachten zu retten?

Haltet euch fest, denn dieser Fall wird eine wilde Schlittenfahrt!

# 1

Hallo. Ich bin Angie Russo, und auch wenn es vielleicht nicht direkt den Anschein hat, bin ich wahrscheinlich einer der ungewöhnlichsten Menschen, die euch jemals begegnen werden.

*Warum?*

Tja also, wie viele andere Leute kennt ihr denn, die mit Tieren kommunizieren können? Und ich meine nicht bloß, dass ich einen besonderen Draht zu Katzen, Hunden, Vögeln et cetera habe. Nein, wir führen echte Gespräche und lösen sogar gemeinsam Verbrechen! Aber ich will noch nicht zu viel verraten.

Meine besondere Fähigkeit soll nämlich unbedingt ein Geheimnis bleiben, und deswegen bin ich ständig auf der Hut. Nicht weil ich in Gefahr oder so wäre, wenn es jemand erfährt, sondern einfach, weil ich nicht möchte, dass es in der Öffentlichkeit bekannt wird. Also, pst! In Ordnung?

Und nein, ich bin keine Hexe, kein Werwolf oder sonst ein fiktives, übernatürliches Wesen. Ich bin eine ganz normale junge Frau Ende zwanzig, die zufällig durch einen heftigen Stromschlag von einer alten Kaffeemaschine ausgeknockt wurde und danach auf einmal mit Tieren sprechen konnte.

Zuerst funktionierte das nur mit jenem besonderen Kater Octavius beziehungsweise Octocat, wie ich ihn nenne. Er war mit im Raum, als ich den Elektroschock verpasst bekam. Wir befanden uns zu diesem Zeitpunkt beide bei einer Testamentseröffnung, ich als Anwaltsgehilfin und er als der Hauptbegünstigte.

Als er merkte, dass ich ihn verstehen konnte, erzählte er mir, dass seine Besitzerin, Ethel Fulton, keines natürlichen Todes gestorben war, obwohl das alle dachten. Die reiche alte Dame war ermordet worden, und er brauchte meine Hilfe, um es zu beweisen und Gerechtigkeit für sie zu bekommen.

Das gelang uns schließlich auch, und seitdem sind wir unzertrennlich. Ich wollte Octocat unbedingt behalten, und zum Glück hatten Ethels Verwandten kein Interesse an ihm. Später ergab es sich außerdem, dass wir Ethels stattliche Villa übernehmen konnten, wo wir nun wohnen.

Wir teilen uns das Haus mit meiner exzentrischen Großmutter, die sich gerne von allen mit „Grandma“ anreden lässt. Vor ein paar Monaten haben wir außerdem einen Chihuahua namens Paisley aus dem Tierheim gerettet und adoptiert. Sie ist ein süßer kleiner Schatz und würde nie ein böses Wort über jemanden verlieren, ganz im Gegensatz zu Octocat, der sich gerne mit zynischen Kommentaren einmischt.

Obendrein lebt in unserem Garten ein frecher Waschbär namens Pringle. Früher hauste er unter der Veranda, aber dann hat er uns erpresst, bis wir ihm ein eigenes Baumhaus gebaut haben – zwei Baumhäuser nebeneinander, wenn man es genau nimmt. O Mann, das ist eine lange Geschichte …

Apropos lange Geschichten, davon könnte ich so einige erzählen, und zwar ziemlich aufregende. Seit Octocat und ich vor ein paar Monaten unsere gemeinsame Detektei offiziell eröffnet haben, ist viel passiert. Auch wenn wir noch keinen einzigen zahlenden Kunden hatten, konnten wir schon jede Menge Ermittlungserfahrung sammeln, denn zufällig stolpern wir von einem Fall zum nächsten. Unser Spürnasentalent haben wir also schon bewiesen, und darauf kommt es doch letztlich an, oder?

Oh, bevor ich das vergesse zu erwähnen: Ich bin wahnsinnig in meinen neuen Freund und ehemaligen Chef, Charles Longfellow, verknallt – auch wenn ich ihm das noch nicht so direkt gesagt habe. Octocat hingegen führt tatsächlich eine Fernbeziehung mit einer ehemaligen Showkatze namens Grizabella, die sich auch als Mini-Influencerin auf Instagram einen Namen gemacht hat. Und er wird nicht müde, ihr und der Welt mitzuteilen, wie sehr er sie liebt. Inzwischen zieht er mich sogar schon damit auf, wie langsam

Charles und ich es im Vergleich zu ihm angehen lassen, was echt nervt.

Im Übrigen haben wir kürzlich herausgefunden, dass Grandma eigentlich weder mit mir noch mit meiner Mutter biologisch verwandt ist. Wir arbeiten noch daran, die Geschichte vollständig aufzuklären. Für sie war es all die Jahre auch ein Rätsel, wie das Schicksal uns zusammengebracht hat.

Das Ganze hat jedoch auch einen erfreulichen Nebeneffekt: Dadurch haben wir herausgefunden, dass wir Familie am anderen Ende des Landes, in Larkhaven in Georgia, haben. Ich wollte sie eigentlich letzten Monat besuchen, aber ein Mord auf der Reise dorthin hat unsere Pläne ein wenig durchkreuzt. Stattdessen stand kürzlich überraschend meine Cousine „Mags" vor der Tür, um für ein paar Wochen, bis zum Jahresende, bei uns zu bleiben.

Mags ist der Hammer, und wir haben sie alle schon voll ins Herz geschlossen, wobei ich sie lieber „Maggie", nenne – Maggie und Angie, das passt doch perfekt. Sie und ich haben so viel gemeinsam und sehen uns so ähnlich, dass ich mich manchmal frage, ob wir nicht eigentlich Zwillinge sind und nicht nur Cousinen.

Sie ist ein paar Jahre älter als ich, und es gibt nichts an ihr, was irgendwie schräg wäre, soweit ich das beurteilen kann. Ihre Familie besitzt ein Kerzengeschäft im historischen Viertel ihrer Stadt, und sie hat versprochen, Grandma und mir beizubringen, wie wir unsere eigenen Kerzen herstellen können, bevor sie wieder nach Hause fährt. Allerdings sind wir bisher noch nicht dazu gekommen, da unser Zeitplan immer ziemlich vollgepackt war.

Zum einen hat Grandma uns mit ihrem Erlebnis-Adventskalender auf Trab gehalten, den sie in einem ihrer Kunstkurse gebastelt hat, und zum anderen ist heute Heiligabend, und wir wollen zum „Christmas Festival“ in die Stadt fahren.

Das Festival ist mehr als nur ein großer Weihnachtsmarkt. Es findet dieses Jahr zum zwölften Mal statt und hat in unserer kleinen Stadt Glendale längst Tradition. Die Einwohner aus ganz Blueberry Bay pilgern dorthin, um den gigantischen Weihnachtsbaum im Zentrum und die kunstvollen Eisskulpturen zu bewundern, für die es auch einen Wettbewerb gibt, und um an den vielen kleinen Ständen und in den Geschäften noch ein paar nette Geschenke zu kaufen.

Es gibt dort die tollsten Sachen, von Buden mit heißem Kakao und zahlreichen anderen Leckereien über Zelte, wo gemeinsam Weihnachtslieder aus aller Welt gesungen werden, bis hin zu Signierstunden mit lokalen Autoren.

Diese bunte Mischung ist alle Jahre wieder völlig anders, und das macht das Festival auch so spannend. Ich kann es kaum erwarten, Maggie meine Heimatstadt von ihrer besten Seite zu zeigen, und hoffe, sie wird sie genauso lieben wie ich. Und jetzt geht es los!

* * *

Mit einem Schmatzen betrachtete ich den frisch aufgetragenen Lippenstift in Cranberry-rot – perfekt für die Feiertage. Normalerweise trage ich nur sehr wenig Make-up, da meine Kleidung in der Regel schon für genug Farbe sorgt. Doch in den letzten Wochen hatte Großmutter darauf bestanden, dass ich mir etwas mehr Mühe mit meinem Aussehen gebe. Sie behauptete, in der Vorweihnachtszeit müsse man sich besonders schick machen, aber ich vermutete, dass sie insgeheim hoffte, meine Bemühungen um etwas mehr Glamour würden vielleicht auf meine Cousine abfärben.

Nicht dass sie sich nicht ordentlich kleiden würde, aber sie bevorzugte eine schnörkellose, schlichte Garderobe. Ich wusste, dass sie manchmal eine altmodische Tracht mit weitem Rock und Haube trug, wenn sie im Kerzengeschäft ihrer Familie im historischen Viertel ihrer Stadt arbeitete. Wahrscheinlich hatte sie deshalb keine Lust, sich in ihrer Freizeit noch mehr zu „verkleiden" und lief am liebsten in legeren Klamotten herum, was ich nur verständlich fand.

Maggies charakteristisches Klopfen ertönte an meiner Schlafzimmertür: dreimal kurz, einmal lang, zweimal kurz.

„Herein!", rief ich, wandte mich vom Spiegel ab und ging zur Tür.

Sie trug eine weiße Bluse mit Knopfleiste und einen weißen Rock, dazu weiße, flache Schuhe. Das hellblonde Haar reichte ihr fast bis zur Taille, und so gänzlich ohne Schminke sah sie aus wie ein blasser Engel – oder wie ein Gespenst.

„Kann ich mir heute ein Outfit von dir leihen?“, fragte sie mit einem Stirnrunzeln. „Ich befürchte, Grandma wird von meiner Farbwahl nicht so begeistert sein.“

Ich lachte. „Mach dir doch darüber keinen Kopf. Von meinem Look ist Grandma auch oft nicht wirklich angetan. Aber sie liebt uns beide trotzdem.“

„Sie meinte, ich könnte mir auch gerne etwas von ihr ausleihen, Angie.“ Maggie senkte die Stimme und kam noch einen Schritt näher. „Aber in ihrem Schrank ist fast alles schreiend pink!“, flüsterte sie.

Wir brachen in Gekicher aus.

„Mal im Ernst, kannst mir mit einem weihnachtlichen Kleid oder so aushelfen?“, flehte sie mich mit gefalteten Händen an.

Ich öffnete meinen Schrank und freute mich darüber, dass meine frisch gebackene Cousine und ich uns schon so vertraut waren. Unfassbar, dass wir uns erst seit einer guten Woche kannten! Ich würde sie so sehr vermissen, wenn sie wieder zu Hause in Georgia war.

„Wie wäre es damit?“, fragte ich und warf ihr ein mit Weihnachtsmännern bedrucktes Partykleid zu. Ich hatte es zuletzt getragen, als wir mit unseren Haustieren in der Tierhandlung in Dewdrop Springs waren, um uns bei einem kleinen Fotoshooting zusammen mit dem Weihnachtsmann ablichten zu lassen. Es war eines meiner Lieblingskleider, aber es befanden sich noch tonnenweise festliche Sachen in meinem Schrank, die ich dieses Jahr noch nicht einmal hervorgeholt hatte.

Das war das Tolle, wenn man sich den Großteil seiner Garderobe im Secondhand-Laden besorgte: Alles war so günstig und der Verkaufspreis kam auch noch einem wohltätigen Zweck zugute, sodass ich kein Problem damit hatte, meiner Klamottensucht nachzugeben.

Am heutigen Tag trug ich selbst eine Jeans und dazu den kitschigsten Weihnachtspulli, den ich besaß. An seinem Kragen war ein Gebilde aus riesigen Bommeln befestigt, verbunden durch einen mit Satinband umwickelten Ring, an dem kleine Glöckchen hingen, sodass es beinahe wie ein dreidimensionaler Adventskranz wirkte.

Er war grottenhässlich, aber ich fand ihn trotzdem voll cool.

„Das ist perfekt", sagte Maggie, nachdem sie das Kleid kurz begutachtet hatte.

„Passt gut zu Zöpfen", erwiderte ich.

Sie wurde purpurrot. „Ich denke, das wäre ein bisschen zu viel des Guten für heute."

In dem Augenblick trabte Octocat herein, dicht gefolgt von Paisley.

„Mami, du siehst toll aus!", rief das Chihuahua-Mädchen.

„Eines Tages wird dieser Pullover mir gehören", raunte mein Kater mir zu. „Du kannst mir nicht erzählen, dass er nicht als Katzenspielzeug gedacht ist. Sieh dir doch mal diese drolligen Pompons an!"

Da hatte er natürlich nicht unrecht.

„Mami, darf ich auch mitkommen?“, fragte Paisley und wedelte dabei so schnell mit ihrem schwarzen Schwänzchen, dass man dieses kaum noch mit bloßem Auge erkennen konnte.

„Sie kann vor Mags nicht mit uns reden, Dummerchen“, brummte Octocat spöttisch.

Meine Cousine lächelte mich an und fragte sich wahrscheinlich, warum ich plötzlich aufgehört hatte, mit ihr zu sprechen, als die Tiere hereinkamen. In Momenten wie diesen fand ich es unglaublich schwer, mein Geheimnis vor ihr zu bewahren, vor allem, weil sie zur Familie gehörte. Doch je weniger Leute davon wussten, desto besser. Und ich war mir nicht sicher, ob sie mir überhaupt glauben würde. Womöglich würde sie mich für verrückt erklären, überstürzt abreisen und es zu Hause in Georgia allen erzählen. Was würden die dann bloß denken? Ich wollte unbedingt vermeiden, dass sie einen schlechten Eindruck von mir bekamen, bevor wir überhaupt die Chance hatten, uns kennenzulernen.

Und meine Cousine würde nur noch eine Woche da sein. So lange sollte ich mein Geheimnis doch noch für mich behalten können. Oder etwa nicht?

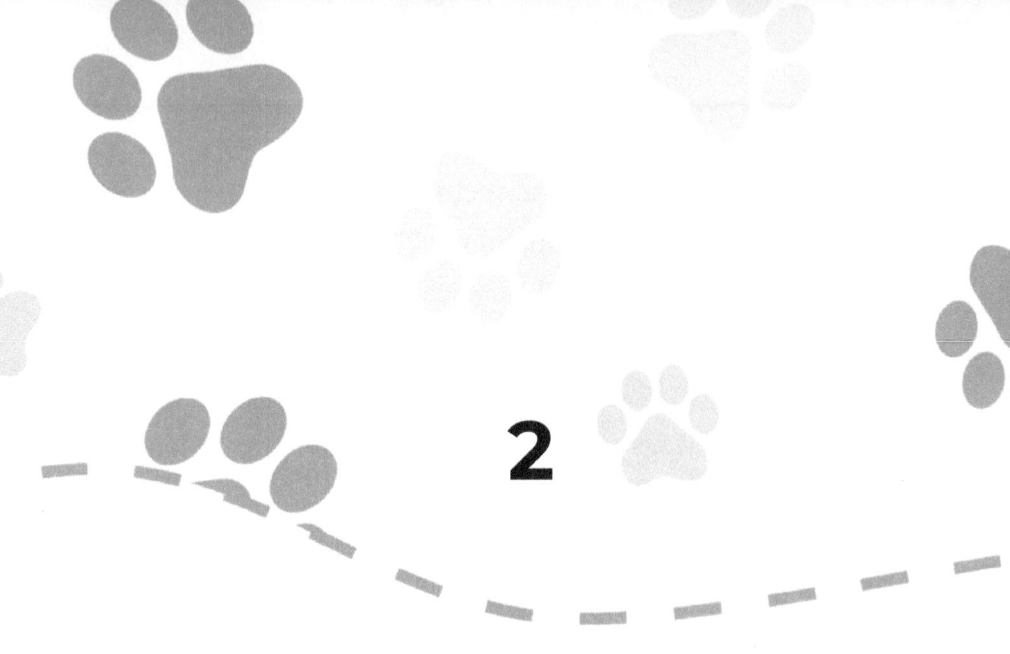

# 2

Maggie sah in meinem Kleid mit den aufgedruckten Weihnachtsmännern absolut hinreißend aus. Sie ergänzte den Look mit einer weißen Baskenmütze und bat mich, ihr beim Auftragen des neuen Cranberry-Lippenstifts und etwas Rouge zu helfen.

„Zeit für ein paar Selfies!“, rief sie, schwenkte ihr Handy und begann, Fotos von uns aus verschiedenen Blickwinkeln aufzunehmen.

„Wow, wir sehen uns wirklich ähnlich“, stellte ich erstaunt fest, als sie mir danach die Bilder zeigte. Wir hatten beide die gleichen braunen Augen, die gleiche freche Nase und das gleiche herzförmige Gesicht, bloß ihre Hautfarbe wirkte heller und ihre Haltung wie die eines Supermodels. Ich dagegen hatte es irgendwie geschafft, mich auf den Fotos mit einem Dreifachkinn zu präsentieren und dem Betrachter tiefe Einblicke in meine Nasenlöcher zu gewähren.

Genau das war der Grund, warum ich mich nicht ständig in den sozialen Medien tummelte wie viele andere in meiner Altersgruppe. Ich bin viel lieber hinter als vor der Kamera, aber am liebsten ist es mir, wenn gar keine Kameras im Spiel sind. Was zum Teil auch daran liegen könnte, dass meine Eltern beide als Nachrichtensprecher für einen lokalen TV-Sender arbeiten.

„Du bist viel fotogener als ich", murmelte ich, als Maggie unser Selfie an einige aus ihrer Familie in Georgia schickte. Ich hatte bisher noch keinen von ihnen persönlich getroffen und war nicht gerade begeistert, dass dieses schreckliche Bild nun einer ihrer ersten Eindrücke von mir werden sollte.

„Ich habe einfach viel Übung mit so was", antwortete sie mit einem verschämten Lächeln. Im Gegensatz zu mir schien sie sich bei der Interaktion mit anderen im Internet viel wohler zu fühlen als im echten Leben. „Durch meine Videos über das Kerzenziehen bin ich oft online zu sehen, und deswegen habe ich gelernt, wie ich mich am besten in Szene setze."

„Mädels!", rief Grandma vom Fuß der Treppe, die zu meinem Turmzimmer führte. „Seid ihr bereit, die Stadt unsicher zu machen?" Wir hörten, wie sie kicherte und flotten Schrittes über die große Treppe nach unten entschwand.

Maggie warf mir einen fragenden Blick zu, während sie

ihr Handy in ihre kleine Handtasche steckte und am Saum des Kleids zupfte.

Mit einem breiten Lächeln rief ich meiner Großmutter hinterher: „Wir kommen!“

Dann stürmten wir, gefolgt von den beiden Tieren, die zwei Stockwerke hinunter ins Foyer, wo sie bereits in einem exquisiten hellrosa Winter-Outfit auf uns wartete.

Sie zog ein kleines, braunes Hundemäntelchen hervor und kniete sich auf den Boden. „Paisley, komm her, meine Süße!“

Der Chihuahua raste sofort zu ihr und wackelte vor Freude mit seinem ganzen Hinterteil. „Ja, Grandma. Ich komme, Grandma. Du bist die Beste, Grandma.“

An Großmutter hing die kleine treue Seele am meisten, obwohl sie mich als ihre „Mami“ bezeichnete. Ich hatte sie einmal gefragt, warum sie mich so nannte, und sie meinte, sie sehne sich nach einer Mutter, weil sie ihre schon so früh verloren habe. Und da Großmutter darauf bestand, von allen „Grandma“ genannt zu werden und Paisley sich mit ihr auch nicht so verständigen konnte wie mit mir, hatte das Hundemädchen mich zu ihrer Mami erkoren.

Sie stand nahezu still, während Grandma ihr das Mäntelchen anzog, das sich bei näherer Betrachtung als ein Rentierkostüm herausstellte. Von der Kapuze ragte ein großes Geweih auf, das Paisley etwas aus dem Gleichgewicht brachte, als sie loshüpfte und durchs Haus tänzelte.

„Mags, du siehst toll aus!“, sagte Grandma, als sie sich wieder aufrichtete. „Und du passt super zu Paisley in diesem

Weihnachtsmannkleid. Das trifft sich gut, denn ich wollte dich bitten, unterwegs ein wenig auf sie aufzupassen."

„Oh, kommst du nicht mit?"

Grandma, die einen pinken Mantel anhatte, der am Kragen und an den Ärmeln mit schwarzem Kunstpelz besetzt war, zuckte nonchalant mit den Schultern. „Natürlich komme ich mit. Aber ich brauche beide Arme, um alle meine Freunde zu umarmen, die nur über die Weihnachtstage in ihre alte Heimat kommen. Paisley wird sich mit dir viel besser amüsieren."

Ich trat vor und holte Octocats neongrüne Leine und sein Geschirr aus der hintersten Ecke des Garderobenschranks. Er hasste es, das Ding tragen zu müssen. Bei unseren gemeinsamen Abenteuern folgte er mir in der Regel freiwillig und hatte sich daran gewöhnt, nicht angeleint zu sein. Zu seinem Pech würde uns Mags heute den ganzen Tag begleiten, sodass ich nicht mit ihm würde sprechen können, um ihn in Schach zu halten.

Und die Sicherheit geht für mich letztlich immer vor, weshalb das Geschirr heute nicht verhandelbar war. Natürlich versuchte mein Stubentiger es trotzdem.

„Das werde ich auf keinen Fall tragen", maulte er mit wütendem Blick. „Das letzte Mal, als du es mir angezogen hast, wurde der Weihnachtsmann ermordet. Und davor habe ich es nur über mich ergehen lassen, weil du mir dafür einen Gefallen versprochen hattest, und das ist schon eine halbe Ewigkeit her. Also bist du mir noch etwas schuldig, wenn du mich heute in dieses Folterinstrument stecken willst."

Ich biss mir auf die Zunge, um nicht auszusprechen, was mir durch den Kopf ging. Der Gefallen, den er sich damals von mir erschlichen hatte, war kein geringerer als der Kauf dieses überdimensionierten Hauses gewesen, da ihm meine vorherige kleine Wohnung nicht gefiel. Und selbst wenn ich unser luxuriöses Anwesen inzwischen sehr mochte, so stand der Preis, den ich dafür hatte zahlen müssen, doch in keinem Verhältnis zu seinem damaligen Einsatz.

Ich griff mit beiden Händen nach dem Kater, und er wehrte sich fauchend.

„Nein, Angela. Nein!"

„Ich glaube nicht, dass er das anziehen will", meinte Mags daraufhin mit einem nervösen Lachen. „Warum nehmen wir ihn überhaupt mit? So eine Veranstaltung im Freien ist doch nichts für eine Katze, oder?"

„Glaub mir, wenn ich ihn hierlasse, wird er sich übel dafür rächen", entgegnete ich und ergänzte rasch: „Er wird tagelang herumjaulen, um mir eins auszuwischen, und zwar vor allem nachts, denn er weiß genau, wie er mich auf die Palme bringen kann."

„Schlaues Kerlchen."

„Wenn du wüsstest", erwiderte ich seufzend. Man sollte meinen, ich müsste längst ein Profi darin sein, mein kleines Geheimnis zu verbergen, aber oft genug bewegte ich mich immer noch auf sehr dünnem Eis.

„Wenn das so ist." Und ehe er und ich uns versahen, schnappte sich meine Cousine Octocat. „Lass mich dir helfen."

Er zappelte und wandte sich in ihren Armen, aber meine Cousine hielt ihn eisern fest, während ich das Geschirr an seinem kleinen, getigerten Körper befestigte. „Das wirst du bereuen, Angela, meine Rache wird furchtbar sein."

Ich setzte ihn auf den Boden und unterdrückte ein Lachen, als er am ganzen Körper zuckend herumtapste und dann verzweifelt dort sein Fell zu lecken begann, wo die neongrünen Riemen saßen.

„Sind wir alle bereit zum Aufbruch?", rief Grandma fröhlich und völlig unbeeindruckt von dem wütenden Kater zu ihren Füßen.

Während Octocat mich und mein Verhalten grundsätzlich gerne kritisierte, ging er mit ihr meist deutlich nachsichtiger um. Doch nun hatte ich den Eindruck, dass es nicht mehr lange dauern würde, bis sie einen ordentlichen Rüffel von ihm abbekäme – hoffentlich erst nach den Feiertagen.

Eine Minute darauf saßen wir alle in meinem Auto, und wenig später standen wir am Haupteingang des Festivals in der Innenstadt von Glendale.

„Wow!", rief Maggie aus, als das Herzstück des Festivals – der riesige Weihnachtsbaum – endlich in Sichtweite kam. „Es ist, als wären wir in einer Schneekugel."

Wir hatten bestenfalls einen halben Meter Schnee, aber in Georgia gab es nie weiße Weihnachten. Deshalb sparte ich mir die Bemerkung, dass wir in diesem Jahr eigentlich weniger Schnee hatten als sonst, und ließ sie den Moment genießen.

„Willkommen! Willkommen zum Christmas Festival!“, begrüßte uns Mr. Gable, der Besitzer des einzigen Juweliergeschäfts im Ort und Leiter des Festivalkomitees. In der rechten Hand hielt er eine Kamera, und unter seinem linken Arm lugte ein echtes Kaninchen hervor. Er trug ein Weihnachtsmannkostüm, jedoch ohne den klassischen, pelzbesetzten Mantel, sondern nur ein dickes Wollshirt mit schwarzen Hosenträgern darüber. „Setzt euch auf den Schlitten und lasst euch vom Weihnachtsmann und dem Osterhasen fotografieren.“

„Wieso vom Osterhasen?“, fragte Mags irritiert, als sie und ich auf den Rücksitz des Schlittens kletterten. Derweil nahm Grandma mit den beiden Tieren vorne Platz.

„Seine Kaninchendame ist quasi ein Osterhäschen“, erklärte ich ihr. Ich hatte die kleine Fellnase Anfang des Monats zum ersten Mal getroffen, als wir in der Zoohandlung Fotos mit dem Weihnachtsmann machen wollten und stattdessen einen Mordfall aufklären mussten. „Sie heißt in Wirklichkeit ‚Nini‘ und war wohl eigentlich ein Ostergeschenk für seine Enkelkinder, die sie aber nicht gut versorgt haben. Daraufhin hat er das Tierchen zu sich genommen, um ihm ein besseres Leben zu ermöglichen, und seitdem sind die beiden unzertrennlich.“

Mr. Gable setzte Nini in die Krippe neben ihm, die mit viel

Heu, Futter und Wasser ausgestattet war, und trat dann vor, um unser Foto zu machen.

„Habt ihr das gesehen?“, meckerte Octocat, gerade als Mr. Gable uns alle anwies, „Cheese“, zu sagen. „Dieses lächerliche Karnickel hat genau das gleiche Geschirr an wie ich. Ich bin in meinem ganzen Leben noch nie so gedemütigt worden. Oh, das wirst du mir büßen, Angela.“

Tatsächlich trug auch Nini ein neongrünes Geschirr, allerdings schien es sie nicht annähernd so sehr zu stören wie Octocat, denn sie schlummerte bereits kurz darauf friedlich in der Krippe des Jesuskindes.

# 3

Nachdem uns Mr. Gable auf dem Schlitten fotografiert hatte, machten wir uns auf den Weg zur Kakao-Bude. Hier gab es exotische Spezialmischungen, mit mehr Zutaten, als man sich für eine Tasse heiße Schokolade je hätte vorstellen können.

Da die Veranstaltung gerade erst begonnen hatte, waren noch nicht viele Leute unterwegs, sodass wir nicht anstehen mussten. Maggie und ich marschierten schnurstracks zur Theke und bestellten den „Einhorn-Kakao“ aus weißer Schokolade mit Himbeersirup und Marshmallow-Creme sowie rosa Streuseln und einer kleinen, gold-weißen Zuckerstange obendrauf. Staunend sahen wir zu, wie der Barista unsere Getränke zubereitete.

Grandma nutzte die Gelegenheit, um sich kurzerhand zu verabschieden und am Arm eines attraktiven Herrn mit silbergrauem Haar zu verschwinden, den ich, soweit ich mich erinnerte, noch nie zuvor gesehen hatte. Meine Großmutter kennt so ziemlich jeden in dieser Stadt und aus dem näheren Umkreis, aber seit dem Tod meines Großvaters vor mehr als einem Jahrzehnt war sie mit niemandem mehr ausgegangen. Ihrem koketten Lachen und ihren funkelnden Augen nach zu urteilen, würde ich auf jeden Fall mehr über ihren geheimnisvollen neuen Freund erfahren müssen.

Doch für den Moment wollte ich mich einfach nur darauf konzentrieren, einen schönen Tag mit meiner Cousine und unseren beiden tierischen Begleitern zu verbringen. Glendale hatte sich fein herausgeputzt und bewies eindrucksvoll, dass Weihnachten nirgends so bunt gefeiert wurde wie hier.

„Da seid ihr ja!“ Meine Mutter kam herbeigeeilt und umarmte Mags und mich überschwänglich. „Frohe Weihnachten! Was für ein tolles Fest hier!“

„Frohe Weihnachten, Mom“, erwiderte ich, nahm meinen gerade fertiggestellten Einhorn-Kakao von der Theke und steckte etwas in die Trinkgeldkasse des Baristas. Es war gerade erst kurz vor zehn und fühlte sich von daher ein bisschen seltsam an, jemandem schon so früh am Morgen „Frohe Weihnachten“ zu wünschen.

Das Spektakel dauerte von zehn Uhr morgens bis zehn Uhr abends, sodass die Besucher genug Zeit hatten, sich alles anzuschauen und das festliche Event zu genießen. Die meisten bevorzugten die Abendstunden, weil es mit den vielen Lichtern überall dann am stimmungsvollsten war. Ich wusste aber auch, dass das Festivalkomitee unter der Leitung von Mr. Gable hart daran arbeitete, tagsüber mehr Leute anzulocken und somit für einen konstanten Besucherstrom in den Geschäften zu sorgen.

„Wo ist Dad?“, fragte ich und nahm den ersten Schluck von meinem dekadent süßen Kakao. *Hm, lecker!*

Mom überprüfte gerade ihr Aussehen im Selfie-Modus ihrer Kamera und strich sich durch die Haare. „Die Rentierspiele fangen gleich an, und er berichtet natürlich für den Sender darüber. Als Erstes müssen die Teilnehmer ein spezielles Wettrennen überstehen. Das wird sicher ein großer Spaß.“

Dad war Sportreporter für einen Lokalsender, während Mom als Nachrichtensprecherin arbeitet und darüber hinaus als Journalistin unterwegs war. Sie berichtete über viele interessante Ereignisse in Maine, und ihre Sendungen erhielten deutlich mehr Aufmerksamkeit, seit sie vor einiger Zeit eine entscheidende Rolle bei der Aufklärung des Mordes an der beliebten Senatorin Harlow gespielt hatte.

Das Christmas Festival gehörte seit seinem Bestehen zu den Top-Themen in den regionalen News. Inzwischen kamen Besucher von nah und fern hierher. Jahr für Jahr war es größer geworden, auch dank Moms toller Reportagen über die Veranstaltung und der professionellen Leitung durch Mr. Gable.

„Ich muss wieder los“, sagte sie und warf einen Blick über ihre Schulter in Richtung Spielfeld. „Aber als ich euch beide eben hier entdeckte, dachte ich mir, ich flitze mal rüber, um euch um einen kleinen Gefallen zu bitten."

„Klar, kein Problem", erwiderte Mags, die sich Paisley unter den Arm geklemmt hatte und in der anderen Hand den Becher mit dem dampfenden Kakao hielt. „Wie können wir dir denn helfen?"

„Danke, das ist lieb. Ich denke, es würde euch auch nicht allzu viel Zeit kosten, aber es wäre wirklich wichtig. Leider ist es nämlich so, dass die beiden Preisrichter für den Eisskulpturenwettbewerb nicht da zu sein scheinen. Würdet ihr zwei für sie einspringen?"

„Sicher, gerne", antwortete meine Cousine, wobei sie so heftig mit dem Kopf nickte, dass sie etwas von ihrem Getränk verschüttete. „Ups! Das klingt nach einem Haufen Spaß. Ich würde gerne Jury spielen, wenn Angie auch Lust dazu hat."

„Wunderbar. Wir haben tatsächlich über dreißig Skulpturen in der Ausstellung, aber ihr braucht keine Bewertungen mit Punkten oder so abzugeben. Wählt einfach eure drei Favoriten aus und schickt mir eine Nachricht mit eurer Entscheidung über Platz eins bis drei. Der Eisskulpturengarten liegt am anderen Ende des Festivalgeländes, in der Nähe der Brücke und des kleinen Parks. Findet ihr das?"

„Ich denke, das kriegen wir hin", antwortete ich und wollte auf meine Mutter zugehen, wurde jedoch von meinem störrischen Kater ausgebremst, der sich nicht von der Stelle rührte. „Geh ruhig zurück zu Dad, sonst verpasst du am Ende das Rennen."

„Alles klar,“, rief Mom, und schon joggte sie los, in die Richtung, aus der sie gekommen war. „Nochmals danke, Mädels!“

„Was meinst du? Sollen wir gleich loslegen?“, fragte Maggie und nahm einen ersten vorsichtigen Schluck von ihrem Einhorn-Kakao. Daraufhin weiteten sich ihre Augen, und sie lehnte sich überrascht zurück. „Wow, das nenne ich süß.“

Ich nahm ebenfalls einen Schluck und seufzte genüsslich. „Der ist genau richtig, wenn du mich fragst. Andererseits bist du auch nicht Grandmas süße Küchlein und so gewohnt, die sie fast täglich für uns backt.“

„Ich wünschte, ich wäre es!“, antwortete Maggie schwärmerisch, während wir uns durch die prachtvoll geschmückten Straßen schlängelten.

Wir schlenderten vorbei an einer Reihe von Kunsthandwerksständen, und ich entdeckte eine besonders hübsche Halskette, die ich mir unbedingt noch einmal anschauen wollte, sobald wir unsere Jury-Aufgabe erledigt hatten.

Plötzlich blieb meine Cousine wie angewurzelt stehen und jauchzte entzückt: „Wow, sind das echte Rentiere?“ Ich lachte über ihr verblüfftes Gesicht. Für mich war der Anblick nicht ungewöhnlich – schließlich kannte ich diese Veranstaltung seit ihrer Gründung vor zwölf Jahren. Sie jedoch war heute zum ersten Mal hier, und ich konnte mir gut vorstellen, wie beeindruckend es für sie sein musste.

„Ja, acht Stück. Außerdem gibt es Schafe, Ziegen,

Schweine und sogar ein Kamel. Es ist ein richtiger Streichelzoo, der einerseits den Stall zu Bethlehem darstellt, andererseits das Gehege für die Rentiere des Weihnachtsmanns."

„Wir müssen noch mal hierher zurückkommen." Maggie ergriff meine Hände und warf einen sehnsüchtigen Blick auf die Vierbeiner. „Ich werde jedes einzelne Tierchen da drinnen streicheln."

„Das machen wir, versprochen", versicherte ich ihr, drückte ihre beiden Hände und ließ sie wieder los.

„Ich möchte meine kostbare Zeit nicht mit stinkenden Viechern verbringen", schimpfte Octocat. *Tja, Pech für ihn.* Er beschwerte sich heute anscheinend grundsätzlich über alles, aber Maggie war total begeistert und freute sich schon darauf, später mit den Rentieren zu kuscheln.

Wir kamen an weiteren Imbissbuden, diversen Händlern und Zelten von lokalen Gruppen und Vereinen vorbei. Nachdem wir schon fast einen ganzen Block zurückgelegt hatten, rief Maggie plötzlich aus: „Kerzen! O wie toll!"

Ich nickte den beiden Frauen zu, die vor dem Zelt saßen. Meine Cousine war bereits im Inneren verschwunden, das nur durch den Schein von Teelichtern erleuchtet war.

„Sie verdient ihren Lebensunterhalt mit der Herstellung von Kerzen", erklärte ich den Ladys am Eingang. Es fühlte sich seltsam an, dort allein zu stehen, aber es wäre keine gute Idee gewesen, mit einer Katze und einem Hund in einen Raum zu marschieren, wo überall offene Flammen züngelten. „Ihre sehen sehr schön aus. Wie viel kosten die?"

„Wir verkaufen keine Kerzen“, erklärte die jüngere der beiden Frauen mit einem freundlichen Lächeln. „Wir fertigen und verkaufen Menoras. Und ein Stück weiter haben wir auch noch einen Reibekuchenstand, den andere Mitglieder unserer Synagoge betreiben.“

„Oh, für Chanukka. Ich habe das selbst zwar nie miterlebt, aber die Geschichte über die Makkabäer und das Ölwunder immer geliebt.“

„Es ist nicht nur eine Geschichte“, sagte die ältere Frau. „Es ist das Werk Gottes, eines der Wunder, die er vollbracht hat. Und er bewirkt bis heute Wunder.“

„Wie viel kostet diese Menora?“, fragte Mags, die sich mit einem kleinen silbernen Modell der siebenarmigen Leuchter wieder zu uns gesellte.

Die Frau nannte ihr den Betrag, und sie reichte ihr mehrere Geldscheine. „Ich danke Ihnen. Ich werde sie immer in Ehren halten. Frohes Chanukka!“

„Frohes Chanukka“, riefen uns die Frauen hinterher, als wir unseren Weg zum Eisskulpturengarten fortsetzten.

„Hier gibt's wirklich alles, oder?“, fragte meine Cousine lachend.

„Unglaublich, nicht wahr?“, gab ich kichernd zurück. „Warte erst mal, bis wir uns ein paar der Rentierspiele angeschaut haben.“

„Ich bin froh, dass wir so früh hergekommen sind. Es gibt so viel zu sehen, ich fürchte, wir werden trotzdem nicht genug Zeit für alles haben.“

„Ja, stimmt. Komm, lass uns jetzt alle Eisskulpturen genauer in Augenschein nehmen, damit wir ein faires Urteil fällen können. Dann wählen wir unsere Sieger aus und stürzen uns anschließend wieder ins Gewimmel."

Wir überquerten die Straße und betraten den Park, wo riesige, kunstvolle Statuen komplett aus Eis den Weg säumten, der spiralförmig zu verlaufen schien. Auf einem Schild am Eingang zur Ausstellung stand: „Folgen Sie dem Weg bis zur Mitte. Dort angekommen, weist Ihnen ein rotes Band die Abkürzung zurück zum Start. Viel Spaß!"

„Es ist wie das Guggenheim", sagte ich und dachte an das fantastische Museum, mit dem ich mich im Rahmen meines Studiums der Kunst und Geisteswissenschaften befasst hatte. „Man muss nicht überlegen, wohin man als Nächstes gehen soll, und kann einfach nur die Kunst genießen."

„Schau dir das an!", rief Maggie begeistert, die schon ein Stück weitergelaufen war und einen Schwan bewunderte, der mit ausgebreiteten Flügeln dastand, als würde er gleich auf dem Wasser landen. „Ist der nicht schön?"

„Wie findest du die hier?", sagte ich und zeigte auf eine riesengroße, filigran gemeißelte Schneeflocke. „Es muss irre lange gedauert haben, diese ganzen Details so hinzubekommen."

„Wie traurig, dass diese wunderbare Kunst schon bald dahinschmelzen wird." Maggie stand jetzt vor der Statue einer Frau mit einem wunderschönen, wallenden Kleid. „Und es wird ganz schön schwer werden, die drei Besten auszuwählen."

„Wir sollten uns erst einmal nur alle ansehen. Wenn wir dann in der Mitte angekommen sind, können wir, anstatt die Abkürzung nach draußen zu nehmen, noch einmal zurückgehen und eine Favoritenliste erstellen."

Maggie nickte. „Bis jetzt finde ich alle großartig."

„Es wird nicht einfach", stimmte ich zu. „Lass uns loslegen!"

Wir folgten dem Weg und bestaunten die verschiedenen Skulpturen – Tiere, Menschen, Naturmotive und sogar abstrakte Kreationen waren dabei. Nach einiger Zeit gelangten wir ins Zentrum der Spirale, wo mir, zunächst nur aus dem Augenwinkel, etwas leuchtend Rotes auffiel. Ich wandte mich dem zu, weil ich dachte, es sei das auf dem Schild angekündigte rote Band, dass die Besucher wieder nach draußen leiten sollte, damit es in der Ausstellung kein Gedränge gab. Aber das war es nicht. Entsetzt starrte ich auf die roten Lachen am Boden, die den ansonsten unberührten Schnee verunstalteten. *Blut.*

# 4

Mein Blick wanderte zu Maggie, die zitterte wie Espenlaub.

„Ist das B-B-Blut?“, stammelte sie und ließ Paisley von ihrem Arm hinunterhüpfen. Ich hasste es, wenn der kleine Hund diese kühnen Sprünge vollführte, aber irgendwie schien sie sich dabei nie zu verletzen.

Octocat zerrte an seiner Leine. „Natürlich ist das Blut, du Schlaumeier. Was soll es denn sonst sein?“

Ich warf ihm einen bösen Blick zu und wünschte, ich könnte ihn zurechtweisen, weil er in dieser heiklen Situation so unsensibel war. „Ja“, flüsterte ich Maggie zu. „Und wo so viel Blut ist, kann auch eine Leiche nicht weit sein. Zumindest nach meiner Erfahrung. Warte hier, ich werde mich mal umschauen.“

Maggie stand bebend da und konnte den Blick nicht von

dem tiefroten Fleck abwenden, der sich Zentimeter um Zentimeter weiter im Schnee ausbreitete und sich dabei zusehends gefährlicher anfühlte. Ihre Hände zitterten immer heftiger, sodass der restliche Kakao in ihrer Tasse überschwappte.

*Wow!* Vielleicht waren sie und ich uns doch nicht so ähnlich, wie ich bisher angenommen hatte. Obwohl ich solche Situationen auch als unangenehm empfand, hatte ich gelernt, meine Gefühle weitgehend unter Kontrolle zu halten und mich auf die Sachlage und nicht auf den Schrecken zu konzentrieren. Maggie hingegen schien völlig fertig mit den Nerven zu sein. Sie wirkte aufgelöst und verängstigt – aber wahrscheinlich würden die meisten normalen Menschen so reagieren.

Ich rannte zu ihr, nahm ihr den Becher ab, und stellte ihn zusammen mit meinem auf den Boden. Die Lust auf das süße Zeug war uns beiden ohnehin gründlich vergangen.

Paisley stupste mich mir ihrer Schnauze am Bein an. „Mami, ist hier ein böser Mann in der Nähe? Wird er uns wehtun?"

Kurzerhand klemmte ich mir die kleine Hündin unter den einen und Octocat unter den anderen Arm.

„Angela, lass mich los. Ich bin nicht dein Schmusetier. Dafür ist die da zuständig", maulte er und deutete mit dem Kopf auf Paisley.

Ich ignorierte beide, während wir zwischen den Eisskulpturen umherschlichen, um der Ursache der Blutlachen auf den Grund zu gehen. Wenig später erblickte ich eine große

Hand, die mit der Handfläche nach oben hinter der Skulptur eines Weihnachtsbaums hervorschaute. Ich schluckte schwer und trat näher heran. Nicht nur eine Leiche entdeckte ich dort, sondern gleich zwei. Die eine blickte mit leeren Augen in den Himmel, die andere lag mit dem Gesicht nach unten im Schnee. Ein paar Flocken tanzte durch die Luft und fielen auf sie herab, als wollten sie das grausige Bild verdecken.

„Sind das die vermissten Preisrichter?", raunte ich meinen Tieren zu.

„Die Vermutung liegt nahe", erwiderte der Kater und versuchte weiterhin, sich aus meinem Arm zu winden.

Mich überkam ein kalter Schauder. Was konnte es bloß für einen Grund geben, diese Menschen zu ermorden? Und waren Maggie und ich nun ebenfalls in Gefahr, weil wir uns bereit erklärt hatten, die beiden zu vertreten?

In diesem Moment sah ich eine dicke, glitzernde Eisspitze aus dem Rücken der kleineren Leiche ragen. Die Frau war von einem Eiszapfen wie von einem Speer aufgespießt worden, und der begann bereits zu schmelzen. Große Wassertropfen rannen daran herunter und durchnässten ihre blutgetränkte Jacke.

Ich wandte mich wieder dem Mann zu, in der Erwartung, eine ähnliche Waffe in seiner Brust zu entdecken, aber bei ihm war nichts dergleichen zu sehen. Ich suchte kurz nach Anzeichen von Gewalteinwirkung – Strangulation, Messerstiche, Schusswunden oder Ähnliches, womit ich es in den letzten anderthalb Jahren bei meinen Ermittlungen schon zu tun hatte. *Nichts.*

Paisley, die weiterhin in ihrem aufwendigen Rentierkostüm steckte, löste sich aus meinem Griff und sprang hinunter. Dann näherte sie sich vorsichtig den Opfern und leckte ihnen über die Wangen. „Mami, Mami, sind die zwei okay? Werden sie bald wieder aufwachen?“ Da wurde mir klar, dass die kleine Maus noch nicht annähernd so viele Leichen in ihrem Leben gesehen hatte wie Octocat und ich. Das arme Ding war wahrscheinlich genauso verängstigt wie Maggie.

Mein Kater kräuselte die Oberlippe, nun offenbar zufrieden damit, auf Paisley hinabschauen zu können. „So dumm kannst doch nicht einmal du sein, Hund.“ Im Grunde liebte er seine Chihuahua-Schwester und nannte sie nur dann *Hund*, wenn er sich besonders überlegen fühlte, was jedoch immer noch ziemlich häufig der Fall war.

„Ruhe“, murmelte ich, während ich mir den Kopf zermarterte. „Lasst mich nachdenken.“

„A-A-A-Angie!“, hörte ich Maggies bebende Stimme, die zwischen den hohen Eisskulpturen hindurch merkwürdig widerhallend zu mir durchdrang. „Was ist los? Ist alles in Ordnung?“ Ihrem Tonfall nach zu urteilen, kannte sie die Antwort bereits. Trotzdem musste ich ihr sagen, was ich gefunden hatte, und dann würden wir es den Behörden melden müssen.

Ich warf einen letzten Blick auf die beiden traurigen

Gestalten, die vermutlich nichts ahnend zu unserem schönen Festival gekommen waren und diesen Besuch mit dem Tod bezahlen mussten. Dann atmete ich tief durch und ging zurück zu meiner Cousine. „Wir müssen Officer Bouchard informieren, dass es einen Mord gegeben hat."

Maggie schrie auf, als hätte sie körperliche Schmerzen. „Wirklich? Ein Mord? Hier? Aber, aber … wie kann das sein? Hier sind doch nur nette Leute."

Ich runzelte die Stirn und versuchte, mich zu erinnern, ob ich jemals in meinem Leben so gutgläubig gewesen war. *Niemals,* da war ich mir sicher. Als bekennender Bücherwurm hatte ich schon immer ein gewisses Misstrauen gegenüber der realen Welt gehegt. Früher hielt ich mich für paranoid, aber das war, bevor immer wieder neue Leichen in meinem Umfeld auftauchten.

Maggie starrte mich mit großen Augen an, während ich schwieg. Sie hoffte wohl darauf, dass das nur ein übler Scherz war, dass gleich alles wieder in Ordnung sein würde. Doch diese Illusion musste ich ihr nehmen.

„Es ist leider wahr", erwiderte ich mit einem Nicken. „Eigentlich waren es sogar zwei Morde. Und wir müssen die Polizei holen. Sofort."

Ich setzte Octocat in den Schnee, griff nach ihrer Hand und zerrte sie zurück zum Ausgang.

Octocat lief an der Leine hinter uns her, wobei er nicht aufhörte, zu fluchen und mich übelst zu beschimpfen. Von mir aus … sollte er doch wütend sein. Es gab jetzt Wichtigeres als seinen übertriebenen Ansprüchen gerecht zu werden, mit denen er mir das Leben schwermachte. Außerdem war dieser kleine Kerl im Grunde ein unverschämter Glückspilz, der es immer und überall schaffte, auf den Füßen zu landen.

Ich hatte Zweifel, dass Maggie und ich so viel Glück haben würden, vor allem angesichts der Tatsache, dass in diesem Moment eine dunkle Gestalt von hinten direkt auf uns zustürmte und ansonsten kein Mensch im Park unterwegs zu sein schien.

# 5

Die Gestalt näherte sich, war aber noch zu weit entfernt, um ihre Gesichtszüge oder ihre Absichten erkennen zu können. Maggie riss sich von meiner Hand los, rannte einige Schritte davon und blieb dann jedoch stehen, offenbar unsicher, ob sie weglaufen oder sich verstecken sollte. So stand sie da wie ein schockiertes Reh auf einer einsamen Landstraße.

Ich machte mich auf das Schlimmste gefasst, drehte mich um und stellte mich der bedrohlichen Person entgegen. Sie trug eine dunkelblaue Uniform mit einem silbernen Abzeichen, das in der Sonne aufblitzte. *Keine Gefahr. Überhaupt keine Gefahr.* Diesen Mann kannte ich nur zu gut, und nun sah ich auch sein sorgenvolles Gesicht.

„Officer Bouchard", rief ich, erfreut darüber, dass er uns

gefunden hatte. Insgeheim stellte ich fest, dass ich wohl doch ein wenig paranoid war.

Maggie entspannte sich sichtlich und kam zaghaft einen Schritt auf uns zu.

„Ich habe Schreie gehört", sagte er und legte seine Hand an die Waffe in seinem Gürtel. „Ist hier alles in Ordnung?"

Maggies Wangen begannen zu glühen, während es nur so aus ihr heraussprudelte: „Oh, es ist furchtbar. Da ist Blut. Sehr viel Blut. Angie hat Leichen entdeckt. Sie sagte, es sind zwei. Menschen sind gestorben. Und ich weiß nicht, wer sie waren oder wer sie getötet hat. Aber es ist so beängstigend. Solche Dinge passieren bei mir zu Hause in Larkhaven nie. Tante Linda pflegt zu sagen, dass man Ärger immer selbst provoziert. Aber ich schwöre, wir wollten uns nur das Festival anschauen. Und jetzt tut Angie so, als müssten wir herausfinden, was hier passiert ist. Ich weiß nicht, wer die Opfer sind. Ich weiß nicht, wer der Mörder ist. Ich weiß nichts, außer dass ich nach Hause will." Nach diesem Monolog sackte sie in sich zusammen.

Officer Bouchard musterte meine Cousine alarmiert. „Okay, jetzt noch mal langsam. Sagen Sie mir bitte zuerst, wer Sie sind und wie Sie die Leichen entdeckt haben."

Beruhigend legte ich Maggie eine Hand auf die Schulter und gab ihr zu verstehen, dass ich das regeln würde. „Hol dir ein paar Reibekuchen oder noch einen Kakao oder Lebkuchen oder so etwas. Ich werde Officer Bouchard über alles informieren."

„Soll ich mit ihr gehen, Mami?“, fragte Paisley, die um meine Füße herumsprang.

„Maggie“, rief ich ihr nach. „Nimm Paisley mit.“ Die kleine Hündin rannte freudig bellend los. Ich beobachtete sie, bis Maggie sie auf den Arm nahm, dann wandte ich mich wieder an den wartenden Polizisten. „Komm mit, ich zeige dir, was wir gefunden haben.“

Während wir den kurzen Weg zu der riesigen Weihnachtsbaumskulptur und den dahinter liegenden Leichen zurücklegten, berichtete ich dem mir wohlvertrauten Officer über die nicht erschienenen Preisrichter und dass Mags und ich uns spontan bereiterklärt hatten, deren Vertretung zu übernehmen. Ich klärte ihn auch darüber auf, dass Mags meine Cousine aus Georgia und momentan bei uns zu Besuch war.

„Ich wusste gar nicht, dass ihr Familie in Georgia habt“, sagte er und schaute mich interessiert an.

„Wir bis vor ein paar Monaten auch nicht. Wie dem auch sei, hier ist der Tatort.“ Ich wies auf die Leichen, was ich mir auch hätte sparen können, denn sie waren wirklich nicht zu übersehen.

„Sind wir jetzt hier fertig?“, brummte Octocat. „Ich weiß, dass deine Fantasie gerade mit dir durchgeht und du schon hunderttausend Ideen hast, wer es getan haben könnte und warum. Aber ich habe gehört, dass das Little Dog Diner hier irgendwo einen Stand hat, und ich brauche jetzt dringend ein Hummerbrötchen.“

Es gelang mir nur mit Mühe und Not, über die profanen

Prioritäten meines Katers nicht die Augen zu verdrehen und ihn zu ignorieren. Stattdessen deutete ich mit dem Kopf auf den schmelzenden Eisspeer und fragte Officer Bouchard: „Weißt du, wer die beiden sind?"

Er steckte die Daumen in die Gürtelschlaufen und wippte auf den Fersen. „Das Gesicht der Frau kann ich nicht sehen, aber ich glaube, der Mann ist Fred Hapley. Er ist Versicherungsvertreter und kommt geschäftlich viel herum. Ich bin mir ziemlich sicher, dass er einer der vermissten Preisrichter ist, die du erwähnt hast. Wenn ich mich recht erinnere, wurde auch er erst in letzter Minute ernannt."

Mein Atem ging schnell und bildete kleine Dunstwolken in der frostigen Luft, während ich mir den Kopf zerbrach, wie wir rasch weiterkommen könnten. „Meine Mutter könnte uns das bestimmt bestätigen, und wahrscheinlich wüsste sie auch, wer die andere Richterin war und ob es diese Frau hier ist. Mom gehört zwar nicht zum Festivalkomitee, aber ich denke, sie weiß das trotzdem, weil sie in ihrer Sendung darüber berichten wird. Soll ich sie dazu holen?"

Bouchard sog hörbar die Luft durch die Zähne ein. „Lass uns damit noch warten, bitte. Nichts gegen deine Mutter, sie ist eine hervorragende Reporterin, aber ich brauche etwas Zeit, um den Fall zu untersuchen und Verstärkung zu holen, bevor sich die Presse einmischt. Das verstehst du doch, oder?"

Ich nickte zustimmend, denn ich wusste nur zu gut, wie versessen meine Mutter sein konnte, wenn es um eine gute

Story ging, und wie sehr das manchmal nervte. „Was werdet ihr tun, wenn Besucher in den Skulpturengarten reinwollen?“, fragte ich, da ich befürchtete, dass schon bald die ersten Leute auftauchen könnten und es einen Eklat geben könnte.

Er zog eine Augenbraue hoch. „Sagtest du nicht, du und deine Cousine wärt die neuen Juroren?“

„Ja.“

„Könntet ihr beide euch für eine Weile an den Eingang stellen und aufpassen, dass niemand hineingeht?“

„Okay, aber was ist mit dem Ausgang?“, erwiderte ich, und mein Blick folgte dem roten Band, das auf dem Schild erwähnt worden war.

„Ihr seid zu zweit, dann passt das doch perfekt“, meinte er grinsend. „Jede von euch übernimmt einen Posten. Ich werde sicher nicht lange brauchen, aber ich wäre euch wirklich sehr dankbar, wenn ihr mir helfen würdet, damit niemand etwas von der Sache mitbekommt.“

„Okay, dann mache ich mich mal auf die Suche nach Mags“, sagte ich, obwohl ich eigentlich gar keine Lust hatte zu gehen, bevor wir nicht einen entscheidenden Hinweis hatten.

„Endlich“, brummte Octocat. „Ich bin am Verhungern. Ich kann nicht glauben, dass du mich so lange auf mein Hummerbrötchen warten lässt. Damit hast du eines meiner Leben aufs Spiel gesetzt.“

Zu diesem Zeitpunkt ahnte er noch nicht, dass sein

Hummerbrötchen nicht einmal annähernd unser nächster Programmpunkt war. Ich musste Maggie finden, und dann musste ich rauskriegen, was hinter den Morden an Fred Hapley und seiner noch nicht identifizierten Jury-Kollegin steckte.

# 6

Ich entdeckte Maggie am Reibekuchenstand, wo sie sich die goldgelben, in Apfelmus getunkten Kartoffelpuffer fast schneller in den Mund schob, als sie sie kauen konnte.

„Oh, ich hatte nicht erwartet, dass du so schnell zurückkommst“, nuschelte sie, wobei sie sich eine Hand vor den Mund hielt. „Sonst hätte ich dir natürlich etwas aufgehoben.“ Sie errötete. „Ich bin ein Stressesser, weißt du. Diese Dinger habe ich praktisch mit einem Happs verschlungen.“

Ich lachte kopfschüttelnd und war froh, dass sie wenigstens ein bisschen entspannter wirkte als noch vor ein paar Minuten. „Das braucht dir nicht peinlich zu sein. Wir müssen aber noch mal zurück, um Officer Bouchard zu helfen.“

Maggie warf den Pappteller in den Mülleimer und wischte sich mit dem Handrücken den Mund ab. „Ist das wirklich nötig? Ich weiß ja nicht, ob so etwas hier öfter vorkommt, aber ich bin es nicht gewohnt, dass irgendwo wie aus dem Nichts ein paar Leichen auftauchen.“ Sie betonte ihre Worte mit einem deutlichen Südstaatenakzent, der mir sonst nie so bei ihr aufgefallen war. Zweifellos sehnte sie sich gerade nach ihrem behüteten Zuhause in Georgia zurück.

„Nun, das ist sozusagen mein Job als Privatdetektivin“, erklärte ich und zuckte entschuldigend mit den Schultern. „Obwohl ich natürlich nicht nur mit Mordfällen zu tun habe. Manchmal geht es auch um andere kriminelle Machenschaften.“

„Warum musste das ausgerechnet heute passieren? Ich wollte doch einfach nur das Festival genießen. Du hast mir so viel davon erzählt, und ich hatte mich schon total darauf gefreut. Außerdem ... du hast vielleicht keine Angst, wenn ein Mörder frei herumläuft, ich hingegen schon.“

Ich hakte mich bei meiner Cousine unter und marschierte mit ihr zurück zur Eisskulpturenausstellung. „Lass uns bitte nur noch diese eine Sache erledigen – Officer Bouchard braucht unsere Unterstützung. Und dann gehen wir zurück zum Festival und vergessen das Ganze, versprochen.“

„Wann bekomme ich mein Hummerbrötchen?“, jammerte Octocat und seufzte resigniert. „Angela, befreie mich endlich aus diesem grässlichen Folterinstrument, damit ich mir selbst eins holen kann, denn du bist dazu ja offensichtlich nicht in der Lage.“

Da entfuhr Paisley ein überraschend tiefes Knurren.

„Sprich nicht so mit Mami. Sie ist eine echte Superheldin, und es ist unsere Pflicht, ihr zu helfen."

Octocat erstarrte. Er betrachtete sich selbst als die Superspürnase – den Sherlock – und mich als seinen Watson, sodass Paisleys Hinweis, dass ich das Sagen hätte, ihm bitter aufstieß.

„Falls du es nicht bemerkt hast", entgegnete er giftig, „sie tut seit geraumer Zeit so, als wären wir Luft. Warum sollten wir ihr also etwas schuldig sein, wenn sie uns nicht einmal die Möglichkeit gibt, ihr zu helfen?"

Jetzt war es Paisley, die jammerte, während sie die Ohren anlegte und den Schwanz zwischen den Beinen einklemmte. „Nur weil es nicht einfach ist, heißt das nicht, dass es nicht das Richtige ist."

„Oh, du liebes, süßes Hündchen", konterte er sarkastisch, „du musst noch so viel lernen. Zunächst einmal solltest du dir merken, dass die besten Dinge im Leben stets die einfachen sind, seien es Sonnenbäder, Evian oder mein längst überfälliges Hummerbrötchen."

Nur zu gerne hätte ich mich in dieses Gespräch eingemischt, doch ich konzentrierte mich darauf, so schnell wie möglich zum Tatort zurückzukehren.

Maggie schien mehr und mehr den Mut zu verlieren, je näher wir dem Eingang zum Skulpturengarten kamen.

„Tut mir leid, dass ich dich da mit reingezogen habe", sagte ich sanft und lächelte sie entschuldigend an. „Aber der Spuk hat bestimmt bald ein Ende. Wir müssen nur sicherstellen, dass niemand den Park betritt, bis Bouchards Verstärkung eintrifft."

Wir erreichten die Eisskulptur der Rose, die den Anfang der Ausstellung markierte. Ich bat Maggie, dort stehenzubleiben, und eilte sofort weiter zum Ausgang.

„Warte! Wo gehst du hin?", rief sie mir mit zitternder Stimme völlig verunsichert hinterher.

„Ich stelle mich dort drüben hin und behalte den Ausgang im Auge. Du brauchst nur ein paar Schritte auf die Straße zu treten, dann kannst du mich sogar sehen", erklärte ich ihr ruhig. „Schick mir eine Nachricht, wenn etwas ist oder du dir einfach nur die Zeit vertreiben möchtest. Wir werden hier im Nullkommanix fertig sein, und dann können wir den Rest der Polizei überlassen. Okay?"

Maggie nickte, aber auf ihrer sonst so glatten Stirn erschienen einige Sorgenfalten. „Okay. Aber ehrlich gesagt wäre es mir lieber, wenn wir gleich Grandma Bescheid geben würden und dann so bald wie möglich alle nach Hause fahren. Mir ist das hier nicht mehr geheuer."

So sehr ich das Christmas Festival auch liebte, meine Cousine war mir wichtiger, und ich wollte, dass sie Blueberry Bay mit glücklichen Erinnerungen verließ, nicht mit schrecklichen. Ich würde alles tun, was in meiner Macht stand, damit ihr Urlaub hier nicht zum Horrortrip für sie werden würde.

„Kein Problem, so machen wir das", sagte ich mit einem hoffentlich beruhigenden Lächeln. „Wir können doch auch zu

Hause Spaß haben. Was hältst du von frisch gebackenen Plätzchen und einem schönen Weihnachtsfilm?“

Maggie lächelte tapfer und nickte. „Klingt nach einem Plan, Frau Privatdetektivin.“

Kichernd wandte ich mich ab, um meinen Platz am Ausgang des Parks einzunehmen. Zuerst flitzte ich jedoch zu Officer Bouchard im Inneren der Spirale hinüber, um ihm mitzuteilen, dass Mags und ich nun auf unseren Posten waren. Als ich wieder am Ende des roten Bandes angelangt war, zückte ich mein Handy und schrieb in meine Chatgruppe mit Mom und Dad:

*Im Eisskulpturengarten gab es einen Mord.*

*Officer Bouchard sichert den Tatort, Mags und ich passen auf, dass niemand reingeht.*

*Danach fahren wir nach Hause.*

*Mags ist etwas fertig mit den Nerven.*

*Könnt ihr dafür sorgen, dass Grandma gut heimkommt?*

Ich feuerte eine Textnachricht nach der anderen ab.

Meine Eltern schrieben beide sofort zurück:

*Im Ernst?*, kam von meiner Mutter als erste Reaktion.

*Bist du in Sicherheit?*, wollte mein Vater wissen.

*Mir geht es gut*, antwortete ich, *aber ich glaube, wir schaffen es heute nicht mehr, die Jury zu spielen.*

*Arme Mags*, kommentierte Mom mit einem Stirnrunzeln-Emoji. *Jetzt hat sie einen ganz falschen Eindruck von unserem beschaulichen Glendale bekommen.*

Darauf erwiderte ich nichts, doch im Stillen hielt ich es

für die perfekte Art, meiner neuen Cousine zu zeigen, wie unser Alltag in letzter Zeit verlaufen war. Seit ich vor anderthalb Jahren zum ersten Mal diesem überheblichen sprechenden Kater begegnet war, war mein ganzes Leben zu einem einzigen Minenfeld geworden, wo an jeder Ecke Gefahr lauerte.

Dank uns hatten einige Verbrechen in dieser Gegend aufgeklärt werden können, was die Bösewichte jedoch anscheinend nicht von weiteren Straftaten abhielt. Nicht einmal an Weihnachten.

Ein eingehender Anruf blinkte auf meinem Display auf. Es war Grandma, die überraschend fröhlich klang: „Was höre ich da, du und Mags wollt früher gehen?“

„Nun, die beiden Leichen haben uns die Lust auf die Veranstaltung doch ein bisschen verdorben“, antwortete ich im Flüsterton, damit bloß niemand etwas davon mitbekam.

„Das ist aber schade. Könntest du mir einen kleinen Gefallen tun und Mags schnell fragen, ob ich ihr etwas aus dem Kunsthandwerkzelt mitbringen kann? Sie will doch bestimmt zumindest ein oder zwei Souvenirs haben, oder?“

Ich vernahm eine tiefe Stimme im Hintergrund am anderen Ende der Leitung, konnte jedoch nicht verstehen, was dieser Jemand sagte. „Wer ist da bei dir, Grandma?“

„Nur ein Bekannter, Mr. Milton“, antwortete sie ungewohnt schroff. „Könntest du Mags bitte nach den Souvenirs fragen?“

„Sicher, aber im Moment bewachen wir den Tatort, und es

gibt zwei verschiedene Eingänge. Es ist gerade etwas ungünstig …"

„Du bist im Eisskulpturengarten, oder? Der ist doch nicht so groß. Lauf einfach hin und frag sie, damit ich Bescheid weiß."

Ich seufzte, tat aber dennoch, wie mir geheißen. Es hatte keinen Sinn, mit Grandma zu diskutieren, wenn sie sich etwas in den Kopf gesetzt hatte, vor allem nicht, wenn es um eine solche Kleinigkeit ging.

Mein Handy fest in der einen Hand und Octocat unter dem anderen Arm, marschierte ich rasch zum vorderen Eingang des Parks hinüber, dicht gefolgt von Paisley. Ich war gerade um die Ecke gebogen, als ich Maggie erblickte.

Ihre Augen waren weit aufgerissen und ihr Gesicht kreideweiß, als eine vermummte Gestalt sie hinten in den Laderaum eines Lieferwagens zerrte, die Tür zuschlug und Sekunden später mit ihr davonraste …

# 7

Augenblicklich ließ ich mein Handy und den Kater fallen, der in den frisch angehäuften Schnee am Straßenrand plumpste, und sprintete hinter dem Lieferwagen her.

„Auch wenn ich auf meinen Füßen lande, tut es weh, fallen gelassen zu werden“, rief Octocat mir hinterher.

Aber ich hatte keine Zeit, darauf zu reagieren. Ich setzte alles daran, dem Auto zu folgen, obwohl ich natürlich wusste, dass ich zu Fuß keine Chance hatte, es einholen. Doch ich wollte die Verbindung zu Maggie nicht abreißen lassen und hoffte, zumindest das Nummernschild zu erkennen oder einen Blick auf den Fahrer zu erhaschen.

Angestrengt starrte ich dem Fahrzeug hinterher, jedoch ohne Erfolg. Auch wenn ich keine Brille trug, war ich schon immer ein wenig kurzsichtig gewesen, was wohl auch an meiner Leseleidenschaft lag. Zu allem Übel war das Kennzeichen mit Matsch bedeckt, sodass ich nicht einen einzigen Buchstaben ausmachen konnte und Maggie ins Ungewisse verschwand.

Keuchend hielt ich inne, stütze mich mit den Händen auf den Knien ab und schnappte nach Luft, während Paisley bellend weiterrannte, was neugierige Blicke der Passanten auf sich zog.

„Komm zurück, du Mistkerl!", rief der Chihuahua. „Es ist nicht nett, jemanden mitzunehmen, wenn er nicht mitgenommen werden will. Böser, böser Mensch!"

Nachdem ich mich ein wenig erholt hatte, hielt ich nach Octocat Ausschau, konnte ihn jedoch nirgends entdecken. Vielleicht hatte er sich aufgemacht, um sich sein Hummerbrötchen auf eigene Faust zu besorgen. Oder er hockte irgendwo und spielte die beleidigte Leberwurst, weil ich ihn kurzerhand in den Schnee fallen ließ und ihn überdies gezwungen hatte, das Geschirr zu tragen, das er so sehr verabscheute.

Plötzlich kam jemand in einem leuchtend pinken Mantel auf mich zugestürmt. Grandma näherte sich im Laufschritt, und im Gegensatz zu mir wirkte sie nicht im Geringsten erschöpft.

„Das hast du verloren", rief sie und drückte mir mein Telefon in die Hand. „Du hast mir einen Riesenschrecken eingejagt. Was ist passiert?"

Nun konnte ich die Tränen nicht mehr zurückhalten. Es

war eine Sache, die Leichen von zwei mir unbekannten Personen zu finden, aber eine ganz andere, die Entführung meiner Cousine miterleben zu müssen. Es war meine Aufgabe gewesen, auf sie aufzupassen, mich um sie zu kümmern. Und ich hatte es total vermasselt.

„Sie haben Mags entführt", schluchzte ich, und meine Stimme bebte dabei genauso wie ihre, als wir vorhin die Mordopfer entdeckt hatten. „Sie haben sie mitgenommen, sie ist weg." Grandma nahm mich in den Arm, woraufhin ich noch mehr heulen musste, und während ich mich bemühte, nicht laut aufzuschluchzen, versuchte sie, mich zu beruhigen.

„Alles wird gut,", säuselte sie mir ins Ohr, „alles wird gut".

Ihr Bekannter mit der tiefen Stimme trat an sie heran und legte ihr eine Hand auf die Schulter. Ich hatte seine Anwesenheit bis gerade gar nicht bemerkt und empfand ihn in diesem doch sehr persönlichen Moment als Eindringling.

„Wer hat sie entführt?", fragte er laut.

„Ich weiß es nicht", gab ich zurück, beachtete ihn jedoch nicht weiter und hielt den Blick auf meine Großmutter gerichtet. „Ich konnte das Gesicht des Täters, oder vielleicht waren es auch mehrere, nicht sehen. Sie haben sie hinten in einen weißen Lieferwagen gezerrt und sind weggefahren. Nicht einmal das Nummernschild konnte ich erkennen."

„Das ist wirklich eine Schandtat, ganz besonders an Weihnachten", flüsterte Grandma in mein Haar. „Aber wir finden sie wieder, da bin ich ganz sicher."

Sie hielt mich fest, während ich in mich zusammensank

und ihr die vielen verzweifelten Fragen, die mir im Kopf herumschwirrten, ins Ohr jammerte. „Was, wenn es dieselben Typen waren, die die Jury ermordet haben? Was, wenn sie auch Mags töten? Es ist alles meine Schuld. Sie kennt hier doch überhaupt niemanden. Ich verstehe das nicht. Warum sollte jemand sie entführen? Ich meine, warum sollte überhaupt irgendjemand Mags entführen wollen, vor allem jemand, der sie nicht einmal kennt?“

Eine kleine Pfote klopfte gegen meine Wade. Ich dachte, es wäre Paisley, doch als ich mich umdrehte und ein Stück hinunterbeugte, saß dort Octocat, der ziemlich selbstzufrieden dreinblickte.

„Jetzt, wo ich endlich satt bin, kann ich etwas klarer denken“, erklärte er und hielt inne, um sich die Pfote zu lecken und sich danach damit über den Kopf zu putzen, was er mindestens ein halbes Dutzend Mal wiederholte, ohne einen weiteren Kommentar von sich zu geben. Ungeduldig beobachtete ich ihn bei seinem Ritual.

Schließlich platzte es aus mir heraus: „Weißt du etwas? Weißt du, wer Mags entführt hat?“

Er ließ seine Pfote zu Boden sinken und starrte mich mit seinen großen, bernsteinfarbenen Augen an.

„Ich habe keinen blassen Schimmer“, antwortete Mr. Milton, der wohl annahm, ich hätte mit ihm gesprochen. Wie konnte ich bloß vergessen, dass er hier war? Ich musste vorsichtiger mit meinem Geheimnis umgehen, egal wie sehr ich mich gerade um meine Cousine sorgte.

„*Das* weiß ich natürlich nicht", antwortete Octocat mit einem überheblichen Stöhnen. „Aber eventuell etwas anderes, das uns weiterhelfen könnte." Er hielt erneut inne, um seinen Worten Nachdruck zu verleihen, denn mein Kater war eben eine kleine Drama-Queen. Eines Tages würde ich während seiner theatralischen Pausen noch einen Herzinfarkt bekommen.

„Und?", fuhr ich ihn an und stemmte die Hände in die Hüften, weil ich es nicht mehr aushielt. Dabei schaute ich Grandma an und tat so, als spräche ich mit ihr, damit Mr. Milton keinen Verdacht schöpfte.

*Verdammt. Warum hatte sie diesen Kerl bloß mitgebracht?*

„Meine Güte. Sei doch nicht so ungeduldig." Und dann blickte mein Kater mich wieder nur herausfordernd an – offenbar wartete er darauf, dass ich vor Neugier platzte.

Ich biss mir auf die Zunge, während Grandma das Theater mitspielte. Sie gab mir irgendeine Antwort und tat so, als würde ich mich immer noch mit ihr unterhalten.

Nach einigen Augenblicken schien Octocat besänftigt und blinzelte betont langsam, bevor er fortfuhr: „Auch wenn du ein wenig unhöflich bist, werde ich dir meine These verraten. Menschen sehen sich ja alle sehr ähnlich, wie du weißt. Und Mags und du seht euch sogar noch ähnlicher als die meisten."

Obwohl mir bei diesen Worten ein Licht aufging, bat ich ihn trotzdem um eine Erklärung: „Was meinst du damit?"

Großmutter erwiderte daraufhin etwas, aber ich

versuchte, nicht hinzuhören, und lauschte weiter Octocats Ausführungen.

Er schüttelte den Kopf, zuckte mit dem Schwanz und seufzte erneut. „*Ich meine,* wer auch immer Mags entführt hat, wollte wahrscheinlich stattdessen dich mitnehmen. Denk darüber nach, und du wirst zu dem Schluss kommen, dass ich recht habe. Wie immer."

# 8

In dem Moment, als Octocat es aussprach, wusste ich, dass es stimmte. Maggie kannte außer meiner Familie und mir niemanden in Blueberry Bay, und niemand kannte sie. Niemand hatte einen Grund, sie zu kidnappen. Sie hatte hier zwar keine Freunde, aber auch keine Feinde.

Ich hingegen … Nun ja, sagen wir mal so, ich habe im Laufe der letzten anderthalb Jahre mehr als nur einem Ganoven das Handwerk gelegt. Aber mich deswegen gleich zu entführen?

Ich beschloss, Grandma zu fragen, was sie davon hielt. Obwohl mir Octocats Theorie plausibel erschien, mochte ich nicht glauben, dass jemand mir Schaden zufügen wollte.

„Glaubst du, die Typen, die Mags verschleppt haben, hatten es eigentlich auf mich abgesehen? Ihr sagt doch alle immer, wie ähnlich wir uns sehen, und na ja, vielleicht …“

Sie biss sich auf die Lippe und nickte. „Das wäre durchaus denkbar, oder?“, erwiderte sie kopfschüttelnd.

Mr. Milton legte einen Arm um ihre Schultern und zog sie fest an seine Seite. Bei der Vertrautheit dieser Geste drehte sich mir der Magen um.

„Wer könnte sie – oder dich – so dringend entführen wollen, dass er es mitten auf einem überfüllten Festival riskieren würde?“, fragte er und musterte mich dabei kritisch.

Obwohl diese Frage berechtigt war, ärgerte sie mich dennoch. Ich wünschte, Grandma würde Mr. Milton bitten, zu gehen und uns die Ermittlungen zu überlassen.

Außerdem stimmte es auch nicht ganz, was er gesagt hatte. Zwar hatten sich die Straßen und das gesamte Festivalgelände im Laufe des Vormittags zusehends gefüllt, aber von großen Menschenmengen konnte nicht die Rede sein, vor allem nicht rund um den Eisskulpturengarten. Dieser lag etwas außerhalb des Hauptgeschehens, und bisher hatten sich nur wenige Besucher dorthin verirrt.

Ich ließ den Blick umherschweifen und stellte fest, dass sich aktuell vier Personen in unserer Nähe aufhielten, die alle nicht danach aussahen, als hätten sie den Vorfall mit dem Lieferwagen bemerkt. Und falls doch jemand beobachtet hatte, wie ich hektisch hinter dem Fahrzeug herjagte, hatte derjenige den Ernst der Lage nicht erkannt und war weitergegangen.

Grandma schmiegte sich weiterhin an Mr. Milton, obwohl sie ihn nicht mehr ganz so verliebt ansah wie vorhin.

„Ich denke, es dürfte gar nicht so schwer sein, sich hier reinzumogeln und sich jemandem unbemerkt zu nähern, wenn man es darauf anlegt“, sagte sie entschieden. „Hier herrscht ein ständiges Kommen und Gehen, es gibt mindestens ein halbes Dutzend Parkplätze, und viele Händler stellen ihre Lieferwagen und SUVs zum Be- und Entladen nahe den Verkaufsständen ab. Da ist es doch relativ einfach, jemanden zu entführen. Zumindest einfacher als normalerweise.“

„Ihr stimmt mir also zu, dass meine Theorie plausibel klingt, richtig?“, mischte sich Octocat ungeduldig ein. „Ich habe nämlich recht, so wie ich mit den meisten Dingen recht habe. Also wirklich, Angela, du solltest anfangen, mir ein bisschen mehr zu vertrauen.“

Ich antwortete ihm mit einem Nicken. Zwar hasste ich es auch, Zeit mit der Erörterung von Fakten zu verschwenden, die bereits feststanden, dennoch konnte ich nicht einfach alles für bare Münze nehmen, was er mir erzählte. Schließlich war er nicht nur oft mürrisch und sarkastisch, einige seiner Ideen waren auch ein wenig zu sehr von den melodramatischen Fernsehsendungen beeinflusst, die er sich gerne vor und nach seinem Morgen- und Nachmittagsnickerchen reinzog.

Octocat hob den Kopf und schnupperte in die kalte Luft. „Kriege ich noch eine Antwort oder machst du dich nur über mich lustig? Es ist alles so kompliziert mit dir, wenn du nicht mit mir redest. Gehen wir also davon aus, dass du das Ziel der Entführer warst, und nicht Mags?“

„Ja“, flüsterte ich ihm so unauffällig wie möglich zu. Es schien ihm völlig egal zu sein, ob mein Geheimnis aufflog oder nicht.

„Wie bitte?“, fragte Mr. Milton irritiert und runzelte die Stirn.

„Oh, äh, ich rede manchmal mit mir selbst, wenn ich nervös bin“, murmelte ich, während ich spürte, wie meine Wangen rot anliefen. „Ich wollte sagen: Ja, Grandma hat absolut recht. Diese Gangster hatten hier leichtes Spiel, und je länger wir damit warten, die Suche nach Maggie aufzunehmen, desto schwieriger wird es, sie zu finden. Wir müssen etwas tun, und zwar sofort.“

Grandma löste sich aus Mr. Miltons Umarmung. „Ja, absolut, wir müssen sie suchen.“

„Aber sie könnte überall sein“, entgegnete Mr. Milton seufzend. „Und diese Leute sind möglicherweise gefährlich. Wir könnten in eine heikle Situation geraten, aus der wir vielleicht nicht mehr herauskommen.“

Ich warf ihm einen finsteren Blick zu und fand es unerträglich, dass er sich überhaupt einmischte.

„Wir sind eine Familie“, sagte ich. „Da hilft man sich gegenseitig, komme, was wolle.“

„Erst recht an Weihnachten“, fügte Grandma hinzu und schüttelte verständnislos den Kopf. „Und das machen wir jetzt auch.“

„Ja, und wenn Ihnen das zu heikel ist, kommen wir auch

gut ohne Sie aus“, fügte ich hinzu und hoffte, dass er den Wink mit dem Zaunpfahl verstehen und verschwinden würde.

Er räusperte sich und schaute mich pikiert an. „Nun, ich kann zwei solch reizende Damen wie euch ja nicht allein lassen, schon gar nicht, wenn Gefahr drohen könnte.“

Ich zuckte die Achseln. „Wie Sie meinen.“

Dann wandte ich mich an Grandma, die sich absichtlich von Mr. Milton wegdrehte. „Als Erstes sollten wir Mom und Dad anrufen, damit sie wissen, was los ist. Wir müssen alles daransetzen, um Mags zu finden – und nicht zu vergessen, den Eisskulpturenmörder.“

„O du fröhliche ...“, seufzte Grandma ironisch.

Dann wandte sie sich an Mr. Milton: „Würdest du uns bitte einen Moment allein lassen, mein Lieber?“, bat sie ihn mit einem kleinen Lächeln.

„Ähm, ja, natürlich. Ich werde uns allen ein paar Reibekuchen besorgen. Die sahen gut aus, und vielleicht ist ein warmer Snack jetzt genau das Richtige für uns.“ Er stapfte davon, sichtlich verärgert über Grandmas Zurückweisung, aber ich war froh, dass er endlich weg war und hoffte, sie würde ihn uns auch für die weiteren Ermittlungen vom Hals halten.

Ihre Augen blitzten entschlossen auf, als sie sich wieder zu mir umdrehte und mir rasch zuraunte: „Ich rufe deine Mutter an“, sagte sie. „Du findest heraus, was die Tiere wissen.“

„Bin schon dabei“, erwiderte ich mit einem Nicken, bevor ich mir die beiden unter die Arme klemmte – zur Freude von Paisley und zum Entsetzen von Octocat.

„Hört zu, ihr zwei“, sagte ich, „Hier sind einige Leute unterwegs, also kann ich nicht laut mit euch reden und muss eventuell mitten im Satz abbrechen, wenn mir jemand zu nahekommt. Okay? Dann erzählt mal. Habt ihr etwas Auffälliges gehört oder gesehen? Oder etwas gerochen, das uns einen Hinweis darauf geben könnte, was mit Mags passiert ist?“

Octocat versuchte stöhnend, eine bequemere Position zu finden. Er empfand es anscheinend als höchst unangenehm, an meine Brust gedrückt zu werden, mit der aufgeregt schwanzwedelnden Paisley neben sich. „Für Katzen ist so etwas nichts Besonderes, weißt du. Da kommt alle naselang ein Lieferwagen, in den einer von uns gepackt und in ein Tierheim gebracht wird. Derartige Demütigungen sind *mir* natürlich erspart geblieben, aber wenn einem von uns so etwas passiert, kümmert sich in der Regel kein Mensch darum.“

Paisley senkte winselnd den Kopf. „Mir ist es so ergangen. Nachdem meine erste Mami gestorben war, lebten meine Geschwister und ich auf der Straße und waren so hungrig, dass wir nicht wussten, wie es weitergehen sollte. Aber dann kam ein großer Transporter und brachte uns in das Heim. Dort war es nicht ganz so schlimm, und zum Glück kam

Grandma und hat mich dort rausgeholt, und seitdem ist alles perfekt."

Octocat verdrehte die Augen. „Wenn du meinst, dass es Mags jetzt besser geht, weil irgendein vermummter Typ sie in einen Lieferwagen gesteckt und mitgenommen hat, dann irrst du dich aber gewaltig. Bei den Menschen läuft das anders als bei uns."

Paisley winselte erneut. „Aber du hast doch gesagt, dass ..."

„Ich weiß, was ich gesagt habe, Kleines. Manchmal braucht Angela eben ein paar harte Fakten, damit sie merkt, dass ich mitdenke."

Jetzt verdrehte ich die Augen.

„Paisley, Süße", sagte ich sanft, „danke, dass du mir deine Geschichte erzählt hast, aber in diesem Fall hat Octocat recht. Wer auch immer Mags entführt hat, will ihr sicher nichts Gutes."

„Werden sie ihr wehtun?", fragte der kleine Hund und zitterte dabei am ganzen Körper.

„Ich hoffe nicht", flüsterte ich angespannt.

Gleichzeitig antwortete Octocat: „Ja, wahrscheinlich".

Ich unterdrückte ein Schluchzen.

Wenn Maggie etwas zustieße, würde ich mir das nie verzeihen. Nicht nur, weil sie meinetwegen nach Glendale gekommen war, sondern weil der Entführer höchstwahrscheinlich vorhatte, nicht sie, sondern mich zu kidnappen.

Würde er wütend werden, wenn er merkte, dass er die falsche Person mitgenommen hatte? Würde er zurückkommen und versuchen, mich zu schnappen? Würde er sich ihrer entledigen? Sie gehen lassen? Oh, diese Ungewissheit trieb mich nahezu in den Wahnsinn.

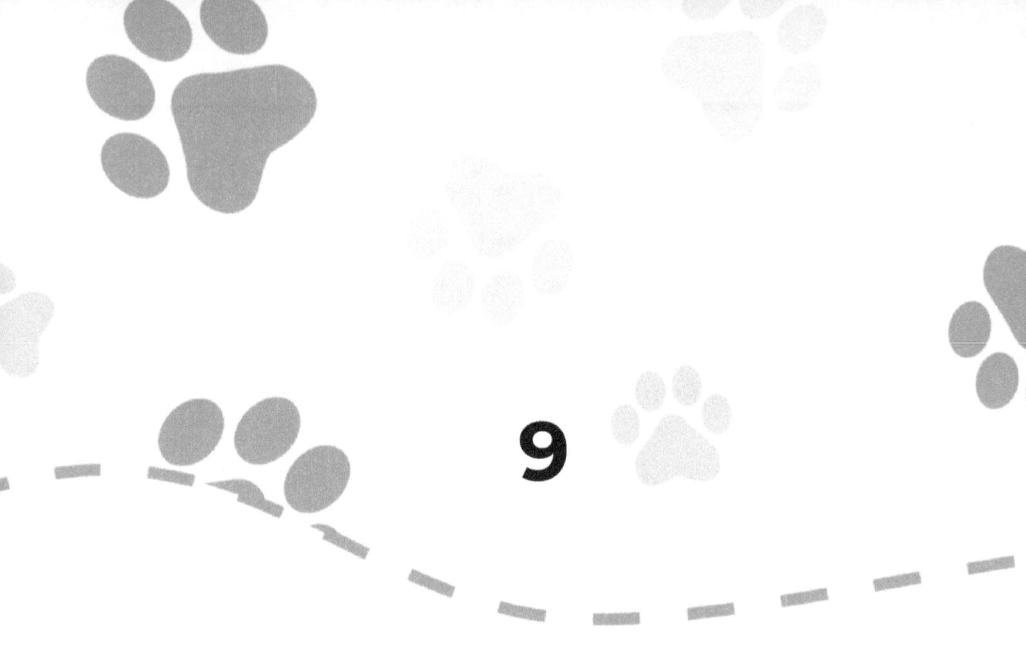

# 9

Fünfzehn Minuten, nachdem er davongestiefelt war, kehrte Mr. Milton mit Reibekuchen auf zwei Papptellern zurück. Grandma nahm ihre Portion lächelnd entgegen und gab ihm einen flüchtigen Kuss auf die Wange. Er bot mir die andere an, doch ich schüttelte den Kopf und lehnte dankend ab. Ich hielt immer noch Octocat fest im Arm, Paisley hingegen war bereits heruntergesprungen und tanzte um Grandmas Füße herum. Ehrlich gesagt rebellierte mein Magen vor lauter Sorge, sodass ich in dem Moment keinen Bissen hinuntergekriegt hätte.

Sie vertilgten rasch ihren Snack, während ich mir den Kopf darüber zerbrach, wie ich am besten vorgehen sollte. „Ich werde Mr. Gable suchen“, teilte ich ihnen kurz darauf entschlossen mit, und schon marschierte ich ohne die beiden los, die Straße rechts runter.

„Mami! Mami! Mami! Ich komme auch mit!“, rief Paisley und tollte in ihrem albernen Rentierkostüm hinter Octocat und mir her.

Wir fanden Mr. Gable dort, wo er uns am Morgen begrüßt hatte – am Haupteingang des Festivals, nach wie vor als Weihnachtsmann ohne Mantel verkleidet, der die Besucher zu einem flotten Fotoshooting in seinen Schlitten einlud.

Seine Kaninchendame Nini hockte neben der Krippe, halb mit Heu bedeckt, und sah inmitten der vielen Miniaturfiguren aus Plastik, darunter diverse Kühe, Kamele und Engel sowie die Heiligen Drei Könige, völlig fehl am Platz aus.

Mr. Gable hatte gerade eine vierköpfige Familie abgelichtet und wünschte ihnen ein frohes Weihnachtsfest. Dann betrachtete er mich und runzelte die Stirn.

„Angie, was ist los? Wieso bist du so außer Atem? Kommst du vom letzten Rentierspiel?“ Er lachte, jedoch nicht schallend, wie man es vielleicht von einem Weihnachtsmann erwarten würde, sondern auf eine ruhige, freundliche Art, wie sie ältere Herren öfters an sich hatten.

Seine Bemerkung erinnerte mich erneut daran, dass ich mich endlich ins Zeug legen musste, um besser in Form zu kommen, zumal meine siebzigjährige Großmutter mich locker abhängen konnte, was sie auch öfters tat.

„Mr. Gable, hat sich die Polizei mit Ihnen in Verbindung gesetzt?“ Ich holte mein Handy heraus, um nachzuschauen, wie viel Uhr wir inzwischen hatten. Überraschenderweise waren erst gut dreißig Minuten vergangen, seit ich Officer

Bouchard von meiner Entdeckung der beiden Leichen im Eisskulpturengarten erzählt hatte. Also war Maggies Entführung auch noch keine halbe Stunde her.

Mr. Gables Wangen begannen, genauso rot zu glühen wie meine, sodass er nun noch mehr wie der Weihnachtsmann aussah, was mich für einen kurzen Augenblick innerlich schmunzeln ließ. „Warum sollte sich die Polizei gemeldet haben? Was ist passiert?“

Ich wünschte, ich müsste ihm diese Nachricht nicht überbringen, doch es sah so aus, als hätte ich keine andere Wahl. Ich informierte ihn über die Entdeckung der Leichen und darüber, dass wir bereits wussten, dass es sich bei dem getöteten Mann um den Preisrichter handelte, der von seinem Komitee engagiert worden war. Ich erzählte ihm auch, dass man Mags kurz darauf entführt hatte und dass der oder die Täter mit ihr in einem Lieferwagen davongerast waren.

Er starrte mich einen Moment lang mit großen Augen ungläubig an. „Das ist alles heute Morgen passiert? Hier, auf unserem Festival?“, erwiderte er mit brüchiger Stimme.

„Ich befürchte ja“, sagte ich und zog die Stirn in Falten. „Officer Bouchard ist schon am Tatort und kümmert sich um alles. Er hat bereits Verstärkung angefordert. Und ich konzentriere mich darauf, Mags zu finden und sie heil zurückzubringen.“

Da Glendale eine Kleinstadt war, hatten wir das Problem, dass es nicht genug Polizisten gab, um einen Doppelmord zu untersuchen, ganz zu schweigen von einer Entführung obendrein. Deshalb war meine Arbeit als Privatdetektivin umso wichtiger. Officer Bouchard hatte mich aus diesem Grund schon mehr als einmal bei seinen Ermittlungen mit ins Boot geholt.

„Was sollen wir tun?“, fragte Mr. Gable, der plötzlich ganz blass geworden war und mich tief erschrocken anstarrte.

„Wir haben diese Veranstaltung fast das ganze Jahr über geplant. Die Händler und all die anderen Akteure kommen aus ganz Blueberry Bay, ebenso wie die Besucher; die reisen teils von noch weiter her an, um sich das Spektakel anzuschauen. Wahrscheinlich befinden sich in diesem Moment Hunderte auf dem Weg hierher. Sollen wir alles dichtmachen und damit große Verluste in Kauf nehmen oder sollen wir versuchen, das Event durchzuziehen, trotz der Verbrechen, die hier heute Morgen begangen wurden?“

Ich schüttelte den Kopf und wünschte, ich hätte eine Antwort darauf. „Das ist so oder so eine Katastrophe. Keine leichte Entscheidung. Ganz ehrlich, ich möchte nicht in Ihrer Haut stecken.“

Er seufzte schwer und fuhr sich mit beiden Händen durch sein dichtes, weißes Haar. „Ich hätte nicht gedacht, dass ich als Vorsitzender des Ausschusses jemals eine solche Wahl treffen müsste. Aber auch wenn ich die Leitung habe, sind wir trotzdem ein Team. Ich denke, ich muss die anderen fragen, bevor ich das endgültig entscheide. Was meinst du, Angie?“

Ich setzte Octocat auf dem Vordersitz des Schlittens ab und kletterte neben ihn auf die Bank.

Die kleine Paisley hüpfte unten herum, weil sie es nicht schaffte, allein heraufzuspringen. Also beugte ich mich vor und hob sie hoch. Sie leckte mir sofort das Gesicht und freute sich, nach unserer fünfzehnsekündigen Trennung wieder mit mir vereint zu sein.

„Das klingt vernünftig", sagte ich zu Mr. Gable, vor allem, da mir auch nichts Besseres einfiel. „Ich bleibe hier, um die Leute zu begrüßen und sie zu fotografieren, während Sie mit den anderen aus dem Komitee reden."

„Oh, wunderbar, wunderbar", erwiderte er und drückte mir die kleine Digitalkamera in die Hand. „Würdest du bitte auch auf Nini aufpassen? Sie wird wahrscheinlich einfach weiterschlafen und sollte dir keine Probleme bereiten. Ich habe ihre Leine an das Bein der hinteren Kamelfigur gebunden."

„Natürlich werden wir sie im Auge behalten. Überhaupt kein Problem", versicherte ich ihm.

„Jetzt müssen wir auch noch das Hoppelmoppelchen sitten? Ich fasse es nicht", stöhnte Octocat neben mir.

Mr. Gable lächelte kurz, wobei er jedoch ziemlich unglücklich wirkte. Dann eilte er davon und murmelte dabei etwas vor sich hin.

Ich schaute zum Parkplatz nahe dem Haupteingang hinüber, konnte aber keine neuen Festivalbesucher ankommen sehen, was mir die Gelegenheit gab, erneut mit den Tieren zu sprechen.

„Ich dachte, wir würden Mags suchen“, jammerte Paisley.

„Ja, stimmt, das hat sie gesagt“, ereiferte sich Octocat, „aber du weißt ja, wie sprunghaft Menschen sein können. Angela, wie lange werden wir hier festsitzen, weit weg vom tatsächlichen Geschehen?“

Ich wünschte, ich hätte es gewusst. Es gab viele Dinge, die ich in diesem Moment gerne gewusst hätte, und aktuell stand mir nur eine einzige neue Informationsquelle zur Verfügung.

Ich krabbelte von der Sitzbank des Schlittens hinunter und ging auf Zehenspitzen auf die Krippe zu, vorsichtig darauf bedacht, das Kaninchen nicht zu erschrecken, denn bei unserer letzten Begegnung hatte es auf mich recht ängstlich gewirkt. Aber ich wollte unbedingt herausfinden, ob es etwas wusste, das mir weiterhelfen konnte. Wenn ich es jedoch einschüchterte, würde es vielleicht gar nicht mit mir reden. Ich musste das geschickt angehen. *Für Maggie.*

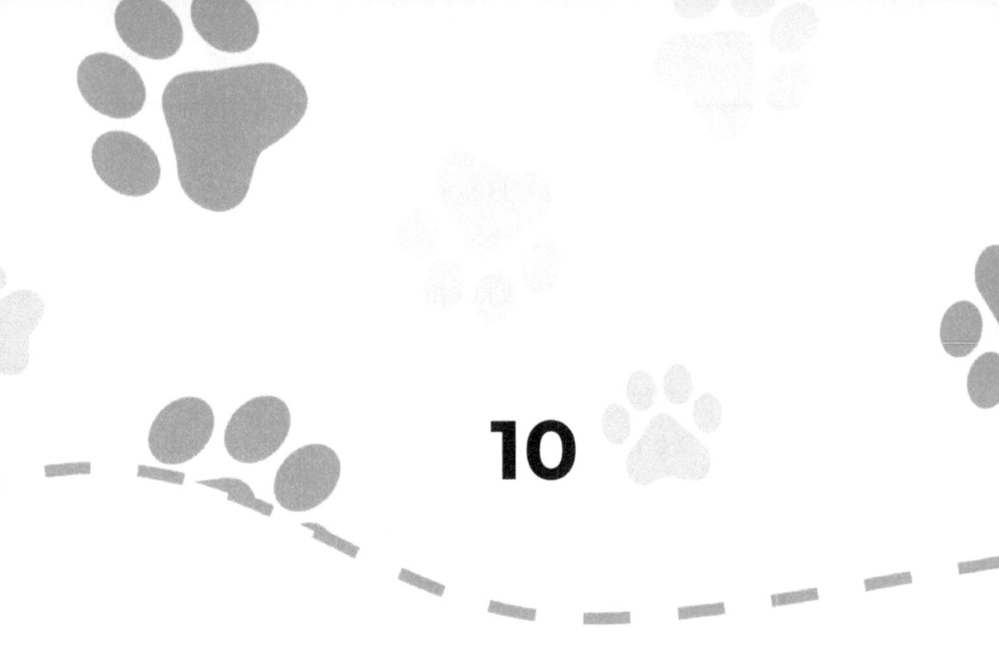

# 10

Vorsichtig setzte ich mich neben die Krippe auf den feuchtkalten Boden. Ein eisiger Schauer durchfuhr mich, aber das war mir egal.

„Nini“, sagte ich leise, „ich bin’s, Angie. Wir haben uns in der Zoohandlung getroffen, als wir dort Fotos mit dem Weihnachtsmann machen wollten. Ich weiß nicht, ob du dich an mich erinnerst, aber …“

Das Heu raschelte, und eine kleine, graue Nase kam zum Vorschein, gefolgt von zwei dunklen Augen. „Ach du meine Güte, ach du meine Güte. Wer bist du denn? Was machst du denn hier? Wo ist Mr. Gable? Willst du mich auffressen? Werde ich jetzt sterben? Das ist ja eine schöne Bescherung. Was für ein Weihnachten …“

Octocat tauchte mit einem süffisanten Grinsen, das seine Schnurrhaare zucken ließ, neben mir auf, und ich war mir unsicher, ob er mir helfen oder sich auf ihre Kosten amüsieren wollte.

„Entspann dich, Kleines“, brummte er. „Sie wird dich nicht fressen. Aber ich möglicherweise, wenn du nicht kooperierst.“

Er lachte teuflisch, so wie er es immer tat, wenn er absichtlich vor meine Zimmertür kotzte, um mich zu bestrafen, und hatte einen Heidenspaß dabei. Das war jetzt nun wirklich keine große Hilfe, im Gegenteil, er würde alles nur noch komplizierter machen. *Großartig.*

„Oh, frohe Weihnachten, frohe Weihnachten!“, stotterte Nini mit einem überraschend ironischen Unterton. „Ich will nicht gefressen werden. Ganz sicher *nicht.* Ich wusste, ich hätte heute nicht aus dem Haus gehen sollen. Mr. Gable hat mich dazu gezwungen, aber ich wollte nicht. Ich wollte einfach nur gemütlich daheimbleiben und Möhrchen essen und so.“

Mein Kater zuckte ungehalten mit dem Schwanz und grollte: „Wenn dir deine Möhrchen lieb sind, dann hörst du Angie jetzt gut zu. Und Schluss mit diesem *frohe Weihnachten.* Hast du mich verstanden?“

Das Kaninchen nickte langsam und ließ die langen Ohren hängen. „Tut mir leid“, stammelte es ängstlich. „Ich wollte Sie nicht verärgern, Sir. Es ist nur so, dass ich immer auf der Hut sein muss, sonst könnten schlimme Dinge passieren. Wisst ihr, das Leben ist nicht so einfach, wenn man ein Beutetier ist? Jeder hier könnte es auf mich abgesehen haben. Viele

Kaninchen haben nicht die Chance, so lange zu leben, wie es mir vergönnt ist, und ich will weiterleben. Ich liebe meinen Menschen."

Paisley gesellte sich zu uns. Ich hatte keine Ahnung, wo sie die letzten paar Minuten gewesen war, aber es schienen immer noch keine neuen Besucher angekommen zu sein, also konnte ich das Gespräch fortsetzen.

„Nini, hast du …", begann ich, aber Paisley unterbrach mich, was sehr untypisch für sie war. Sie stieß ein trauriges Heulen aus, und ihre normalerweise aufgerichteten Ohren fielen nach vorne, während sie den Kopf neigte und das Kaninchen traurig betrachtete. „Oh, du armes Häschen. Das muss ein unvorstellbar hartes Leben für dich sein. Willst du darüber reden? Ich kann sehr gut zuhören."

Ich wollte gerade etwas sagen, um wieder zur Sache zu kommen, als der sichtlich ungehaltene Octocat erneut das Wort ergriff.

„Damit das klar ist: Für Psychokram haben wir jetzt keine Zeit. Wir brauchen Informationen. Wir müssen Mags finden. Das ist unser Ziel, und das dürfen wir nicht aus den Augen verlieren, wir müssen dranbleiben, am Ball bleiben, et cetera pp. So, und jetzt ist Schluss mit lustig …", sagte er und drehte sich mit wild entschlossenem Blick wieder zu ihr um. „Einer unserer Menschen ist von gefährlichen Männern entführt worden."

Das Kaninchen keuchte erschrocken auf.

„Ja!", rief Octocat theatralisch und nickte dabei. „*Gefähr-*

*lich*. Und wir müssen sie zurückholen, bevor es zu spät ist." Rasch trat er zwei Schritte vor und ließ demonstrativ die Krallen einer Pfote aufblitzen. „Jetzt sag uns, was du weißt, Karnickel."

Ihr Näschen bebte unaufhörlich, während der Rest ihres Körpers vor Schreck erstarrt zu sein schien. „Ich weiß nicht, was du von mir erwartest", sagte sie leise. „Es tut mir leid, dass deinem Menschen etwas passiert ist, aber ich weiß nichts darüber. Könntet ihr mich jetzt bitte wieder in Ruhe lassen, damit ich mein Nickerchen fortsetzen kann?"

Octocat leckte sich die entblößten Krallen, während er das Kaninchen weiter anstarrte. Ich hatte noch nie erlebt, dass sich mein Kater gegenüber anderen Fellnasen wie ein solcher Mafioso aufführte und nahm mir vor, seine Fernsehgewohnheiten in Zukunft sorgfältiger zu überwachen.

Er wollte erneut etwas sagen, aber ich unterbrach ihn, indem ich ihm eine Hand auf den Rücken legte. „Jetzt mach aber mal halblang", murmelte ich.

„Halblang?", erwiderte er. „Ich habe doch noch gar nicht richtig angefangen."

Ich verdrehte die Augen und wendete mich wieder an Nini. „Du bist doch schon den ganzen Morgen hier und hast mitbekommen, wer hier ein und aus gegangen ist. Hast du jemanden gesehen, der sich auffällig verhalten hat?"

„Ich bekomme alles mit", sagte sie mit einem Nicken. „Das ist das A und O, wenn man am Leben bleiben und nicht zur Beute werden will."

„Okay …“, sagte ich gedehnt, da sie meine Frage nicht wirklich beantwortet hatte. „Und ist dir jemand Verdächtiges aufgefallen?“

Daraufhin zuckte erst ihr eines Ohr, dann das andere. „Ich finde jedes Raubtier verdächtig“, sagte sie. „Auch dich. Und besonders diesen Kater.“

Octocat lachte laut auf, als wäre dieser Ausspruch das Beste, was er je gehört hatte, noch besser als jedes Weihnachtsgeschenk.

„Ich verstehe“, sagte ich langsam und hoffte inständig, dass Mr. Gable noch ein paar Minuten brauchen würde, damit wir vielleicht doch noch einen wertvollen Hinweis aus ihr herausbekämen. „Gab es denn jemanden, der dir noch verdächtiger vorkam als die anderen? Oder der dir auf andere Weise suspekt war?“

Nini dachte kurz nach. „Hm“, sagte sie schließlich, „jetzt, wo du es sagst, ja. Da gab es tatsächlich einige Personen, die mir sehr suspekt waren.“

*Jetzt kamen wir der Sache endlich näher.*

# 11

„Weißt du, wer Mags entführt hat?", fragte Paisley und wedelte hoffnungsvoll mit dem Schwanz, während wir alle Nini anstarrten und gespannt darauf warteten, zu erfahren, ob sie etwas Wichtiges beobachtet hatte.

„Wer ist Mags?", fragte sie verwirrt. „Dein Mensch hat mich gerade gefragt, ob ich jemand Verdächtiges gesehen hätte."

„Ja, das stimmt", mischte ich mich ein, um das Gespräch wieder in die richtige Bahn zu lenken. „Erzähl mir bitte von diesen Personen, die dir suspekt waren."

Nini hob zögernd ein Ohr und ließ es wieder fallen. „Es sind viele Leute vorbeigekommen, und fast alle sind stehen geblieben, um Mr. Gable zu begrüßen und sich fotografieren zu lassen, aber ein paar von ihnen schienen es extrem eilig zu haben.“

„Meinst du damit, dass sie nicht fotografiert werden wollten?“, hakte ich nach, um sicherzugehen, dass ich sie richtig verstanden hatte.

„Es schien, als wollten sie noch nicht einmal von ihm angesprochen werden. Ich fand es sehr seltsam, dass sich ein Raubtier so verhält. Einer von ihnen schaute sich um, hin und her, wie ich es tue, wenn ich feststellen will, ob eine Gefahr droht. Der andere bewegte sich extrem schnell und hastete ohne jeden Gruß an uns vorbei.“

„Das ist wirklich seltsam“, stimmte ich nachdenklich zu. „Kannst du mir mehr über diese beiden Personen sagen? Sind sie zusammen gekommen? Wie sahen sie aus? Kamen sie dir bekannt vor?“

Sie blinzelte nachdenklich, während ihr Näschen vibrierte. „Alle anderen haben sich fotografieren lassen, nur die beiden nicht. Sie kamen auch nicht zusammen, sondern erst der eine und nach einiger Zeit der andere. Ich weiß nicht, wer sie waren.“

„Weißt du, ob sie männlich oder weiblich waren? Alt oder jung? Kannst du uns beschreiben, wie sie aussahen?“

Nini legte den Kopf leicht zu Seite und beäugte Octocat einen Moment lang, bevor sie ihre Aufmerksamkeit wieder auf mich richtete. „Keine Ahnung. Ihr Menschen seht euch einfach alle so ähnlich. Ihr habt nicht einmal besondere

Farben und Abzeichen an eurem Fell. Das macht es schwer, euch zu unterscheiden."

„Genau", stimmte Octocat ihr zu und nickte. „Habe ich das nicht schon immer gesagt?"

Nini wich zurück. „Das ist alles, was ich euch sagen kann. Mehr weiß ich nicht. Bitte geht jetzt, ja?"

„Danke für deine Hilfe." Ich stand auf und klopfte mir zahlreiche Heuhalme von meinem inzwischen völlig durchnässten Hintern. So ein bisschen Heu konnte den Schnee darunter eben nicht wirklich abhalten. „Wir haben Mr. Gable versprochen, dass wir auf dich aufpassen, aber das können wir auch von etwas weiter weg tun."

„Danke", murmelte sie und schaute uns misstrauisch hinterher.

„Das hätten wir uns sparen können", zischte Octocat und verdrehte schon wieder die Augen. „Genauso gut hätten wir statt dem Karnickel die Krippenfiguren befragen können."

„Wieso, ich finde, Nini hat uns einige wichtige Hinweise gegeben", betonte ich und hielt bedeutungsvoll die Kamera hoch. „Sie hat zwei verdächtige Personen erwähnt, von denen kein Foto gemacht wurde."

„Was schlägst du also vor, was wir tun sollen?", fragte Octocat mit einem unruhigen Schwanzzucken. „Glaubst du etwa, wenn wir alle Fotos auf diesem Ding durchsehen, können wir herausfinden, wer von den Besuchern nicht abgelichtet wurde?"

„Es wäre einen Versuch wert", sagte ich, beeindruckt, dass

er praktisch meine Gedanken gelesen hatte. Andererseits hatte er inzwischen ziemlich viel Erfahrung damit, wie man sich Fotos zunutze machen konnte, seitdem er eine Fernbeziehung mit der schönen Grizabella führte, die als Mini-Influencerin auf Instagram unterwegs war.

„Allerdings gibt es mehrere Eingänge zum Festivalgelände“, fuhr ich fort. „Die Leute müssen nicht unbedingt hier hereinkommen. Von daher haben wir ohnehin nicht von allen Besuchern ein Foto.“

„Und …“, fügte Octocat mit wissender Miene hinzu, wobei er mich mit seinen bernsteinfarbenen Augen anfunkelte, „was für das Karnickel verdächtig ist, muss nicht unbedingt tatsächlich verdächtig sein. Sie meinte, da seien zwei Personen gewesen, die sich komisch verhielten, aber möglicherweise hat keiner von ihnen etwas mit den Morden oder der Entführung zu tun.“

„Ich weiß“, antwortete ich seufzend, „aber es ist zumindest ein Anfang.“

Ich schaltete die Kamera ein und schaute mir die letzten Aufnahmen an, doch schon kurz darauf musste ich unterbrechen, da sich fast gleichzeitig mehrere Leute näherten.

Grandma und ihr Freund Mr. Milton kamen von der einen Seite, während Mr. Gable aus der anderen Richtung auf uns zueilte. Sekunden später stieß außerdem mein Freund Charles zu uns, der sofort einen Arm um meine Schulter legte und mir einen Kuss auf die Stirn gab.

„Ich habe früher Feierabend gemacht, um dich zu überraschen“, sagte er mit einem breiten Grinsen. „Also, was habe ich verpasst?“

Mr. Gable stöhnte, Grandma zuckte zusammen, und Mr. Milton starrte angestrengt zu Boden.

Octocat gab ihm eine ziemlich unfreundliche Antwort, die er ohne meine Hilfe jedoch nicht deuten konnte, was vielleicht auch besser so war. Paisley bellte, stellte sich auf die Hinterbeine und vollführte einen Hüpftanz, um Charles' Aufmerksamkeit zu erregen.

„Hey“, sagte er, hob sie hoch und drückte auch ihr einen Schmatzer auf die Stirn.

„Warum seid ihr alle so still?“, fragte er und blickte erwartungsvoll in die Runde. „Ich habe wirklich etwas verpasst, oder?“

Ich legte ihm eine Hand auf die Schulter und informierte ihn so ruhig wie möglich über die beiden Morde und die Entführung sowie über die Tatsache, dass die Kidnapper höchstwahrscheinlich mich anstelle von Mags mitnehmen wollten.

„Und das ist alles vorhin erst passiert?“, erwiderte er fassungslos.

Ich nickte traurig. „Ich weiß nicht, was ich tun soll“, stöhnte ich. „Hast du eine Idee?“

Mr. Gable räusperte sich. „Ich habe mit den anderen aus dem Ausschuss gesprochen, und wir sind alle der Meinung, dass es das Beste wäre, das Festival abzubrechen. Wir informieren jetzt die Verkäufer und geben ihnen die Möglichkeit, in den Park am Stadtrand umzuziehen. Wir bewachen die Zugänge und schicken alle Besucher weg beziehungsweise zum Park rüber, damit die Polizei ihre Arbeit aufnehmen kann."

Mr. Milton nickte und fasste sich mit Daumen und Zeigefinger nachdenklich ans Kinn. „Wir haben viel zu verlieren, wenn wir die größte Veranstaltung des Jahres absagen. Die Verkäufer werden darüber nicht begeistert sein."

„Es wird ein Verlustgeschäft für sie werden", stimmte Grandma zu, „aber zumindest verlieren sie nicht ihr Leben."

„Und Letzteres ist schließlich das Wichtigste", stimmte Mr. Gable zu.

„Komm schon", sagte Charles ungeduldig, „lass uns deine Cousine suchen."

Und auch wenn ich für gewöhnlich sehr gut allein meine Frau stehen konnte, war ich jetzt doch froh, ihn an meiner Seite zu haben. Wir würden Maggie finden. Natürlich würden wir das. Es gab gar keine Alternative dazu.

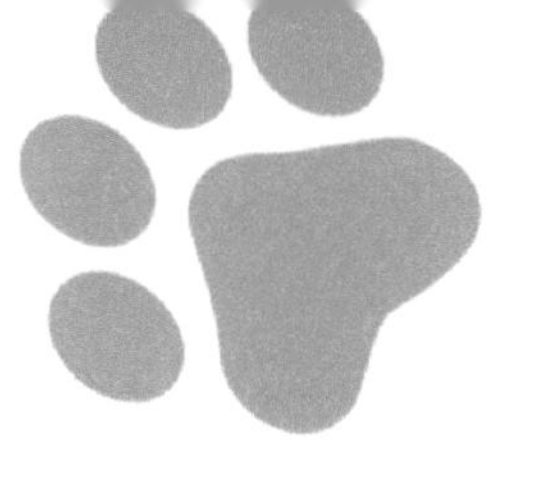

# 12

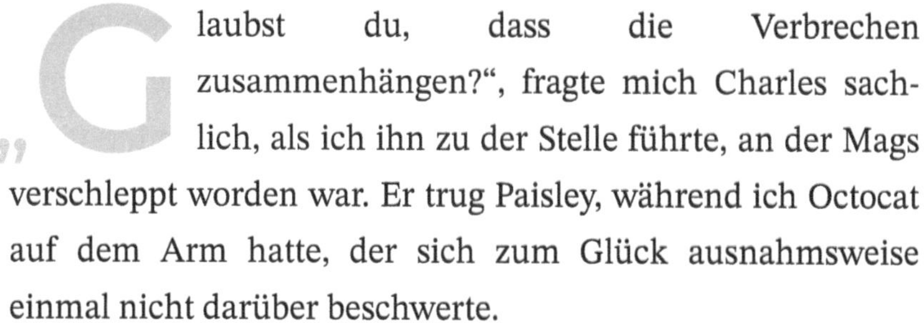

„Glaubst du, dass die Verbrechen zusammenhängen?“, fragte mich Charles sachlich, als ich ihn zu der Stelle führte, an der Mags verschleppt worden war. Er trug Paisley, während ich Octocat auf dem Arm hatte, der sich zum Glück ausnahmsweise einmal nicht darüber beschwerte.

„Ich weiß es nicht genau.“ Dann ließ ich den Blick auf dem Boden hin und her wandern, als ob sich dort ein Hinweis entdecken ließe. „Mein Gefühl sagt nein, aber ich will auch keine voreiligen Schlüsse ziehen und am Ende etwas übersehen. Sicher ist sicher.“

„Ein guter Ansatz“, sagte Charles und drückte meinen Ellbogen, da ich Octocat mit beiden Händen halten musste, um ihn bequem zu tragen, damit er nicht wieder anfing zu jammern. „Es tut mir leid, dass ich nicht früher da war.“

„Schon in Ordnung. Du wusstest ja nicht, was los war. *Niemand* konnte ahnen, dass solche schrecklichen Dinge geschehen würden, obwohl Heiligabend ist …“

Wir gingen ein Stück schweigend nebeneinanderher. Charles war in Gedanken versunken, wie so oft. „Vielleicht sind diese Dinge nicht passiert, obwohl Heiligabend ist, sondern eben genau deshalb?“

„Wie meinst du das?“, fragte ich und schaute ihn gespannt an, obwohl man gerade höllisch aufpassen musste, um nicht mit einem der vielen abreisenden Händler zusammenzustoßen.

„Nun, vielleicht hat das Christmas Festival unserem Mörder und/oder Entführer eine Gelegenheit gegeben, die er sonst nicht gehabt hätte. Oder vielleicht steht der Mörder irgendwie selbst mit der Veranstaltung in Verbindung. Du sagtest, die beiden Toten waren die Jury des Eisskulpturenwettbewerbs, richtig?“

„Zumindest einer von ihnen.“ Officer Bouchard hatte die Frau ja nicht identifizieren können, als ich ihm die Leichen zeigte, und wegen der Sache mit Maggie hatte ich seitdem nicht mehr mit ihm darüber gesprochen.

„Mir ist klar, dass jetzt jede Sekunde zählt“, meinte Charles, als wir uns dem Eisskulpturengarten näherten, „aber wir sollten trotzdem erst kurz mit der Polizei reden. Vielleicht haben sie inzwischen Informationen, die uns bei der Suche nach Mags weiterhelfen können.“

Keine zwei Minuten später fanden wir Officer Bouchard

mit ein paar anderen Polizisten in der Nähe der Weihnachtsbaumskulptur. „Angie“, sagte er, „wo bist du denn gewesen? Ich hatte dich schon eher wieder hier erwartet.“

„Oh, hat man dir noch nicht Bescheid gegeben?“, erwiderte ich mit belegter Stimme. „Mags wurde entführt. Direkt da hinten an der Straße hat man sie gepackt und verschleppt.“

„Mags? Deine nette Cousine? Aber warum?“ Er zog die Augenbrauen hoch. „Und warum wurde ich noch nicht darüber informiert?“

Tja, warum eigentlich? Ich glaube, wir waren alle so aufgeregt und so damit beschäftigt, sie zu suchen, dass wir nicht mehr daran gedacht hatten. Grandma hatte wahrscheinlich angenommen, dass ich die Polizei einschalten würde, während ich annahm, sie würde sich darum kümmern. Wenigstens konnte ich es jetzt meinem Lieblingspolizisten persönlich mitteilen.

„Es ging irgendwie alles wahnsinnig schnell“, erklärte ich ihm. „Ich kann selbst nicht fassen, dass ich vergessen habe, dich darüber in Kenntnis zu setzen, aber du warst sicher auch beschäftigt.“

Er seufzte und bewegte den Kopf zu Seite, sodass es laut knackte. „Beschäftigt ist gar kein Ausdruck.“

„Gibt es denn etwas Neues?“, fragte Charles und schüttelte dem Officer zur Begrüßung die Hand. „Irgendetwas, das uns helfen könnte, Mags zu finden, während ihr den Mörder jagt?“

„*Jagen* trifft die Sache nicht direkt. Das klingt, als hätte da jemand zu viel Stephen King gelesen", scherzte der Beamte. „Aber ja, wir konnten bestätigen, dass es sich bei dem weiblichen Opfer um unsere zweite Preisrichterin handelt. Eine gewisse Miss Zelda Benedict. Sie unterrichtete Kunst an der Universität in Portland und ist extra von dort angereist, um als Jurorin zu fungieren."

Geräuschvoll sog ich Luft durch die Zähne ein. Alles schien nur noch verworrener zu werden. „Diese Geschichte wird sicher durch die Medien gehen und überall einen schrecklichen Eindruck hinterlassen. *Kommt zum Christmas Festival nach Glendale, dort werdet ihr vielleicht ermordet.*"

„Es ist bedauerlich", stimmte Officer Bouchard zu. „Sie war eine Koryphäe auf ihrem Gebiet. Zweifellos wird man uns so lange Druck machen, bis wir den Schuldigen gefunden haben."

„Hatte sie irgendeine Verbindung zu Fred Hapley?"

„Soweit ich weiß, sind sich die beiden noch nie begegnet. Zumindest nicht, bis sie hier nebeneinander tot im Schnee landeten. Übrigens, Fred Hapley ist mit einer Pistole erschossen worden. Das Ding muss einen Schalldämpfer gehabt haben, da niemand einen Schuss gehört hat. Die Professorin hingegen wurde mit einem Eiszapfen erstochen."

„Aber warum wurden sie auf unterschiedliche Weise getötet?" Charles legte einen Arm schützend um meine Taille und beobachtete die Eisskulpturen um uns herum mit Argusaugen.

„Das haben wir uns auch gefragt", sagte Officer Bouchard

nickend. „Es hat den Anschein, als ob der Täter es zunächst nur auf die Professorin abgesehen hatte, dann aber einen zweiten Mord begehen musste, als Fred Hapley am Tatort auftauchte."

„Wir suchen also jemanden, der mit dem Festival gut genug vertraut war, um ein Treffen mit Zelda Benedict im Eisskulpturengarten zu planen, und zwar bevor sich dort die Besucher tummeln würden. Demjenigen wird aber wohl nicht bewusst gewesen sein, dass Fred Hapley dazustoßen könnte", fasst Charles zusammen.

„Das ist auch unsere Theorie", pflichtete ihm der Officer bei und streichelte Paisley kurz über den Kopf. „Aber ich verstehe nicht, wie die Entführung von Angies Cousine damit zusammenhängen könnte. Sie kam erst nach den beiden Morden am Tatort an, und da war der Täter vermutlich schon über alle Berge. Warum sollte sie also jemand mitnehmen?"

„Vielleicht ist der Killer gar nicht abgehauen, sondern hat sich in der Nähe versteckt, um die Lage im Blick zu behalten", spekulierte ich und drückte Octocat fest an meine Brust, weil mir das ein wenig Mut gab. „Möglicherweise hat er uns die ganze Zeit beobachtet, als wir die Leichen entdeckt, sie dir gezeigt und uns auf unsere Wachposten begeben haben. Aber wenn dem so wäre, warum hat er dann nur Mags und nicht auch mich gekidnappt?"

„Fragen über Fragen, und bisher haben wir leider nur sehr wenige Antworten." Officer Bouchard ließ den Kopf hängen und seufzte. „Ich werde die Entführung auf dem Revier melden. Wir haben zwar jetzt alle Hände voll mit den Morden zu tun, aber die Einsatzkräfte aus den Nachbarstädten sind ohnehin in Bereitschaft wegen des Festivals. Und die Kollegen aus Dewdrop Springs haben die letzten Jahre mit einer ganzen Reihe von Geiselnahmen zu tun gehabt. Die sind mittlerweile Experten für so was. Aber mit Mordfällen haben wir mehr Erfahrung. Die kommen in unserer kleinen Stadt inzwischen ja viel zu oft vor."

„Danke für die Hilfe", murmelte ich. Dieser Tag erschien mir wie ein einziger Albtraum.

„Ich wünschte, ich könnte mehr tun. Aber wie ich dich kenne, bist du dem Entführer schon selbst auf der Spur."

Wir verabschiedeten uns, und Charles, die Tiere und ich machten uns auf den Weg zu der Stelle, an der ich Maggie zum letzten Mal gesehen hatte, bevor sie verschleppt wurde und der Horror so richtig losging.

Hoffentlich würden wir bald einen entscheidenden Hinweis finden. Ich hatte immer noch keine zündende Idee, wo wir mir der Suche nach meiner verschwundenen Cousine anfangen sollten, und je mehr Zeit verstrich, desto verzweifelter wurde ich.

„Bitte, lieber Gott", flüsterte ich in gen Himmel, der inzwischen dicke Schneeflocken auf uns herabfallen ließ. „Bitte mach, dass es ihr gut geht."

# 13

Es hatte heute zwar bisher nur leicht, dafür jedoch beständig geschneit, sodass meine Fußspuren, die ich hinterlassen hatte, als ich hinter dem Entführerauto her spurtete, nun bereits größtenteils mit frischem Schnee bedeckt waren. Fast ein Dutzend weiterer Abdrücke schlängelten sich den Bürgersteig und die Straße entlang, was die Rückverfolgung meiner Schritte zusätzlich erschwerte.

Immer mehr Menschen erreichten das Festivalgelände, nur um direkt wieder weggeschickt zu werden. Ob dies den Untergang der beliebtesten Tradition unserer Stadt darstellte?

*Egal, das spielt jetzt keine Rolle.*

„Hier haben sie sie entführt", sagte ich zu Charles und deutete auf eine Gasse, die von der Straße mit den Geschäften abging. „Dort ist er reingefahren, und dann habe ich ihn aus den Augen verloren."

„Ich bin auch hinterhergerannt!“, rief Paisley stolz, „aber der große, böse Van war zu schnell für mich.“

Manchmal fragte ich mich, ob mein Chihuahua glaubte, dass auch andere Menschen sie verstehen könnten. Vielleicht hielt sie es aber auch einfach für höflich, mit jedem zu reden, egal, ob man sie verstand oder nicht.

„Der Schnee hat die meisten Reifenspuren überdeckt, aber ich sehe immer noch einige leichte Rillen.“ Charles bückte sich und berührte den Boden. „Folgen wir ihnen so weit wie möglich, um zu sehen, wohin sie führen.“

„Die Kidnapper waren aber nicht die einzigen, die hier mit dem Wagen durchgefahren sind“, brummte Octocat auf meinem Arm. „De facto kommt fast jeder mit dem Auto her. Da sind wir und der Kotzbrocken doch auch keine Ausnahme.“

„Eine interessante Beobachtung“, erwiderte ich und war dankbar, dass gerade niemand außer uns in dieser kleinen Straße zu sehen war.

„Was sagt er?“, fragte Charles und zog die Augenbrauen hoch.

Er hatte definitiv gemerkt, dass mein Kater mal wieder schlecht über ihn sprach. Irgendwann hatte ich meinem Freund verraten, welchen Spitznamen Octocat für ihn hatte – *Kotzbrocken*. Und obwohl Charles inzwischen wusste, wie der kleine Kerl tickte, hasste ich es, ihm all die sarkastischen Sprüche übersetzen zu müssen, die der Kater regelmäßig vom Stapel ließ.

„Äh … nichts“, antwortete ich gedehnt, schaute die Gasse hinunter und hoffte, etwas zu entdecken, um schnell das Thema wechseln zu können – vorzugsweise etwas, das uns zu Mags führen würde.

„Ich merke es, wenn er fiese Sprüche klopft“, sagte Charles und lachte leise.

„Echt jetzt?“ Erst dachte ich, er hätte das nicht ernst gemeint und mich bloß ein wenig veräppeln wollen, aber er schaute mich mit festem Blick an. „Wie kannst du das wissen?“

Charles zuckte mit den Schultern und legte einen Arm um meine Taille.

Paisley hüpfte unterdessen vor uns her, während Octocat es vorzog, weiter von mir getragen zu werden, um ja keinen Fuß in den feuchten Schnee setzen zu müssen.

„Ich weiß es nicht. Ich merke es einfach. Vielleicht liegt es an Jacques und Jillianne. Seitdem ich selbst Katzen habe und mich viel mit ihnen beschäftige, habe ich eine Menge über sie gelernt. Oder vielleicht kann ich Octocat und seine Art inzwischen einfach besser einschätzen.“

„Du glaubst doch nicht, dass du …“ Ich hielt inne. Diese Frage war beinahe zu verrückt, um sie zu stellen, aber wenn Charles wirklich an Octocats Tonfall erkennen konnte, ob er gerade eine spöttische Bemerkung machte, konnte er womöglich …

*„Verstehst du ihn?“*, fragte ich, wobei ich jedes Wort betont in die Länge zog.

„Nein", antwortete er und lachte wieder in sich hinein. „Das ist wohl auch besser so. Es genügt mir zu wissen, dass er mich durch den Kakao zieht. Seine Worte tatsächlich zu verstehen wäre eine ganz andere Nummer, vor allem, wenn wir gerade versuchen, einen Fall gemeinsam zu lösen. Und ganz besonders, wenn es dabei um Mags geht."

Charles war seit der Ankunft meiner Cousine ein paar Mal bei uns gewesen, und die beiden hatten sich auf Anhieb prächtig verstanden. Aber das war auch typisch für ihn – er kam einfach mit jedem super zurecht.

Außerdem wusste ich, wie viel es ihm bedeutete, dass ich glücklich war und es den Menschen, die ich liebte, gut ging – Charles Longfellow war wirklich ein guter Kerl. Er wollte für jeden nur das Beste. Das machte ihn auch zu einem so fantastischen Anwalt. Für seine Mandanten gab er immer alles.

„Mami! Mami!" Paisley kläffte aufgeregt und stürmte in ihrem Rentierkostüm auf uns zu. Ich war so sehr in Gedanken versunken gewesen, dass ich gar nicht bemerkt hatte, dass sie ein ganzes Stück vorausgelaufen war.

„Maaaamiiiii!", rief sie erneut wie eine kleine Sirene, „ich rieche sie, ich rieche sie!"

„Was riechst du, Süße?", fragte ich und versuchte, die Hoffnung zu unterdrücken, die in mir aufkeimte. Paisley gab zwar immer ihr Bestes, um uns zu helfen, aber durch ihre unbekümmerte Art fehlte ihr oft die nötige Skepsis, um eine gute Detektivin abzugeben.

Nun hüpfte sie um uns herum und wedelte so heftig mit

dem Schwanz, dass ich dachte, sie würde umfallen. Obwohl ich wusste, dass es Grandma lieber sein würde, wenn die kleine Hündin bei diesem Wetter in der Stadt ihr Mäntelchen anbehielt, beschloss ich, Paisley aus ihrem übertriebenen Kostüm zu befreien. So würde sie nicht mehr ständig Gefahr laufen umzukippen und uns besser unterstützen können. Während ich ihr das Teil auszog, musste ich an den Hund in dem Film „Der Grinch" denken, der auch kurzerhand als Rentier verkleidet wurde.

„Danke, Mami", sagte sie mit einem glücklichen Seufzer und schüttelte ihr Fell, wie sie es immer tat, nachdem sie gebadet wurde. Hoffentlich würde sie nicht anfangen, wie eine Verrückte herumzuspringen und sich wie wild herumzurollen, denn das wären die nächsten Schritte ihres Reinigungsrituals.

„Das fühlt sich viel besser an", rief sie und schüttelte sich erneut, verzichtete aber glücklicherweise auf einen weiteren Freudentanz. „Willst du wissen, was ich rieche?"

„Ich weiß, was sie riecht", sagte Octocat, der weiterhin auf meinem Arm thronte und ein leises Schnurren von sich gab. „Diese frittierten Kartoffeldinger."

„Hey, du bist gemein", jammerte der Chihuahua. „Ich wollte es ihr sagen. Ich wollte Mami helfen, damit sie mich lobt, was für ein guter Hund ich bin."

„Du bist der beste Hund der Welt, Paisley, und keine Sorge, du kannst es mir immer noch sagen. Schieß los!"

Selbst wenn Octocat diese neue Duftspur nicht entgangen

war, hatte er uns erst einmal nichts davon gesagt, also war meines Erachtens Paisley diejenige, die hier das ganze Lob verdient hatte.

Sie rollte sich einmal auf dem Boden, sprang dann wieder auf und sang: „Es sind die Rei-rei-reibekuchen! Mags hat eine Menge davon gefuttert. Sie hat mir ein kleines Stück abgegeben, aber ich mochte es nicht. Ich glaube, ich hätte lieber ein Hummerbrötchen wie Octocat gehabt."

Das war das passende Stichwort für den Kater. „Im Little Dog Diner machen sie hammermäßige Hummerbrötchen. Sollen wir noch eins essen gehen, bevor wir nach Hause fahren?"

„Nicht jetzt", schimpfte ich mit ihm. „Es riecht hier also nach dem Essen, das Mags sich kurz vor ihrer Entführung geholt hatte?"

Paisley nickte und stolperte dabei leicht zur Seite, da sie sich anscheinend erst wieder daran gewöhnen musste, nicht mehr in dem Kostüm zu stecken und sich normal bewegen zu können. „Ja, genau, und es kommt aus dieser Richtung." Sie drehte sich einmal um sich selbst, rannte einige Meter die Gasse hinunter und sah sich erwartungsvoll zu uns um.

„Okay, auf geht's!", rief ich und drückte Octocat Charles in die Arme, weil ich wusste, dass er mit dem zusätzlichen Gewicht schneller laufen konnte als ich. Unter keinen Umständen wollte ich den kleinen Kerl zurücklassen und riskieren, dass er abhandenkommt.

Noch mehr Probleme konnte ich jetzt wirklich nicht

gebrauchen. Wir mussten meine Cousine wiederfinden, das war jetzt am allerwichtigsten, und zumindest drei der vier Mitglieder unseres kleinen Suchtrupps sahen das genauso.

Wir joggten los. Der Chihuahua raste voraus, kam aber zwischendurch an meine Seite geflitzt, um mich in hohen Tönen anzufeuern. „Mami, du schaffst das! Du bist eine gute Läuferin! Ja, so ist es gut! Komm schon, Mami!"

Ich fand sie als Cheerleaderin zwar niedlich, aber es war nicht gerade hilfreich. Endlich, als sich meine Beine durch das ungewohnte Rennen in meiner engen Jeans schon leicht kribbelig anfühlten, blieb Paisley stehen, gab ein leises Knurren von sich und starrte zu Boden. Charles und ich wurden langsamer.

„Das war ja furchtbar", beschwerte sich Octocat. „Das will ich nicht noch einmal erleben." Ich ignorierte ihn und folgte Paisleys Blick.

„Hier, Mami, guck mal!" Die Chihuahua-Hündin vibrierte, weil sie offensichtlich ein wildes Schwanzwedeln zu unterdrücken versuchte. „Dieser Ort riecht sehr nach Mags."

Charles und ich bückten uns, um einige Gegenstände am Boden zu untersuchen, die teilweise mit Schnee bedeckt waren.

„Das liegt daran, dass das Mags' Sachen sind", keuchte ich. Mit zittrigen Händen hob ich ihre plüschige, weiße Baskenmütze und ihr Handy auf, sowie die silbern glänzende Menora, die sie erst an diesem Morgen gekauft hatte.

„Warum hat sie sie hiergelassen?“, fragte Paisley mit einem leisen Winseln.

„Ich glaube nicht, dass das Absicht war.“ Ich verstaute die drei Teile in meiner Umhängetasche. „Nein, sogar ganz bestimmt nicht.“

„Und was machen wir jetzt?“, fragte Octocat.

Gleichzeitig meinte Charles: „Eine heiße Spur ist doch immer wieder eine feine Sache.“

„Aber was machen wir jetzt?“, wiederholte ich Octocats Frage.

„Na, wir folgen unseren Spürnasen“, antwortete er trocken.

Ich liebte Charles’ Fähigkeit, selbst in den schwierigsten Situationen die Ruhe in Person zu bleiben. Sogar mein Kater schien sich weniger zu beschweren und konzentrierte sich auf unseren Fall. Wir arbeiteten jetzt als ein Team, und das verlieh uns Superkräfte.

*Maggie, halte durch, wir kommen!*

# 14

Charles rief Grandma an und ich parallel meine Mutter. Sie nahm nach dem ersten Klingeln ab. „Hey, Schatz. Hast du Mags gefunden?“

„Noch nicht“, antwortete ich geknickt. „Aber wir haben eine Spur. Kannst du mit Dad herkommen? Wir sind in der kleinen Straße, die von der Third Street abgeht, direkt neben dem Pfannkuchenladen, weißt du, wo?“

„Alles klar, wir kommen!“, versprach sie, bevor sie auflegte.

Charles umarmte mich und murmelte in mein Haar: „Alles wird gut, wir werden sie finden. Deine Grandma ist auch schon auf dem Weg hierher, und sie hat gesagt, dass sie einen Freund mitbringt, der bei der Suche hilft.“

„Das wird wieder dieser Mr. Milton sein“, erwiderte ich mit kühler Stimme.

„Wer ist das denn? Ich glaube nicht, dass ich ihm schon einmal begegnet bin."

„Ich habe ihn auch erst heute kennengelernt. Es ist irgendwie voll seltsam, dass er sie ausgerechnet heute begleitet und uns dauernd dazwischenfunkt."

„Vielleicht mag er deine Großmutter einfach sehr und will ihr helfen, um sie glücklich zu machen", meinte Charles achselzuckend und ließ mich los.

Ich schüttelte den Kopf, weil ich mir das nicht vorstellen konnte, vor allem angesichts seiner Reaktion vorhin. „Ja, oder vielleicht ist er der Mörder, nach dem wir alle suchen."

„Das glaubst du doch nicht wirklich, oder?", erwiderte Charles leicht empört.

„Ja. Nein ... Ich weiß nicht. Es kommt mir halt komisch vor."

„Na gut, wenn du Zweifel an ihm hast, dann müssen wir ihn unter die Lupe nehmen. Wir könnten versuchen, ihm gleich ein paar Fragen zu stellen."

„Ja, mal sehen."

„Redest du von Grandmas neuem Freund?", mischte sich Octocat ein und verzog angewidert die Oberlippe. Wenigstens waren wir uns in diesem Punkt einig. „Der Kerl hat doch gar nicht die Murmeln, um jemanden zu töten."

„Die Murmeln?", fragte ich verwirrt.

„Ja, du weißt schon. Die, die junge Kater haben, bevor sie zum Tierarzt gebracht werden und ..."

„Ach die!“, unterbrach ich ihn, bevor er seine Ausführung fortsetzen konnte.

„Trotzdem kommt er mir ziemlich verdächtig vor“, fügte er hinzu. „Hast du ein Bild von ihm auf Mr. Gables Kamera gesehen, als du dir die Fotos angeschaut hast?“

„Stimmt, die Kamera!“ Ich schlug mir an die Stirn. Wir hatten ganz vergessen, uns die Bilder anzusehen. „Ich rufe Mr. Gable an und frage ihn, ob wir uns die mal kurz ausleihen können.“

Mr. Gable war in seiner Funktion als Vorsitzender des Festivalkomitees gerade zu beschäftigt, um lange sprechen zu können, doch er teilte mir rasch mit, dass er die Kamera an die Polizei übergeben habe, bevor er den Anruf beendete.

„Siehst du“, sagte Charles und legte seinen Arm beruhigend um meine Schulter, während Octocat schweigend im Schnee saß. „Jemand geht der Sache bereits nach. Wir sind nicht allein bei der Suche nach Mags.“

„Ehrlich gesagt, ich glaube nicht, dass Mr. Milton sie entführt hat, aber er könnte trotzdem der Mörder sein. Ich weiß es nicht. Es ist nur seltsam, dass ein Kerl, den wir noch nie zuvor getroffen haben, sich plötzlich in unsere Angelegenheiten einmischt.“

Daraufhin schwieg er nachdenklich, bis Mom und Dad kurze Zeit später eintrafen. Sie umarmten ihn zur Begrüßung.

„Das ging ja schnell“, sagte er.

„Wir waren nicht allzu weit weg, hatten uns gerade mit Officer Bouchard unterhalten, drüben bei den Eisskulpturen.

Es wird euch freuen zu hören, dass die gesamte Polizei von Dewdrop Springs und Misty Harbor auf der Suche nach Mags ist, während das Glendale-Team weiter in dem Doppelmord ermittelt."

„Ist das nicht super?", sagte mein Dad mit seinem typischen verschmitzten Grinsen. „Je mehr Leute, desto besser. Und desto schneller werden wir sie finden. Und wir *werden* sie finden, Angie."

Ich zwang mich zu einem Lächeln. „Ja, das sagen alle. Ich hoffe bloß, dass du recht behältst."

„Du musst daran *glauben*", ermutigte mich Dad und lächelte noch breiter.

„Hört zu", flüsterte ich, damit niemand außer uns es hören konnte. „Bevor Grandma gleich hier eintrudelt, wollte ich euch nur sagen, dass ich ihrem neuen Freund, den sie ständig im Schlepptau hat, nicht traue."

„Willst du damit sagen, dass du *Mr. Milton* verdächtigst?", fragte Mom irritiert, wobei ihre Stimme immer schriller wurde.

„Ich will damit lediglich sagen, dass ich mir bei ihm nicht sicher bin und ihn als Verdächtigen nicht völlig ausschließen kann, denn ich habe keine Ahnung, wer er ist und wie gut Grandma ihn kennt. Wisst ihr etwas über ihn?"

Mom fuhr sich nachdenklich mit den Fingern durch die Haare. „Ich bin ihm ein- oder zweimal auf Caraway Island begegnet, weil ich dort für verschiedene Storys unterwegs war. Er wirkte damals recht vernünftig auf mich."

Caraway Island. Das war der einzige Teil von Blueberry Bay, den ich kaum kannte. Nicht nur, weil man die Fähre nehmen musste, um auf diese Insel zu gelangen, sondern auch, weil sie außer der reizvollen Landschaft nicht viel zu bieten hatte. Natürlich fand ich die gepflegten Strände und das Ambiente am Meer auch toll, aber dafür musste ich nicht erst auf ein Schiff steigen, denn das gab es praktisch bei uns um die Ecke.

„Was hast du gegen Caraway Island?“, fragte Charles und zog verwundert eine Augenbraue hoch. Manchmal vergaß ich einfach, dass er erst seit anderthalb Jahren hier lebte, weil er in dieser Zeit zu einem solch festen Bestandteil meines Lebens geworden war. Ursprünglich stammte er jedoch aus Kalifornien, und deshalb kannte er noch nicht alle lokalen Besonderheiten, die das Leben in Glendale mit sich brachte.

„Zum einen waren die Caraway Island Cavaliers schon immer die größten Rivalen des Basketballteams meiner Highschool“, zählte ich ihm Grund Nummer eins auf und hielt demonstrativ den rechten Zeigefinger hoch. „Zum anderen“, fuhr ich fort und erhob nun auch den Mittelfinger, „fahren wir aus Glendale regelmäßig nach Misty Harbor, Cooper’s Cove und Dewdrop Springs, und umgekehrt kommen die Leute von dort auch alle hierher. Die von der Insel hingegen bleiben für gewöhnlich unter sich, als wären sie sich zu fein für uns.“

Geografisch gesehen gehörte Caraway Island zu Blueberry Bay, aber gefühlt gehörten sie überhaupt nicht zu uns. Vielleicht hatte ich deswegen Vorbehalte gegenüber Großmutters neuem Freund – oder was auch immer er war –, weil er von dieser fremden kleinen Insel kam.

„Ich würde mir nicht allzu viele Sorgen machen, Angie. Ich weiß, dass wir alle gewisse Vorurteile gegenüber den Caraway-Leuten hegen, aber Grandma mag Mr. Milton, und sie ist eine gute Menschenkennerin." Mom wollte mich wohl beruhigen, aber wirklich überzeugend klang sie nicht dabei.

„Kann sein", sagte ich und wendete nervös den Blick ab, weil ich immer noch so ein ungutes Gefühl hatte.

„Habt ihr noch etwas Neues für uns? Gibt es irgendwelche Fortschritte?", fragte Charles.

Hätten meine Eltern nicht direkt daneben gestanden, hätte ich ihm in diesem Augenblick einen dicken, fetten Kuss gegeben, so froh war ich über den Themenwechsel.

„Ich bin an meiner Story drangeblieben, *Der Doppelmord im Eisskulpturengarten*", sagte Mom, wobei ihre Stimme genauso theatralisch klang wie die von Octocat, wenn er eine wahnsinnig spannende Geschichte von sich gab. „Das Neueste ist, dass sie herausgefunden haben, aus welcher Skulptur die Mordwaffe herausgebrochen wurde, dieser Eisdolch. Obwohl er schon fast geschmolzen war, als die Polizei eintraf, konnten sie ihn der Schwanenskulptur zuordnen."

„Die habe ich gesehen", sagte ich. „Sie ist wunderschön."

„Sie war wunderschön. Und weißt du, wer sie gemacht hat? Pearl aus dem Tierheim. Die kennst du doch, oder? Ich kann dir sagen, sie war am Boden zerstört, als sie erfuhr, dass ihre Kunst dazu benutzt wurde, diese arme Frau zu töten. Vor allem, weil sie Zelda Benedict kannte und mit ihr befreundet war."

„Meinst du, Pearl könnte die Täterin sein?", schaltete Charles sich ein.

„Ach du meine Güte, nein!", stieß Mom hervor und sah Charles fassungslos an. „Die gute Pearl ist noch eine ganze Ecke älter als Grandma und bei weitem nicht mehr so rüstig. Ich finde es schon sehr erstaunlich, dass sie es überhaupt schafft, ihren Zwergspitz hochzuheben, und der wiegt keine drei Kilo. Sie hätte sicher nicht die Kraft gehabt, diesen riesigen Eiszapfen erst abzubrechen und ihn dann ihrer Freundin ins Herz zu stoßen. Nein, Pearl kann das nicht getan haben, völlig ausgeschlossen."

„Hey, worüber steckt ihr die Köpfe zusammen?" Meine Großmutter näherte sich mit dem für sie typischen Elan, wobei sie sich bei Mr. Milton untergehakt hatte.

„Danke, dass ihr so schnell gekommen seid", sagte Charles, der keine Sekunde verschwendete, jetzt, wo die Versammlung komplett war. „Wir haben Mags' Sachen hier auf dem Boden verstreut gefunden. Also liegt es nahe, dass der Entführer in diese Richtung verschwunden ist. Mehr wissen wir im Moment noch nicht, aber es ist ein guter Ausgangspunkt. Könnt ihr uns bei der Suche helfen?"

„Ich hole das Auto", sagte Dad mit einem Nicken. „Bin so schnell wie möglich wieder bei euch."

„Ich gehe meins auch holen“, meldete sich Mr. Milton zu Wort.

„Und ich meines“, sagte Charles. „Angie, ich bin gleich wieder da. Okay?“

„Okay.“ Ich nickte, und er gab mir einen flüchtigen Kuss auf die Wange.

Während mein Freund mit den anderen beiden Männern davoneilte, nahmen sich Mom und Grandma fest in den Arm. Umarmungen wurden bei uns schon immer großgeschrieben, besonders in schwierigen oder gefährlichen Situationen, und die hatte es bei uns in der letzten Zeit im Überfluss gegeben. Dass Maggie nun in eine solche Sache mit hineingezogen worden war, tat mir unendlich leid.

„Habt ihr irgendwelche Theorien?“, fragte ich, obwohl ich nicht davon ausging, es aber trotzdem hoffte.

Grandma legte den Kopf schief. „Ich kann immer noch nicht fassen, dass eines der Opfer mit einem Eiszapfen und das andere mit dem Schuss aus einer Pistole getötet wurde. Das passt irgendwie nicht zusammen, als wäre es nicht geplant gewesen.“

„Das stimmt“, meinte Mom. „Und es scheint keinerlei Verbindung zwischen den beiden zu geben, außer der Tatsache, dass sie heute umgebracht wurden.“

„Ja, da muss noch so einiges aufgeklärt werden“, erwiderte ich. „Natürlich will ich auch, dass der Täter gefasst wird und seine gerechte Strafe erhält. Aber im Moment ist Mags das Wichtigste. Habt ihr dazu noch irgendwelche Vermutungen?“

„Nur, dass sie eigentlich dich mitnehmen wollten, wie wir schon besprochen hatten“, antwortete Grandma stirnrunzelnd. „Und diese Vorstellung gefällt mir ganz und gar nicht.“

„Zumindest haben sie sie nicht direkt getötet, sondern nur gekidnappt. Das ist doch schon mal positiv, oder?“, meinte Mom und schaute zwischen mir und Grandma hin und her, wohl in der Erwartung, zumindest eine von uns würde ihr zustimmen.

„Ich hoffe es“, sagte ich schließlich zum gefühlt hundertsten Mal an diesem Tag. Bis wir Mags wohlbehalten zurückhatten, war es das Einzige, was uns blieb – Hoffnung.

# 15

Mein Vater war als Erster wieder mit dem Auto zur Stelle, und Charles traf kurz darauf ein.

„Okay“, instruierte ich alle, bevor wir uns auf den Weg machten, obwohl Mr. Milton noch fehlte. „Wir suchen nach einem weißen Transporter mit einem komplett verdreckten Nummernschild. Es wäre auch möglich, dass sie den Wagen inzwischen gewaschen haben, aber das wissen wir eben nicht. Es ist die berüchtigte Nadel im Heuhaufen, ich weiß, aber wir müssen es zumindest versuchen.“

„Alles klar“, rief Dad und hob den Daumen in die Luft. „Lasst uns unser Mädchen zurückholen.“

Ich öffnete die Beifahrertür von Charles’ schickem Wagen, und Paisley sprang sofort hinein. Er hob sie hoch und setzte sie auf den Rücksitz, während ich vorsichtig einstieg und Octocat, der kein Fan vom Autofahren war, auf meinen Schoß nahm. Obwohl es inzwischen schon viel besser geworden war, gruben sich seine Krallen manchmal immer noch in meine Oberschenkel, wenn es ihm zu schnell ging oder jemand scharf um die Kurven fuhr.

Sobald ich mich angeschnallt hatte, ließ Charles den Motor an und fuhr los. „Wo soll ich gleich abbiegen?", fragte er mich, nachdem wir an der Hauptstraße angekommen waren.

Jetzt konnte ich mich nur noch auf meine Intuition verlassen und hoffen, dass sie mich nicht im Stich ließ. Aus irgendeinem Grund zog es mich nach links.

Langsam rollten wir durch eine der vornehmeren Wohngegenden Glendales und hielten intensiv nach dem weißen Lieferwagen Ausschau.

„Das können wir vergessen", sagte ich nach zehn Minuten, die sich wie eine Ewigkeit anfühlten. „Wenn diese Typen so schlau waren, eine Entführung zu planen, dann haben sie sich bestimmt auch überlegt, wie sie sich unauffällig aus dem Staub machen können."

„Mag sein", erwiderte Charles, fuhr jedoch unbeirrt weiter. „Aber wir müssen es trotzdem versuchen."

„Hast ja recht", stimmte ich ihm zu, und wir setzten unsere Suche schweigend fort.

Zu meiner Überraschung stemmte Octocat beide Vorderpfoten gegen den unteren Rand des Fensters und beobachtete die Umgebung mit scharfem Blick. Dabei bewegte sich sein kleiner Kopf entschlossen hin und her. *Würde er derjenige sein, der sie aufspürt?*

Wenn wir nach Sonnenuntergang immer noch hier draußen unterwegs wären, hätte er die besten Chancen, etwas zu erspähen. Schließlich war er der Einzige von uns, der gut im Dunkeln sehen konnte.

Ich hoffte inständig, dass wir sie vorher finden würden. Je länger es dauerte, desto höher war das Risiko für Mags. Wir hätten sie schon längst aufspüren sollen. Sie hätte nie entführt werden dürfen.

„Mami!“, rief Paisley ungeduldig vom Rücksitz. „Ich kann nichts sehen, aber ich will euch auch helfen.“

„Hat sie etwas entdeckt?“, fragte Charles auf ihr Bellen hin.

„Nein“, übersetzte ich, ohne meinen Blick von der Straße abzuwenden. „Sie kann von dort hinten nichts erkennen und will doch auch mithelfen.“

Charles klopfte mit einer Hand auf seinen Schoß. „Oh, dann komm her, Kleines.“

Das brauchte er Paisley nicht zweimal zu sagen. Sie sprang auf Charles’ Schoß, wo sie nun mit den Pfoten an der Tür stand, in der gleichen Position wie Octocat.

„Da sind so viele Autos!“, merkte sie an. „Aber nur eines davon hat Mags mitgenommen.“

„Sehr scharfsinnig“, brummte mein Kater, doch Paisley ignorierte ihn.

Charles fuhr immer geradeaus, und wenn wir nicht bald die Richtung änderten, würden wir irgendwann in Cooper's Cove landen. Könnte Maggie dorthin gebracht worden sein?

Mir taten die Augen weh, und das linke Augenlid zuckte nervös, so angestrengt starrte ich nach draußen, während mein Puls raste und mein Gehirn auf Hochtouren lief. Wie sollte man bei all den Ereignissen einen klaren Kopf bewahren?

Zwei Menschen wurden getötet, aber der Mörder hatte es vielleicht nur auf eine Person abgesehen. Kurz darauf wurde meine Cousine entführt, doch womöglich hatte man mich stattdessen kidnappen wollen. Wir wussten nicht, ob diese Verbrechen zusammenhingen und ob derselbe oder dieselben Täter dahintersteckten, oder ob es nur ein großer Zufall war, dass beides so kurz hintereinander geschah. Ich hatte keine Ahnung, wer mich verschleppen wollte, wer den beiden Preisrichtern das angetan hatte und warum. Und wo Maggie sein könnte, wusste ich auch nicht. Das war definitiv viel zu viel auf einmal.

Zudem zählte jetzt jede Minute! So erschütternd die Untersuchung von Morden auch oft sein mochte, man arbeitete dabei in der Regel nicht so sehr gegen die Zeit, da die Opfer nicht mehr zu retten waren. Maggie hingegen konnte noch gerettet werden.

„Ich mag es nicht, wenn du das tust", sagte Octocat und drehte sich mit einem kritischen Blick zu mir um.

„Wenn ich was tue?"

„Wenn du in Panik gerätst. Ich kann es riechen, und es ist kein guter Geruch."

„Du meinst meine Stresshormone?"

„Wie auch immer du sie nennen willst, sie müffeln echt fies. Und außerdem tust du dir selbst keinen Gefallen damit, weil du dann nicht mehr logisch denken kannst. Sobald du anfängst, dich verrückt zu machen, funktioniert auch dein Spürsinn längst nicht mehr so gut."

Hm ... Ich musste gestehen, dass er mich mit seiner Psychoanalyse ganz schön verblüfft hatte und brauchte einen Augenblick, um eine passende Antwort darauf zu finden.

Octocat war jedoch noch nicht fertig: „Wie viele Fälle haben wir jetzt schon zusammen gelöst? Zehn oder so? Und jedes Mal, egal was passiert ist, hast du die Nuss geknackt. Also, genau genommen meistens ich, aber du warst dabei und hast mich unterstützt, so wie es sich für eine gute Assistentin gehört. Du würdest mir jetzt viel mehr helfen, wenn du dir einen Moment Zeit nähmst, um dich zu fassen. Lass es uns wie in *Law & Order* angehen – zuerst müssen wir das Verbrechen aufklären, und dann können wir uns darum kümmern, den Opfern Gerechtigkeit widerfahren zu lassen."

Daraufhin summte er eine Melodie, die schwer nach der Titelmusik seiner besagten Lieblingsfernsehserie klang. Und auch wenn das hier das echte Leben war, das man sicher nicht mit irgendeiner TV-Sendung vergleichen konnte, hatte mein Kater dieses Mal absolut recht.

Ich hatte mich zu sehr darauf fixiert, was als Nächstes passieren könnte, anstatt mich darauf zu konzentrieren, was wir bereits wussten und was bereits geschehen war, um genau dort anzusetzen und darauf aufzubauen.

Also nahm ich mir seinen Rat zu Herzen und atmete mehrere Male tief durch. Dabei ließ ich mir die Fakten beider Fälle noch einmal durch den Kopf gehen.

„Worüber denkst du nach?“, wollte Charles wissen und sah mich kurz an, während wir weiterhin in Richtung Cooper's Cove fuhren.

„Ich gehe noch mal alle uns bekannten Fakten durch und versuche, die Dinge logisch zu betrachten. Bis gerade konnte ich vor lauter Sorge um Mags kaum mehr klar denken.“

„Du entspannst dich also ein wenig?“, fragte er mit einem kleinen Lächeln.

„Ich bin immer noch wahnsinnig besorgt“, gab ich seufzend zu, „aber ich muss das für den Moment beiseiteschieben, damit wir weiterkommen. Octocat hat mich daran erinnert.“

Charles beugte sich zu uns herüber und streichelte Octocat über den Kopf. „Er ist ein guter Kater, wenn er nur will.“

„Ja, das ist er“, stimmte ich zu und lächelte den kleinen Tiger liebevoll an. „Das ist er wirklich.“

„Und wie siehst du das Ganze jetzt?“, fuhr Charles fort. „Irgendwelche neuen Erkenntnisse?“

Ich schwieg eine Weile, um meine Gedanken zu sortieren.

„Also, ich kann mir nicht vorstellen, dass die Morde und die Entführung miteinander verknüpft sind. Ich glaube eher, dass sie rein zufällig am selben Ort passierten.“

„Das macht Sinn“, sagte er. „Und weiter?“

„Meines Erachtens waren nicht einmal die beiden Morde geplant, sondern nur einer, also erscheint es mir noch unwahrscheinlicher, dass die Täter obendrein vorhatten, mich nahezu zeitgleich zu entführen.“

„Immerhin hast du dir in den letzten anderthalb Jahren jede Menge Feinde gemacht“, erinnerte mich Octocat und schlug dabei unruhig mit dem Schwanz.

Ich übersetzte seine Bemerkung für Charles, und mein Freund grinste. „So ist das, wenn man für das Gute kämpft. Dann gibt es immer einige Böse, die meinen, sie hätten ein Hühnchen mit dir zu rupfen.“

Beim Wort „Hühnchen“ wurde mein Kater hellhörig, doch ich konzentrierte mich darauf, mit meinen logischen Schlussfolgerungen weiterzukommen. „Aber wer könnte es dermaßen auf mich abgesehen haben, dass er versucht, mich zu kidnappen?“

„*Hm.* Lass uns mal überlegen, wer dafür in Frage kommen würde. Da waren zunächst die Leute, die mit Ethel Fultons Tod und dem Erbstreit zu tun hatten.“

Octocat zuckte zusammen. Auch wenn ich wusste, dass er jetzt bei mir glücklich war, vermisste er seine ursprüngliche Besitzerin dennoch jeden Tag.

Charles fuhr mit seiner Aufzählung der Straftäter fort, an

deren Verhaftung wir beteiligt gewesen waren, sodass am Ende mehr als ein Dutzend möglicher Verdächtiger zusammenkamen.

„Sieht so aus, als hätte der Kater recht“, scherzte er. „Es gibt einen ganzen Haufen Leute, die einen Grund hätten, sich an dir rächen zu wollen. Aber wem würde es wirklich etwas nützen, dich zu entführen? Verurteilt sind sie ja bereits, und daran lässt sich nichts mehr ändern.“

„Zuletzt haben Octocat und ich den Mord im Zug und den in der Zoohandlung aufgeklärt.“

„Die aus dem Zug wurden festgenommen, richtig?“, fragte Charles und zog eine Augenbraue hoch.

„Ja, sie sind im Gefängnis und so auch einige der anderen, die wir überführt haben.“

Er nickte nachdenklich. „Selbst wenn sie im Gefängnis sitzen, heißt das nicht, dass sie nichts damit zu tun haben. Sie könnten Handlanger haben, die für sie arbeiten.“

„Du meinst also, dass wir niemanden ausschließen können?“

Er schüttelte resigniert den Kopf. „Nein, nicht wirklich.“

Mein Handy in Charles’ Becherhalter summte, wo ich es direkt nach dem Einsteigen hineingesteckt hatte.

„Es ist Grandma!“, rief ich, nahm den Anruf entgegen und stellte ihn auf Lautsprecher.

„Angie, Liebes“, schallte es durch den Wagen, „sie haben Mags gefunden! Sie ist in Sicherheit!“

Tränen traten mir in die Augen. „Oh, Gott sei Dank ... Gott sei Dank." Meine Stoßgebete waren erhört worden.

„Wir sind schon auf dem Weg", versprach ich Grandma.

„Ja, wir auch. Zur Polizeiwache. Wir sehen uns dort."

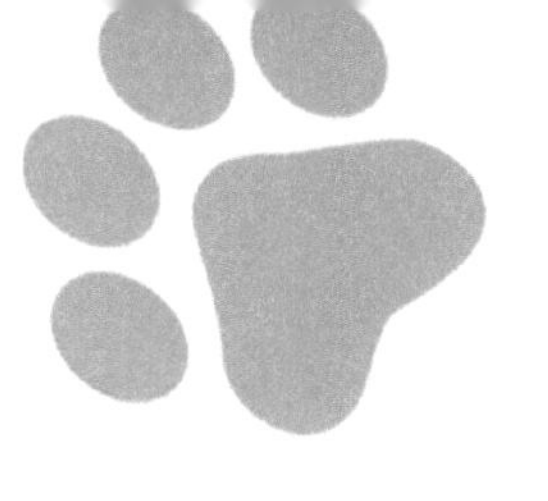

# 16

Wir erreichten die Wache von Glendale in Rekordzeit. Charles behauptete zwar felsenfest, das Tempolimit nicht überschritten zu haben – schließlich hält man sich als Anwalt an die gesetzlichen Vorschriften. Trotzdem hätte ich schwören können, dass er die ganze Zeit mindestens fünfzehn km/h schneller war als erlaubt, denn ich hatte zwischendurch auf den Tacho geschielt. Aber die Polizisten unserer Stadt waren momentan ohnehin anderweitig beschäftigt.

Als wir das Polizeigebäude betraten, waren Grandma und Mr. Milton schon da, und Mags schien gerade dort abgeliefert worden zu sein.

„Ich bin so froh, dass es dir gut geht!“, rief ich und rannte auf sie zu, um sie an mich zu ziehen. Ein lauter Schluchzer entrang sich meiner Kehle, als ich sie in den Armen hielt. Um ein Haar hätte ich sie womöglich für immer verloren, nachdem uns das Schicksal doch erst kürzlich zusammengeführt hatte.

Meine Cousine starrte mich mit glasigen, weit aufgerissenen Augen an, ihr Gesicht war leichenblass.

„Sachte, sachte. Lassen Sie ihr einen Moment Zeit", wies mich der Beamte zurecht, mit dem sie hereingekommen war. „Sie hat einen ziemlichen Schock erlitten."

Ich schluckte und trat einen Schritt zurück, in der Hoffnung, dass sie mit mir sprechen würde, aber sie gab keinen Ton von sich und stand einfach nur stumm da, während wir anderen uns auf die Besucherstühle sinken ließen.

Mom und Dad trafen etwa fünf Minuten nach uns ein und umarmten Mags genauso fest wie ich.

„Wow", sagte der Beamte und lachte leise. „Ich wusste nicht, dass wir hier ein Familientreffen veranstalten würden."

Mom bedachte ihn mit einem kühlen Blick, aber niemand sagte mehr etwas. Erst als Mags sich leise räusperte und ihre Augen von einem zum anderen wanderten und schließlich an mir hängenblieben.

„Angie", sagte sie tonlos, wobei sie immer noch abwesend wirkte. *„Angie"*, wiederholte sie nachdrücklich, „die wollten nicht mich, sondern dich."

„Ich weiß", antwortete ich mit einem Nicken.

Charles, der Octocat auf dem Schoß hielt, lehnte sich dicht zu mir herüber.

Paisley war längst zu Grandma gesaust und leckte ihr

ausgiebig übers Gesicht, was sie mit zärtlichen Streicheleinheiten erwiderte.

Mags streckte ihren Arm aus und strich Octocat über sein weiches, gestreiftes Fell. „Sie nannten mich immerzu Russo“, sagte sie, „und ich glaube, sie haben es nicht gecheckt, dass ich nicht du bin.“

„Wer sind *sie?* Und warum überhaupt diese Entführung?“ Es brach mir das Herz, dass man ihr das angetan hatte, vor allem, weil ich nun mit Sicherheit wusste, dass es meine Schuld war.

„Ich weiß es nicht“, antwortete sie und legte die Stirn in Falten. „Sie haben mir im Wagen die Augen verbunden und meine Hände auf dem Rücken gefesselt. Ich konnte keinen von ihnen richtig sehen.“

„Wie viele waren es? Männer? Frauen?“, fragte ich und hoffte verzweifelt, dass dies bald einen Sinn ergeben würde, damit man die Schuldigen schnappen und für ihre Taten bestrafen könnte.

„Ähem, ich bin derjenige, der hier die Fragen stellt, ja?“, knurrte der anwesende Polizist. Ich kannte ihn nicht, wahrscheinlich einer der Beamten von außerhalb Glendales. „Ich würde mich gerne einen Moment mit der jungen Dame allein unterhalten …“

Meine Cousine hob beschwichtigend eine Hand. „Nein, sie sind meine Familie, und ich möchte, dass sie dabei sind. Alles, was Sie mich fragen wollen, können sie auch hören.“

„Okay“, sagte der Beamte und nickte einmal kurz, obwohl

es ihm offensichtlich gegen den Strich ging. „Zunächst möchte ich Sie bitten, mir die Entführer zu beschreiben. Wie viele waren es? Männer? Frauen? Ist Ihnen irgendetwas Besonderes an ihnen aufgefallen, an ihren Stimmen, zum Beispiel, oder irgendetwas, das Sie gehört oder gerochen haben?“

Die gleichen Fragen hatte ich mir auch schon zurechtgelegt und einige davon ja auch bereits gestellt. Aber der Officer wollte sich anscheinend das Zepter nicht aus der Hand nehmen lassen, also sagte ich nichts.

Mags schüttelte langsam den Kopf. „Soweit ich das beurteilen kann, waren es zwei. Ein Mann und eine Frau. Wie gesagt, ich konnte nichts sehen, nur hören. Als der Mann mich ins Auto zog, hatte ich meine Sachen noch bei mir. Ich hatte heute Morgen von den netten Damen auf dem Markt eine Menora aus massivem Metall gekauft, und das Teil habe ich dem Typen so fest ich konnte über den Kopf gezogen. Es hat aber nicht gereicht, um ihn auszuschalten. Daraufhin hat er mir alles weggenommen und aus dem Fenster geworfen.“

Ich griff in meine Tasche und holte die Sachen heraus, die wir im Schnee entdeckt hatten. „Wir haben sie gefunden“, sagte ich und gab sie ihr zurück. „Und dass du versucht hast, diesen Mistkerl auszuknocken, war wirklich eine coole Aktion.“ Ein kleines Lächeln huschte über Maggies Gesicht, doch danach verhärteten sich ihre Züge wieder.

„Sie nannten mich immer wieder Russo, und ich habe sie nicht korrigiert, weil ich dich nicht in Gefahr bringen wollte.

Ich wusste nicht, was sie tun würden, wenn sie gemerkt hätten, dass ich gar nicht diejenige war, für die sie mich hielten. Ich hatte solche Angst, Angie."

„Das glaube ich dir", sagte ich mit brüchiger Stimme.

„Sie waren total wütend und schnauzten mich immer wieder an, ich solle meine Nase nicht in Angelegenheiten stecken, die mich nichts angingen. Und sie sagten, dass mir etwas Schlimmes zustoßen würde, viel schlimmer als das hier, wenn ich Ihnen noch einmal in die Quere käme."

„Aber wer?", presste ich hervor und konnte mir einen lauten Seufzer nicht verkneifen.

Große Tränen rannen Maggies Wangen hinunter. „Keine Ahnung. Ich wünschte, ich könnte es dir sagen, dann könntest du dich besser schützen. Ich weiß nur, dass mit denen nicht zu spaßen ist. Sie drohten, dass sie auf jeden Fall wiederkommen würden, wenn du dich nicht fügst. Worauf wollten die hinaus, Angie? In was bist du da hineingeraten? Irgendwelche Drogengeschäfte?"

„Ganz sicher nicht!" Ich legte ihr beruhigend eine Hand auf die Schulter und drückte sie. „Das muss etwas mit meiner Arbeit als Privatdetektivin zu tun haben. Ich habe schon so einigen ziemlich üblen Gestalten das Handwerk gelegt."

Der Polizist kratzte sich am Kinn. „Eine Privatdetektivin also, aha." Ich nickte und ließ es dabei beruhen.

Er wandte sich wieder Mags zu. „Das Ganze sollte also eine Art Warnung für Sie sein, und danach wollten die Sie wieder gehen lassen, richtig?", fragte er.

„Ich glaube, sie wollten mich eigentlich länger behalten, aber aus irgendeinem Grund haben Sie kalte Füße bekommen. Vielleicht sind sie in Panik geraten, weil Sirenen zu hören waren. Ich weiß es nicht, ich habe das nicht richtig mitgekriegt. Sie haben angehalten, mich irgendwo rausgeschmissen und sind abgehauen. Als ich sicher war, dass sie nicht zurückkommen würden, habe ich wie wild versucht, die Fesseln an meinen Händen zu lösen. Und als ich das geschafft hatte, konnte ich mir endlich die Augenbinde abnehmen und habe mich zur nächsten Straße geschleppt."

„Und da haben wir Sie gefunden", schloss der Beamte.

„Ja." Maggie drehte sich zu mir um. „Kaum zu glauben, dass das nicht einmal eine halbe Stunde her ist."

„Heute sind ziemlich viele unglaubliche Dinge passiert", sagte Grandma.

Mr. Milton, der bis jetzt geschwiegen hatte, räusperte sich. „Sie haben dich nach Dewdrop Springs gebracht, also stammen sie möglicherweise auch von dort. Der Ort ist berüchtigt. Viele kriminelle Machenschaften in Blueberry Bay gehen auf das Konto von Leuten aus Dewdrop Springs."

Alle Augen richteten sich auf ihn. Niemand wollte ihm widersprechen, aber es stimmte ihm auch niemand zu.

„Ich denke, die Täter können von überall her stammen", sagte ich schließlich. „Und ich bezweifle, dass sie so dumm wären, einfach nach Hause zu fahren, nachdem sie sich Mags geschnappt hatten."

„Willst du damit sagen, dass wir Dewdrop Springs ausschließen sollten?“, fragte Mr. Milton gereizt.

„Nein, aber es gibt viele Möglichkeiten, und wir sollten keine davon ausschließen.“

„Kannst du uns sonst noch irgendetwas erzählen, Mags?“, fragte Mom und legte einen Arm um die Schulter ihrer Nichte.

„Nein, mehr fällt mir jetzt nicht ein“, antwortete sie düster.

Ich blieb ruhig. Die Ärmste hatte schon so viel durchgemacht heute. Es hatte keinen Sinn, sie zu bitten, sich an mehr zu erinnern, als sie uns bereits erzählt hatte.

Aber hieß das, wir würden den Entführern nicht mehr auf die Spur kommen? Wahrscheinlich. Zumindest nicht im Moment. Doch warum hatten sie kalte Füße bekommen? Und würden sie wirklich noch einmal wiederkommen?

War ich deswegen nun ständig in Gefahr, weil ich damit rechnen musste, dass sie jederzeit wieder zuschlagen könnten? Sie hatten gesagt, ich solle aufhören und mich heraushalten, aber womit sollte ich aufhören? Und ehrlich gesagt kam es überhaupt nicht infrage, mich von meiner Arbeit als Privatdetektivin abhalten zu lassen, nur weil ein paar Bösewichte sauer auf mich waren.

Ich wollte mir keine Angst einjagen lassen, aber das alles regte mich gerade furchtbar auf. Ich war wütend, dass Maggie wegen mir so etwas Schlimmes durchmachen musste, wütend, dass es überhaupt passiert war, und wütend, dass wir uns immer noch mit diesem Mr. Milton herumschlagen mussten.

Daher beschloss ich, etwas gegen seine Anwesenheit zu unternehmen. „Meint ihr, wir könnten das unter uns weiter besprechen, nur die Familie?“

Ich schaute meine Eltern eindringlich an und hoffte auf ihre Unterstützung, aber Grandma schaltete sich sofort ein: „Willst du damit sagen, dass Mr. Milton nicht willkommen ist?“

„Ich denke nur, es wäre besser“, erwiderte ich, „wenn wir allein wären.“

Als Grandma daraufhin nichts zur Verteidigung ihres Begleiters vorbrachte, wurde Mr. Milton ziemlich ungehalten. „Ich versuche doch nur zu helfen“, brummte er.

Da meldete sich Mags mit ihrer immer noch entrückten und irgendwie unheimlichen Stimme zu Wort: „Angie hat recht. Ich will, dass er geht.“

Mr. Milton warf Großmutter einen letzten missbilligenden Blick zu und stürmte nach draußen.

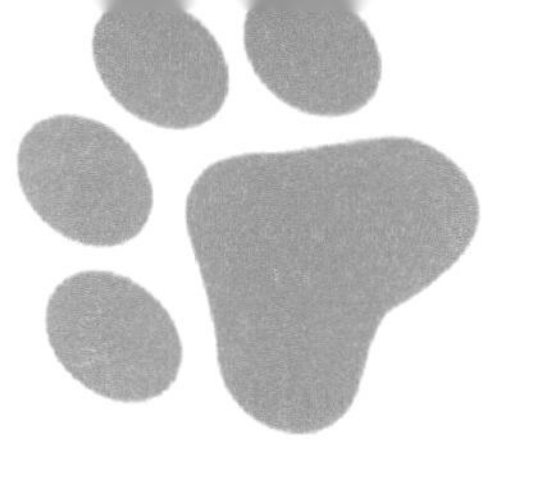

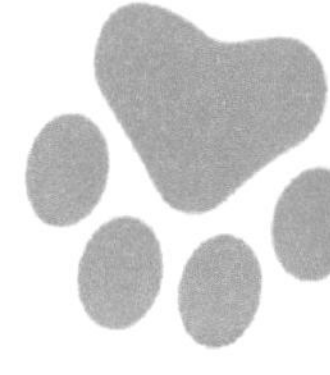

# 17

„Kommen Sie“, sagte der Polizeibeamte zu Mags. „Wir müssen Ihre Aussage zu Protokoll nehmen, vorher können wir Sie nicht gehen lassen.“

„Soll ich dich begleiten?“, bot Charles an.

Mags schüttelte den Kopf. „Ich habe nichts Falsches getan, also brauche ich auch keinen Anwalt, aber danke.“

Wir sahen ihr hinterher, während der Rest von uns im Warteraum zurückblieb, wo ich so viel Abstand wie möglich zu der schmutzigen Kaffeemaschine hielt, die dort stand. Nach wie vor hatte sich nichts an meiner Angst vor diesen gruseligen Geräten geändert. Schließlich war es solch ein Teil gewesen, das mir aus heiterem Himmel die Fähigkeit verliehen hatte, mit Tieren zu sprechen. Es wäre also durchaus denkbar, dass eine andere alte Kaffeemaschine mir diese Fähigkeit einfach wieder rauben könnte. Das wollte ich auf keinen Fall riskieren.

„Wie geht es dir?“, fragte Charles, der neben mir an der Wand lehnte und mich besorgt musterte.

„Ich bin wahnsinnig erleichtert. Es fühlt sich wirklich so an, als wäre mir ein riesiger Stein vom Herzen gefallen“, sagte ich. „Diese Sache hat mich dermaßen belastet, dass ich die letzten Stunden kaum noch atmen konnte. Wirklich gemerkt habe ich das aber erst, als wir wussten, dass sie gefunden wurde und keine schlimmen Verletzungen davongetragen hat.“

„Das ging mir auch so“, stimmte Mom zu und griff nach der Hand meines Vaters.

„Leider haben wir nicht viele Informationen über die Entführer“, sagte Grandma mit besorgter Miene. „Ich bin mir nicht sicher, ob wir sie so erwischen können, Liebes.“

„Das kriegen wir schon hin. Ich weiß ja jetzt, dass sie hinter mir her sind, also sollen sie doch kommen, ich bin bereit“, versicherte ich ihr.

„Vielleicht wollten sie dich nur warnen und es dabei belassen“, mutmaßte mein Vater. „Du lässt dich davon doch nicht beirren, oder?“

„Natürlich nicht“, antwortete Grandma an meiner Stelle. „Angie hat sich überhaupt nichts vorzuwerfen.“

Ich lächelte meine Eltern an. „Das wäre ja noch schöner. Jetzt, wo wir Mags zurückhaben, müssen wir uns darauf konzentrieren herauszufinden, wer die Preisrichter getötet hat."

„Was hast du vor?", fragte Mom, und in ihren Augen blitzte die Neugierde auf.

„Ich denke, ich werde noch einmal mit Mr. Gable sprechen. Er ist derjenige, der am meisten über das Christmas Festival weiß, weil er als Vorsitzender des Komitees alles mitgeplant hat."

„Vergiss nicht, dass er auch derjenige ist, der am meisten über die Gäste weiß", erinnerte mich Charles. „Er hat Fotos von jedem gemacht, der durch den Haupteingang kam."

„Stimmt, die Kamera!", rief ich. „Sie muss noch hier auf dem Revier sein. Ich hatte noch keine Gelegenheit, die Bilder durchzusehen."

„Dieser Beamte schien nicht sehr erpicht darauf zu sein, uns in seine Ermittlungen einzubeziehen", brummte Dad. „Glaubst du wirklich, er würde uns ein solch wichtiges Beweisstück überlassen?"

Charles schüttelte daraufhin den Kopf. „Mag sein, dass er das nicht will, aber ich wette, Officer Bouchard kann ihn vom Gegenteil überzeugen."

„Ich kümmere mich darum", rief Mom eifrig und wedelte mit ihrem Telefon herum. Einen Moment später hatte sie es schon am Ohr und lächelte siegessicher, als der Officer sich meldete.

„Ja, ich bin's, Laura Lee. Mags ist wieder da, das haben Sie ja sicher schon gehört. Das heißt, wir können euch jetzt helfen, den Eisskulpturenmörder zu finden."

Ich konnte nicht hören, was Bouchard erwiderte, aber was auch immer er sagte, meine Mutter ließ sich nicht bremsen.

„Natürlich weiß ich, dass ihr alle hart daran arbeitet", sagte sie nickend, „aber ihr wisst ja, was für eine Superspürnase meine Angie ist, und ich glaube, sie hat den Fall sowieso schon so gut wie gelöst."

O nein, typisch meine Mutter. Ich signalisierte ihr mit einer Kopf-ab-Geste, sie solle nicht dermaßen übertreiben, aber es war zu spät.

Mom lächelte noch breiter. „Ja, ja, wir müssten nur noch einen Blick auf die Fotos auf Mr. Gables Kamera werfen, um sicherzugehen. Wären sie einverstanden, wenn wir uns die anschauen?"

Sie hielt inne, während Officer Bouchard am anderen Ende der Leitung etwas sagte.

„Glücklicherweise sind wir bereits auf dem Polizeirevier. Wenn Sie also Ihrem Kollegen hier Bescheid geben würden, wäre uns allen sehr geholfen."

Ich sah Mom hinterher, wie sie den Flur hinunter und auf die Tür zuging, hinter der der andere Beamte mit Mags verschwunden war. Sie klopfte energisch an.

Das war hier sicherlich nicht so üblich, aber um die allgemeinen Benimmregeln hatte sich meine Mutter noch nie wirklich geschert. Für eine brandheiße Story würde sie überall reingehen und alles tun, Etikette hin oder her, und dies war definitiv die unglaublichste Story, über die sie je an Weihnachten berichtet hatte.

„Officer!“, rief sie durch die geschlossene Tür, „Ich weiß, dass Sie da drinnen sind. Ich habe den Kollegen Bouchard am Telefon, und er will Ihnen etwas mitteilen.“

Ich beobachtete die Szene wie versteinert. Die Tür flog auf, und der Beamte trat leise fluchend auf den Gang. Zu Mags gewandt sagte er, dass er gleich wieder da sei. Und tatsächlich hielten wir keine drei Minuten später Mr. Gables Kamera in Händen und konnten die Fotos in aller Ruhe durchsehen.

„Was hoffst du zu entdecken?“, fragte Grandma mich, während ich flott durch die Bilder klickte und all die lächelnden Gesichter von heute Morgen betrachtete, eines nach dem anderen.

„So genau weiß ich das auch nicht, aber ich versuche herauszufinden, ob eines der Fotos eine Alarmglocke bei mir läuten lässt.“

Insgeheim versuchte ich auch dahinterzukommen, wer die beiden verdächtigen Personen sein könnten, die das Kaninchen Nini erwähnt hatte.

Ich erreichte die letzte gespeicherte Aufnahme und begann, noch einmal zurückzublättern. Schneller, immer schneller und immer noch unsicher, was ich zu entdecken hoffte, aber mein Bauchgefühl sagte mir, dass ich nah dran war.

„Glaubst du …“, begann mein Vater, aber Charles hob eine

Hand, um ihn zum Schweigen zu bringen. Mein Freund hatte mir angesehen, dass ich kurz davorstand, einen entscheidenden Hinweis zu finden, noch bevor ich selbst realisiert hatte, was genau mir überhaupt aufgefallen war.

Erneut ging ich die Bilder durch und stellte schließlich fest, dass eine ganz bestimmte Person fehlte. „Grandma, wo warst du heute Morgen mit Mr. Milton?"

„Wir haben uns ein paar Minuten nach unserer Ankunft getroffen, als du mit Mags zu dem Stand mit diesem tollen Kakao gegangen bist."

Ich nickte. „Er ist also vor uns angekommen?"

„Ja, er war schon da", bestätigte sie.

Das Foto von Maggie und mir war eines der ersten auf der Kamera. Vor uns hatte Mr. Gable nur von etwa zehn Besuchern Aufnahmen gemacht, Mr. Milton war jedoch nicht darunter. Könnte er eine der Personen sein, die Nini suspekt waren?

Ich wünschte, ich könnte sie jetzt fragen. Andererseits hatte sie mir bereits zu verstehen gegeben, dass alle Menschen für sie gleich aussähen, und ich wusste, dass sie nicht in der Lage sein würde, eine bestimmte Person auf einem Foto wiederzuerkennen. Und da ich ohnehin keines von unserem guten Mr. Milton hatte, würde mich das wohl auch nicht weiterbringen.

„Er ist nicht dabei", sagte ich zu Grandma und reichte ihr die Kamera.

„Ach, Angie, das ist doch lächerlich." Schweigend schaute

sie sich die ersten Bilder selbst an und meinte dann: „Er hat wahrscheinlich einen anderen Eingang genommen. Man kann ja von verschiedenen Seiten hineingehen."

„Irgendwie habe ich ein komisches Gefühl dabei", murmelte Mom.

„Wenn du ihn nicht weggeschickt hättest, könnte er uns jetzt selbst sagen, warum es kein Foto von ihm gibt", meinte Grandma, aber sie wirkte verunsichert, und ich hatte den Eindruck, sie machte sich Sorgen, dass ihr Freund womöglich keine weiße Weste haben könnte.

„Außerdem ist er auch Mitglied des Komitees, Angie. Er hätte uns vielleicht mehr Informationen liefern und uns helfen können, aber du wolltest ihm ja keine Chance geben." Es schockierte mich, dass Großmutter sich auf die Seite ihres neuen Verehrers schlug. Sie hatte mich immer bedingungslos unterstützt, komme, was wolle. Zu sehen, wie sie jetzt Mr. Milton verteidigte, jagte mir einen Schauer über den Rücken.

„Grandma, in welcher Beziehung stehst du eigentlich zu Mr. Milton? Ich kenne ihn nun mal erst seit heute, und er scheint dich ziemlich zu vereinnahmen."

„Oh, sei nicht albern", entgegnete sie. „Er ist ein alter Freund von früher, und wir haben uns kürzlich zufällig wiedergetroffen."

„Glaubst du, dass er zu einem Mord oder einer Entführung fähig wäre?"

„Wie sollte er Mags entführen, wenn er die ganze Zeit bei uns war?", erwiderte Grandma mit leicht zittriger Stimme.

„Okay, das ist ein Argument, aber was ist mit den Morden? Als wir ankamen, war er bereits da und die Opfer schon tot."

„Das würde er nie tun", beharrte sie und biss sich auf die Lippe – ein verräterisches Zeichen dafür, dass sie leichte Zweifel an ihren eigenen Worten hatte.

„Mach dir keine Sorgen, Grandma. Ich behaupte ja nicht, dass er es getan hat. Aber ich denke, wir sollten wirklich mit jemandem aus dem Festivalkomitee sprechen."

„Soll ich Mr. Gable anrufen?", bot Mom an.

„Nein", sagte ich und drückte ihren Arm mit dem gezückten Handy nach unten.

„Möglicherweise hält sich der Täter gerade in Mr. Gables Nähe auf. Es wäre denkbar, dass er sich an ihn drangehängt hat, ähnlich wie Mr. Milton an uns den ganzen Tag. Und ich möchte nicht, dass er vorgewarnt ist. Nicht, bevor wir die Möglichkeit hatten, mit Mr. Gable persönlich zu sprechen."

„Hast du das Rätsel gelöst?", fragte Charles und rieb mir die Schultern, als wäre ich ein Boxer, der kurz vor der entscheidenden Runde eines Kampfs steht.

„Noch nicht, aber ich glaube, ich bin nah dran. Mom, Dad, könntet ihr bitte hierbleiben und auf Mags warten? Ich muss los. Ich habe da so einen Verdacht und muss unbedingt wissen, ob ich richtig liege."

„Natürlich, Schatz", antwortete Mom.

„Aber seid vorsichtig und ruft uns an, wenn ihr Hilfe braucht. Versprochen?", fügte Dad hinzu.

Charles, Grandma und ich verließen die Wache mit

unseren Tieren im Schlepptau genauso eilig, wie wir gekommen waren. „Wir nehmen mein Auto“, sagte Charles und die Türen klickten, als er auf den Funkschlüssel drückte. Grandma und Paisley kletterten auf den Rücksitz, und Octocat und ich nahmen wieder auf der Beifahrerseite Platz. Bevor wir losfuhren, erklärte ich den anderen kurz meine Theorie.

„Da ist definitiv etwas dran“, stimmte Charles zu und startete den Motor. „Das macht Sinn. Ich hoffe nur, wir spielen unsere Karten nicht zu früh aus.“

„Es wird schon alles gutgehen.“ Grandma klang jetzt, wo Mr. Milton nicht mehr in der Nähe war, wieder mehr wie sie selbst.

„Fangen wir jetzt die bösen Jungs?“, fragte Paisley mit einem aufgeregten Bellen.

„Ja“, antwortete Octocat, „jetzt bringen wir das Vögelchen zum Singen.“ Dabei leckte er sich ungeduldig über die Lippen. Wir würden den Täter zur Rede stellen!

# 18

Wir fanden Mr. Gable am Haupteingang neben dem Schlitten, genau wie heute Morgen.

„Willkommen zurück“, rief er, als Großmutter, Charles, die Tiere und ich uns eilig näherten, nachdem wir gleich um die Ecke geparkt hatten.

„Sie hatten sicher viel um die Ohren, oder?“, fragte Charles mit einem freundlichen Lächeln.

„Ja, aber die Lage hat sich inzwischen etwas beruhigt. Es kommen viel weniger Besucher in die Stadt, allerdings müssen wir uns noch mit einer Reihe von Verkäufern auseinandersetzen, die mit den Verantwortlichen sprechen wollen, bevor sie wieder nach Hause fahren.“

Charles schlüpfte nahtlos in seine Rolle als Profi-Anwalt. „War das Festival gegen derartige Ausfälle versichert?“

„Natürlich waren wir das. Und zum Glück sollte die Versicherungssumme ausreichen, um alle nötigen Erstattungen abzudecken, aber ich weiß immer noch nicht, wie es in Zukunft weitergehen soll. Ob dieser Tag das endgültige Aus für unser Event bedeutet oder ob wir weitermachen, dann jedoch vermutlich in einer anderen Stadt." Beide Optionen erschienen mir alles andere als ideal, und man merkte es Mr. Gable an, dass diese Ungewissheit schwer auf ihm lastete. Er wirkte in sich zusammengesunken.

„Aber das Christmas Festival gehört doch hierher", warf Grandma ein. Sie konnte sich anscheinend auch nicht vorstellen, dass die Veranstaltung woanders als in unserer Stadt stattfinden sollte, und mir ging es genauso.

Traditionen waren etwas Besonderes, weil man sich darauf verlassen konnte, dass sie von Jahr zu Jahr gleich blieben, und ich hasste die Vorstellung, dass gerade diejenige unserer Weihnachtstraditionen, die ich am meisten liebte, für immer verschwinden könnte.

Mr. Gable runzelte die Stirn, als er ihren niedergeschlagenen Gesichtsausdruck bemerkte. „Das ist richtig, aber eigentlich ist es eine Veranstaltung von ganz Blueberry Bay. Bloß war es so, dass Glendale ganz am Anfang, als wir das Festival zum ersten Mal auf die Beine stellten, ausgewählt wurde, um die gesamte Region zu repräsentieren. Es könnte also genauso gut nach Dewdrop Springs oder Misty Harbor verlegt werden."

„Nein, das wäre nicht genauso gut“, entfuhr es Grandma, was dem besorgten Mr. Gable ein kleines Lächeln entlockte.

„Wo ist Nini?“, fragte ich, da ich nur zu gerne einen Moment unter vier Augen mit dem Kaninchen über meinen Verdacht sprechen wollte.

„Die Süße hat sich tief ins Heu gekuschelt, um sich warm zu halten.“

Daraufhin rannte Paisley zur Krippe, um sich wie wild durch den Heuhaufen zu wühlen.

Ich setzte Octocat auf dem Sitz des Schlittens ab, und er verhielt sich ruhig, weil er wahrscheinlich genauso gespannt darauf war wie ich, was als Nächstes passieren würde. Würde Mr. Gable mir das alles entscheidende Indiz liefern, das mir noch fehlte, oder womöglich Nini? So oder so, ich wusste, dass wir den Schuldigen bald finden würden.

„Können wir das Komitee zusammentrommeln?“, fragte ich Mr. Gable.

„Ja, ich denke, das müsste gehen. Warum? Hast du etwas herausgefunden, das uns helfen könnte?“

„Ja, ich habe eine konkrete Vermutung“, antwortete ich und konnte mir das Grinsen dabei kaum verkneifen. „Aber ich würde diese Information lieber dem gesamten Ausschuss mitteilen, wenn möglich.“

Er sah mich müde an. „Die meisten von ihnen sind noch da, aber mindestens einer ist anderweitig beschäftigt.“

„Ach, tatsächlich?“, fragte Charles sichtlich interessiert.

Auch Grandma beobachtete Mr. Gable mit großen Augen.

Sie schien am ganzen Körper zu zittern. Es war im Verlauf des Tages immer kälter geworden, und der Schnee fiel beständig. Es wurde so langsam wirklich Zeit, dass wir alle nach Hause kamen. Aber ein bisschen mussten wir jetzt noch durchhalten, denn unser Ziel war zum Greifen nahe. Ich konnte es förmlich riechen.

Mr. Gable rieb sich die Hände und stieß eine eisige Atemwolke aus. „Also, Officer Bouchard steckt mitten in der Morduntersuchung, und ich glaube nicht, dass er Zeit für ein spontanes Treffen hat."

„Er ist auch im Ausschuss?", fragte ich. Warum erfuhr ich das erst jetzt? „Das ist seltsam, denn er hat Zelda Benedict nicht erkannt, als ich ihm die Leichen zeigte. Dabei war es doch Fred Hapley, der erst in letzter Minute in die Jury geholt wurde, und nicht sie, oder?"

Mr. Gable nickte mit nachdenklicher Miene. „Gut möglich, dass er sie nicht kannte. Ich glaube, er hat nur an denjenigen Sitzungen teilgenommen, wo es um Sicherheitsaspekte ging. Wahrscheinlich hat er auf organisatorische Dinge, die ihn nicht betrafen, nicht genau geachtet. Es kann auch sein, dass er zwar Zeldas Namen mitbekommen hat, aber nicht in der Lage war, diesem ein Gesicht zuzuordnen."

Ich nickte. Das klang einleuchtend, aber seltsam war es trotzdem, vor allem, wenn man bedenkt, dass Officer Bouchard immer dann als leitender Ermittler fungierte, wenn ein solcher in Glendale unbedingt gebraucht wurde.

„Und war es bei den anderen Ausschussmitgliedern auch

so, dass nicht immer alle an den Sitzungen teilgenommen haben?“, fragte ich. Jetzt standen wir tatsächlich kurz davor, den Täter zu entlarven.

„Ja, ein paar haben sich nur um spezielle Bereiche gekümmert, wie eben der gute Officer Bouchard. Die meisten von uns waren jedoch bei allen Planungssitzungen anwesend.“

Grandma setzte sich zu Octocat auf den Schlitten. Ich machte mir Sorgen, dass ihr die Kälte schon in die Knochen gekrochen sein könnte. Auch wenn sie mir in Sachen Fitness etwas vormachen konnte, war sie doch schon ziemlich alt, und wir hatten fast den ganzen Tag bei frostigen Temperaturen draußen verbracht.

Charles zückte sein Handy und öffnete die Notizen-App. „Würden Sie uns eine Liste Ihrer Mitglieder geben, damit wir feststellen können, welche davon nur an bestimmten Versammlungen teilgenommen haben, wie Officer Bouchard?“

Ich sah, wie Grandma es sich mit Octocat auf dem Schoß bequem machte, und war froh, dass sie sich jetzt gegenseitig warmhielten.

Als ich mich wieder den Männern zuwandte, fragte ich: „Mr. Gable, könnten Sie uns bitte auch sagen, ob irgendwer von den Mitgliedern, die sonst immer dabei waren, bei der letzten Sitzung gefehlt hat, bei der Fred als zweiter Preisrichter festgelegt wurde?“

„Oh, natürlich, das haben wir gleich. Nur eine Sekunde.

Lassen Sie uns das kurz durchgehen, mein Lieber.“ Mr. Gable und Charles arbeiteten die Liste ab, während ich zu den anderen hinüberging.

Paisley hatte sich mit ihrem kleinen, schwarz-braunen Körper an Hannah ins Heu geschmiegt und leckte ihr die Wangen. Das Kaninchen zitterte – wahrscheinlich hatte es Angst um sein Leben –, aber ich wusste, dass Paisley ihr niemals etwas tun würde. Sie war einfach ein durch und durch gutmütiges Tierchen.

Octocat lag weiterhin auf Großmutters Schoß und beobachtete die Schneeflocken, die vom Himmel herabschwebten.

„Es ist wirklich ein schöner Tag“, sagte er. „Der Schnee lässt die Sonne noch heller scheinen. Ich könnte glatt ein Nickerchen machen, wenn es nicht so nass wäre – und wenn es nicht so viele Morde in der Stadt gäbe.“

Ich lächelte ihn an und streichelte ihm über den Rücken. Mein Kater hatte wirklich eine besondere Art, die Dinge auf den Punkt zu bringen.

„Angie, wir haben es geschafft“, rief Charles, und ich eilte wieder zu ihm hinüber.

„Hier ist die vollständige Liste. Es gibt insgesamt fünfzehn Ausschussmitglieder dieses Jahr. Diejenigen mit den Sternchen waren bei der Planung nicht immer dabei und sind nur für bestimmte Bereiche zuständig.“ Er deutete auf die Namen *Officer Bouchard* und *Janice Delacroix*.

„Diejenigen mit dem Fragezeichen waren an der gesamten

Planung beteiligt, haben aber die letzte Sitzung verpasst." Er nannte mir zwei Namen, *Bill Randone* und *Harvey Milton*.

„Milton!", stieß ich hervor und verschluckte mich beinahe. „Das ist doch Grandmas Mr. Milton, oder?"

„Was?", rief diese, hüpfte vom Schlitten herunter und kam zu uns, den noch immer entspannt wirkenden Octocat nach wie vor im Arm haltend. „Was ist mit Harvey?"

„Er war im Komitee, hat jedoch unsere letzte Sitzung verpasst, sodass er nichts von der Änderung der Jury wusste, die wir auf die letzte Minute vorgenommen haben", fasste Mr. Gable zusammen. „Und offen gestanden, Dorothy, ich kann mir gar nicht vorstellen, also, ich hätte nicht gedacht, dass ihr beide ..."

„Können Sie uns mehr über Janice Delacroix und Bill Randone erzählen? Ich kenne die beiden nicht", fragte ich, um von der Anspielung auf das Liebesleben meiner Großmutter abzulenken.

Mr. Gable sah mich direkt an, während Charles in die Notizen auf seinem Handy vertieft war. „Janice ist unsere Frau fürs Marketing und macht das richtig klasse. Sie kümmert sich um die sozialen Medien, die Website und unseren Newsletter. Zu den Meetings kommt sie meistens nicht, aber wir schicken ihr alles per E-Mail. Ich weiß nicht, wie genau sie die Materialien liest, die wir ihr auf diesem Weg zukommen lassen, aber grundsätzlich hat sie Zugang zu allen Informationen."

„Und Bill?“, murmelte Charles, ohne von seinem Telefon aufzublicken.

„Bill kam normalerweise zusammen mit Harvey. Für die beiden war es immer ein weiter Weg von Caraway Island, weil sie die Fähre hin und zurück nehmen mussten.“

Etwas in meiner Brust zog sich zusammen. „Caraway Island?“, fragte ich, als hätte ich noch nie von diesem Ort gehört.

Mr. Gable nickte. „Ja, und beide haben das letzte Treffen verpasst, weil ihnen etwas dazwischenkam. Ich glaube, Bill musste unerwartet länger arbeiten und Harvey war es an dem Tag zu viel, allein zu kommen. So etwas in der Art.“

„Grandma, wusstest du, dass Mr. Milton im Komitee ist?“

„Natürlich wusste ich das“, antwortete sie leicht verkrampft. Plötzlich bekam ich Herzrasen vor Aufregung – die Lösung stand kurz bevor. „Haben Sie heute ein Foto von Bill gemacht?“, fragte ich Mr. Gable.

Er dachte darüber nach. „Ähm, nein, habe ich nicht. Ich glaube, ich habe ihn erst gesehen, nachdem wir die Veranstaltung abgeblasen hatten.“

In einem Zeichentrickfilm wäre bei dieser Enthüllung wahrscheinlich eine riesige Glühbirne über meinem Kopf aufgeblitzt. *Bill Randone,* das war der Name unseres Täters. Wir hatten ihn. Endlich hatten wir ihn. Jetzt mussten wir ihn nur noch schnappen. *Bloß … wie?*

„Ist er noch da?“, sprudelte es aus mir heraus. „Hilft er

dabei, alles dichtzumachen und die Besucher in den Park rüberzuschicken?“

„Meines Wissens sollte er sich um die Third Street kümmern und dort alles regeln.“

„Worauf warten wir!“, rief ich und rannte sofort los.

Grandma schloss zu mir auf und heizte das Tempo an. Irgendwann musste sie Octocat wohl an Charles weitergereicht haben, denn der war ein paar Schritte zurückgefallen und schnaufte leicht, rechts den Hund und links die Katze unter dem Arm.

Mr. Gable war nicht mit uns losgespurtet, wahrscheinlich weil er Nini nicht allein lassen wollte.

„Ich kann das alles einfach nicht glauben“, keuchte Grandma. „Ich vertraue Mr. Gable, aber ich weiß auch, dass Harvey die Morde nicht begangen hat, weil er die ganze Zeit bei mir war. Meinst du, er wusste etwas von Bills faulen Absichten?“

„Möglich wär's“, japste ich. Laufen gehörte ja bekanntlich nicht zu meinen Stärken, und jetzt musste ich mich schon zum zweiten Mal an diesem Tag dermaßen verausgaben.

Wir joggten noch einen Block weiter, bevor wir um die Ecke in die Third Street einbogen. Und obwohl ich Bill Randone noch nie zuvor gesehen hatte, erkannte ich ihn sofort, denn er stand dort mit Harvey Milton zusammen, mit dem er offenbar hitzig diskutierte.

Plötzlich blickten beide auf und sahen uns auf sie zu

rennen. Randone sprintete augenblicklich in die andere Richtung davon.

Ich schnappte mir im Laufen mein Telefon und rief Officer Bouchard an, um ihm mitzuteilen, was wir aufgedeckt hatten, und dass der Hauptverdächtige jetzt auf der Flucht war.

Grandma raste an mir vorbei auf Mr. Milton zu, schneller als ich wahrscheinlich jemals würde rennen können. Und dann versetzte sie ihm eine schallende Ohrfeige.

# 19

Ich hatte meine Großmutter noch nie so wütend erlebt wie an diesem Tag.

„Du wusstest es“, schrie sie ihn an. Es erstaunte mich, wie viel Zorn und Abscheu dabei in ihren sonst stets so freundlichen Augen standen. „Die ganze Zeit über wusstest du es und hast deinen feinen Freund wahrscheinlich sogar noch mit Informationen versorgt.“

Mr. Milton räusperte sich, was er anscheinend immer dann tat, wenn er nervös war. „Nein, nicht sicher, aber ich hatte einen Verdacht.“

*„Oh, du hattest einen Verdacht“,* wiederholte Grandma sarkastisch. „Also, worüber hast du dich gerade mit ihm unterhalten? Wolltest du ihn warnen?“

„Nein!“ Nun erhob auch Mr. Milton seine Stimme, um

sich zu verteidigen. „Ich habe ihn mit meinem Argwohn konfrontiert."

„Damit er noch rechtzeitig fliehen kann?", brüllte ich dazwischen. „Warum sind Sie nicht gleich zur Polizei gegangen?"

Paisley ließ sich von unseren hochkochenden Emotionen anstecken. Bellend und knurrend kratzte sie am Boden und schmiss die Hinterbeine zurück, was sie wie ein scharrendes Huhn aussehen ließ. „Böser Mann! Böser, böser Mann! Du kriegst keine Leckerlis!"

Charles und Octocat sahen schweigend zu, wie wir drei uns den sehr schuldbewusst wirkenden Harvey Milton vorknöpften.

„Was er getan hat, ist verwerflich, aber ich kann nachvollziehen, warum er es getan hat", erklärte Milton. Diese Aussage sorgte bei uns allen für einen Aufschrei, selbst bei Charles und Octocat, die sich bisher herausgehalten hatten.

„Was?", riefen Grandma und ich unisono.

Mr. Milton schüttelte den Kopf. Diesmal räusperte er sich nicht – offenbar wollte er nun etwas Wichtiges sagen, wovon er überzeugt zu sein schien. „Caraway Island braucht das Christmas Festival weit mehr als Glendale es je getan hat. Die Veranstaltung ist eine Goldgrube, und unsere Stadt hat es schwer, Umsätze zu machen. Weil die Insel so weit ab vom Schuss liegt, kommen nur wenige Touristen zu uns herüber. Mit jedem Jahr wird es schlimmer. Die Geschäfte schließen, und unsere Gemeinde wird immer mehr vom Rest der Region abgeschnitten. Wir brauchen etwas … eine Wunderwaffe, wenn man so will.“

Er zuckte zusammen. „Okay, vielleicht nicht die beste Wortwahl.“

Ich lachte bitter auf. „Allein die Tatsache, dass Sie so etwas sagen – und sei es nur aus Versehen – zeigt, was für ein schrecklicher Typ Sie sind. Als ob Sie es in Ordnung fänden, dass Ihr Freund zwei Menschen umgebracht hat, damit mehr Geld in Ihre Stadtkasse fließt.“

„Natürlich ist es nicht in Ordnung“, antwortete Milton und schaute mich eindringlich an, „aber wir haben alles andere versucht, und nichts hat funktioniert.“

„Alles außer Mord“, murmelte Grandma und verschränkte abwehrend die Arme vor der Brust.

Mr. Milton fuhr fort und hielt seinen Blick auf mich gerichtet. „Als die Planungen für dieses Jahr begannen, drängten Bill und ich darauf, das Event nach Caraway Island zu verlegen, aber Gable und die anderen haben das direkt abgeschmettert. Bill meinte, dass Glendale nicht die geringste Chance hätte, das Festival weiterhin abzuhalten, wenn hier dieses Jahr jemand ermordet werden würde, noch dazu eine angesehene Persönlichkeit. Natürlich wäre dann Caraway zur Rettung eingesprungen und hätte sich bereiterklärt, es in Zukunft auszurichten.“

„Und all das hat Bill Ihnen eben erst erzählt, nehme ich an.“ Ich stampfte ungehalten auf. „War das, bevor oder nachdem Ihr Freund zwei unschuldige Menschen getötet hat?

Ach so, übrigens ist die Polizei schon hinter ihm her. Zufällig ist Officer Bouchard ein guter Freund von uns, und ich habe ihn eben angerufen, während meine Großmutter damit beschäftigt war, Ihnen eine zu knallen."

Ich hätte schwören können, dass Charles im Hintergrund in sich hineinlachte, aber es ging in Paisleys aufgeregtem Bellen unter.

„Das war natürlich *danach.* Ich sagte doch bereits, dass ich nichts mit den Morden zu tun habe."

„Was ist mit Fred Hapley?", fragte ich. „Sie sprachen von einer angesehenen Persönlichkeit, die zu Tode kommen sollte, aber das trifft auf Fred Hapley ja wohl nicht zu. Er war ein normaler Versicherungsvertreter, also jemand, dem man eher aus dem Weg geht, weil man sich nichts andrehen lassen will."

Mr. Milton räusperte sich mehrmals, bevor in einem weiterhin entrüsteten Tonfall antwortete: „Was ist mit Fred Hapley? Er kam uns in die Quere. Das ist alles. Bill hat das letzte Meeting verpasst, also wusste er nicht, dass der Typ auch da sein würde. Zum Glück hatte er die Pistole bei sich. Die war dafür gedacht, falls das mit dem Eiszapfen bei der Frau nicht funktioniert hätte. Hat es zwar, aber die Waffe konnte er dann doch gebrauchen."

„Zum Glück?", kreischten Grandma und ich gleichzeitig.

Sie baute sich vor ihm auf und schlug ihm klatschend auf die andere Wange. „Ich kann nicht glauben, dass ich dich jemals für einen Freund gehalten habe“, sagte sie voller Verachtung.

„Bist du fertig? Dann werde ich nämlich jetzt gehen“, presste Mr. Milton hervor. Er musterte Grandma kritisch, wobei sich tiefe Falten auf seiner Stirn abzeichneten. „Es ist wirklich schade. Ich mochte dich, Dorothy. Ich dachte, da wäre etwas Besonderes zwischen uns. Aber du scheinst mir eher wie ein Fähnchen im Wind zu sein.“

„Ich gebe mich nicht mit Kriminellen ab“, zischte sie mit zusammengebissenen Zähnen.

„Glaub, was du willst. Ich muss darauf nicht antworten.“

„Nein, aber dieser Herr dort wird Antworten von Ihnen verlangen“, konterte Charles und lenkte unsere Aufmerksamkeit auf den Polizisten, der sich von hinten näherte. Es war derselbe, dem wir vorhin auf der Wache begegnet waren, der Mags’ Aussage aufgenommen hatte und der von uns genervt gewesen war.

Einige Schritte dahinter folgte mein Vater.

„Wo ist Mags?“, fragte ich ihn, als er zu mir aufschloss.

„Deine Mutter hat sie nach Hause gebracht und mich geschickt, um herauszufinden, was hier vor sich geht.“

Gemeinsam sahen wir zu, wie der Beamte Harvey Milton Handschellen anlegte. Schließlich hatte er Randone gedeckt und sich so zum Komplizen gemacht, ob er das nun geplant hatte oder nicht.

Als er ihn abführte, fühlte ich mich ein wenig erleichtert,

aber etwas beunruhigte mich dennoch: „Was ist mit dem anderen Kerl?“

„Ja, was ist mit Bill Randone?“, fragte Grandma.

„Bouchard hat ihn gefasst“, antwortete der Beamte, und an Milton gewandt fügte er hinzu: „Er wird jetzt aufs Revier gebracht, genau wie Sie, und ich schätze, wir werden Sie beide nicht so schnell wieder gehen lassen.“

Milton machte von seinem Recht zu schweigen Gebrauch, und während der Beamte mit ihm aus unserem Blickfeld verschwand, blieben wir regungslos stehen und schauten ihnen hinterher.

„So kann man Heiligabend natürlich auch feiern“, bemerkte Grandma achselzuckend. Wir brachen alle in Gelächter aus, und ich merkte, wie die Anspannung von mir abfiel.

„Ich glaube, ich feiere dann doch lieber auf die traditionelle Art.“ Charles schlang seine Arme um mich und gab mir einen Kuss auf die Stirn. Dabei wurde Octocat ein bisschen zwischen uns eingequetscht, aber er meckerte noch nicht einmal deswegen. „Ich wusste es die ganze Zeit“, sagte er stattdessen.

„Ach ja, tatsächlich?“, fragte ich kichernd.

„Ich weiß doch immer, wer es war“, erklärte er und zwinkerte mir zu.

Ich beschloss, es dabei zu belassen, schließlich war Weihnachten. „Das hast du gut gemacht“, lobte ich ihn und löste mich aus Charles' Umarmung, damit er wieder frei atmen konnte.

„Und du auch, Paisley. Feiner Hund." Ich beugte mich zu ihr hinunter und hob sie hoch, und nachdem sie sich ein paar Küsschen und Streicheleinheiten von mir abgeholt hatte, sprang sie unbekümmert in Grandmas Arme hinüber.

„Langsam, Süße", rief diese und drückte das vor Freude zappelnde kleine Fellknäuel an sich.

„Das mit deinem neuen Freund tut mir leid", sagte mein Vater zu Großmutter und zog die Stirn in Falten.

„Mir auch", sagte sie. „Aber er war glücklicherweise noch gar nicht richtig mein Freund."

„Glaubst du, dass du ihm jemals verzeihen kannst?", fragte Charles.

„Auf keinen Fall!", rief Großmutter aus, woraufhin sie demonstrativ in den Schnee spuckte. Wir waren alle ganz schön perplex und lachten laut auf.

„Da kann er noch so oft schwören, nichts mit den Morden zu tun gehabt zu haben … aber er hat seinen Freund gewarnt, anstatt ihn der Polizei zu melden. Für mich ist das fast genauso schlimm. Ich könnte ihm nie wieder vertrauen. Nicht nach dieser Nummer."

„Weißt du was? Vergiss Mr. Milton", sagte ich. „Er ist es nicht wert."

„Trotzdem bin ich ihm für eine Sache dankbar." Grandma blickte kurz zum Himmel auf, dann sah sie mir direkt in die Augen. „Durch ihn ist mir bewusst geworden, wie einsam ich seit dem Tod deines Großvaters bin. Natürlich, ich habe dich und Paisley und ...“

„Und genug Freunde, um ein ganzes Fußballstadion zu füllen“, sagte Dad schmunzelnd.

„Das schon“, stimmte sie ihm mit einem Lächeln zu, „aber das ist nicht dasselbe wie einen Partner zu haben.“

Charles zog mich an seine Seite, und wir strahlten uns an, berührt von dem, was Grandma uns gerade offenbart hatte.

„Du denkst also, du bist bereit, dich nach einem neuen Partner umzuschauen?“, fragte ich, und mein Herz klopfte vor Aufregung, weil ich mich so sehr für sie freute.

„Ich glaube, ich bin auf dem richtigen Weg“, sagte sie mit einem verschmitzten Grinsen. „Eins nach dem anderen.“

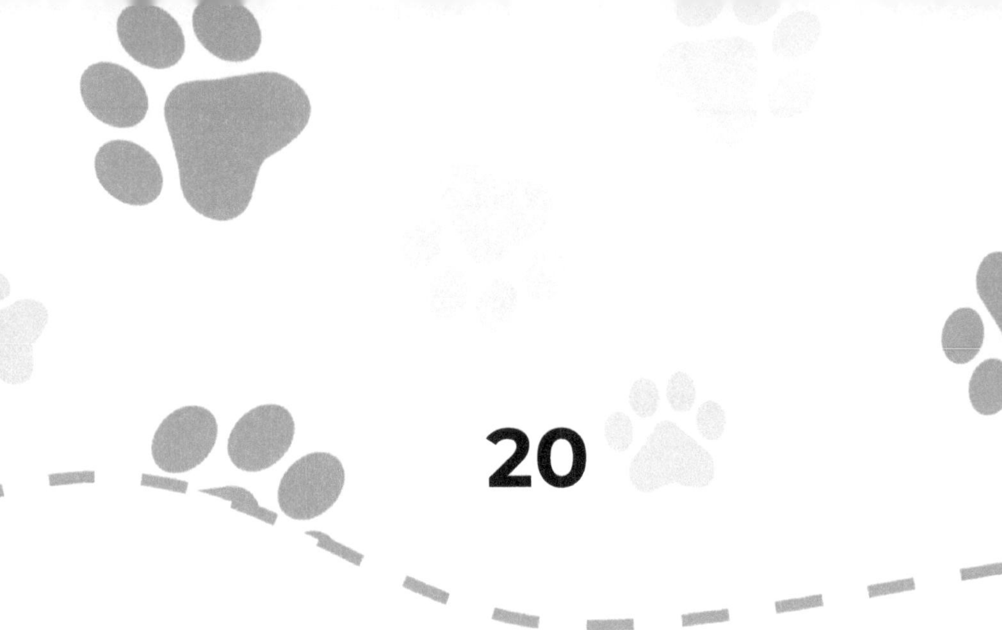

# 20

Den ersten Weihnachtstag verbrachten wir ganz gemütlich zu Hause. Mom, Dad und Charles gesellten sich zwischendurch zu uns, aber die meiste Zeit saßen nur Grandma, Maggie und ich unter unserem riesigen Weihnachtsbaum, tauschten Erinnerungen aus und erzählten uns Geschichten von all den Weihnachtsfesten, die wir nicht miteinander verbracht hatten.

Grandma verpasste Octocat und Paisley ihre selbstgestrickten Weihnachtspullis, verkniff sich aber zum Glück einen Kommentar über Mags' Outfit, die sich für einen khakifarbenen, knöchellangen Rock mit einer mintgrünen Strickjacke entschieden hatte.

Ich für meinen Teil blieb einfach in meinem Flanellpyjama, denn nach einem langen, stressigen Tag – und der vorausgegangene Tag war wirklich anstrengend gewesen – geht nichts über den Komfort eines Schlafanzugs.

Am zweiten Weihnachtstag brachte uns Mags schließlich bei, wie man Kerzen auf traditionelle Weise herstellt. Obwohl ich es immer geliebt habe, etwas Neues zu lernen, konnte ich mir nicht vorstellen, dass das Kerzenziehen jemals ein Hobby von mir werden würde. Das ganze Prozedere schien ewig zu dauern, und ich bekam die Muster und Farbkombinationen längst nicht so gut hin wie sie.

Aber mir ihr zusammen machte es trotzdem Spaß, da sie uns hier und da ein wenig Hintergrundwissen vermittelte und uns die ein oder andere Anekdote erzählte. Bestimmt machte sie das mit den Leuten in ihren Kursen zu Hause genauso locker und professionell.

Wir genossen weiterhin jeden Moment, den wir zusammen verbringen konnten, aber je näher ihre Abreise rückte, desto trauriger wurde ich, dass meine Cousine bald wieder so weit weg von mir sein würde. Sie war schon jetzt wie die Schwester, die ich nie hatte, für mich – und ihr erging es genauso, wie sie mir verriet. Daran hatte der horrormäßige Heiligabend zum Glück nichts geändert.

„Nächstes Mal müssen wir unbedingt Grandma und Tante Lydia zusammenbringen. Das wird der Knaller“, sagte sie lachend. Ich verstand nicht, was sie meinte, da ich Lydia noch nicht kannte, und Maggie fügte hinzu: „Ich glaube, die beiden passen super zusammen, das wird richtig spaßig.“

Nun waren es nur noch wenige Tage bis Silvester. An

Neujahr würde sie früh am Morgen einen Flieger zurück nach Georgia nehmen. Der Flug sei besonders günstig gewesen, erklärte sie mir, und deshalb mache es ihr nichts aus, nicht ausschlafen zu können.

Als ich jedoch erfuhr, um wie viel Uhr sie zum Flughafen musste, war ich schon etwas entsetzt. „Willst du dann überhaupt bis Mitternacht wach bleiben?“, fragte ich. Für mich persönlich wäre es undenkbar, den Jahreswechsel zu verschlafen, da ich ihm jedes Mal entgegenfieberte, seit ich mit sechs Jahren das erste Mal aufbleiben durfte.

„Natürlich, was denkst du denn!“, sagte sie mit gespielter Empörung. „Es lohnt sich doch gar nicht, überhaupt ins Bett zu gehen.“

Ich lachte, Octocat stöhnte, und Paisley tanzte um uns herum, und in diesem Moment war die Welt für mich in Ordnung.

Am Silvesterabend bekamen wir überraschend Besuch. Die Türklingel spielte die Melodie von *Feliz Navidad*, die Grandma zu Ehren von Paisleys angeblich mexikanischen Vorfahren ausgesucht hatte, obwohl der kleine Hund noch nie im Leben einen Fuß hinter die Grenzen unseres Staates Maine gesetzt hatte.

Meine Großmutter eilte zur Haustür und fuhr sich dabei durch die Haare. Heute trug sie nicht wie gewohnt Pink, sondern ein silbern glitzerndes Kleid. Sie sah aus, als wäre sie auf dem Weg zur Oscar-Verleihung, weshalb ich mir in meiner gepunkteten Hose und dem T-Shirt mit Grumpy Cat vorne drauf leicht underdressed vorkam. Letzteres war ein Geschenk von Maggie. Sie meinte, sie hätte noch nie jemanden getroffen, der seine Katze so sehr lieben würde wie ich.

„Komm rein, komm rein“, hallte es zu uns herüber. „Schön, dass du es einrichten konntest.“

Ich hörte, wie sie ihrem Besucher ein Küsschen links und rechts auf die Wange hauchte, und einen Moment später erschienen die beiden. „Schönen guten Abend!“, rief Mr. Gable fröhlich, Nini unter einem und eine große Tüte mit Take-away-Essen unter dem anderen Arm.

„Hallo, schön Sie zu sehen!“ Mags und ich gingen ihm entgegen, um ihn zu begrüßen.

„Irgendetwas riecht hier echt köstlich“, sagte mein Kater, der gerade erst aus seinem Nickerchen aufgewacht war. Er hob schnuppernd die Nase in die Luft, und ein breites Grinsen ließ seine Schnurrhaare erbeben. „Könnte es sein, dass ...?“

Mr. Gable reichte mir das Kaninchen und Grandma das Essen, dann lief er zu seinem Auto zurück, um noch etwas zu holen.

„Hallo, so sieht man sich wieder, meine Kleine“, sagte ich, wohlwissend, dass Maggie mich beobachtete.

„Hallo“, antwortete Nini, die unaufhörlich mit ihrem Näschen wackelte. Mr. Gable kam mit einer flachen Kiste zurück, die mit Heu und allerlei frischen Leckereien gefüllt war. Er nahm mir das Hoppelchen wieder ab und setzte es auf den Boden neben die Kaninchenspielwiese.

Paisley trabte mit hocherhobenen Kopf herbei. „Hallo, Nini Wie geht es dir? Willst du immer noch über deine Gefühle sprechen?“

Oh, dieses süße Chihuahua-Mädchen. Sie versuchte einfach immer, alles zu tun, um andere glücklich zu machen.

„Welche Gefühle?“, fragte Nini und machte einen zaghaften Schritt auf ein Stück Salat zu, während sie die kleine Hündin nicht aus den Augen ließ.

„Als wir dich auf dem Festival trafen, sagtest du, du hättest immer Angst, dass andere dir etwas antun könnten. Ich dachte, darüber willst du bestimmt noch mal in Ruhe reden.“ Paisley neigte ihren Kopf zur Seite und spitzte beide Ohren, während sie gespannt auf deren Antwort wartete.

Das Schlappohrkaninchen knabberte eine Weile an seinem Gemüse und sagte dann: „Mich hat noch nie jemand gefragt, wie ich mich fühle. Bist du sicher, dass du es wissen willst?“

Paisley ließ ihren wackelnden Popo auf den Boden plumpsen. „Oh ja. Ich will alles wissen“, sagte sie mit freundlich funkelnden Augen. „Fangen wir mit deiner Kindheit an. Warst du ein glückliches oder ein trauriges Babyhäschen?“

Ich verkniff es mir, laut loszulachen, und ließ die beiden allein.

Octocat war Grandma in die Küche gefolgt, und Mags, Mr. Gable und ich gesellten uns zu ihnen.

„Ich wusste nicht, was ich für unsere kleine Silvesterfeier mitbringen sollte“, erklärte er freundlich lächelnd. „Also bin ich bei meinem Lieblingsrestaurant vorbeigefahren und habe uns ein paar leckere Kleinigkeiten ausgesucht.“

Das Logo des Little Dog Diner prangte auf der Tüte, und der Duft von Shrimps, Knoblauchbrot und Hummerbrötchen vermischte sich nun mit dem der Backwaren, die Grandma heute am frühen Abend zubereitet hatte.

Sie holte alle Sachen aus der Tüte und verteilte sie auf dem Küchentresen. In dem Moment, als die Hummerbrötchen auftauchten, sprang mein Kater auf den Tresen und vollführte einen Freudentanz. „Ich wusste es, ich wusste es!“, rief er, während er sich immer schneller drehte. „Das ist mein Lieblingsessen! Oh, ich wünsche Ihnen einen guten Rutsch, mein liebster Mr. Gable.“

Ein weiteres Mal musste ich mir das Lachen verkneifen. Manchmal war es wirklich nicht leicht, im Beisein anderer Leute nicht auf die Tiere zu reagieren, insbesondere wenn sie die komischsten Sachen von sich gaben, wie etwa Nini, über deren ironisch gemeintes *„Frohe Weihnachten“* an Heiligabend ich immer noch schmunzeln musste.

„Wunderbar, vielen Dank, dass du das alles mitgebracht hast“, sagte Grandma, und ich hätte wetten können, dass ihr eine leichte Röte in die Wangen stieg. „Das Little Dog Diner ist auch eines unserer Lieblingsrestaurants.“

„Ich hole die Teller“, bot Mags an.

„Und ich die Getränke“, fügte ich hinzu.

Grandma richtete die Köstlichkeiten auf Servierplatten an, und gemeinsam brachten wir alles ins Esszimmer hinüber, wo wir uns um den großen Tisch versammelten. Keiner von uns trank gerne viel Alkohol, also teilten wir uns zur Feier des Tages nur eine Flasche Cidre.

Und obwohl ich bis kurz vor ihrer Ankunft nicht gewusst hatte, dass Mr. Gable und sein Kaninchen sich uns anschließen würden, freute ich mich darüber, dass sie mit uns feierten.

„Worauf wollen wir anstoßen?“, fragte Mags mit einem charmanten Lächeln.

„Auf dich natürlich!“, rief ich aus. „Darauf, dass du zu dieser Familie gehörst. Darauf, dass wir dich kennenlernen durften und dass du so wunderbar bist. Und darauf, dass du die Entführung überlebt hast.“

Über Letzteres konnten wir alle inzwischen lachen, obgleich die Geschichte ja noch nicht lange zurücklag.

„Okay, dann zum Wohl!“, erwiderte Mags kichernd.

„Wartet! Wartet noch einen Moment“, kam es von Grandma. „Ich will erst eure Vorsätze fürs neue Jahr hören.“

Mr. Gable erhob sich als Erster. „Für mich ist das Wichtigste, dass beim nächsten Festival unter meiner Leitung niemand zu Schaden kommt.“

„Also wird das Christmas Festival wieder in Glendale stattfinden?“, fragte ich hoffnungsvoll.

„Nicht ganz“, antwortete er mit einem kleinen Seufzer. „Wir verlegen es nach Cooper’s Cove, aber die verbleibenden

Mitglieder des Komitees, diejenigen, die nicht ins Gefängnis gewandert sind, haben beschlossen, dass ich der Vorsitzende bleiben soll. Und ich habe natürlich gerne zugestimmt."

Wir jubelten ihm zu.

„Das ist großartig!", rief Mags. „Ich hoffe nur, Sie sind mir nicht böse, wenn ich nächstes Mal wahrscheinlich nicht dabei sein werde."

Erneut brach Gelächter aus, und bei dem Gedanken, dass meine Cousine und ich von nun an eng in Verbindung bleiben würden, wurde es mir ganz leicht ums Herz. Tatsächlich hatten wir bereits mit der Planung eines Familientreffens für den kommenden Sommer begonnen.

„Also gut, wer ist der Nächste?", fragte Nan und schaute gespannt zwischen Mags und mir hin und her.

„Mein Vorsatz ist einfach", sagte ich, stand auf und erhob mein Glas. „Das wird das Jahr, in dem ich meine Privatdetektei richtig ins Rollen bringe."

*„Unsere"*, korrigierte Octocat, obwohl nur ich es verstand. „Und wann bekomme ich mein Hummerbrötchen?"

Mags trommelte mit den Fingern auf die Tischplatte. „Ich weiß nicht, was ich mir vom kommenden Jahr erhoffe, außer dass ich neue Sachen ausprobieren will. Leben bedeutet ja bekanntlich Veränderung, und ich liebe die jüngsten Veränderungen in meinem Leben. Ich war noch nie so glücklich wie jetzt."

„Das sind große Worte, vor allem wenn man bedenkt, was an Heiligabend passiert ist", scherzte Gable.

„Ja schon“, stimmte sie zu, „aber ich bin einfach so dankbar für meine neue Cousine und meine neue Grandma.“

Grandma und ich lächelten gerührt. Dann erhob sich meine geliebte Großmutter mit ihrem Glas in der Hand. „Ich lebe jeden Tag, als wäre es mein erster, mein letzter, mein einziger. So macht das Leben Spaß, wisst ihr. Aber im kommenden Jahr werde ich ein bisschen vorsichtiger sein, auf wen ich mich einlasse. Und wer weiß, vielleicht finde ich sogar jemanden, der mein Herz berührt.“ Sie blickte schüchtern zu Mr. Gable hinüber, der errötete und wegschaute.

Da hätte ich am liebsten einen Luftsprung vollführt. Bis zu diesem Tag hätte ich mir die beiden nie zusammen vorstellen können, aber plötzlich ergab es einen Sinn. Ich fragte mich, ob sie es auch spürten, ob sie sich bereits auf dem besten Weg in eine großartige gemeinsame Zukunft befanden.

Das waren wirklich tolle Aussichten für das neue Jahr, und wir plauderten munter miteinander, während wir das Essen und die gute Gesellschaft genossen.

*„Ähem“*, meldete sich mein Kater zu Wort, sprang auf den Tisch und wedelte bedrohlich mit dem Schwanz. „Hast du nicht etwas vergessen?“

Ach du Schreck. Ich *hatte* vor lauter Aufregung über unser mögliches neues Liebespaar tatsächlich nicht mehr an sein Hummerbrötchen gedacht.

„Runter vom Tisch“, schimpfte ich mit ihm, nahm die Hälfte meines Hummerbrötchens und legte es auf den Boden, damit er Ruhe gab.

Seine bernsteinfarbenen Augen funkelten, und er sprang hinterher, doch leider nicht schnell genug. Wie aus dem Nichts tauchte Paisley auf, schnappte sich den Leckerbissen, den sie in ihrer winzigen Schnauze kaum zu tragen vermochte, und rannte damit zu Nini zurück.

„Gib mir mein Sandwich wieder, du gemeine Diebin!“, schrie Octocat.

„Es tut mir leid, Octavius“, sagte sie mit einem koketten Augenaufschlag. „Seit ich diese Dinger zum ersten Mal auf dem Festival gerochen habe, wollte ich sie so gerne probieren. Und du hast mir an Weihnachten kein bisschen davon abgegeben. Aber das ist okay, ich habe dir verziehen.“

„Angela!“, rief mein Kater und starrte mich entsetzt an. „Sie hat mir mein Hummerbrötchen weggenommen! Sie hat es gestohlen!“

Jetzt konnte ich das Lachen nicht länger unterdrücken. Ich warf ihm eine große Garnele zu, die er mürrisch beäugte.

„Das ist nicht dasselbe“, jammerte er.

Nein, es war nicht dasselbe. Man bekam eben nicht immer das, was man sich vorgestellt hatte, und nichts war mehr so wie früher. Aber wisst ihr was? Seitdem Maggie und Mr. Gable in unser Leben getreten waren, war es *besser als früher*. Ich konnte es kaum erwarten zu erfahren, was das neue Jahr bringen würde.

**Wie geht es weiter?**

**Finde es schnell heraus ...**

***Die Retriever-Rettung* ist jetzt erhältlich.**

**Sichere dir noch heute dein Exemplar, damit du direkt mit der Fortsetzung dieser verrückten Krimiserie weiterlesen kannst!**

* * *

Und vergiss nicht, dich in Mollys Liste einzutragen, damit du über alle Neuerscheinungen, monatlich stattfindende Verlosungen und weitere coole Aktionen (einschließlich jeder Menge Katzenfotos) informiert bleibst.

**Dafür musst du nur hier klicken: Katzengeheimnisse.com/abonnieren**

# WIE GEHT ES WEITER?

**Erst wird ein Hund entführt, doch dabei bleibt es nicht, denn die Täter führen Böses im Schilde … Passt bloß auf da draußen, Angie und Octocat!**

Im meist recht verschlafenen Küstenstädtchen Glendale wurde gerade ein neuer Bürgermeister gewählt, Mark Dennison, jedoch sind viele Leute darüber alles andere als begeistert. Und irgendjemandem geht es offenbar so sehr gegen den Strich, dass er Dennisons geliebten Golden Retriever entführt und ein Erpresserschreiben hinterlässt: Sollte der Mann nicht abtreten, sieht er seinen Hund nie wieder!

Die Sache wird zum ersten offiziellen Fall von Angie und Octocat. Ihr Auftraggeber, der neue Bürgermeister höchstpersönlich, ahnt allerdings nicht, dass die beiden nicht nur alles daransetzen, seinen Retriever zu finden, sondern auch seine Vergangenheit unter die Lupe nehmen. Sie wollen unbedingt wissen, warum jemand zu derart drastischen Mitteln greift, um Dennison aus dem Amt zu drängen.

Kann ein kleiner Kater einen vermissten Hund aufspüren? Oder hat er vielleicht gar keine Lust dazu? Findet es heraus im neuesten Abenteuer von „Pet Whisperer P. I.“ alias Angie Russo, der Privatdetektivin, die mit Tieren sprechen kann.

**Hole dir noch heute dein persönliches Exemplar und fange direkt an zu lesen. Oder blättere einfach weiter und stürze dich direkt in das erste Kapitel.**

**Viel Spaß!**

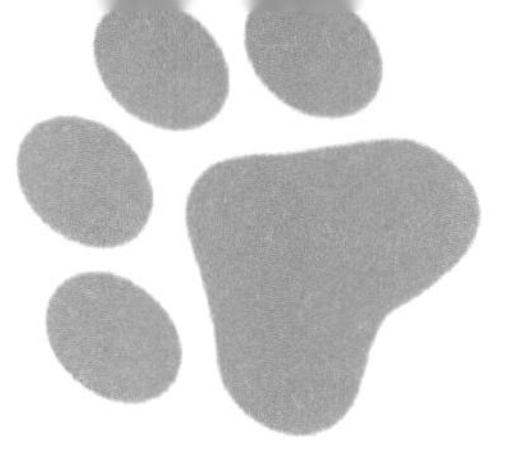

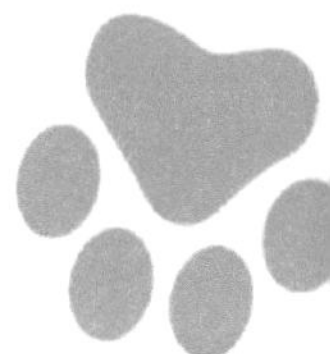

# KURZE VORSCHAU

## DIE RETRIEVER-RETTUNG

Mein Name ist Angie Russo, und ich kann mit Tieren sprechen – das versuche ich jedoch tunlichst geheim zu halten. Ich lebe in Blueberry Bay in Maine, einer hübschen Gegend an der US-Ostküste. Dank meiner besonderen Fähigkeit erfahre ich Dinge, die anderen verborgen bleiben, und deshalb habe ich begonnen, Kriminalfälle zu lösen.

Anfänglich bin ich in so einige Verbrechen mehr oder weniger zufällig hineingeschlittert, einfach weil ich zur falschen Zeit am falschen Ort war. Doch jetzt habe ich beschlossen, mich als Spürnase selbstständig zu machen und deshalb eine Privatdetektei gegründet. Bisher hatte ich zwar noch keine zahlenden Kunden, aber das heißt ja nicht, dass ich keine gute Ermittlerin bin. Oder besser gesagt, dass wir keine guten Ermittler sind.

Wir – das sind mein Kater und ich. Ja genau, der Tiger ist tatsächlich mein Geschäftspartner. Unterstützt werden wir außerdem von meiner äußerst rüstigen Großmutter, deren süßem Chihuahua Paisley, meinem Freund Charles, der als Rechtsanwalt tätig ist, und sogar von einer Handvoll Tiere, die in der Nähe unseres Hauses leben, allen voran Pringle. Letzterer ist ein Waschbär, der in einem luxuriösen Baumhaus in unserem Garten haust und ziemlich süchtig nach Reality-TV-Sendungen ist.

Grandma und Charles können nicht mit Tieren sprechen, und ich habe auch noch nie jemand anderen getroffen, der dieses Talent besitzt. Warum ausgerechnet mir diese besondere Fähigkeit geschenkt wurde, weiß ich immer noch nicht genau. Ich weiß nur, dass ich einen brutalen Stromschlag von einer defekten Kaffeemaschine abbekommen habe, bewusstlos wurde und als ich wieder zu mir kam, hockte dieser Kater auf mir und redete auf mich ein.

Zuerst konnte ich nur ihn verstehen, aber mit der Zeit wurde ich als Tierflüsterin immer besser. Inzwischen kann ich mich mit den meisten Tieren unterhalten, nur bei manchen Arten funktioniert es einfach nicht.

Jener besondere Kater heißt Octavius von und zu, aber ich nenne ihn meist nur „Octocat“. Nachdem wir gemeinsam den Mord an seiner früheren Besitzerin aufgeklärt hatten, landete er schließlich bei mir. Und er brachte nicht nur einen großzügigen Treuhandfonds und eine Villa am Stadtrand von Glendale mit, sondern bereichert mein Leben seitdem auch mit unzähligen spöttischen Kommentaren über mich und das, was ich so tue.

Der kleine Tiger hat sogar eine Freundin, eine ehemalige Showkatze namens Grizabella. Sie ist eine echte Himalayan, und die beiden führen eine Fernbeziehung, hauptsächlich über Instagram – über meinen Insta-Account. Sie ist eine reizende und gewitzte Katzenlady, kann aber mitunter auch ganz schön anstrengend sein. Aber, hey, wenn mein Kater glücklich ist, bin ich es auch.

Doch in letzter Zeit gab es für mich noch mehr Grund zur Freude, und Glück im Unglück hatten wir obendrein. Zuerst dieser Elektroschock, der mir Octocat und mein Spezialtalent bescherte, und dann trat, dank Grandmas impulsiver Ader, Paisley in unser Leben. Aber das ist nichts im Vergleich zu der Tatsache, dass wir kürzlich ein großes Familiengeheimnis lüften konnten.

Mom und ich fanden heraus, dass Grandma uns nie die Wahrheit über die Herkunft unserer Familie erzählt hatte, obwohl sie mehr als fünfzig Jahre Zeit dazu gehabt hätte, reinen Tisch zu machen. Und auch wenn diese Entdeckung anfangs ein Schock für uns war, haben wir nur deshalb überhaupt erst erfahren, dass wir Verwandte in Georgia haben. Und so kam es, das ich in meiner Cousine Mags die Schwester fand, die ich zuvor nie hatte.

Sie kam über die Weihnachtsfeiertage zu Besuch, und wir hatten eine Menge Spaß miteinander, die meiste Zeit zumindest. Nur Heiligabend verlief etwas anders als erwartet …

Sie kennt mein Geheimnis immer noch nicht, aber ich denke, ich werde es ihr erzählen, wenn wir uns das nächste Mal sehen. Ich hätte es ihr wahrscheinlich sagen sollen, bevor sie wieder nach Hause fuhr, hatte aber Angst, dass sie mich für verrückt erklären und der Rest unserer neuen Familie mich dann gar nicht erst kennenlernen wollen würde.

Ich meine, es klingt schon echt crazy, wenn jemand behauptet, er könne mit Tieren sprechen. Allerdings ist es in meinem Fall auch echt wahr und mein hervorstechendstes Merkmal von allen. Ich kann mir mein Leben gar nicht mehr anders vorstellen, und durch die Tiere ist bei mir immer etwas los.

Und das bringt mich zum heutigen Tag. Es ist noch früh im Jahr, Silvester erst wenige Wochen her, und obwohl ich da normalerweise keine guten Vorsätze fasse, habe ich mir dieses Mal dennoch etwas vorgenommen … nämlich alles daranzusetzen, um unsere Detektei endlich ans Laufen zu bringen. Wir könnten zwar problemlos von Octocats Treuhandfonds und Grandmas Rente leben, aber es ist doch kein Zustand, wenn einem der Lebensunterhalt von der eigenen Katze finanziert wird, oder?

Außerdem besitze ich tatsächlich Abschlüsse in gleich sieben verschiedenen Studiengängen. Wenigstens einer davon sollte ja wohl für einen Job gut sein. Und einen solchen werde ich mir wohl suchen müssen, wenn mein Geschäft dieses Jahr nicht in Schwung kommt. Mein Freund Charles hat mir zwar angeboten, dass ich jederzeit wieder in seiner Kanzlei anfangen kann, doch bei aller Liebe zu ihm habe ich die Arbeit als Anwaltsgehilfin offen gestanden immer gehasst.

Aber ist ja auch egal, denn ich bin fest entschlossen, die Detektei zum Erfolg zu führen. Um aufzugeben, bin ich sowieso viel zu stur. Außerdem kann ich meinen Kater doch nicht im Stich lassen ...

„Hach, ist das aufregend“, trällerte Grandma, als wir mit ein paar Bekannten aus Glendale vor dem Rathaus standen, um die Vereidigung des neuen Bürgermeisters mitzuerleben. Sie hielt Paisley im Arm, die fröhlich bellte. Octocat hatte es indes vorgezogen, zu Hause zu bleiben, da er Menschenmengen hasst, und auf sein ewiges Gezeter hatte ich heute überhaupt keine Lust.

Der neue Bürgermeister, Mark Dennison, erschien oben auf der Treppe. Er trug einen feinen marineblauen Anzug mit hellblauem Hemd und passender Krawatte. Mit seinen siebenundvierzig Jahren war er mindestens zwei Jahrzehnte jünger als sein Vorgänger McHenry, ein gestandener Mann und Familienvater. Dennison hingegen war überzeugter Junggeselle.

Kürzlich war er von der Presse auf sein Singledasein angesprochen worden und hatte geantwortet, dass sein treuer Golden Retriever mehr als genug Familie für ihn sei. Außerdem sei es für ihn auf diese Weise einfacher, sich voll und ganz auf seine neue Aufgabe zu konzentrieren, um unserem kleinen Glendale zu neuem Glanz zu verhelfen. Keine schlechte Antwort, oder?

Als Dennison sich nun auf das Podium zubewegte, ertönten laute Buhrufe aus der Menge. Grandma und ich drehten uns um und sahen eine Reihe von Demonstranten, die Schilder hochhielten, auf denen die Absetzung des neuen Bürgermeisters gefordert wurde – dabei war er ja gerade erst im Begriff, sein Amt anzutreten.

„Das ist geschmacklos“, zischte Grandma und schüttelte den Kopf.

„Was haben die denn alle gegen ihn?“, flüsterte ich.

Sie zuckte mit den Schultern. „Immer, wenn die amtierende Partei wechselt, gibt es welche, denen das bitter aufstößt. Das ganze Land ist ein Pulverfass, warum sollte das in unserer Stadt anders sein?“

Ich wandte mich wieder Dennison zu, der mit starrer Miene regungslos dastand. Armer Kerl. Er hatte die Wahl zwar gewonnen, doch nun wurde ihm dieser Höhepunkt seiner Karriere vergällt.

„Was ist los, Mami?“, fragte Paisley und wedelte aufgeregt mit dem Schwanz. Durch ihren ewigen Optimismus schätzte sie Situationen oft falsch ein, und in diesem Moment verstand sie die aufgeheizte Stimmung der Menge nicht. Ich küsste sie auf den Kopf und flüsterte: „Mach dir keine Sorgen, Süße.“ So sehr ich die kleine Hündin auch liebte, es war anstrengend, ihr ständig alles erklären zu müssen – vor allem, wenn wir in der Öffentlichkeit waren und ich nicht frei sprechen konnte.

„Liebe Bürgerinnen und Bürger von Glendale“, dröhnte Dennisons Stimme trotz der anhaltenden Proteste. „Danke, dass Sie mich gewählt haben.“

Die Buhrufe und die Forderung nach seinem Rücktritt wurden lauter. Grandma neben mir dagegen juchzte und jubelte, obwohl ich genau wusste, dass sie nicht für ihn gestimmt hatte. Sie lächelte mich verschämt an. „Der arme Mann. Jemand muss ihn doch ermutigen.“ Also fiel ich in ihren Jubel mit ein.

Für einen kurzen Moment trafen Dennisons Augen meine, und er nickte mir unmerklich zu, bevor er fortfuhr. „Ich verspreche Ihnen, alles zu tun, was in meiner Macht steht, damit Glendale in den nächsten vier Jahren floriert und wir uns hier alle sicher und wohlfühlen können. Ich danke Ihnen.“ Er senkte den Kopf und verschwand wieder im Gebäude. Bestimmt würde sich Octocat nachher ärgern, diesen dramatischen Auftritt verpasst zu haben.

„Also, das war die kürzeste Antrittsrede, die ich je erlebt habe, und ich war bei allen dabei, seit ich vor vierzig Jahren hierhergezogen bin“, meinte Grandma.

„Es wird schon alles gut werden“, murmelte ich. „Die Leute brauchen einfach Zeit, um sich an den neuen Mann zu gewöhnen.“

Sie sog zischend die Luft durch die Zähne. „Ja, in ein paar

Wochen sieht die Welt sicher schon ganz anders aus“, antwortete sie dann.

Wir blieben noch eine Weile stehen und beobachteten, wie die Leute reagierten. Einige von ihnen verließen den Platz, aber die Demonstranten schienen immer zahlreicher zu werden und drängten sich noch näher an die Treppe vor dem Rathaus heran.

„Lass uns gehen“, sagte Grandma mit einem traurigen Kopfschütteln, und auch ich wollte jetzt nur noch nach Hause.

**Hole dir noch heute dein persönliches Exemplar und fange direkt an zu lesen.**

## ÜBER MOLLY FITZ

Obwohl USA-Today-Bestsellerautorin Molly Fitz genau genommen nicht mit Tieren sprechen kann, führen sie und ihre drei tierischen Co-Autoren oft tiefgründige und lebhafte Gespräche, während sie den alltäglichen Dingen des Lebens nachgehen.

Molly lebt mit ihrem Kind und ihrem eigenen Privatzoo irgendwo in der Wildnis von Alaska. Gelegentlich wagt sie sich hinaus, um ein exquisites Essen zu genießen, einen guten Kaffee zu trinken oder neue Tierfreunde zu treffen.

Erfahre mehr über Molly und ihre deutschen Veröffentlichungen, indem du dich gleich für ihren Newsletter anmeldest:

**www.katzengeheimnisse.com**

## MISS DOLITTLES GEHEIMNIS

Angie Russo hat sich gerade mit dem ersten sprechenden Katzendetektiv von Blueberry Bay zusammengetan. Gemeinsam mit seiner bunt zusammengewürfelten Schar menschlicher und tierischer Helfer ist Octocat fest entschlossen, jede Situation zu retten – solange sie nicht mit seinem persönlichen Zeitplan kollidiert.

Viel Spaß mit Band 1 – **Kommissar Katerchen**

## MERLINS MAGISCHE ABENTEUER

Gracie Springs ist keine Hexe ... ihr Kater hingegen schon. Jetzt muss sie alles in ihrer Macht Stehende tun, um sein Geheimnis zu wahren, oder sie riskiert, den Rest ihres Lebens in einem magischen Gefängnis zu verbringen. Zu dumm, dass sie den Ärger geradezu magnetisch anzuziehen scheint!

Viel Spaß mit Band 1 – **Merlin findet eine Vertraute**

## AGENTUR FÜR PARANORMALE ZEITARBEIT

Tawny Bigfords gewöhnlich zu nennendes Leben nimmt eine magische Wendung, als sie über die Leiche ihrer Vermieterin stolpert und von einer sprechenden schwarzen Katze rekrutiert wird, die Rolle der Verstorbenen als offizielle Stadthexe von Beech Grove, Georgia, zu übernehmen.

Viel Spaß mit Band 1 – **Eine Hexe für alle Gelegenheiten**

## DAS GEISTERHAFTE GÄSTEHAUS (MIT TRIXIE SILVERTALE)

Sydney Coleman hat alles erreicht – und doch steht sie irgendwann vor dem Nichts. Gerade, als sie ihr neues Bed and Breakfast eröffnen will, stellt sich ihr ein Geistertrio auf Schritt und Tritt in den Weg. Die Geister bestehen darauf, dass sie den Mord an ihrer Herrin aufklärt, aber Sydney braucht dringend Geld. Wenn nicht bald ein paar zahlende Gäste eintreffen, ist ihre Spukvilla dem Untergang geweiht.

Viel Spaß mit Band 1 – ***Mörderischer Mondschein***

## VERBINDE DICH MIT MOLLY

Wenn du ebenfalls ein großer Fan von spannenden, schrägen Tierkrimis bist, sollten wir unbedingt Freunde werden.

Wie wäre es, wenn du direkt einmal meine Facebook-Seite besuchst, die ich speziell für meine treuen deutschen Leser eingerichtet habe? Hier der Link dazu:

**Facebook.com/Katzengeheimnisse**

Oder melde dich für meinen Newsletter an und sichere dir als Abonnent gratis ein digitales Geschenkpaket, einschließlich einer exklusiven Kurzgeschichte über Octocat:

**Katzengeheimnisse.com/Abonnieren**

www.ingramcontent.com/pod-product-compliance
Lightning Source LLC
Chambersburg PA
CBHW020716310726
48979CB00004B/946

* 9 7 8 1 6 4 4 5 1 5 6 1 7 *